BAUM
HAUS

Weitere Titel der Autorin:

Teufelsherz

Titel in der Regel auch als E-Book erhältlich

Über die Autorin:

Sabrina Qunaj, geb. 1986, lebt mit ihrem Mann und ihren zwei Kindern in der Steiermark/Österreich. Nach der Matura an der Handelsakademie arbeitete sie als Studentenbetreuerin in einem internationalen College für Tourismus, ehe sie eine Familie gründete und das Schreiben zum Beruf machte.

Sabrina Qunaj

Teufelstod

BAUM
HAUS

BAUMHAUS TASCHENBUCH
Band 1066

1. Auflage: November 2013

MIX
Papier aus verantwortungsvollen Quellen
FSC
www.fsc.org
FSC® C006701

Dieser Titel ist auch als E-Book erschienen

Originalausgabe

Die Veröffentlichung dieses Werkes erfolgt auf Vermittlung
der literarischen Agentur Peter Molden, Köln

Lektorat: Anna Hahn
Umschlaggestaltung: Manuela Städele
unter Verwendung eines Motivs von © shutterstock/conrado,
© shutterstock/Unholy Vault Designs
Satz: hanseatenSatz-bremen, Bremen
Gesetzt aus der Weiss
Druck und Verarbeitung: CPI-Books Ebner & Spiegel, Ulm
Printed in Germany
ISBN 978-3-8432-1066-9

Sie finden uns im Internet unter
www.baumhaus-verlag.de
Bitte beachten Sie auch www.luebbe.de

Für meine Freundin Anna,
den flüsternden Engel und Teufel auf meiner Schulter

Träume

Das Blut tropfte von seinen Armen und fiel zischend hinab in die Flammen. Er saß auf einer Art Riesenrad, wie man es in Vergnügungsparks fand, nur dass es mit Spaß wenig zu tun hatte. Der untere Teil des Rads verschwand in einem Meer aus Feuer.

Der Sitz schaukelte quietschend in dem sengend heißen Sturm hin und her, als müsse auch noch das Gehör gefoltert werden, um ja keinen einzigen der fünf Sinne auszulassen. Beinahe hatte Damian den höchsten Punkt der Umdrehung erreicht, doch er fürchtete nicht die Gefahr hinabzustürzen. Seine Unterarme waren mit Eisenbolzen durchschlagen und fesselten ihn an die Lehnen, was jede Bewegung unmöglich machte. Um den Hals trug er einen stachelbesetzten Ring, der ihn in aufrechter Position hielt – die Stacheln führten nach innen und bohrten sich tief ins Fleisch, sodass jeder Atemzug eine Qual war. Erst wenn sich das Rad wieder herabsenkte, würde es aber wirklich unangenehm werden. Er wusste es. Er hatte es mehr als einmal erlebt. Alle Passagiere, die unterhalb von ihm saßen, machten diese Erfahrung in ebendiesem Moment, und ihre Schreie übertönten selbst das ohrenbetäubende Tosen und Krachen des Feuers.

Damian kannte den Schmerz, er wurde nicht zum ersten

Mal durch die Flammenhölle geschickt, denn schließlich drehte sich das Rad unaufhörlich weiter, auf und ab, rundherum. Doch das Wissen, dass er nicht an den Schmerzen sterben würde, machte alles nur noch schlimmer. So würde er die Ewigkeit verbringen, und das war wohl noch gnädig. Auf diesem Spielplatz der Hölle gab es noch andere Dinge, die sich irgendein kranker Gott noch vor Luzifers Zeiten ausgedacht hatte und die von Damians Vater wohl nur generalüberholt worden waren. Sie alle waren mindestens genauso schlimm wie dieses Feuerrad. Schon als Kind war er hier gewesen – nach dem Tod seiner Mutter, damit ihr himmlischer Einfluss von ihm abgewaschen werde. Er hatte gewusst, was ihn hier erwartete. Die ganze Zeit während seines Falls in die Feuerhölle hatte er es gewusst. Er hatte Emily in die Augen geblickt, und die Angst war zu einer Nebensächlichkeit geworden. Wie sehr er sich getäuscht hatte.

»Hast du genug?«, fragte eine süß säuselnde Stimme neben ihm. »Du musst nur ein Wort sagen, und ich mache alldem ein Ende.«

Damian konnte den Kopf nicht drehen, doch er wusste auch ohne ihr Gesicht zu sehen, dass es seine Schwester war. Jene, die er einst selbst hierher, in den Tartaros, gesandt hatte, um sein Geheimnis vor Emily zu verbergen. Nur mit dem Unterschied, dass sie jetzt mit Emilys Stimme sprach. Eine zusätzliche Strafe. Vermutlich hatte sie auch ihr äußeres Erscheinungsbild verändert, und so hatten die Eisendornen in seinem Hals zumindest etwas Gutes. Da er sie nicht sehen konnte, musste er sich nicht auch noch mit dem Anblick des Menschen quälen, den er verloren hatte. Emily.

»Hau ab«, zischte er mühsam. Seine Kehle blutete, und

er widerstand nur schwer dem Würgereiz. Das salzige Blut sammelte sich in seinem Mund, aber er wusste aus Erfahrung, welche Schmerzen es hervorrief, sich in diesem Zustand zu übergeben.

»Flehe um Vergebung«, fuhr seine Schwester mit ihrer Beschwörung fort. Das Rad hatte mittlerweile den höchsten Punkt erreicht. »Er wird dich zurückholen, genauso wie mich. Komm endlich zur Vernunft!«

Damian schwieg. Kein Wort war es wert, noch mehr zu leiden, denn er würde ohnehin nicht nachgeben. Was auch immer der Tartaros aus ihm machen würde, es war besser, als das Ebenbild seines Vaters zu werden. Niemals würde Luzifer erneut Gelegenheit bekommen, ihn auf irgendeine Weise zu formen oder zu beeinflussen. Damian war zwar Luzifers Sohn, doch in ihm floss auch das Blut eines Schutzengels. Die Abstammung des Himmels in ihm war nur schwach ausgeprägt und wurde vom wütenden Tosen der satanischen Herkunft unterdrückt – und trotzdem war sie da. Irgendwo.

»Der Dämon ist in dir, Damian. Kämpfe nicht dagegen an. Wir sind schließlich eine Familie.«

Zwei weitere Verdammte verschwanden im Feuer unter ihm. Es würde nicht mehr lange dauern, und egal wie sehr er nach außen hin seine tapfere Miene aufrechterhielt, in seinem Inneren weinte er bereits vor Angst. Es spielte keine Rolle, dass er göttliches Blut in sich hatte, die Schmerzen waren dieselben. Daran würde er sich nie gewöhnen, egal wie oft er noch mit dem Rad hinabfuhr.

»Wem willst du etwas beweisen, hm? Diesem Mädchen? Sie ist zurück in ihrer Welt und hat dich längst vergessen. Was soll das alles hier? Du könntest niemals in die Dimension der Sterblichen, und wenn du wirklich mit ihr zusammen sein willst, dann bitte Vater darum.«

Die nächste Gondel tauchte ein ins Feuer.

»Akzeptiere dein wahres Ich, und dann hol das Mädchen zu dir. Hier ist der einzige Ort, an dem du sie haben kannst. Ich verstehe zwar nicht, was du an ihr findest, aber wenn du sie unbedingt behalten willst, bitte. Du musst bloß aufhören, so stur zu sein.«

Die Hitze strich über seine Haut. Damian biss die Zähne zusammen und versuchte, die Worte seiner Schwester zu ignorieren. Mit jedem Mal wurden sie verlockender. Mit jeder Umdrehung des Rads klangen sie logischer. Mit jeder Umdrehung verfluchte er sein Herz aufs Neue, das ihm verbot, Emily einfach in die Hölle zu führen, um mit ihr die Ewigkeit an diesem Ort der Dunkelheit zu verbringen. Mit jeder Umdrehung verfluchte er Emily aufs Neue, da sie in ihm so etwas wie ein Gewissen geweckt hatte. Es könnte alles so einfach sein.

»Nun.« Seine Schwester richtete sich neben ihm auf. »Viel Spaß, Damian. Wir sehen uns auf dem Weg nach oben wieder.«

Das Schließen der Augen nützte nichts, das letzte Mal Luftholen ließ nur die Hitze in seine geschundene Kehle. Das Feuer umschloss ihn und schluckte seine Schreie ebenso wie seinen Körper.

***

»Damian!«

Die Flammen wollten nicht weichen, leckten immer noch über seinen Körper, drangen in ihn und verzehrten ihn. Die Grelle vor seinen geschlossenen Lidern stach in seine Augen, sein eigener Schrei drohte ihm den Kopf zerspringen zu lassen. Jemand berührte ihn, packte ihn an den Schultern, doch es fühlte sich an, als brächen seine Knochen unter dem Griff.

»Verdammt, Alter!«

Er kannte diese Stimme, konnte sie jedoch nicht zuordnen. Sie war neu, bedeutete Veränderung. Alles war anders. Sein Atmen, sein Herzschlag. Es tat weh, so weh.

»Hey, jetzt beruhig dich! Du hast geträumt! Schon wieder«, fügte die Stimme hörbar genervt hinzu, und endlich ließ der Schmerz wie eine zurückweichende Welle von ihm ab. Seine Lunge pumpte immer noch verzweifelt um jedes bisschen Sauerstoff und sein Herz raste. Dennoch schaffte er es endlich, die Lider zu öffnen.

Das Licht blendete, rührte aber nicht vom Feuer, sondern von einer Stehlampe neben der Couch. Am Boden lagen ein umgestoßener Holztisch und einige Gläser. Der Fernseher neben dem erkalteten Kamin flackerte grau vor sich hin. Das Gesicht eines jungen Mannes schob sich in sein Blickfeld. Verschlafene und rot geränderte Augen sahen ihn hinter den zerzausten Strähnen eines blonden Schopfes hervor an. Der Griff um seine Schultern löste sich, und allmählich kehrte seine Erinnerung zurück. Damian fiel wieder ein, wo er war und wer sich hier vor ihm befand.

»Will«, brachte er krächzend hervor, als müsse er sich selbst die Antwort geben und beweisen, dass er wirklich zurück war.

Sein Gegenüber atmete auf und strich sich das halblange Haar zurück. »So langsam fängt das an zu nerven«, meinte er und griff hinter sich, um den Couchtisch wieder aufzustellen. »Wieder ein Traum?«

Damian kniff die Augen zusammen und versuchte die Bilder und Gefühle von sich fernzuhalten, sie auszusperren, damit sie niemals wiederkämen. »Oder eine Botschaft«, sagte er mit heiserer Stimme und nahm dankbar das Glas Wasser entgegen, das Will ihm reichte. Er hatte gelernt, dass ihm die Kühle in der Kehle guttat und seinen Körper neu belebte. Seinen menschlichen Körper. »Vielleicht auch Erinnerungen.« Er atmete tief ein. »Ein Traum?«

Zu träumen war eine neue Erfahrung für ihn. Einen Teil seines Selbst in eine andere Ebene gleiten zu lassen, auch wenn das Unterbewusstsein direkt mit dieser Dimension verbunden war, machte ihm eine höllische Angst. Träume bedeuteten nichts Gutes, und er konnte nicht verstehen, wie die Menschen damit leben konnten. Er wusste, dass auch Emily von Träumen geplagt geworden war – von Erinnerungen an ihre verstorbene Freundin. Erst jetzt begriff er wirklich, was sie durchgemacht haben musste, bevor er damit begonnen hatte, sie zu treffen, wenn sie schlief. Diese Momente, in denen er sie zu sich geführt hatte, schienen ihm hunderte Leben entfernt; seine erwachenden Gefühle in einer Wiese aus Gänseblümchen, die all seine Pläne und Absichten über den Haufen geworfen hatten.

»Willst du darüber reden?« Will ließ sich neben ihn auf die Couch fallen und trank selbst etwas Wasser. »Das geht jede Nacht so. Ich finde das echt unheimlich.«

Damian ließ sich zurücksinken und sah sich im Wohnzimmer von Wills Haus um. Es gab keinen anderen Ort, an den er gehen konnte, und niemanden, den er in dieser Dimension kannte. Bis auf Will. Und Emily.

Sein Blick blieb an der gläsernen Außenwand hängen. Draußen war es noch stockdunkel, doch mitten im Winter sagte das nichts aus. Der Morgen mochte näher sein, als er ahnte. Ein paar Stunden musste er wohl noch ausharren, ehe endlich das tröstende Sonnenlicht den Schnee erleuchtete und er die Nacht endgültig überstanden hatte. Bis dahin konnte er sich jedoch Besseres vorstellen, als mit Will seine menschliche Psyche zu analysieren. Er fühlte sich in seiner Gegenwart ohnehin nicht wohl, da spielte es keine Rolle, dass Will ihn bei sich aufgenommen hatte. Zu viel stand zwischen ihnen. Es gab zu viel, das Damian wusste und zu viel, das Will niemals auch nur ahnen würde. Will war alles, was Damian niemals sein würde, und er war dem Himmel so viel näher, als Damian jemals kommen könnte. Natürlich hatte Damian eine Chance von seinem Onkel – dem Herrscher des Himmels – erhalten. Ein Leben, das er zu Gottes Zufriedenheit leben könnte, um selbst das Licht und die Seligkeit zu erlangen, doch Damian war keineswegs so naiv zu glauben, er könne diese Seite nach dem Tod erreichen. Er war jetzt zwar ein Mensch, der Hölle jedoch immer noch nahe, und das würde sich niemals ändern.

»Mir geht es gut«, antwortete er in der Hoffnung, die Fürsorge dieses Beinahe-Heiligen zufriedenzustellen, doch natürlich kam er damit nicht durch.

»Ich weiß, du willst nicht reden, aber meistens hilft es, das Geschehene zu verarbeiten.«

»Bei Menschen.«

»So einer bist du jetzt auch.«

Damian ging nicht darauf ein, denn er fühlte sich immer noch nicht wie ein Mensch. »Ich war in der Hölle.« Er sah Will in die Augen. »Was gibt es da zu sagen? Gott hat mich errettet, so wie er es nun einmal macht. Sonst wäre er wohl nicht unser Herr.«

»Du warst mehrere Tage in … der Hölle.«

Beinahe hätte Damian aufgelacht. Er wusste, hier in dieser irdischen Dimension war seit seinem Fall in den Tartaros kaum Zeit verstrichen, doch für ihn waren es Jahre gewesen. »Ja, ein paar Tage.«

»Hör mal.« Will richtete sich auf und stellte sein Glas ab. »Ich weiß wirklich zu schätzen, was du für Emily getan hast, und ich weiß auch, dass du … etwas für sie empfindest. Aber …«

»Aber?« Wenn er mit Will über etwas noch weniger sprechen wollte, als über die Hölle, dann war es Emily.

»*Aber* du solltest dein Leben auf die Reihe kriegen, Mann. Wenn du mit mir nicht reden willst, bitte, aber dann rede wenigstens mit ihr.«

Damians Kiefer spannte sich an. »Kein Wort zu ihr«, knurrte er und knallte sein Glas auf den Tisch, mit mehr Kraft, als vielleicht notwendig gewesen wäre. »Sie soll nichts davon wissen.« Er umfasste den Raum mit einer ausholenden Geste und sah Will wieder in die Augen. »Wir müssen sie nicht unnötig sorgen. Mein Körper ist jetzt menschlich, und meine Seele muss sich erst darin … einleben. Das alles geht wieder vorüber.«

»Wollen wir's hoffen.«

»Kein Wort zu ihr«, wiederholte Damian, und als Will nickte, wusste er, er konnte sich darauf verlassen. Es hätte ihm noch gefehlt, dass Emily auch noch anfing, ihn über die Hölle auszufragen und von ihm wissen wollte, was mit ihm geschehen oder wie er gerettet worden war. Nächtliche vertrauliche Gespräche konnte er genauso wenig gebrauchen, und so erhob er sich und machte sich auf den Weg ins Badezimmer.

»Du musst dir Hilfe holen!«, hörte er Will noch aus dem Wohnzimmer rufen. »Irgendwann musst du anfangen zu leben und dir Gedanken über die Zukunft machen.«

Damian schloss die Badezimmertür hinter sich. Kraftlos, ohne durch ein Zuschlagen zu zeigen, dass er genug hatte. Stattdessen verhielt er sich vollkommen zivilisiert. Er musste sich schließlich daran gewöhnen. Er musste sich daran gewöhnen, an Orte zu *gehen*, an die er gelangen wollte, zu trinken, um seinen Durst zu stillen, zu essen, um nicht zu verhungern. Sein Wille allein hatte keine Macht mehr. Er selbst besaß keine Macht mehr – und er war hilflos wie ein Säugling. Wie konnten Menschen nur so leben?

Seufzend beugte er sich über das Waschbecken und drehte den Hahn auf. Das Rauschen erfüllte den Raum und toste durch seinen Kopf. Er wollte sich gerade hinunterbeugen, um sich kaltes Wasser ins Gesicht zu spritzen, da bemerkte er eine Veränderung des Spiegelbildes.

Sofort beschleunigte sich sein Herzschlag wieder, das menschliche Organ pochte schmerzhaft gegen seine Brust. Schweiß bedeckte seine Stirn, und seine Hände klammerten sich an den Waschbeckenrand.

Er sah sich selbst im Spiegel, seine Augen waren vollkommen schwarz. Seelenlose Höhlen in einem kränklich blassen Gesicht mit blutverschmierten, zu einem widerwärtig geformten Lächeln verzogenen Lippen. An seinem

Hals zeugten die blutverkrusteten Löcher noch von den Eisendornen, und sein dunkles Haar hing ihm schweißverklebt in die Stirn.

»Wie lange glaubst du, dich verstecken zu können?«, fragte seine eigene, dämonisch entstellte Stimme im Spiegel. »Wie viele Jahre dauert ein menschliches Leben? Du wirst sterben und zur Hölle fahren. Du wirst zurückkommen.«

Damians Beine wurden schwächer, zitterten auf einmal, ein völlig unbekanntes Gefühl. Er kannte diese körperliche Schwäche nicht. Alles um ihn herum begann sich zu drehen. *Zurück in die Hölle.* Immer wieder hallten die Worte in seinem Kopf, und die Angst lähmte ihn, machte es ihm unmöglich, den Blick von seinem Spiegelbild abzuwenden. Er konnte nicht zurück in die Hölle, er würde es nicht durchstehen. Nicht noch einmal.

»Du kannst uns noch retten. Bitte Luzifer um Verzeihung.«

»Nein.«

»Dann gehst du wieder in den Tartaros. Und *das* wird dort aus uns werden.«

Sein Spiegelbild riss den Mund auf, Blut schoss daraus hervor, und Damian meinte zu spüren, wie es ihn besudelte. Die schwarzen Augen starrten ihn an, während ein bestialisches Knurren ertönte.

Damian presste seine Hände an die Ohren und schloss die Augen. Er sackte zu Boden und kauerte sich auf den Fliesen wie ein Kleinkind zusammen. Früher oder später würde er zurück in den Tartaros müssen. Dieses Leben dauerte nicht ewig. Und er würde zu einem wahrhaftigen Dämon werden, egal, ob durch Kapitulation vor seinem Vater oder durch die Qualen des Tartaros. Der Himmel war unerreichbar.

Nur am Rande hörte er, wie die Tür geöffnet wurde und jemand eintrat.

»Verdammter Mist! Hört das denn nie auf?«

Genau das fragte Damian sich auch.

Realität

Weihnachten war die Zeit der Freude, des besinnlichen Zusammenseins und des Friedens. Zumindest sollte es so sein. Wofür sonst waren diese Phrasen auf all den Grußkarten zu lesen, die ohnehin nur den Mülleimer fütterten?

Etwas inneren Frieden könnte Emily im Moment durchaus gebrauchen. Die Stille um sie herum war dabei nicht besonders hilfreich. So unheimlich das Weihnachtsfest dieses Jahr auch gewesen war, es konnte nicht einmal annähernd mit den darauffolgenden Tagen mithalten: den allgemein gefürchteten Verwandtenbesuchen. Eine Großmutter, sechs Onkel und Tanten mit einem ganzen Haufen Cousins und Cousinen, die sie alle nur ein Mal im Jahr sah, und sie hatte sogar Wills Onkel an den Feiertagen ertragen müssen. Stress und Trubel, die sie die ganzen Tage über auf Trab gehalten hatten, und ihr noch nicht einmal nachts etwas Ruhe ließen. Denn in den ungewohnt stillen Momenten, in denen sie in den Schlaf zu sinken versuchte, schwirrten die wildesten Gedanken durch ihren Kopf. Jeden Abend fürchtete sie bereits den kommenden Morgen – den Moment, in dem sie mit der Hoffnung aufwachte, dass die letzten Tage nur ein verrückter Traum gewesen waren. Doch mit jedem Öffnen der Augen stellte sich heraus, dass sie tatsächlich in dieser verdrehten Wirklichkeit lebte, die sie immer noch nicht begreifen konnte – geschweige denn die Zeit hatte, sich richtig damit zu befassen. So wie jetzt, wo ihr der schlimmste Verwandtenbesuch bevorstand, den sie wohl kaum heil überstehen würde.

Ein Blick in die Runde bestätigte, dass sie mit dieser Meinung nicht alleine war. Ihr gegenüber saß ihre Mutter Mary am Esstisch und warf immer wieder einen bangen Blick zur Uhr, die mit dem bedrohlich fortführenden Takt die Stille durchbrach. Daneben knetete Emilys Vater die Tischdecke und strich sie wieder glatt. Dass er damit ohne eine Bemerkung von Seiten ihrer Mutter durchkam, war äußerst bedenklich. Genauso bedenklich wie das Verhalten ihrer besten – und einzigen – Freunde Will und Annie, die sich zu ihrer linken Seite auf ihren Tee konzentrierten, und Emily nur hin und wieder mit dem Klirren der Löffel in den Tassen aufschreckten.

Verursacher ihres nervösen Bauchflatterns, das selbst den angedrohten Besuch ihrer Großtante unwichtig erscheinen ließ, war jedoch die Person zu ihrer Rechten. Ihr *Freund*. Ihr offizieller, von ihren Eltern und Gott anerkannter und vor allem realer, in dieser Dimension existenter Freund.

Möglichst unauffällig drehte sie den Kopf zur Seite und wurde sogleich von grünen Augen getroffen, die sie unter hochgezogenen Augenbrauen hervor ansahen. Damian zog einen Mundwinkel hoch und schenkte ihr ein nicht besonders gelungenes Lächeln, das sie anscheinend aufmuntern sollte. Ob sie sich wohl jemals an diesen Anblick gewöhnen würde? Ihren Schutzengel, der mit ihr am Esstisch saß und Lebkuchen vertilgte?

Emily wandte sich wieder ab und begegnete dem prüfenden Blick ihrer Mutter, der viel zu tief in sie zu sehen vermochte. Mary hatte den düsteren Fremden, der so plötzlich in ihrem Leben erschienen war, auf ihre berühmt herzliche Art aufgenommen, ein Hauch von Misstrauen blieb dennoch. Völlig begründet natürlich.

Wie könnte ein acht Tage alter Mensch kein Misstrauen erregen? Ein Mensch, dessen Augen mit schaurig düsterer Dunkelheit eine Gänsehaut hervorrufen konnten und dessen schwarzes Haar – bei einem offiziellen Alter von einundzwanzig Jahren – von grauen Strähnen durchzogen war? Ein junger Mann, der direkt aus der Hölle kam und jetzt an seinem Tee nippte. Völlig normal.

Dies sollte auch ihr Lächeln ausdrücken, doch ihre Mutter kannte sie zu gut. Ihr Blick wanderte zu Damian und wieder zurück zu ihr, auf eine Weise, die nichts Gutes bedeuten konnte. Ein Blick, den Emily mit einer in siebzehn Jahren perfektionierten Unschuldsmiene erwiderte.

Ihre Mutter wäre von der Wahrheit wohl wenig begeistert gewesen, und so war Damian zum Studium-Hinschmeißer erklärt worden, an den Emily ihr Herz verloren hatte. Es könnte alles so einfach sein – die Geschichte hatte ihr Happy End gefunden, doch leider war dies noch nicht ganz zu Emily durchgedrungen.

Gedankenversunken rührte sie in ihrem Tee und durchbrach damit die Stille. Plötzlich klingelte es an der Tür, und die schweigsame Versammlung am Esstisch fuhr zusammen, als hätte ein Blitz eingeschlagen. Die angespannten Mienen verwandelten sich in diesem Bruchteil der Sekunde in Grimassen der Angst, denn sie alle wussten, dass Großtante Sue mit ihren Enkelkindern vor der Tür stand und es kein Entkommen gab.

Ob es wohl Zufall war, dass ihre Mutter vor einer Stunde die Hintertür abgeschlossen und den Schlüssel hoch oben auf einem Küchenregal versteckt hatte? Wollte sie tatsächlich den Fluchtweg versperren? Wie kam sie auf solche Ideen? Wo Emily und ihr Vater bloß ein einziges Mal auf diesem Weg verschwunden waren, um ein Dessert zum nachmittäglichen Kaffee zu holen. Ein Ausflug, der allerdings ganze drei Stunden gedauert hatte. Die Suche nach einem Geschäft, das geöffnet hatte, war zu einer lustigen Autofahrt geworden – weshalb diesmal vermutlich auch die Schlüssel des Fluchtfahrzeugs konfisziert worden waren.

Schweigend erhoben sie sich nacheinander von ihren Stühlen und schlenderten in den Vorraum, der kaum groß genug war, um ihnen allen Platz zu bieten.

Ihre Mutter legte die Hand auf die Türklinke, und Emily meinte zu sehen, dass sie doch tatsächlich noch einmal kurz tief einatmete, ehe sie die sichere Barriere zum Unheil öffnete.

»Tante Susi!«, rief sie dann mit ungewohnt schriller Stimme aus. »Wie schön dich zu sehen! Bitte. Kommt herein. Hallo, Kinder.«

Umgeben von einer Wolke eisiger Kälte trat die vornehme Dame ein, die selbst Emilys Mutter gerade einmal bis zum Kinn reichte. Der Saum des beigefarbenen Mantels war dunkel vom Matsch der Einfahrt, und auf die Fellhaube hatten sich ein paar Schneeflöckchen verirrt. Über einen dunklen Fransenschal sahen sich die von Faltenkränzen umrandeten Augen um, wobei sich die Anwesenden bemühten, diesem Blick auszuweichen. Augenkontakt konnte bei dieser Frau schnell gefährlich werden. Niemand wollte ihre Aufmerksamkeit auf sich ziehen.

Vorerst hatten sie jedoch alle die erste Runde überstanden, denn in diesem Augenblick stürmten die achtjährigen Drillinge herein und wurden sogleich ermahnt, keinen Radau zu veranstalten.

»Ach, es sind doch Kinder«, sagte Emilys Mutter, die der kleinen Agnes über den Kopf strich. »Kinder sind nie zu laut.« Sie hatte die Worte kaum ausgesprochen, da stand ihr die Erkenntnis der eigenen Unachtsamkeit ins Gesicht geschrieben.

»Ja, ich weiß, liebste Marilyn«, kam auch sogleich Tante Sues Antwort. Nur sie vermochte es, mit Erwachsenen wie mit ungehörigen Bengeln zu sprechen. »Dein unerfüllter Wunsch nach einer Bande lärmender Bestien hat dein Herz verweichlicht. Aber Kinder brauchen eine strenge Hand, um …«

»… bei der Militärakademie einen guten Eindruck zu hinterlassen«, unterbrach sie eine tiefe Männerstimme. »Hallo, Sue.«

Emily sah zu ihrem Vater auf, der ihr auf einmal wie der strahlende Ritter eines Märchens erschien. Auch in Tante Sues Blick lag ein Blitzen, jedoch eines, mit dem man eine ganze Armee in die Flucht schlagen könnte.

»Hallo, James«, begrüßte ihn die Großtante kühl und ergriff die dargebotene Hand. »Dich hier anzutreffen gleicht einem Wunder.«

Emilys Vater zuckte gleichmütig mit den Schultern. »Was soll ich sagen«, seufzte er. »An Weihnachten geschehen die eigenartigsten Dinge.«

»So scheint es wohl zu sein.« Sie sah am Ehemann ihrer Nichte vorbei und zog beim Anblick der ungewohnt großen Zahl aufgereihter Jugendlicher die Augenbrauen zusammen. »Emily«, sagte sie schließlich, und am liebsten hätte Emily sich hinter den Männern versteckt. Doch auf die war natürlich kein Verlass. Will versetzte ihr einen solch heftigen Stoß in den Rücken, dass sie aus der sicheren Schlachtreihe nach vorn stolperte und sich ihrer Großtante gegenüber wiederfand.

»Hallo, Tante Sue«, begrüßte sie die über siebzigjährige Dame. »Ich hoffe, du hattest einen angenehmen Flug.«

»Wie soll ein Flug angenehm sein, wenn man die Ausdünstungen hunderter Menschen einatmet? Von diesem fürchterlichen Fraß einmal abgesehen, den sie Snack nennen.«

Emily wusste darauf beim besten Willen nichts Höfliches zu erwidern und sah etwas hilflos ihre Mutter an, doch Will hatte wohl eingesehen, dass er sich nicht länger drücken konnte. Irgendwann wäre er ohnehin an die Reihe gekommen. Daher wich er geschickt den Drillingen aus, die an ihm vorbei ins Wohnzimmer stürmten, und legte Emily die Hand auf die Schulter.

»Gib es zu, Tante Susie«, sagte er mit seinem flegelhaften Grinsen. »Du hast den Flug doch genossen und die ganze Zeit über mit den Flugbegleitern geflirtet.«

»Als würde ich mich zu solchem Benehmen herablassen.«

»Natürlich nicht.« Will beugte sich herunter und gab ihr einen Kuss auf die Wange. Er war der Einzige, der einigermaßen mit ihr umgehen konnte, und wurde daher von allen gerne als Schutzschild benutzt – als Riese, der nur knapp unter einem Türrahmen durchpasste, war dies kein Wunder.

»Du siehst gut aus«, bemerkte Sue auch sogleich, während sie ihn anerkennend von oben bis unten musterte. »Die Augen heilen, wie ich sehe.«

»Ich hab das Gröbste wohl hinter mir.« Heute hatte er die Sonnenbrille abgenommen, die er seit dem Unfall im letzten Mai beinahe ständig trug. Die Narben unter seinen Augen und an den Lidern waren verblasst und kaum noch zu sehen. Hin und wieder waren sie gerötet und blutunterlaufen, doch an diesem Tag sah er beinahe wieder aus wie früher – wie der blonde Sunnyboy, der jedes Mädchenherz zum Schmelzen bringen konnte – und auch das von älteren Angehörigen des weiblichen Geschlechts.

»Nun ja«, murrte Sue nach kurzem Schweigen, währenddem sie sowohl Will als auch Emily mit ihrem prüfenden Blick gemustert hatte. »Zu essen scheint ihr wohl beide nichts zu bekommen. Und du meine Güte, wie blass du bist, Mädchen. Marilyn siehst du nicht, wie blass sie ist? Und so dünn!«

Oh nein, dachte Emily. Sie hatte es kommen sehen. Dabei hatte sie zu diesem freudigen Anlass extra etwas tiefer in die Trickkiste gegriffen und Make-Up aufgelegt. Sie war immer schon eine geisterhafte Erscheinung gewesen, was ihr schwarzes Haar noch unterstrich, doch mit Schminke sah sie wohl noch gruseliger aus. Aber was sollte sie machen? Sie war bestimmt keine Anhängerin des Gothic-Looks. Und sie konnte ja nichts dafür, dass sie so aussah wie sie aussah. »Das ist jetzt so in Mode«, antwortete sie daher etwas bissig und erntete dafür nur ein verächtliches Schnauben.

Sie dachte schon, sie hätte das Schlimmste überstanden, da sah die Tante an ihr vorbei, und Emily fiel der Grund ihrer Nervosität vor diesem Besuch wieder ein.

»Und du bist?«, fragte Sue so sanft wie Schleifpapier.

Emily wusste nicht, ob sie erleichtert oder noch angespannter sein sollte, als sie aus den Augenwinkeln Annie einen Schritt vortreten sah. Noch war es nicht überstanden.

»Es freut mich, Sie kennenzulernen, Mrs Darnby«, sagte ihre Freundin freundlich lächelnd. »Mein Name ist Annie und …«

»Annie?« Tante Sue schritt an Emily und Will vorbei und ging geradewegs auf den zarten Rotschopf zu, der sie mit glühenden Wangen betrachtete. »Was soll das für ein Name sein? Wie heißt du richtig?«

Annie klappte der Mund auf, und sie brachte einige Augenblicke lang kein Wort heraus. Will stellte sich sofort neben sie und legte seinen Arm um sie. Mit dieser Stütze fand sie dann doch noch zu einer Antwort. »Mein Name ist Annabelle Morningstar, Ma'am«, sagte sie mit zitternder Stimme. »Ich bin hier zu Besuch.«

»Sie ist meine Freundin«, erklärte Will, und einen Moment lang war es bis auf das Geschrei der Drillinge im Wohnzimmer beunruhigend still.

»Ach«, machte Sue schließlich nach einer gefühlten Ewigkeit. »Du hast jetzt also eine Freundin, William? Wer hätte das gedacht.«

Erneut kehrte Schweigen ein, während sich Tante Sue zu Emily umdrehte, ihr einen wütenden Blick zuwarf und schließlich wieder Annie ansah. Und obwohl Emily das Gesicht ihrer Tante nicht sehen konnte, war die Feindseligkeit deutlich zu spüren.

Tante Sue hatte genauso wie ihre Eltern stets gehofft, Emily und Will würden eines Tages zusammenfinden, aber anders als ihre Eltern war Sue von diesem Gedanken geradezu besessen. Es hätte Emily nicht gewundert, wären die Hochzeitseinladungen mit ihren beiden Namen als Brautpaar bereits gedruckt.

»Es muss ja sehr ernst sein«, sagte Sue schließlich, als sie sich wieder an Will wandte. »Ich meine, wenn du sie sogar hierher mitbringst.«

»Wer würde bei Marys Lebkuchen und Keksen zu Hause bleiben?«

»Und Annie ist uns mehr als willkommen«, warf Emilys Mutter sogleich ein, um die Situation etwas zu entspannen. Sue warf ihr jedoch nur einen mitleidigen Blick zu.

»Natürlich«, stimmte sie mit all ihrer Herablassung zu. »Mich wundert nur, dass du hier kein Waisenhaus eröffnet hast.«

»Ich bin keineswegs eine Waise«, kam es in der naiven Unwissenheit von Annie, die Tante Sue zu wenig kannte, um die Folgen ihrer Worte vorherzusehen.

Erwartungsgemäß fuhr diese auch sogleich zu dieser Vertreterin der frechen Jugend herum, hielt dann jedoch mitten in der Bewegung inne.

Emily verspürte den Drang wegzulaufen, als die Tante die dunkle Gestalt im Schatten neben der Garderobe bemerkte.

Jetzt war es also so weit. Die Fürstin der Finsternis hatte den Sohn des Teufels entdeckt. Wenn das nicht Spaß versprach.

»Wer ist *das*?«, ertönte auch schon die schrille Stimme, die einer Alarmglocke Konkurrenz gemacht hätte. »Nimmst du wirklich schon jeden Streuner von der Straße auf, Marilyn?«

»Ähm, also, das ist …« Emily trat zu Damian und sah sich Hilfe suchend in der Runde ihrer Freunde und Verwandten um. Es war ihre Aufgabe Damian vorzustellen, schließlich war er ja auch irgendwie ihr Freund, aber wie zur Hölle sollte sie das machen? Wo sie ja noch nicht einmal selbst genau wusste, *was* er eigentlich wirklich für sie war. »Also … ähm, Tante Sue …«

»Ich bin Damian.« Furchtlos trat er einen Schritt auf die Tante zu und streckte ihr die Hand entgegen. »Ich bin bei Will zu Besuch.«

Emily atmete auf, doch die Erleichterung darüber, dass er die Initiative ergriffen hatte, dauerte nicht lange. Denn jetzt, wo er mitten im Licht stand und jede Sonderbarkeit seines Äußeren auch noch betont wurde, konnte Tante Sue ihn nur aus beinahe schon hervorquellenden Augen anstarren. Damian wartete noch ein paar Augenblicke lang, dann schloss er die Hand wieder zur Faust und ließ sie sinken.

»Netter Hut«, meinte er schulterzuckend, und auf seinem Gesicht lag ein äußerst ungezogenes Lächeln. Seine dunklen Augen schienen grüne Funken zu sprühen, und wieder einmal aufs Neue erkannte Emily, dass er mit dem Menschwerden seine dämonische Ausstrahlung keineswegs verloren hatte. Eine Ausstrahlung, die sie wohl vom ersten Moment an gefesselt hatte. Trotzdem war sie etwas beunruhigt, seit sie wusste, woher – oder besser gesagt: von *wem* – er diese hatte.

Tante Sue brachte immer noch kein Wort heraus, und so rettete Emilys Mutter vorübergehend die Situation, indem sie die Ansammlung Unglücklicher zum Esstisch lotste, wo sie sofort Tee und Plätzchen servierte. Ihrer Tante häufte sie einen besonders großen Turm auf den Teller, wohl in der Hoffnung, sie damit beschäftigt zu halten. Doch kaum hatten alle in dem lichtdurchfluteten Erker des Hauses Platz genommen, schien der Drache wieder zu sich zu kommen. Ein einziger Schluck Kamillentee hatte offenbar Wunder vollbracht, und die taxierenden Blicke in Richtung Teufelssohn wurden leider zu Worten.

»Also … Damian«, begann Sue und sah ihn über den Plätzchenturm hinweg an. »Wie weiter? Damian …« Sie machte eine auffordernde Handbewegung, Damian winkte jedoch mit einer Kokosmakrone in der Hand ab.

»Einfach nur Damian«, entgegnete er und biss ein Stück von seinem Keks ab, was Tante Sues Augen Blitze schleudern ließ. Es kam wohl nicht so häufig vor, dass jemand gegen ihre einschüchternde Erscheinung absolut immun war. Bedachte man hingegen Damians Kinderstube, war das nicht verwunderlich. Er hatte bestimmt schon mit Schlimmerem zu tun gehabt.

»Aha.« Sue rührte in ihrem Tee. »Und woher kommen Sie?«, fragte sie schließlich weiter, wobei Emily sich über die förmliche Anrede wunderte. Anscheinend wirkte Damian doch schon etwas älter. »Sie sind ja nicht aus dieser Gegend, oder?«

»Nein, von weiter weg.«

»Und *woher?*«

Damian sah auf und blickte ihr direkt in die Augen. »Aus der Hölle«, meinte er schließlich völlig gelassen, und Emily spuckte ihren Tee auf den Tisch.

»Himmel, Emily!«, kam es von ihrer Mutter, während Damian ihr beiläufig auf den Rücken klopfte. Sie bekam von irgendjemandem eine Serviette gereicht, Will und Annie versuchten sich in einem nicht sehr gelungenen Lachen, um die Worte als Scherz abzutun, und Tante Sue schien von alldem nichts mitzubekommen.

»Lass diese pseudomoderne Jugendsprache, Bursche, und rede anständig mit mir«, fuhr sie ihn nun gar nicht mehr so förmlich an, woraufhin Damian nur eine Augenbraue hochzog.

»Was soll das überhaupt da auf deinem Kopf sein?«, zischte sie auch schon weiter, womit sie offenbar sein graues Haar meinte, das einmal dunkler und fast schwarz und dazwischen wieder heller wie die Farbe von Asche war. Schnaubend wie ein Stier in der Arena wandte sie sich Goldhaar Will zu. »Na, was ist?«, fragte sie und verlangte offenbar von ihm eine Antwort, da Damian ja offiziell *sein* Besuch war. Zum Glück erwähnte niemand, dass Damian so etwas wie Emilys Freund und nur ihretwegen hier war. Sogar ihre Mutter verlor kein Wort darüber. Vermutlich wollte sie die Tante ebenso wenig über die Maßen reizen und war über diese harmlose Erklärung genauso froh wie alle anderen.

Will warf Damian einen flüchtigen Blick zu, biss in einen Zimtstern und zuckte mit den Schultern. »Die Farbe heißt ›Dreck‹, Tante Sue«, antwortete er und griff nach weiteren Keksen. »Ist grad der neueste Schrei. *Da wo er herkommt*«, fügte er dann noch so leise hinzu, dass es außer Emily und Annie, die neben ihm saßen, wohl niemand gehört hatte – zum Glück, sonst hätte die Debatte über die Herkunft wieder von vorne begonnen.

»Und wie alt sind Sie, wenn man fragen darf?«, führte Tante Sue das Verhör schließlich weiter, und diesmal blickten auch Emilys Eltern höchst interessiert von ihren Tassen auf.

In den letzten Tagen war Emily ihnen so gut wie möglich aus dem Weg gegangen. Sie hatte sich vor jeglichen Fragen zu Damian und ihrer Beziehung zu ihm gedrückt, mit der einfachen Ausrede: Ich will nicht darüber reden. Sie hatte sogar mit Türen geknallt und herumgeschrien, dass ihr Privatleben niemanden etwas anginge, nachdem die beiden natürlich nicht aufgehört hatten, sie mit Fragen über diesen plötzlich erschienenen und höchst mysteriösen Freund zu löchern. Ob sie für solch pubertierendes Verhalten nicht zu alt sei, hatten sie wissen wollen, doch Emily war die Meinung ihrer Eltern im Moment ziemlich egal. Was sollte man denn machen, wenn der Schutzengel aus seinen Träumen plötzlich vor einem stand? Sie hatte genug auf die Reihe zu bekommen und konnte sich nicht auch noch um Ausreden kümmern. Zum Glück hatte Will ihr gegen die Eltern beigestanden. So wusste keiner der beiden irgendetwas Genaueres, außer dass Damian Wills entfernter Cousin war, studiert hatte, jetzt aber eine Pause machte und bei Will vorübergehend unterkam. Fertig. Mehr brauchten sie Emilys Meinung nach auch nicht zu wissen. Nun drohte Tante Sue dieses Vorhaben allerdings zunichte zu machen.

»Sie gehen ja nicht mehr zur Schule, oder?«, fragte sie mit einem solch stechenden Blick, dass Damian sich mittlerweile wie ein Nadelkissen fühlen musste.

»Nein«, gab er völlig ungerührt zurück. »Ich habe studiert.«

»Was?«

Damian hielt einen Moment lang mit dem Löffel in der Hand inne, warf dann jedoch den Zucker in die Tasse und sah wieder lächelnd zu seinem Gesprächspartner auf.

»Theologie«, antwortete er schließlich, was alle Anwesenden die Augen aufreißen ließ. Selbst Emily konnte ihre Verblüffung nicht verbergen und hüstelte die Krümel aus ihrer Kehle, die dort stecken geblieben waren.

»Theologie?«, wiederholte Tante Sue – eigentlich kreischte sie dieses Wort eher. »Sie wollen also Pfarrer werden?!«

»Man muss nicht unbedingt Pfarrer werden, wenn man Theologie studiert«, warf Will schnell ein, was ihm jedoch zu seinem Pech wieder die Aufmerksamkeit des Drachen sicherte.

»Und woher kennt ihr euch?«, fragte sie ihn sogleich. »Er ist älter als du und Theologiestudent.«

»Wir sind Cousins«, antwortete Will mit Unschuldsmiene, doch er hatte nicht mit Tante Sues Elefantengedächtnis gerechnet.

»Wie das?«, bellte sie über den Tisch. »Die Söhne deines Onkels Patrick heißen Nikolas und Dennis. Der Sohn deiner Tante heißt Martin, und die andere hat nur Töchter. Also?« Sie wandte sich wieder an Damian und sah ihn auffordernd an.

»Ich wuchs in Tadschikistan auf«, gab der dann auch schon zur allgemeinen Verblüffung zur Antwort, als wäre es das normalste der Welt. »Als Sohn eines Arbeiters auf einer Baumwollfarm, wo wir zwanzig Stunden lang täglich im Schweiße unseres Angesichts schufteten. Eines Tages, ich war gerade acht, entdeckte ich etwas Blinkendes auf meinem Weg vom Feld und erkannte darin einen Brillantohrring. Es stellte sich heraus, dass dieser der ersten Exfrau von besagtem Onkel Patrick gehörte, die damals an einem Entwicklungshilfeprogramm teilnahm und die Plantage besichtigt hatte. Ich gab ihr den Ohrring zurück, sie adoptierte mich und nahm mich mit zu sich nach Hause. Nach ihrem Tod nahm sich Onkel Patrick meiner an und ermöglichte mir eine Ausbildung. Deswegen sind Will und ich so etwas wie Cousins.«

Es herrschte Totenstille. Alle starrten Damian an, als wäre er soeben aus irgendeiner Anstalt geflohen – was von der Wahrheit gar nicht mal so weit entfernt war. Mit solch einer Geschichte hatte niemand gerechnet, und schon gar nicht mit solch einer nüchternen Vortragsweise.

Wills Räuspern war die erste Regung nach gefühlten Minuten. Er hüstelte, strich sich die blonden Strähnen aus der Stirn und zerkrümelte einen Keks in der Hand. »So ungefähr ist es abgelaufen«, bestätigte er mit trockener Kehle und trank seinen Tee auf Ex aus, als stelle er sich im Moment einen anderen Inhalt vor. »Die Verwandtschaft kann man sich eben nicht aussuchen.« Er warf Damian einen kurzen Blick von der Seite zu, doch der hielt immer noch Tante Sues stechendem Blick stand.

»Aha«, sagte diese dann auch schon äußerst unheilvoll. »Aus Tadschikistan also.« Sie nippte an ihrer Tasse und betrachtete ihr Gegenüber über den Rand hinweg. Dann ließ sie das Geschirr mit etwas zu viel Schwung zurück auf den Tisch gleiten und lehnte sich im Stuhl zurück. »Dann sprechen Sie doch mal ... Tadschikisch«, schlug sie schließlich vor, und ein bösartiges Lächeln verzog die schmalen Lippen.

Damian sah sie einen Moment völlig ausdruckslos an, dann sprudelte es plötzlich in irgendeiner seltsam klingenden Sprache aus ihm heraus, als hätte er niemals anders gesprochen. Natürlich könnten seine Worte alles bedeuten und auch irgendeine andere Sprache sein, aber zumindest hatte er die Tante damit verblüfft und sie vorerst zum Schweigen gebracht. Auch Emilys Eltern wirkten nach dieser unvorhersehbaren Enthüllung, nun … verstört.

Umso erleichterter war Emily, als sie sich nach dem Tee in ihr Zimmer zurückziehen durften, und die Erwachsenen unter sich blieben. Einziger Nachteil daran: Sie mussten die Drillinge mitnehmen. War nur zu hoffen, dass diese sich an Emilys Staffelei nicht allzu schnell langweilten. Emily hatte extra ihre eigenen Zeichnungen überblättert und Stifte bereitgelegt, um die Biester etwas im Zaum zu halten, und anscheinend funktionierte diese Taktik auch. Vorerst.

»Und …« Annie ließ sich auf dem Hocker vor der Kommode nieder und warf einen bangen Blick zur Tür. »Wie lange wird deine Großtante jetzt hierbleiben?«

Emily und Will tauschten einen kurzen Blick. »Zu lange«, antworteten sie dann gleichzeitig und verfielen in ein keineswegs fröhliches Lachen. Doch sie kannten diese Besuche einfach zu gut, um sie nicht mit Galgenhumor zu nehmen.

»Bis zum Abendessen sind es noch drei Stunden«, sagte Will, »das heißt, wir haben sie noch gut vier, fünf Stunden am Hals.«

Emily ließ sich auf ihr Bett fallen und zog sich das Kissen über den Kopf. »Das halte ich nicht aus!«, schrie sie in die Daunen und krallte ihre Finger hinein.

»Wieso sind wir dann noch hier?«, fragte Damian, dessen Stimme ihr in der Wirklichkeit immer noch fremd erschien. Manchmal glaubte sie, es wäre alles nur Einbildung, und nur sie könne ihn in ihren Gedanken hören.

Langsam ließ sie das Kissen sinken und sah den einstigen Engel an. Sie wusste nicht, ob die Erinnerung an die Träume sie trogen und in dieser Märchenwelt der Gänseblümchen einfach alles heller und ... schöner gewirkt hatte, doch es fiel ihr schwer, Damian in die Augen zu blicken. Etwas war anders an ihm, und das lag nicht an seinem Menschsein. Im Gegenteil. Mit jedem Tag, der verging, kam er ihr weniger menschlich vor.

»Wie kamst du eigentlich ausgerechnet auf Tadschikistan?«, wollte sie wissen und richtete sich im Bett auf. »Dachtest du, das würde dir irgendjemand glauben?«

»Die Wahrheit haben sie ja auch nicht geglaubt. Von daher ...« Er hob die Hände und zuckte mit den Schultern.

»Na ja, aber irgendetwas Besseres müssen wir uns noch einfallen lassen«, übertönte Will das Gezeter der Drillinge, die um die Farben stritten. »Es wird noch mehr Leute geben, die wissen wollen, wo du herkommst, und wenn du wirklich hierbleibst ...«

»Wenn?«, fragte Damian und stieß sich von der Tür ab, an der er die ganze Zeit lässig gelehnt hatte. »Ich bin jetzt ein ...« – er warf den Drillingen einen kurzen Blick zu und fuhr mit gedämpfter Stimme fort – »... ich bin genauso wie ihr. Für mich gibt es nur einen Weg zurück, den ... üblichen.«

Will schüttelte den Kopf und legte Annie, die sich auf ihrem Hocker hin- und herdrehte, die Hände auf die Schultern. »Du bist nicht wie wir, Damian«, sagte er schließlich ebenso leise. »Aber du wirst wie wir *irgendetwas* machen müssen. Eine Ausbildung, arbeiten.«

»Schmeißt du mich raus?«, fragte Damian, und aus irgendeinem absurden Grund wirkte es auf Emily so, als führten Damian und Will unter der Oberfläche noch ein anderes Gespräch. Und das nervte sie ganz gewaltig. Natürlich hatten die beiden seit Damians Auftauchen sehr viel Zeit miteinander verbracht, schließlich wohnten sie zusammen, doch auf Dauer konnte das wirklich keine Lösung sein. Noch dazu, da sich die beiden nicht wirklich leiden konnten, was deutlich spürbar war.

»Natürlich schmeiße ich dich nicht raus«, gab Will zurück, »aber ich frage mich schon, wie das Ganze laufen soll. Du wurdest zurückgesandt ... und weiter? Du brauchst Papiere, Geld, ... eben Menschendinge. Ist bei deinen *Beziehungen* vielleicht auch in diesem Punkt etwas Nützliches dabei?«

»Ja«, meinte Damian und überraschte sie alle mit dieser Antwort. »Lasst das nur meine Sorge sein. Ich kümmere mich darum.«

»So wie du dich um alles andere kümmerst?« Will lehnte sich an die Kommode und sah zum Fenster hinaus. »Lasst uns von hier verschwinden«, sagte er dann plötzlich und warf den Drillingen einen Blick zu. »Bis zu mir ist es nicht so weit, und vielleicht ist Mary gnädig und holt uns nicht zurück.«

»Du willst zu Fuß durch den Schnee?« Auch Annie sah zu den dahinschwebenden Flöckchen vor dem Fenster und dann zurück zu den nicht gerade winterfest aussehenden Schuhen an ihren Füßen. Zu solch einem Anlass zählte eher das Aussehen des Schuhwerks in Kombination zur Festtagskleidung als die Funktionalität. »Ich kann mir vorstellen, Emilys Eltern werden nicht begeistert sein, außerdem ist es unhöflich. Vielleicht sollten wir ...«

»Die rechnen doch damit.« Will drückte ihr einen Kuss auf den Scheitel. »Mach dir keine Gedanken. Die werden nicht so schnell sauer.«

Alle sahen zu Emily, als läge die Entscheidung bei ihr, und da sie sich ebenfalls Besseres vorstellen konnte, als sich hier im Zimmer weiterhin zu verkriechen, nickte sie. »In Ordnung. Lasst uns von hier verschwinden.«

Sie hatte die Worte kaum ausgesprochen, da fiel ihr auf, dass sie auch die Aufmerksamkeit der Drillinge ergattert hatte, die sie jetzt mit offenen Mündern anstarrten.

»Das dürft ihr nicht«, protestierte auch schon Klara mit erhobenem Zeigefinger. »Ihr müsst auf uns aufpassen!«

»Ihr seid schon groß«, meinte Will und zwinkerte den dreien zu. »Es ist ein Spiel. Alle sind schön leise, und niemand sagt den Erwachsenen, dass wir weg sind.«

Die drei starrten ihn noch einen Moment lang an, dann begannen sie zu brüllen. »Omaaaa!«, schrien sie im Chor und rissen die Tür auf. »Emily und ihre Freunde wollen weglaufen! Omaaaa!«

»Reizende Kinder«, meinte Damian und trat ans Fenster. Er betrachtete eingehend die Konstruktion, brauchte zwei Fehlversuche und öffnete es schließlich, was augenblicklich eisigen Wind und Schnee hereintrieb.

»Das ist nicht dein Ernst«, keuchte Annie, die sofort zurücktrat und fröstelnd die Arme um sich schlang. »Du willst aus dem Fenster klettern?«

»Hast du eine bessere Idee?«

Emily trat zwischen die beiden und blickte an Damian vorbei in die Tiefe. Die Schneeverwehungen waren hier am Rande der Einfahrt so hoch, dass sie bedenkenlos springen konnten. »Omaaaa! Tante Mary!« Die Stimmen der Kinder klangen dumpf vom Flur herein, und Trappeln auf der Treppe war zu hören. »Emily will aus dem Fenster klettern! Tante Maryyyy!«

»Wir sollten uns entscheiden«, sagte Damian mit einem skeptischen Blick zu Annie, doch da schob sich Will schon an ihnen vorbei, schwang die langen Beine über das Fenstersims und sprang in die Tiefe. Der Schnee war bereits gefroren, und daher brach er nicht ein – zumindest nicht besonders tief. Er schlitterte lediglich den Hang hinab und krachte mit einem Fluch auf den Lippen auf die freigeräumte Einfahrt.

»Unsere Schutzengel laufen wohl gerade im Kreis«, meinte Damian und reichte Annie die Hand, die sich nun doch ans Fenster getraut hatte.

Emily zog die Augenbrauen nach oben. »Habe ich jetzt einen neuen Schutzengel?«, fragte sie, ohne sich um die herannahenden Schritte zu kümmern. »Und du auch?«

»Wer weiß das schon?« Er winkte Will unten in der Einfahrt und half Annie beim Hinausklettern. »Denk dran«, sagte er dann noch an den Rotschopf gerichtet. »Wenn plötzlich alles schwarz wird – gehe ins Licht, nicht in die Dunkelheit.«

Annie zog eine Grimasse. »Ich werde deinen Ratschlag beherzigen«, erwiderte sie, atmete noch einmal tief durch und stieß sich schließlich mit einem schrillen Schrei ab. Ein Krachen war zu hören, als sie auf dem aufgetürmten Schnee aufkam und Will in die Arme rutschte, dann hörte man sie auch schon lachen und nach oben rufen.

»Du bist die Nächste.« Damian reichte ihr die Hand.

Emily sah ihm in die Augen und fühlte sich schmerzhaft an ihren Traum erinnert. Schon einmal hatten sie so an einem Abgrund gestanden, auch wenn ihr Kinderzimmerfenster wohl nicht so bedrohlich war wie die Klippe in der Vorhölle. Und doch befiel sie das warme Kribbeln eines Déjà-vus, vermischt mit dem schmerzhaften Ziehen des Verlusts. Egal wie sehr sie sich auch in seine Nähe wünschte, wie sehr sie sich über seine Anwesenheit freute – es war doch so völlig anders als damals, so fremd und beängstigend. Es war ihr, als wären sie nicht mehr dieselben wie im Traum. Und jetzt mussten sie erst einmal herausfinden, ob das, was sie damals gehabt hatten, immer noch in ihnen war.

»Diesmal soll ich mich wohl nicht ausziehen«, versuchte sie die unangenehme Situation mit einem Scherz zu entspannen und sich ihre widersprüchlichen Gefühle nicht anmerken zu lassen, doch Damians halbes Lächeln bewies, wie misslungen dieser Versuch war. Seit seinem Erscheinen vor ein paar Tagen waren sie sich kein einziges Mal nahe gewesen, hatten sich lediglich wie zwei fremde Tiere belauert und beobachtet, noch nicht einmal richtig miteinander gesprochen, und Emily fühlte sich stets etwas beklommen in seiner Gegenwart. Schon am zweiten Tag hatte sie ihm das halbe Schutzengelamulett zurückgegeben, das sie damals aus der Hölle zurückgebracht hatte. Tagelang hatte sie es angestarrt und überlegt, wie sie mithilfe dieses Amuletts Damian zurückholen könnte. Dann war er plötzlich da gewesen, und Emily fand, das Amulett gehörte ihm. Er hatte so viel dafür getan, um es zu bekommen, und daher hatte sie es ihm wiedergegeben.

»Geh über die Kante«, flüsterte er schließlich und zeigte damit, dass er sich ebenfalls noch an ihren Sprung ins Wasser erinnerte. Seine Augen blickten mit derselben

Intensität wie damals bis in ihr Innerstes, und Emily wusste nicht, ob sie unter dem Blick vergehen oder lieber weglaufen sollte.

Und daher sprang sie. Noch ehe sie sich weitere Gedanken um Damian, sich selbst oder sie beide zusammen machen konnte, kletterte sie ohne seine Hand zu ergreifen aus dem Fenster und stürzte sich in den Schnee.

Am Rande hörte sie noch die Drillinge, die wohl gerade zurück ins Zimmer gestürmt waren, als sie jedoch auf der eisigen Oberfläche landete, hatte sie nichts anderes im Sinn, als am Leben zu bleiben.

Ihre Beine rutschten sofort unter ihr weg, und sie landete äußerst unsanft auf ihrem Allerwertesten. Mit weit aufgerissenen Augen rutschte sie die Schneewehe hinab und knallte gegen etwas Hartes, das sich als Will herausstellte.

»So elegant ist noch niemand auf seinen Hintern geknallt«, meinte er, als er ihr half aufzustehen, doch Emily konnte ihm, außer Atem wie sie war, lediglich gegen die Brust boxen.

Im nächsten Moment kam auch schon Damian neben ihr auf die Beine, und beinahe gleichzeitig erscholl der Ruf ihrer Mutter über ihnen vom Fenster, vermischt mit dem Geschrei der Drillinge.

»Kommt sofort zurück!«, hörte sie ihre Mutter rufen. »Seid ihr denn wahnsinnig?«

»Emily!« Ihr Vater erschien in der Eingangstür, was in ihnen allen gleichzeitig den Fluchtinstinkt weckte.

Wie auf ein unsichtbares Kommando hin, drehten sie sich um und stürmten die Auffahrt hinunter auf die gespenstisch verlassene Straße. Damian ergriff ihre Hand und zog sie weiter, während Will vor ihnen lief und Annie mit sich schleifte. Sie trugen keine Jacken oder Mützen, da diese natürlich in der Garderobe im Erdgeschoss hingen, doch auch so glühten Emilys Wangen bald von der Hitze dieses Sprints. In ihre Lunge wollte kein Sauerstoff gelangen, denn sie alle lachten sich das Herz aus der Brust, während die Rufe von Emilys Eltern allmählich verklangen.

Wie eine Horde Verrückter überquerten sie die Straße und bogen in den Waldpfad zum See ein. Der hier höher liegende Schnee verlangsamte ihre Schritte, und erst jetzt nahm Emily den Griff um ihre Hand deutlicher wahr – als etwas Reales, warm und fest. Sie sah zu Damian, der neben ihr herlief, sah die Schneeflocken, die sich in sein graues Haar mischten, und lachte immer weiter. All das war kein Traum. Sie waren wirklich hier, und es war so … normal. Freunde, die Zeit miteinander verbrachten, Spaß hatten, lachten. Zwei Pärchen, die sich mochten und gemeinsam etwas unternahmen, so wie Teenager es eben taten. Niemals hätte Emily gedacht, sich jemals in solch einer banalen Situation wiederzufinden und sich dabei so gut zu fühlen.

Damian wandte seinen Kopf und blickte sie an. Ein Junge, der ein Mädchen ansah. In diesem Moment hatte Emily das Gefühl, sie könnten die Distanz überbrücken, diese merkwürdige Mauer, die seit seinem Menschwerden zwischen ihnen stand, durchbrechen. Vielleicht würden sie mehrere Anläufe brauchen, aber irgendwann würden sie wieder richtig zusammenfinden – ohne durch Dimensionen oder Ebenen getrennt zu sein, ohne von irgendwelchen Dämonen oder Engeln bedroht zu werden. Sie würden einfach nur leben. In der Realität.

Eingeholt

Am See hielten sie das erste Mal auf ihrer Flucht inne, obwohl sie ohnehin niemand verfolgt hatte. Um Atem ringend und wie die Bullen weiße Wölkchen ausstoßend, standen sie im Schnee, und Emily musste sich an Damian festhalten, sonst wäre sie vor Erschöpfung wohl umgekippt.

»Schade, dass ich Tante Sues Gesicht nicht mehr gesehen habe«, keuchte sie und versuchte sich allmählich wieder aufzurichten, auch wenn diese Position in ihrem Brustkorb schmerzte. »Ich hoffe, euch ist klar, dass ich jetzt obdachlos bin. Nach Hause kann ich nicht mehr.«

»Immer nur herbei!«, rief Will und strich sich das schneenasse Haar aus den Augen. »Ich bin sowieso schon ein Asylantenheim. In der Badewanne ist noch Platz.«

»Ich teile auch gerne die Couch«, warf Damian ein und legte seine Hände auf ihre Schultern. Emily fuhr wie von der Tarantel gebissen herum. Und Will schien auf einmal seine gute Laune verloren zu haben.

»Im Haus hätte eine ganze Fußballmannschaft Platz«, meinte er dann zum Wetter passend kühl. »Es wird wohl nicht nötig sein zusammenzurücken. Außerdem hat sie ein Zuhause.«

Damian zuckte mit den Schultern und hauchte Emily

einen Kuss auf den Scheitel. Eine völlig beiläufige und scheinbar belanglose Geste, aber Emily ging sie durch Mark und Bein. Sie hatte, was Jungs betraf, so gut wie keine Erfahrung, und die Momente mit Damian waren außerhalb ihres Körpers vonstattengegangen – in ihrem Unterbewusstsein. Sie hatte zwar immer angenommen, Träume wären viel intensiver, doch seine Berührung im wirklichen Leben auf ihrer Haut zu spüren, war mit nichts zu vergleichen. Die Empfindungen erschütterten sie bis tief ins Innerste, und Emily war nicht in der Lage zu sagen, ob das jetzt gut oder schlecht war. Allein sein Gerede machte ihr schon Angst. Himmel, sie hatte jetzt einen Freund! Der seine Couch mit ihr teilen wollte!

»Wir sollten uns also überlegen, wie wir Emilys Eltern wieder besänftigen«, schlug Damian schließlich vor und ging mit den anderen auf das Haus zu. »Damit sie in ihrem eigenen Bett schlafen kann.«

Will warf ihnen beiden einen Blick zu. »Es wäre wirklich besser, wenn du abends nach Hause gehst, Emily. Ich hab zwar das Gästezimmer …«

»Na, bitte!« Emily rieb ihre Hände aneinander. »Wenn Damian es schon verschmäht, dann lass wenigstens mich dort Zuflucht suchen. Zu meinen Eltern traue ich mich jetzt, sagen wir mal … drei Wochen nicht mehr.«

»Meinst du, die sind wirklich böse auf dich?«, fragte Annie, die in Wills Umarmung trotz knallgelbem Pullover beinahe völlig verschwand. »Ich glaube eher, du machst es nur schlimmer, wenn du nachher nicht heimgehst.«

»Ja, sie werden dich schon nicht fressen«, pflichtete Will seiner Freundin bei.

»Und außerdem sind sie sicher nicht begeistert davon,

wenn du bei zwei Männern übernachtest«, stimmte nun auch noch Damian zu, was Emily irgendwie seltsam vorkam.

»Hey«, protestierte sie und sah zwischen ihren Freunden hin und her. »Was ist plötzlich mit dem Asylgerede? Ihr wollt mich echt in die Höhle des Löwen zurückschicken? So zart und zerbrechlich wie ich bin? Völlig schutzlos?«

»Du wirst es überleben, Bohnenstange«, sagte Will, während sie wieder in den Tiefschnee des Waldes gelangten. »Die Konsequenzen hättest du dir eben vorher überlegen müssen.«

»Na, vielen Dank auch, Daddy. Ihr habt ja leicht reden. Ihr lauft einfach weg, und ich kann die Konsequenzen ausbaden.«

»Bald fängt die Schule wieder an«, warf Damian völlig zusammenhanglos ein, was ihm von allen perplexe Blicke einbrachte. »Ich mein ja nur.«

»Soll das heißen, das Übernachtungsthema ist damit abgeschlossen?«, fragte Emily, der es wirklich ernst mit ihrem Plan gewesen war, an diesem Tag nicht nach Hause zu gehen. Doch anscheinend spielte sie auf verlorenem Posten.

»Ganz genau«, antwortete Will, und als Damian und er sich einen kurzen Blick zuwarfen, war Emilys Misstrauen endgültig geweckt.

»Was ist hier eigentlich los? Aus irgendeinem Grund wollt ihr mich nicht dahaben. Gibt es da etwas, wovon Annie und ich vielleicht wissen sollten, hm? Zwischen euch beiden? Was geht da ab?«

Will fuhr sich mit der Hand durch das Haar und schüttelte den Kopf. »Ich bin dafür, wir reden weiter über das Schulthema.«

Und das taten sie dann auch, den kompletten Weg durch den Wald, wo sie der Forststraße folgten, über der sich die schweren Äste wie ein Kuppeldach beugten und sie immer wieder mit kleinen Lawinen erfreuten. Dann gingen sie auch schon weiter, die elendslange Auffahrt zu Wills Blockhaus hinauf, wo sie durch eine Allee von Ziersträuchern spazierten, die nur noch als unförmige weiße Gebilde erkennbar waren. Durchnässt und völlig verfroren gingen sie schließlich ins Haus. Jeder Versuch von Emily, aus den Jungs herauszubekommen, warum sie beim Thema »Übernachtung« plötzlich so ernst wurden, scheiterte kläglich. Sogar Annie wurde allmählich misstrauisch.

Und je länger Emily die zwei beobachtete, umso sicherer war sie sich, dass sie ihr irgendetwas verschwiegen. Denn so eng konnte ihre Freundschaft nach den paar Tagen wohl kaum sein. Doch welches Geheimnis sie auch hatten, Emily würde es herausfinden.

Die Wärme in Wills Haus war trotz kaltem Kamin beinahe erdrückend. Emily schlüpfte wie immer am Fuße der Treppe zum Obergeschoss aus ihren Schuhen und ließ sich auf die Couch vor dem Fernseher fallen.

»Wer mich von hier weghaben will, muss mich schon wegtragen«, beschied sie, nachdem sich auch die anderen aus den nassen Sachen geschält hatten und es sich kurz danach in der Kuschelecke des verglasten Wohnzimmers gemütlich machten.

»Du weißt schon, dass das mein Schlafplatz ist?«, fragte Damian und blieb mit vor der Brust verschränkten Armen vor ihr stehen. »Du hast zwei Möglichkeiten: Entweder machst du sofort Platz, oder ich leg mich einfach auf dich drauf.«

Schalk sprach aus seiner Stimme, und seine Augen blitzten. Sie kannte diese schnell umschlagenden Stimmungen an ihm, konnte jedoch nicht behaupten, bereits besser damit umgehen zu können. Der abrupte Wechsel von manischen zu depressiven Phasen machte ihr Angst, und doch war sie froh, dass der Schatten jetzt verflogen war. Etwas stand zwar nach wie vor zwischen ihnen, aber sie wollte gerade nicht darüber nachdenken, was das war.

»Um mal eins klarzustellen«, gab sie daher grinsend zurück, »ich hab schon auf dieser Couch gelegen, da warst du noch …« Sie sah kurz zu Will und Annie hinüber, die gerade auf der Suche nach trockenen Sachen nach oben verschwanden. »… kein Mensch, und meine Ansprüche gelten schon viel länger.«

»Du meinst, du hast dir das Couch-Recht bereits *ersessen?*«

»Ist so 'ne Menschensache, weißt du. Da gelten bestimmte Regeln … Ah!«

Damian packte ihre Füße und schwang ihre Beine zur Seite. Sofort warf er sich auf die frei gewordene Stelle und versuchte sie dann mit einem weiteren Schubs zu Boden zu katapultieren. Im letzten Moment gelang es ihr gerade noch, sich an seinem Arm festzuhalten und daran wieder hochzuziehen, was Damian jedoch das Gleichgewicht verlieren ließ, sodass sie beide äußerst unsanft zwischen Beistelltischchen und Couch hinunterkrachten.

Emily lachte, bis ihr Tränen in die Augen stiegen, auch wenn Damian ihr mit seinem Gewicht fast den Brustkorb zerquetschte. Auch er war so ausgelassen, dass er nicht einmal über die Schmerzen jammerte, die seine Begegnung mit der Tischkante ausgelöst hatte.

»Geh runter von mir«, prustete Emily atemlos, doch Damian ließ seine Stirn an ihre Schulter sinken und schüttelte den Kopf.

»Ich kann nicht«, stöhnte er scheinbar leidend in ihren nassen Pullover. »Dieser Körper will nicht so wie ich.«

Emily versuchte ihren Kopf anzuheben, konnte außer schwarzgrauem Haar jedoch nichts erkennen. »Beweg dich einfach«, kicherte sie. Damian drehte den Kopf zur Seite, und der Blick seiner dunkelgrünen Augen ließ ihr Lachen abrupt verstummen. Von einer Sekunde auf die andere verlor die Situation jede Harmlosigkeit, und in Emily stieg vor Panik leichte Hitze auf. Besonders als er plötzlich sein Gewicht verlagerte, um seinen Arm zu befreien und seine Hand an ihr Gesicht führte.

»Wie fühlst du dich?«, fragte er zu ihrem Erstaunen und strich mit dem Fingerknöchel sanft über ihre Wange.

Emily starrte ihn an. »Ähm … nass?«, gab sie zurück, wofür sie sich selbst eine Ohrfeige hätte geben können. Eine dümmere Antwort konnte auf solch eine Frage kaum existieren, doch was bitte schön sollte sie darauf auch sagen? Wie fühlte man sich, wenn man hoch oben in einer Achterbahn saß und den Wendepunkt erreichte, nach dem es steil abwärts ging und einen der Adrenalinstoß zu überwältigen drohte? Furcht und Freude hielten sich die Waage. Sie wusste nicht, was sie empfand. Ihr Körper reagierte, ja. Ihr wurde heiß, ihr Herz hämmerte heftig, und ihre Gliedmaßen kribbelten, als würden sie jeden Moment einschlafen.

Damian lächelte nur, stützte sich auf den Ellbogen und

strich ihr das nasse Haar zurück. »Ja, so geht's mir auch«, sagte er schließlich und ließ seinen Blick über ihr Gesicht wandern. »Ich meinte aber eher, wie du dich fühlst … hier mit mir.«

Emily schluckte und hielt unwillkürlich den Atem an. Natürlich wusste sie genau, was er gemeint hatte. Aber was sollte sie ihm darauf antworten? Seit seiner Rückkehr aus dem Tartaros und seinem Menschwerden hatten sie nie über sich und ihre Gefühle zueinander gesprochen. Sie hatten niemals darüber gesprochen, was Damians Auftauchen eigentlich für sie beide bedeutete, und Emily war sich auch nicht sicher, ob sie diese Analysen bereits durchführen wollte.

Gleichzeitig interessierte sie sich jedoch für seine Empfindungen. Sie wollte wissen, wie es ihm ging – in dieser Welt. Allerdings war es nicht fair, eine Frage mit einer Gegenfrage zu beantworten.

»Ich muss mich wohl noch an die … veränderten Umstände gewöhnen«, erwiderte sie daher, was ja durchaus der Wahrheit entsprach.

Damian nickte, anscheinend zufrieden mit dieser Offenbarung. »Auch da geht es mir nicht anders.« Er sah einen Moment lang über sie hinweg zur Couch und blickte ihr schließlich wieder in die Augen. »Aber …«, begann er dann zögernd und atmete tief ein, »du hast kein Problem damit, oder?« Er hob die Augenbrauen. »Also damit, dass ich hier bin? Du … freust dich doch, oder?«

Emily lachte etwas hysterisch auf. »Natürlich!«, sagte sie mit schriller Stimme. »Ich … habe mir das doch immer gewünscht.«

Seine Augen leuchteten auf. »Ehrlich?«, fragte er, und

um seine Lippen spielte ein Lächeln. »Denn es ist alles ziemlich seltsam … Für dich bestimmt auch, und diese Entscheidung war … gewaltig. Wir hatten noch keine Zeit, darüber …«

»Damian.« Emily versuchte sich aufzurichten, und mit Damians Hilfe gelang es ihr, sich mit dem Oberkörper an die Couch zu lehnen, während er neben ihr kniete. »Es ist alles in Ordnung«, bekräftigte sie. Was auch beinahe stimmte. Denn natürlich hätte sie niemals gewollt, dass Damian für sie in den Tartaros gehen musste, und in ihren Träumen mit ihm hatte sie sich auch tatsächlich immer gewünscht, diese Momente wären Wirklichkeit. »Ich freue mich ehrlich, dass du hier bist und dass du das … für mich getan hast.«

»Für *uns*.« Er sah sie einfach nur an, doch irgendwie wurde daraus einer jener Augenblicke, in denen sie bei einem Film immer die Augen verdrehte und »Geht's vielleicht noch kitschiger?« stöhnte. Sie hasste diese nervöse Spannung zwischen zwei Menschen, wenn etwas im Raum stand, es aber noch weiter hinausgezögert wurde, um die Dramatik zu erhöhen. Im wahren Leben war es jedoch etwas ganz anderes, wenn auch nicht weniger unangenehm. Sie wussten beide, was jetzt geschehen würde. Sie saßen dicht nebeneinander und sahen sich an. Es herrschte betretenes Schweigen, und es war wohl ein gottgegebenes Gesetz, wie dieser Moment enden musste. Und doch rührten sie sich nicht, was die Angelegenheit noch peinlicher machte.

Sie hatten sich bereits geküsst, im Traum, aber jetzt war irgendwie alles anders. Sie benahmen sich wie Fremde, die sich gerade erst kennenlernten, einander abschätzten und beschnupperten. Eigentlich dürfte es doch nicht so schwer sein, einfach da weiterzumachen, wo sie damals aufgehört hatten. Wieso funktionierte es dann nicht? Woher kam diese Angst?

Natürlich war ein Kuss nichts, wovor man sich fürchten musste, und doch war Emily einer Panik gefährlich nahe. Was, wenn sie sich küssten und einer von ihnen merkte, dass die Gefühle des Traums verschwunden waren? Was, wenn all die Strapazen umsonst gewesen waren? Wieso fühlte es sich an, als *müssten* sie sich jetzt küssen? Wieso fühlte sich Emily so in die Enge getrieben? Sie musste ihn küssen, und es musste sie einfach umhauen, denn sonst wäre alles umsonst gewesen.

»Du machst ein Gesicht, als hielte ich dir eine Pistole an den Kopf«, meinte Damian. »Sehe ich so furchtbar aus?«

Emily hielt dem durchdringenden Blick der grünen Augen noch einen Augenblick lang stand, dann stieß sie Damian mit beiden Händen von sich und sprang auf. Dass ihr Verhalten lächerlich war, kümmerte sie nicht. Flucht war das Einzige, woran sie noch denken konnte.

Es war ihr egal, dass Damian sich ebenfalls wieder aufgerichtet hatte und ihr hinterherstürmte. Dass er kurz darauf neben ihr stand und ihr stumm dabei zusah, wie sie in ihre Schuhe schlüpfte. Und es interessierte sie auch nicht, dass sie die Schritte von Will und Annie auf der Treppe hörte, die gerade mit trockenen Sachen zum Anziehen herunterkamen. Sie konnte einfach keinen einzigen Augenblick länger in Damians Gegenwart sein.

Himmel! Er war der Sohn des Teufels, ein Halbgott, und er hatte sein unsterbliches Leben für sie, Emily, die verkorkste, viel zu blasse, viel zu dünne, vampirähnliche

Schülerin aufgegeben! Schon seit Tagen war ihr das bewusst gewesen, und doch traf sie die Verantwortung seines Opfers plötzlich mit voller Wucht. Jede Freiheit war ihr genommen worden. Sie musste ihn lieben, sie musste seine Freundin sein und alles dafür tun, damit er in diesem Leben glücklich war, denn es war alles ihre Schuld! Er hatte es für sie getan!

Damian versuchte nicht sie aufzuhalten, aber sie spürte seinen Blick auf sich wie brennende Nadeln, was ihre Schuldgefühle nur noch schlimmer machte. Natürlich konnte er sie nicht verstehen und war verwirrt. Und natürlich wagte sie jetzt nicht, ihn anzusehen.

Nachdem sie zurück ins Schneegestöber gestürmt und die Tür hinter sich zugeknallt hatte, war sie jedoch auch nicht ruhiger. Immer noch hatte sie das Gefühl, weiter fliehen zu müssen.

Das tat sie letztendlich auch. Wie eine Irre lief sie durch die Kälte, beschimpfte sich in Gedanken selbst und konnte kaum fassen, was sie gerade getan hatte. Wie dumm sie doch war! Wochenlang hatte sie wegen Damian geheult, ihn vermisst und sich um ihn gesorgt, und jetzt, wo er endlich hier war, wo alles gut zu werden schien, zerstörte sie alles.

Was musste er jetzt von ihr denken? Würde er überhaupt jemals wieder mit ihr sprechen? Du meine Güte, es war doch nur ein Kuss. Seine Lippen, ihre Lippen. Kein Weltuntergang. Sie wollte es ja auch! Doch irgendwie schien von diesem Kuss ihre gesamte Zukunft abzuhängen. Sie hatte einfach solche Angst, dass sie nichts dabei empfinden würde.

Zuletzt hatten ihre Lippen die von Will berührt. Sie

hatte ihren besten Freund geküsst, und nun war plötzlich wieder ihr Schutzengel da. Wie sollte denn alles weitergehen wie zuvor? Das war unmöglich!

Zwar war die Sache mit Will geklärt – irgendwie zumindest –, sie waren nur Freunde, beste Freunde, und auch wenn da hin und wieder eine gewisse Spannung zwischen ihnen herrschte, liebte er doch Annie, und Emily liebte Damian.

Der See kam schneller, als sie erwartet hatte. Ihre Lunge schmerzte inzwischen so sehr, dass sie einen kurzen Zwischenstopp einlegen musste. Die kalte Luft schnitt wie Eiszapfen durch ihren Körper, und ihr Atem schien auf ihrem Gesicht zu gefrieren.

Trotz des Sprints erschien es ihr kälter als vorhin, was nichts bedeuten musste, schließlich war ihre Kleidung diesmal schon nass gewesen. Immer wieder warf sie bange Blicke zurück zum dunklen Forstweg, auch wenn sie eigentlich wusste, dass ihr niemand gefolgt war. Ihre Freunde saßen jetzt wahrscheinlich zusammen und debattierten über ihre Psyche – oder darüber, welcher Teufel sie geritten hatte.

Die Kälte und Nässe ließen sie zittern, als sie in der unheimlich schnell hereinbrechenden Dämmerung am Waldrand stand. Vor ihr die weiße Fläche, die im Sommer als Liegewiese benutzt wurde, und dahinter die dunkle Oberfläche des Sees, der von den Kronbergen überthront wurde. Auf einmal hatte Emily ein seltsames Gefühl. Eigentlich war alles so wie immer, sie war ja auch schon tausende Male hier gewesen, bei jedem Wetter, zu jeder Tageszeit. Doch heute fröstelte sie so allein hier draußen.

Vermutlich lag ihre neue Ängstlichkeit an den vergangenen Ereignissen mit gewissen Höllenangelegenheiten und war lediglich ihrer Paranoia zuzuschreiben, aber je mehr sich ihr Atem nach dem Lauf beruhigte, umso merkwürdiger erschien ihr die Stille hier draußen.

»Unsinn«, sagte sie laut, um ihre eigene Stimme zu hören, schob die Hände in die Wärme der Achselhöhlen und setzte ihren Weg durch den Schnee fort.

Sie war jedoch kaum ein paar Schritte gegangen, als sie plötzlich Stimmen vernahm. Kurz darauf ein Lachen.

Einen Moment lang zögerte Emily und warf einen flüchtigen Blick zurück in Richtung Wills Haus, dann schalt sie sich jedoch einen Feigling und ging weiter. Sie musste nicht lange warten, da sah sie auch schon zwei Gestalten aus dem Wald treten. Als Emily den größeren der beiden Schemen schließlich erkannte, konnte sie nur schwer einen Fluch unterdrücken. Ihr ungutes Gefühl war keine Einbildung gewesen. Das Nahen des Bösen hatte tatsächlich in der Luft gelegen.

Manch einer sagte ja, es gäbe keine Zufälle, und so musste Emily auch annehmen, dass ihr irgendeine höhere Macht einen üblen Streich spielte. Die Schule fing erst nächste Woche an, und sie wurde schon heute bestraft. Vielleicht von Gott höchstpersönlich für die Zurückweisung seines Neffen? Mittlerweile würde sie auch das nicht mehr wundern.

Mit fellbesetzten, bis zum Knie reichenden Stiefeln stapfte Marita über den nur wenig ausgetretenen Pfad zum See. Ihre dunkle Haarpracht blieb zum Teil unter einem sehr stylischen Hut verborgen, und die dicke Daunenjacke ließ ihre Beine wie zwei Zahnstocher aussehen. Selbst im tiefsten Winter war ihre Haut braun gebrannt. Latinostar im Schnee.

Ganz anders wirkte der Junge neben ihr, der ununterbrochen um sie herumhüpfte – eine einfache Wollmütze auf dem Kopf, einen Anorak und Fäustlinge an. Emily wusste, Marita hatte einen jüngeren Bruder, doch da sie mit dieser Schnepfe nichts zu tun hatte, wusste sie nichts Genaueres über die Familienverhältnisse. Früher, im Kindergarten, waren sie mal befreundet gewesen, aber das war so lange her, dass Emily kaum Erinnerungen daran hatte.

Leider gab es hier weit und breit kein Versteck. Emily hätte in den Wald zurücklaufen müssen, um einer Begegnung mit der Schulprinzessin zu entgehen, worauf sie allerdings noch weniger Lust hatte. Daher zog sie einfach den Kopf ein und hoffte auf ein Wunder. Bei ihrem Glück blieb dieses natürlich aus, und so war der erstaunte Ausruf ihres Namens unüberhörbar.

»Emily? Emily, bist du das?«

Leider!, dachte sie und hob den Kopf, als die beiden sich ihr eilig näherten. Bis auf die Knochen durchnässt stand sie ohne Jacke vor ihnen, in Festtagskleidung gehüllt, die wie ein Sack an ihr herunterhing. Wasser tropfte von ihrem Pferdeschwanz, und das Make-up, das sie zu Ehren ihrer Tante aufgelegt hatte, war bestimmt schon völlig zerlaufen. Hach, wie sehr sie solche Zufälle doch liebte!

»Marita«, sagte sie daher nur knapp und hoffte, einfach weitergehen zu können, aber Marita wäre nicht Marita, ließe sie sich diese Gelegenheit entgehen.

»Hochwasser auf dem Friedhof?«, fragte sie nicht sehr originell und musterte abfällig Emilys erbärmliche Erscheinung. »Wurde deine Gruft überspült?«

Emily setzte ein Lächeln auf, das besonders widerwärtig ausfiel. »Weder noch«, gab sie gespielt fröhlich zurück, während Maritas kleiner Bruder bereits in Richtung See vorauslief, um sich dieses dumme Gequatsche nicht anzutun. »Ich genieße lediglich das Wetter. Du weißt ja: Sonnenschein bekommt mir nicht.«

»Und wo hast du deinen riesigen Schatten gelassen? Oder ist der bei Annie?«

Diese ewig gleichen Sprüche wurden ihr wohl niemals langweilig! Was war das für ein gefundenes Fressen für Marita gewesen, als Will mit Annie so etwas wie eine Beziehung begonnen hatte. Doch Emily war mittlerweile viel zu durchgefroren, um sich darüber auch nur im Geringsten zu ärgern. Die Zeiten, in denen ihr Wills Abnabelung noch einen Stich versetzt hatten, waren endgültig vorbei. Sie war ja selbst … gebunden.

»Musst du nicht langsam weiter?«, fragte sie daher nur, ohne auf Wills Abwesenheit einzugehen. »Deine Pompons vermissen dich sicher schon.«

»Ach, hast du es denn noch nicht gehört?« Marita schob eine Haarsträhne unter ihren Hut und sah sich kurz nach ihrem Bruder um. Da dieser jedoch Schneebälle in den See warf, schien sie beruhigt zu sein. »Das Cheerleader-Team löst sich auf«, eröffnete Marita dann völlig unerwartet, und Emily musste zugeben, dass diese Neuigkeit etwas überraschend kam. Sie hatte sich ja fast schon an die kurzen Röckchen im Winter und die raschelnden Pompons gewöhnt, die hinter jeder Ecke der Schule lauerten. Nicht nur einmal war sie die Korridore entlanggegangen und hatte die Filmmusik vom »Weißen Hai« im Kopf gehört, ehe plötzlich ein Cheerleader um die Ecke gebogen war.

»Ich hoffe, das hat nichts mit der Leistung der … Anführerin zu tun, oder?«, fragte Emily unschuldig, doch Marita schüttelte besonders vornehm den Kopf.

»Captain«, verbesserte sie und zog ein schrilles Flugblatt aus ihrer Tasche, das sie Emily reichte. »Das mit den Cheerleadern war nur ein vorübergehendes Projekt. Wir haben es probiert, es war eine Zeit lang ganz lustig, aber jetzt ist es Zeit für etwas Neues.«

Emily starrte auf den sich schnell unter den Schneeflocken wellenden Zettel. »Eine Theatergruppe?«, fragte sie ungläubig und las den Aufruf zum Mitmachen. Letztes Jahr war es eine Tanzgruppe gewesen, aus der dann der Cheerleader-Einfall erwachsen war, und nun Shakespeare?

»Wir treffen uns gleich am ersten Schultag nach dem Unterricht und suchen uns ein Stück aus«, redete Marita weiter. »Willst du nicht auch kommen? Wer weiß, vielleicht machen wir ja ›Tanz der Vampire‹?«

Tanz der Barbies wohl eher, dachte Emily, doch ehe sie den Gedanken aussprechen konnte, ertönte ein solch angsterfüllter Schrei, dass er Emily durch Mark und Bein ging.

Gleichzeitig fuhren Marita und Emily zum See herum, von wo in diesem Moment der kleine Junge auf sie zugerannt kam, dessen Name Emily immer noch nicht wusste.

»Ein Wolf!«, keuchte er, als er bei ihnen ankam. »Ich habe ihn gehört! Er hat geknurrt, und da waren Augen im Wald! Marita! Gelbe Augen!«

»So ein Unsinn«, zischte die ältere Schwester und legte den Arm um die Schultern des Jungen. »Das hast du dir nur eingebildet. Hier gibt es keine Wölfe.«

»Er war riesig! Er hat …«

»Ach was. Komm, wir gehen nach Hause, da kann dir nichts mehr passieren.«

Emily blickte in die vor Panik weit aufgerissenen Augen des vielleicht Zwölfjährigen und konnte nichts gegen das schlechte Gefühl in ihrem Bauch machen. Niemand, der sich nur eine Geschichte ausdachte oder einbildete, könnte so aussehen wie dieser Junge. Und nach all den Geschehnissen der letzten Wochen glaubte Emily auch kaum noch an Einbildung. Ein Fünkchen Wahrheit steckte doch meistens dahinter, und so konnte sie nicht anders, als in den Wald zu spähen. Dorthin, wo der Junge den Wolf zu sehen geglaubt hatte.

Natürlich war dort nichts, noch nicht einmal ein Rascheln, und dennoch fühlte Emily sich beobachtet. Alles in ihr schrie danach, sofort von hier zu verschwinden, was Maritas Bruder garantiert nicht dabei half, sich sicherer zu fühlen.

»Hier«, sagte sie und reichte ihm das grellbunte Flugblatt. »Was auch immer im Wald ist. Hiervor hat es bestimmt Angst.«

Der Junge versuchte sich an einem Lächeln, während Marita nur die Augen verdrehte und ihren Bruder schließlich mit sich fortzog.

Emily wartete, bis die beiden ein paar Schritte entfernt waren, ehe sie sich ebenfalls auf den Heimweg machte.

»Hab schon verstanden«, murmelte sie, als sie sich abwandte und auf die Hauptstraße zustapfte – in dem Glauben, jetzt einen Schutzengel an ihrer Seite zu haben, der sie bewusst in Richtung ihres Zuhauses zu lenken versuchte. »Diese Mühe kannst du dir sparen. Ich geh ja schon.«

Nein, sie ging nicht, sie rannte, sobald sie im Wald war und Marita sie nicht mehr sehen konnte. Je schneller sie jedoch lief, desto größer wurden die Angst und das Gefühl, verfolgt zu werden. Es war ihr, als hörte sie ein Schnaufen hinter sich, aber jedes Mal, wenn sie sich umdrehte, war da nichts außer Bäumen und Schnee. Bestimmt würde es ihr bessergehen, wenn sie einfach stehen bliebe. Zu laufen verschlimmerte nur den Eindruck verfolgt zu werden und ließ die Gefahr zu etwas Realem werden. Sie wusste das, und trotzdem war sie nicht in der Lage, sich ihrer Angst zu stellen. Wie viel davon das Wirken des Schutzengels war, kümmerte sie nicht, solange sie nur heil nach Hause kam.

Endlich überquerte sie die Straße und rannte mit brennenden Lungen auf das blassgelbe Haus am Ende der Einfamilienhaussiedlung zu. Sie erreichte die Auffahrt, stürmte zur Haustür hinauf und riss sie auf.

Um jeden Atemzug kämpfend schlug sie die Tür sofort wieder hinter sich zu, lehnte sich dagegen und strich sich das nasse Haar aus dem Gesicht. Ihre Wangen brannten, sie bekam kaum noch Luft, und doch war das Gefühl der Gefahr in dem Moment verschwunden, als sie das Haus betreten hatte. Die Erleichterung darüber hielt jedoch nicht lange an, denn erst jetzt fielen ihr die vielen Augenpaare auf, die sie unter hochgezogenen Brauen hervor anstarrten. Das war ja wieder einmal typisch!

Im Vorraum versammelt befanden sich sowohl Emilys Eltern als auch Tante Sue und die Kinder. Alle starrten sie an wie einen Geist.

»Emily?«, fragte ihre Mutter in die Stille, die einzig durch Emilys Keuchen unterbrochen wurde. »Was ist los?«

Emily ließ den Kopf zurück gegen die Tür sinken und schloss einen Augenblick die Augen.

Sie hatte keine Antwort darauf. Anscheinend wurde sie allmählich verrückt. Der Ausflug in die Hölle war offenbar nicht so spurlos an ihr vorübergegangen, wie sie gemeint hatte.

***

Erste Schultage nach den Ferien sind an und für sich schon schlimm. Sie haben etwas von Montagen, nur in noch schrecklicherer Form. Das frühe Aufstehen, während draußen Kälte und Dunkelheit herrschen, die düsteren Schatten der Lehrer und Mitschüler, denen man nicht entgehen kann, das Bevorstehen mühsamer Stunden der Langeweile … Nein, Emily war kein Fan von ersten Schultagen, doch dieser hier toppte alle bisherigen.

Sie war kaum aus dem Bus gestiegen, da hörte sie im allgemeinen Gesumme der Meute immer wieder die Worte »Bestie«, »Wolf« und »Angriff«. Es schien kaum ein anderes Thema zu geben, dabei war die Sache mit Marita und ihrem Bruder schon ein paar Tage her und müsste längst zu den alten Geschichten gehören. Aber so war es nicht.

Emily war einem Herzinfarkt nahe gewesen, als ihre Mutter ihr vor ein paar Tagen von dem Angriff auf Marita und ihren Bruder erzählt hatte – selbst in der Zeitung war davon berichtet worden. Ein Angriff kurz nachdem Emily die beiden am See getroffen hatte und sie weiter in Richtung Kronberge gegangen waren! Der Junge schien sich dieses Monster also doch nicht eingebildet zu haben, und jetzt redete die ganze Stadt darüber, was es mit diesem mysteriösen Wolf auf sich haben könnte. Weder waren Spuren im Schnee zu sehen gewesen noch gerissenes Wild in der Umgebung gefunden worden. Auch Marita und ihr Bruder hatten – zumindest äußerlich – keine Verletzungen davongetragen. Trotzdem wusste jedermann, dass da etwas geschehen war.

Der Junge lag im Krankenhaus, sprach kein Wort mehr und starrte einfach nur vor sich hin. Gegenüber seiner Familie oder den Ärzten zeigte er keinerlei Reaktion. Marita war ohne Schaden zu nehmen davongekommen. Sie hatte von einem Knurren im Wald erzählt, von gelb aufblitzenden Augen, einem Schatten, der auf sie zugesprungen war – einem Wolf. Die beiden waren sofort weggelaufen, und über die weiteren Ereignisse gab Marita kaum etwas preis. Auch Emily war von der Polizei befragt worden, da sie schließlich zu dieser Zeit spazieren gegangen war und Marita von dieser Begegnung berichtet hatte. Sie hatte allerdings nur zu Protokoll geben können, dass sie nichts gehört und nichts gesehen hatte. Eigentlich hätte die Polizei das Thema damit wohl abgetan und angenommen, dass Marita sich nur wichtigmachen wollte. Dann war Maritas Bruder jedoch unmittelbar nach dem Eintreffen im sicheren Zuhause zusammengebrochen und eine Zeit lang bewusstlos gewesen. Wenig später war er zwar wieder aufgewacht, aber der Welt irgendwie nicht mehr richtig zugehörig. Die Polizei streifte seither erfolglos durch den Wald, und Emilys Mutter war natürlich wieder unheimlich besorgt um Will – und merkwürdigerweise auch um Damian. Die beiden sollten zu ihnen ziehen, raus aus dem Haus mitten im Wald, hatte sie vorgeschlagen, was die Jungs dankend abgelehnt hatten. Zum Glück. Emily konnte sich nichts Schlimmeres vorstellen, als mit Damian unter einem Dach zu leben. Noch dazu unter den wachsamen Augen ihrer Mutter. Die Situation war so schon merkwürdig genug, und auch wenn Emily immer noch das schlechte Gewissen plagte, weil sie ihm aus dem Weg ging, konnte sie im Moment einfach nicht anders handeln. Damian hatte nicht mehr versucht, ihr irgendwie näherzukommen oder sie auf ihr Verhalten bei Will anzusprechen. Wobei er dazu auch keine Gelegenheit gehabt hatte. Die letzten Tage war Emily hauptsächlich zu Hause geblieben, denn ihre Mutter sorgte sich fürchterlich um sie. Einen Abend hatte sie mit Annie ferngesehen und war dabei erfolgreich jeder Fragerei ausgewichen, und ansonsten hatte sie sich still wie ein Mäuschen verhalten. Jetzt, wo die Schule wieder begonnen hatte, musste Emily sich zumindest Will und Annie stellen, die ihr Benehmen natürlich nicht nachvollziehen konnten. Wie auch? Emily konnte es ja selbst nicht.

Immerhin schneite es an diesem Tag nicht. Dafür war es um einige Grade kälter. Sosehr sie den Schnee auch herbeigesehnt hatte, sowenig brauchte sie ihn nach den Weihnachtsfeiertagen. Schnee und Weihnachten gehörten für sie zusammen, doch danach konnte die weiße Pracht ruhig wieder verschwinden. Auf die Matschphase würde sie auch gerne verzichten, lieber sollte die Welt schon etwas früher im Frühling erblühen.

Emily lief gerade über den Parkplatz zur Schule, als plötzlich eine riesige Gestalt neben ihr auftauchte. »Na?«, sagte Matt, der an einem belegten Brot herumkaute. »Noch ganz? Es heißt, du wärst auch da draußen im Wald gewesen.«

»Hm.« Emily beeilte sich weiterzukommen, aber gegen

Matts lange Beine hatte sie keine Chance. Er war Wills bester Freund und Kapitän der Basketballmannschaft. Solche Typen bekamen meistens, was sie wollten, obwohl Emily zugeben musste, dass Matt zu den erträglichen Schülern der St. Bernard gehörte.

»Bist du mit dem Bus gekommen?«, wollte er wissen und sah sich auf dem Parkplatz um. »Wo ist Will?«

»Kommt sicher gleich.« Sie blieb stehen und blickte hoch in das Gesicht, in das Mandy sich vor ihrem Tod verliebt hatte. »Sag mal, hast du mit Marita geredet? Weißt du irgendwas Genaueres als den Schultratsch?«

Matt schüttelte den Kopf. »Nö. Nur das, was hier alle reden. Marita erzählt ja nichts – was unheimlich ist, wenn du mich fragst.«

»Wem sagst du das.« Emily hätte nicht gedacht, jemals zu erleben, dass Marita sich eine Gelegenheit, im Mittelpunkt zu stehen, entgehen ließ. Sie musste unbedingt herausfinden, was es mit diesen Monstern auf sich hatte. Denn was solche Dinge betraf, war sie ein gebranntes Kind.

Ein ihr vertrautes Motorengeräusch hinter sich ließ sie erstarren. Für eine Sekunde zog sie ernsthaft in Erwägung, Wills Ankunft einfach zu ignorieren, hielt es dann jedoch für vernünftiger, sich dem Alltag aus Schule, Freunden und Lehrern zu stellen, als durch eine erneute Flucht noch mehr Fragen aufzuwerfen.

Sie holte tief Luft und straffte die Schultern, ehe sie sich schließlich umwandte und den schwarzen Audi erblickte, den sie so gut kannte wie ihr eigenes Zimmer. Früher hatte er immer in ihrer Auffahrt gestanden, jeden Tag um dieselbe Zeit, um sie zur Schule zu kutschieren. Seit Neuestem bevorzugte Emily es, mit dem Bus zu fahren.

Der Wagen steuerte eine freie Parklücke an, der Motor erstarb, die Lichter in der morgendlichen Dämmerung gingen aus – und Will und Annie stiegen aus. Die beiden zusammen als Paar zu sehen, war für Emily immer noch ein ungewohnter Anblick.

Will trug wieder seine Sonnenbrille. Er wollte nicht wegen seiner Narben um die Augen angestarrt werden. Annie war unter ihrer Fellmütze und mit dem flauschigen Franschal kaum auszumachen. Es war ein ums andere Mal erstaunlich, wie winzig sie neben Will wirkte. In der dicken Winterjacke sah er noch mehr wie ein riesiger Fels mit blondem Schopf aus.

»Unheimlich«, ließ sich Matt neben ihr vernehmen.

Emily sah zu ihm auf. »Was meinst du?«

»Na, die beiden. Das sieht irgendwie komisch aus. Ich meine – wer hätte damit gerechnet? Will und Annie?«

Wie recht du hast, wollte sie antworten, doch solche Gedanken würde sie niemals laut aussprechen. Annie war gut für Will, sie war besser als alle anderen in der Schule. Sie machte ihn glücklich, und das sollte wiederum Emily glücklich machen. Sicher war es immer noch etwas befremdlich, ihren besten Freund mit einem anderen Mädchen zu sehen, aber sie würde sich daran gewöhnen.

Und sie hatte ja Damian.

»Sie passen gut zusammen«, erwiderte sie daher und ging auf die beiden zu. Matt verabschiedete sich mit einem einfachen »Na dann …«, was deutlich machte, was er von ihrer Meinung hielt.

»Oh, welch himmlischer Anblick«, stieß Will hervor, als er die Autotür schloss und zum unheilvollen Schulgebäude hochblickte. »Ich hab dich kein bisschen vermisst.«

Emily konnte nicht umhin, einen Blick auf den Rücksitz des Wagens zu werfen, auch wenn sie nicht wirklich damit gerechnet hatte, dort jemanden vorzufinden. Zu ihrem Pech war Will ihr kurzes Abschweifen nicht entgangen.

»Er ist weg«, beantwortete er ihre unausgesprochene Frage, was ihr Herz einen entsetzten Satz machen ließ.

»Weg?«, japste sie und starrte ihren besten Freund an. »Was soll das heißen? Weg?«

Will winkte ab. »Nicht komplett weg, sondern einfach nur weg – also heute. Er meinte, er müsse etwas erledigen.«

»Und was bitte schön?«

»Bin ich sein Kindermädchen?«

Annie schob sich zwischen die beiden und hängte sich bei ihrem Freund ein, während sie sich langsam der Schule näherten. »Was soll er denn machen, wenn wir den ganzen Tag hier sind?«, fragte sie, und in ihren grasgrünen Augen schien tatsächlich ein leichter Vorwurf zu glimmen. »Er ist ja die ganze Zeit bei Will eingesperrt, und du willst auch nichts von ihm wissen.«

Emily blieb schlagartig stehen. »Wie bitte?« Das wurde ja immer besser. »Natürlich will ich etwas von ihm wissen. Es ist einfach nur …« Sie ballte die Hände zu Fäusten. »Du verstehst das nicht.« Natürlich verstand Annie sie nicht, wie könnte sie auch? Sie war schließlich nicht um ein Haar in den Tartaros gefallen. Sie hatte sich nicht in den Sohn des Teufels verliebt, sondern in den gutmütigsten Menschen der Welt. Sie hatte gut reden.

»Ist ja egal«, meinte Annie, ohne sie dabei anzusehen. »Er soll sich ja um seine Angelegenheiten kümmern, und das macht er jetzt wohl auch.«

»Du weißt ja gut Bescheid.«

»Ich weiß gar nichts, ich kann nur vermuten.«

»Ja, und ich vermute, er wird schon auf sich aufpassen«, mischte Will sich ein und öffnete die Glastür zur Schule. »Oder hast du Angst, dieser mysteriöse Wolf könnte ihn fressen?«

Emily gab ein Schnauben von sich, sah sich aber gleichzeitig nach unliebsamen Zuhörern um. Dieses Thema war heikel, und sobald sie auch nur an die Schutzengel und das ganze Drumherum dachte, fühlte sie sich schon beobachtet. »Wer weiß«, sagte sie schließlich schnippisch und steuerte auf ihren Schrank zu. »Nach allem, was war, fällt es mir schwer, da keinen Zusammenhang zu sehen.«

»Ich bitte dich.« Annie lachte auf. »Du bist echt paranoid, Emily. Genieß einfach mal die Zeit, die du jetzt hast … mit ihm. Sie ist ein Geschenk.«

»Das tue ich doch!«

Annie und Will warfen ihr beide einen Blick zu, den sie keineswegs gebrauchen konnte und selbst durch das dunkle Glas von Wills Brille spüren konnte, weshalb sie sich an ihrem Schrankschloss zu schaffen machte. Was wussten die beiden schon?

»Und du meinst wirklich, dieser … Angriff hat etwas mit Damian zu tun?«

Emily ließ die Hände sinken und sah zu Will hoch, der über sie gebeugt dastand und sie mit seinem Körper vor den vorbeiziehenden Schülern abschirmte. Annie war nicht mehr da. Vermutlich war sie zu ihrem eigenen Schrank gegangen. Eine willkommene Abwechslung, so gern Emily Annie auch mochte. Doch ihr fehlten die Gespräche mit Will – private Gespräche.

»Denkst du das etwas nicht?«, fragte sie genauso flüsternd zurück und lehnte sich mit der Schulter an den Schrank. »Kaum taucht Damian auf, gibt es hier plötzlich wilde Tiere. Tiere, die keinerlei Spuren im Schnee hinterlassen?«

»Dann müsste Damian doch etwas davon wissen. Er würde es uns sagen, uns warnen.«

Emily seufzte. Wenn sie das nur bestätigen könnte, aber sie kannte Damian nicht. Sie wusste nicht, was in ihm vorging, welche Geheimnisse und Abgründe er verbarg. Und das machte ihr Angst. Sie hatte einst gedacht, ihn zu kennen – bis zu der Begegnung mit seiner Schwester. Seither war nichts mehr wie zuvor. Konnte sie Damian überhaupt vertrauen?

»Hat er irgendetwas gesagt?«, wollte sie wissen, obwohl sie die Antwort zu kennen glaubte. »Ihr wohnt schließlich zusammen. Wie hat er auf den Angriff reagiert? Wohin wollte er heute? Was hat er vor?«

Wills Lippen wurden zu einer schmalen Linie, und er hob seine Hand an ihr Gesicht. »Die ganze Sache nimmt dich ziemlich mit, was?«, flüsterte er und stellte den Kragen ihrer Jacke auf, von der sie sich immer noch nicht befreit hatte. »Aber du wirst sehen, das alles klärt sich auf, und wenn du dich erst an alles gewöhnt hast … ah, verdammt!«

Es gab ein »Zzzsss« und Funken stoben auf, wo Wills Hand das Metall des Spinds neben ihr berührt hatte. Emily wich zurück, um nicht auch noch einen elektrischen Schlag abzubekommen, und auch Will zog sofort seine Hand wieder weg und schüttelte sie schmerzvoll. Emily hasste es, sich an anderen zu elektrisieren, und betrachtete Will mit einem Hauch von Schadenfreude. Sie wollte gerade zu einem besonders lustigen Spruch über Anziehung und sprühende Funken ansetzen, da ertönte über ihr plötzlich ein unheilvoll klingendes Knarren.

Emily riss den Kopf hoch, und ehe sie weiterdenken konnte, handelte ihr Körper ganz von selbst. Sie wusste weder, was sie in diesem Moment antrieb, noch war Zeit, sich darüber Gedanken zu machen. Sie sah, verstand und handelte.

Mit aller Kraft stieß sie sich vom Boden ab, schließlich war ihr Körpergewicht gerade mal über dem einer Schmeißfliege, und stürzte sich mit angehaltenem Atem, stillstehendem Herzen und vor Angst weit aufgerissenen Augen auf Will, den Felsen unter der Männerwelt. Ihre Arme schlangen sich um seinen Oberkörper, und die Wucht des Aufpralls, verbunden mit der Überraschung über dieses Attentat, riss ihn tatsächlich von den Beinen. Sie hätte Football-Spielerin werden sollen, fuhr es ihr durch den Kopf, als auch schon ein weiterer Knall folgte – ein sehr naher, sehr lauter und sehr bedrohlicher Knall. Staub rieselte auf sie hinab, und irgendetwas Schweres traf ihr Bein, was sie die Zähne zusammenbeißen ließ. Auf Will liegend kniff sie die Augen zu und schlug automatisch die Hände über den Kopf. Es waren wohl nur wenige Sekunden, versunken in Lärm, Chaos und Schmerz, aber Emily erschien die Zeit wie Minuten, in denen sie von erstickendem Staub eingehüllt wurden.

Es dauerte etwas, bis sie es wagte, die Augen in der auf einmal unheimlichen Stille zu öffnen und in Wills weiß bedecktes Gesicht zu blicken. Die Brille lag irgendwo neben ihm oder unter ihm begraben, und so starrten die blauen

Augen sie mit demselben Entsetzen an, das sie selbst empfand.

Ein wirres Stimmengewirr entstand um sie herum, und als Emily von helfenden Händen hochgezogen wurde und einen Blick zurückwarf – dorthin, wo Will und sie selbst eben noch gestanden hatten –, durchlief sie ein eisiger Schauer. Sie sah zur Decke hoch und dem Loch darin und dann zu den zerbrochenen Rigipsplatten am Boden.

Es schienen hunderte Stimmen zu sein, die auf sie und Will einredeten, tausende Hände, die sie betatschten, doch Emily nahm all das nur am Rande wahr.

Langsam hob sie den Kopf und blickte Will in die Augen. Ihr bester Freund sah sie ebenfalls an, und Emily wusste, dass sie beide im Moment dasselbe dachten: Zufälle haben auch Grenzen.

Alte Bekannte

Eine weitere großartige Entdeckung über seinen menschlichen Körper: Ihm wurde beim Busfahren schlecht!

Besser konnte es ja kaum noch werden, dachte Damian, als er endlich aus dem stickigen Bus stieg und sich am Bordstein zwischen eilig herumwuselnden Menschen und dicht an die Straße gedrängten Häusern umsah. Er wusste, wohin er gehen musste, auch wenn dies nur einen Bruchteil seiner Probleme löste. Früher einmal war es ausreichend gewesen, einen Ort zu kennen und sich dorthin zu denken, doch jetzt musste er sich über Busfahrzeiten schlau machen, sich Geld von seinem … *Vermieter* leihen, irgendwie zur Bushaltestelle kommen, sich eine Stunde lang durchschütteln lassen und nun auch noch weiter zu Fuß zu seinem Ziel *gehen*. Das Menschsein hatte er sich wirklich anders vorgestellt.

Natürlich war er nicht völlig blauäugig in dieses Unternehmen gestartet, aber wer hätte wissen können, dass alles so anstrengend und vor allem kompliziert sein würde? Kein Wunder, dass die meisten Menschen noch nicht einmal hundert Jahre alt wurden. Allein die Strapazen, von einer Stadt in die nächste zu gelangen, waren bestimmt mehr, als ein menschlicher Körper verkraften konnte. Sein Frühstück aus merkwürdig schmeckenden Schokopops mit

Milch hatte einen erbitterten Kampf gegen ihn geführt, um denselben Weg wieder zurückzunehmen, den es gekommen war. Er hatte diesen Kampf nur sehr knapp gewonnen. Ein paar weitere Minuten und es wäre zu spät gewesen. Und das, wo ihn die Leute ohnehin schon überall anstarrten. Er musste ja auch einen prächtigen Anblick bieten, vermutlich war sein Gesicht bereits grün.

Mittlerweile war er jedoch klug genug, keinem der Passanten mehr ins Gesicht zu sehen und sich nur noch auf seine unmittelbare Umgebung zu konzentrieren – hauptsächlich auf seine schwarzen Schuhe. Er lernte schließlich dazu und wollte vermeiden, noch einmal beim Anblick einer Dämonenfratze wie wild zusammenzuzucken und sich in das Abbild eines Geisteskranken zu verwandeln – auch wenn das wohl nicht so weit hergeholt war. Sein Geist war wirklich nicht ganz gesund, dessen war er sich bewusst. Natürlich wusste er, dass die anderen Fahrgäste, die Leute auf der Straße und die Ladenbesitzer einfach nur Menschen waren, und doch spielte ihm sein Unterbewusstsein immer wieder einen Streich und verwandelte die Gesichter in abscheuliche Wesen mit schwarzen Augen und blutverkrusteten Grimassen. Er konnte sich noch so sehr konzentrieren, noch so sehr einreden, dass all das nur seiner Fantasie entsprang und er weit von der Hölle entfernt war, die Erscheinungen trafen ihn immer wieder mit voller Wucht. Unangekündigt und grausam. Die nächtlichen Albträume waren eine Sache, aber seine Ängste auch im Wachzustand durchleben zu müssen, war manchmal mehr als er verkraften konnte. Man musste nicht Freud sein, um zu wissen, dass das nicht normal war – vielleicht irgendein Trauma, aber im Moment hatte er keine Zeit, sich darüber Gedanken zu machen. Das Zittern, das der Schreck seiner letzten Begegnung ausgelöst hatte – ein kleines Kind mit dämonischen Zügen –, ließ auch bereits etwas nach, und er entspannte sich allmählich wieder.

Die Kirchturmspitze war schon von Weitem zu erkennen und ragte wie ein erhobener Zeigefinger über die Häuser dieser eklig idyllischen Kleinstadt gen Himmel. Daher war es nicht besonders schwer, das Pfarrhaus zu finden, und der kurze Spaziergang durch die Kälte beruhigte zumindest seinen Magen, sodass er sich wieder Herr seiner Sinne fühlte, als er dort ankam.

Eine Frau mittleren Alters mit Dauerwelle und Brille öffnete ihm die Tür, um ihn sogleich weiter durch einen zwielichtigen Korridor zu ihrem Ehemann zu führen. Sie war die erste Person menschlicher Natur, die auf sein Erscheinungsbild nicht irgendwie seltsam reagierte. Nicht einmal den Bruchteil einer Sekunde war so etwas wie Unverständnis oder sogar Angst in ihrem Blick aufgeflackert. Ein wahres Wunder. Vermutlich hatte sie öfter mit solchen wie ihm zu tun. Schließlich war sie mit einem verheiratet.

Man wechselte ein paar höfliche Floskeln, Damian wurde Tee angeboten, und dann klopfte die brave Ehefrau auch schon an die Tür des Büros, und eine tiefe Stimme bat ihn herein.

Es war ein kleiner, jedoch gemütlicher Raum, der Damian empfing. Die schweren Vorhänge vor dem Fenster ließen kaum Licht herein, und die Stehlampe in der Ecke konnte ebenso wenig wie die Schreibtischlampe ihm gegenüber allzu viel gegen die in den Ecken lauernden Schatten ausrichten. Die Wände schmückten Bücherregale, und auf einer Seite stand eine Ledercouch. Den größten Platz nahm aber der massive Holzschreibtisch unter dem Fenster ein.

Damian schlug Tabakgeruch entgegen, vermischt mit einer Kombination aus Rasierwasser und Kaffee. Eigentlich hätte ihm dieses Duftgemisch erneut Übelkeit bereiten müssen, noch dazu, da der offensichtlich luftdichte Raum von Rauchschwaden erfüllt war, doch sonderbarerweise ging es Damian gut – noch jedenfalls.

»Weiß Ihre Frau, wer ich bin?«, fragte er, kaum, dass sich die Tür hinter ihm geschlossen hatte und er die Gestalt hinter dem Schreibtisch als dunklen Umriss erkennen konnte.

»Natürlich«, kam die Antwort aus dem Zigarettennebel. »Ein auf Abwege geratener Jugendlicher oder junger Erwachsener ohne Haus und Familie, wie es leider heutzutage so viele gibt. Ein Drogenabhängiger, Alkoholiker oder notorischer Schläger mit dem Wunsch zur Besserung. Such dir etwas aus.«

Damian ließ sich in den Ledersessel am Schreibtisch sinken und lehnte sich mit amüsiert hochgezogener Augenbraue zurück. Sein Gegenüber hatte die Fünfzig längst überschritten. Der kurz geschnittene Vollbart war bereits mehr grau als schwarz, genauso wie sein leicht lockiges Haar, auch wenn dieses immer noch sehr dicht war. Der dunkle Anzug betonte die breiten Schultern, auf denen ein Hals saß, der einem Baumstamm glich. Beides verlieh der mächtigen Erscheinung zusätzliche Imposanz. Der Mann bot einen beeindruckenden Anblick, auch wenn die grauen Augen tatsächlich eine gewisse Wärme und vor allem Humor ausstrahlten.

»Wissen *Sie*, wer ich bin?«, fragte Damian schließlich

und sah dem Mann direkt in die Augen, was diesen jedoch nicht zu verunsichern schien.

»Kein Jugendlicher mehr«, gab er seelenruhig zurück. »Ein junger Erwachsener. Und was dein Problem angeht, würde ich sagen: falsche Zeit, falscher Ort, die falschen Freunde oder soll ich besser sagen, die falsche *Familie?*«

Damian nickte langsam. Natürlich wusste dieser Mensch, wen er vor sich hatte, auch wenn Damian immer noch nicht sicher war, wie viele Details sein Gegenüber wirklich kannte.

Der Pastor war einst selbst ein Engel gewesen und musste irgendetwas angestellt haben. Vermutlich hatte er mit Luzifer komplottiert, eine Seele in die falsche Richtung geführt, einen Mord begangen … Die Strafe war für Engel immer dieselbe: Verbannung in die Dimension der Sterblichen. Ein sterbliches Leben als Mensch, als gefallener Engel, das Schlimmste, was einem passieren konnte, wie Damian aus eigener Erfahrung wusste. Keine Strafe könnte für einen Unsterblichen grausamer sein. Es war aber die Entscheidung der Verstoßenen, wie sie ihr Dasein in dieser Welt fristeten, und davon hing auch ab, wie es nach Beendigung des sterblichen Lebens weiterging. Sie bekamen eine letzte Chance, doch manche dieser einstigen Engel gingen den Weg der Grausamkeit, und damit Luzifers Weg, auch noch als Mensch weiter. So kamen sie nach ihrem Tod genau dorthin, wo sie hingehörten: in die Hölle. Viele von ihnen wurden in den Tartaros geschickt, aber besondere Exemplare behielt Luzifer auch gerne als Todesengel. Andere wiederum, wie dieser Pastor hier, erkannten die Möglichkeiten, die das ihnen aufgezwungene Leben bot. Sie bereuten ihre Taten und gingen den Weg der Läuterung, indem sie ihr ohnehin schon trostloses Dasein Gott widmeten und gefallenen Engeln bei gewissen Startschwierigkeiten halfen. Damit erhofften sie sich, den Weg zurück in den Himmel einzuschlagen und vielleicht sogar den alten Posten als Engel zurückzuerlangen. Sie hofften auf Vergebung, und wer könnte ihnen diese geben, wenn nicht Gott?

Womöglich dachte dieser Pastor hier, er hätte es mit einem normalen Ex-Engel zu tun, womöglich wusste er aber auch, dass Damian Luzifers Sohn war. Im Grunde spielte es auch keine Rolle.

»Und wie läuft die ganze Sache jetzt genau ab?«, fragte Damian, bemüht, sein Mienenspiel unter Kontrolle zu halten und sich seine Überlegungen nicht anmerken zu lassen. Das war als Mensch eindeutig schwieriger als früher.

»Wo wohnst du?«, wollte der Pastor wissen und lehnte sich nun ebenfalls in seinem Stuhl zurück.

»Bei einem ... Bekannten.«

»Auf Dauer?«

»Mit Sicherheit nicht.«

Der Pastor öffnete eine Schublade und zog ein Päckchen Zigaretten heraus. Höflich wie er war, bot er zuerst Damian eine an, doch da dieser nicht darauf reagierte, steckte der gefallene Engel sich schließlich selbst eine an.

»Du brauchst Geld«, stellte er dann nicht besonders geistreich fest. So weit war Damian auch schon gekommen. »Für Geld muss man arbeiten.«

»Was muss ich tun?« Damian gab sich große Mühe, seine Ungeduld zu verbergen, doch er wollte das Ganze so schnell wie möglich hinter sich bringen. Er war jetzt ein Mensch, und natürlich war ihm auch bewusst, dass er sich seinen Lebensunterhalt verdienen musste. Auf Wills Kosten konnte er nicht ewig leben, und je schneller er aus diesem ständig bewachten Haus verschwunden war, desto besser. Etwas mehr Privatsphäre wäre im Moment wirklich nicht schlecht. Dann könnte er sich auch mal um die Sache mit Emily kümmern. Er war ja nicht blöd. Klar merkte er, dass sie ihn mied und wie sie ihn ansah – oder vielmehr nicht ansah –, aber er konnte ihr kaum begreiflich machen, wie toll die neuen Umstände waren, wenn er selbst noch nichts auf die Reihe gebracht hatte und jede Nacht zu einem Wrack mutierte. Seine *Anfälle* tagsüber waren auch nicht besonders hilfreich. Sobald er jedoch in dieser Welt Fuß gefasst hätte, würde er Emily wieder vor Augen führen, zu wem sie gehörte, und dann würde endlich alles so werden, wie er es sich vorstellte.

»Es gäbe Jobs im örtlichen Altenheim und bei einer Organisation für schwer erziehbare Jugendliche«, unterbrach der Pastor seine Gedanken. »Kannst du gut mit Menschen umgehen?«

Damian zog eine Augenbraue hoch.

Der Pastor nahm einen tiefen Zug von seiner Zigarette. »Die Kirche sucht noch einen Gärtner«, sagte er schließlich und rollte mit seinem Stuhl an eines der Regale, um eine Mappe hervorzuholen. »Knochenarbeit für den Mindestlohn, zurzeit hauptsächlich Schneeräumung, Dachlawinensicherung, Salzstreuung, aber du hast deine Ruhe.«

Damian streckte die Hand nach dem Bewerbungsformular aus. »Wann soll ich anfangen?«

***

Das war ja mal ein interessantes Gespräch gewesen. Und nicht nur das. Damian besaß jetzt auch eine Geburtsurkunde, einen Ausweis, Meldezettel und sogar etwas Bargeld – ein Vorschuss für seine Arbeit im Dienste der Kirche. Wie erfreulich. Von nun an existierte er also offiziell als Mensch, und er hatte sogar einen Nachnamen erhalten: Teufel. Wie witzig. Und er hatte vorher wirklich einen Moment lang angenommen, der gefallene Engel wüsste nicht, wer – oder besser gesagt *was* – Damian war.

Von nun an war er also Damian Teufel, Gärtner. Was sein Vater wohl dazu sagte? Eigentlich hatte Damian damit gerechnet, ihn sofort nach seiner Ankunft in dieser Dimension in irgendeiner dunklen Ecke anzutreffen. Immerhin konnte Luzifer als Gott überall hinspazieren, wohin er auch wollte – bis auf den Himmel natürlich, obwohl auch dieser Ort rein theoretisch zugänglich wäre. Bei der praktischen Ausführung haperte es jedoch an einer ganzen Armee von Engeln, die den Gott der Gegenseite auf wenig engelsgleiche Art willkommen heißen würden. Wie es schien, bevorzugte Luzifer jedoch eine andere Methode, als seinen Sohn persönlich zu tyrannisieren und ihn auf diese Weise zur Rückkehr zu bewegen. Wieso sollte er sich auch selbst die Hände schmutzig machen, wenn es genügend andere gab, die das für ihn übernahmen? Ein weiterer Punkt, um den Damian sich noch kümmern musste, ehe er endlich richtig in dieser Welt ankommen konnte. Er musste sich von seinem Vater befreien, ihm irgendwie begreiflich machen, dass dies nun sein Weg war und dass er um nichts auf der Welt in die Hölle zurückkehren würde. Vorher würde er hier wohl niemals Frieden finden. Und solange er keinen Frieden hatte, würde Emily ihm noch weiter entgleiten.

Damian sah über die kniehohe Schneedecke hinüber zur Kirche, die jetzt am späten Vormittag friedlich und verlassen dastand. Ein schmaler Pfad war freigeschaufelt worden, um den Zugang zu erleichtern, doch die vielen gepflasterten Gehwege durch die Grünanlage waren zum Teil völlig zugeschneit. Es war ein prächtiges Gebäude mit einem Säulengang zur Westseite und einer hohen Kuppel unmittelbar neben dem Kirchturm. Damian schätzte die Kirche auf das frühe 18. Jahrhundert, zumindest war sie zu dieser Zeit wohl einmal renoviert worden. Er wusste, Kirchen besaßen tatsächlich eine gewisse Macht über Luzifer, denn der starke Glaube all der Menschen, die in diesen Gebäuden Tag für Tag an Gott dachten, zu Gott beteten und fern jeder Boshaftigkeit waren, blieb in diesen Gemäuern gefangen und wurde zu einer bedeutungsvollen Kraft. Ein Zentrum des Glaubens an das Gute, und auch wenn es nicht mehr war als das – reiner Glaube –, so konnte Luzifer doch nichts dagegen ausrichten.

Einen Augenblick zögerte Damian noch, dann bewegten sich seine Beine wie von selbst in Richtung Gotteshaus. Eigentlich hatte er für solche Dinge nie viel übriggehabt, doch er war neugierig und hatte außerdem nichts Besseres zu tun. Sein Job würde erst am nächsten Morgen beginnen – was leider weitere Busfahrten erforderlich machte –, und die kleine Menschengruppe von Eingeweihten, die er als Freunde bezeichnen konnte, war im Moment in der Schule. Emily, Will und sogar diese Annie gaben ihm ein merkwürdiges Gefühl der Wärme, das er so bisher nicht gekannt hatte. Bis jetzt war ihm der Begriff Zuhause immer fremd gewesen, aber dass es die drei gab, vermittelte ihm irgendwie eine sonderbare Ruhe. Sosehr er auch die Einsamkeit liebte, manchmal hatte selbst dieser nervtötend heilige Will etwas Tröstliches an sich.

Zum ersten Mal in seinem Leben war Damian nicht allein, und noch war er nicht ganz sicher, ob ihm das gefiel, oder nicht. Einzig was Emily betraf, hegte er keine Zweifel. Ihre Gegenwart zog er dem Alleinsein eindeutig vor, und er wusste, dass dies sehr viel bedeutete. Noch etwas, das ihm unheimlich war.

Der Eingang zur Kirche lag am Ende des schmalen Pfads und bestand aus einem nach oben hin spitz zulaufenden Tor aus dunklem Holz mit angerosteten Messingbeschlägen. Das Knarren beim Öffnen des rechten Flügels wurde wie das Klagen eines Geists von den hohen Wänden mit den Bogenfenstern zurückgeworfen und hallte einige Augenblicke lang in der Leere des Gewölbes.

Weihrauchgeruch hüllte Damian ein, kaum dass er über die Schwelle getreten war, und sofort erfüllte ihn ein starkes Unwohlsein bis in die Tiefen seiner Knochen.

Er gehörte nicht hierher. Jede Faser seines Körpers schien dies zu schreien. Schlagartig kehrte die Übelkeit zurück, in seinem Bauch krampfte sich alles zusammen, und die feinen Härchen in seinem Nacken und an den Unterarmen stellten sich auf. Die Kälte hier drin konnte mit dem Frost der Winterlandschaft draußen leicht mithalten und war nur wenig einladend.

Dies war ein Ort Gottes, dem Himmel nahe, zwar noch in der Ebene der Sterblichen, aber dennoch durch den Glauben mit den Dimensionen des Himmels verbunden.

Nein, er gehörte nicht hierher. Sein ganzes Leben hatte er in der Hölle verbracht, der Gestank des Tartaros schien ihm immer noch anzuhaften, und obwohl sein Körper jetzt menschlich war, kam es ihm vor, als wollte dieses Gebäudes ihn wie einen Parasiten abstoßen.

Es war eine dumme Idee gewesen, hierherzukommen und zu glauben, dem Himmel auch nur ansatzweise näher gekommen zu sein, nur weil er jetzt einen sterblichen Körper besaß. Sein Weg führte in die Hölle, egal wie sehr er sich auch bemühte. Die gefallenen Engel mochten ja durch ein Leben der Läuterung zurückfinden, doch Damian könnte das Mal seiner Geburt niemals ablegen. Er war der Sohn des Teufels, und sein Vater würde ihn spätestens nach seinem Tod zurückholen. Bestimmt lag es in Gottes Macht, auch Damian in den Himmel zu führen, schließlich war Damian auch aus dem Tartaros befreit worden, ob Gott das überhaupt wollte, war allerdings eine andere Frage. Vielleicht wollte er einfach nur dabei zusehen, wie Damian sich in diesem Leben zum Narren machte und dem Traum von Heim und Liebe hinterherjagte. Die Götter hatten sich schon immer gerne auf Kosten der Sterblichen amüsiert. Wieso sollte Jahwe darin anders sein?

Damian ließ sich auf die hinterste Kirchenbank sinken und blickte nach vorn zum Altar. »Du hast nach mir gerufen«, war die Stimme seines Onkels – die Stimme des Herrn – mitten in den Qualen des Tartaros in seinem Kopf erklungen. »Ich höre dich, Damian, selbst von hier. Dein Ruf kann mir nicht entgehen.« Damian hatte diese Worte, das Antworten auf sein bitterliches Flehen zuerst für eine weitere Grausamkeit der Hölle gehalten, doch sein Onkel hatte ihn von seiner Existenz überzeugt und ihm die Möglichkeit zu einem menschlichen Leben gegeben. »Die Macht deines Opfers – einer selbstlosen Tat – in dieser Dimension der Dunkelheit ist stärker, als du dir vorstellen kannst. Du besitzt jetzt diese Macht, Damian, und du kannst sie nutzen, um diesem Ort zu entfliehen.«

Ein sterbliches Leben. Damian hatte nicht lange überlegen müssen. Inmitten des ewigen Feuers hätte er beinahe jedem Handel zugestimmt. »Ich werde dich beobachten«, hatte Jahwe ihm versichert, »und immer an deiner Seite sein. Du bist nicht allein. Hab Vertrauen und glaube!«

Damian schnaubte. »Du hast mich alleingelassen«, knurrte er in die Stille der Kirche. »So wie du alle im Stich lässt. Glaube allein bedeutet *nichts*. Nicht meiner. Du hast mich hierhergeschickt und mich meinen Träumen ausgeliefert. Den Albträumen. Du wirst mich niemals in den Himmel holen. Ich kenne dich. Ich kenne euch Götter. Dein Gerede von Vertrauen und Vergebung ist nicht mehr wert als das Papier, auf dem deine Leute diesen Schwachsinn drucken.«

Auf sich selbst wütend wegen dieser dämlichen Hoffnung, an diesem Ort etwas Frieden zu finden, erhob er sich und wandte sich abrupt in Richtung Ausgang.

Beinahe hätte er die Gestalt nicht bemerkt, die soeben durch eine Seitentür geschlüpft war, doch der Fremde war eine Spur zu langsam gewesen. Hätte Damian nicht blonde Löckchen unter der Kapuze eines dunklen Wintermantels aufblitzen sehen, hätte er sich nicht weiter für ihn interessiert, aber jetzt meinte er zu wissen, wer sich da vor ihm verstecken wollte. Auch wenn diese Möglichkeit eigentlich ausgeschlossen war und wohl lediglich einer seiner Wahnvorstellungen entsprang. Trotzdem musste er dem nachgehen, er musste einfach wissen, ob er wirklich verrückt wurde.

So leise wie möglich rannte er über den glatten Steinboden der Kirche und schob sich durch die immer noch offenstehende Seitentür nach draußen. Er sah sich hastig um und entdeckte schließlich einige Fußspuren im Schnee.

Von nun an eher auf Tempo als auf Unauffälligkeit bedacht, verfolgte er die Spuren, bis er die Gestalt an der Hauptstraße fast einholte. Mit eiligen Schritten ging diese am Bürgersteig entlang und verschwand in einer Seitengasse.

Damian stürmte hinterher, bekam kurz darauf den flatternden Mantel des Unbekannten zu packen und riss die Person zu sich herum. Dabei war er auf alles gefasst: einen völlig Fremden vor sich zu haben, der ihn fragte, ob er verrückt sei; eine weitere dämonische Gestalt zu sehen; einen Geist, der sich bei Berührung auflöste; doch was er dann sah, verschlug ihm die Sprache. Er wusste nicht, ob er träumte oder wach war, auch wenn er dem Fremden nur wegen ebendieser Ahnung gefolgt war, die sich jetzt bestätigte. Dieses Gesicht würde er niemals vergessen, genauso wenig wie den etwas verbitterten Zug um den Mund und die ständig missbilligend dreinblickenden Augen. Das blonde Haar umrahmte sein Gesicht wie ein Heiligenschein, und Damian musste in dieser Welt genauso wie damals im Himmel zu ihm aufblicken, als stünde ein Turm vor ihm.

»Du bist schneller, als ich angenommen hatte – für einen Menschen.«

Damian starrte sein Gegenüber immer noch völlig fassungslos an. Sein Griff um den Arm des Mannes verstärkte sich, um zu überprüfen, ob er wirklich echt war. »Und du bist erstaunlich real«, brachte er schließlich heraus. »Für einen Engel.«

Jophiel lachte laut auf und zog seine Kapuze zurück. »Das war einmal«, sagte er und sah sich in der einsamen Gasse nach unliebsamen Zuhörern um. »Ich bin jetzt genauso menschlich wie du.«

»Wie ist das möglich?«

»Es gibt Mächte, für die ist alles möglich.«

»Mächte?« Damian hob eine Augenbraue und schüttelte den Kopf. »Du meinst meinen Onkel. Hat er dich geschickt, damit du mir hinterherspionierst? Seit wann kann er das nicht mehr selbst? Er sieht doch alles, hat seine Schutzengel …«

»Er hat keine Schwierigkeiten damit, *dich* zu sehen, Junge. Vielleicht hast *du* eher Schwierigkeiten damit, von nun an *niemanden* mehr zu sehen … Du bist jetzt ein Mensch, und die Welt der Engel ist dir verschlossen.«

»Das ist mir nicht entgangen.«

»Und wie geht es dir damit?«

Damian wandte seinen Blick ab und schaute zu der Reihe von schneegefüllten Regenrinnen hoch, die sich über ihm die Gasse entlang scheinbar in die Unendlichkeit zogen. »Großartig«, presste er schließlich hervor, konnte Jophiel jedoch nicht in die Augen sehen. Wut und das ständig brennende Gefühl der Verzweiflung nagten an ihm, und er war sich nur zu sehr bewusst, wie wenig er in dieser Verfassung seine Mimik und Stimme kontrollieren konnte.

»Großartig«, wiederholte Jophiel, ohne jeglichen Zynismus. »Dann bin ich hier wohl überflüssig? Gibt es nichts, das du mit mir besprechen möchtest? Vergiss nicht, auch ich bin jetzt ein Mensch.«

Vom Erzengel zum Menschen, wollte Damian schon höhnisch erwidern. Was für eine schwere Verwandlung! Er selbst war von Luzifers Sohn zu einem Menschen geworden, mit einer letzten Erinnerung, die aus Schmerz und Feuer bestand! Was verstand Jophiel schon davon?

»Und bestimmt sehr erfreut über diesen Abstieg«, antwortete Damian daher nur, um von sich selbst abzulenken. »Ich wette, mein Onkel hat dich einfach hierhergeschickt, ohne sich um deine Meinung zu scheren.«

»Ich stelle die Wünsche des Herrn nicht infrage.«

Damian lachte auf. »Natürlich nicht.« Und doch wusste er, wie sehr es den einstigen Engel wurmen musste, dass er zur Erde entsandt worden war, um sich um das Problemkind zu kümmern. Er war ja schon damals nicht begeistert davon gewesen, Damian zum Schutzengel auszubilden – völlig zu Recht. Schließlich hatte Damian andere Absichten verfolgt, als dem Guten zu dienen.

»Wie steht es um dich?«, fragte Jophiel zu seinem Leid weiter. Mittlerweile bereute Damian es, dem ehemaligen Engel hinterhergelaufen zu sein. »Wie stehst du zu unserem Herrn? Mir scheint, eine dunkle Wolke schwebt über dir.«

Damian sah ihn wieder an, mit einer deutlichen Warnung im Blick. Für Scherze hatte er keine Zeit. »Wieso hast du dich versteckt, wenn du doch meinen Beichtvater spielen sollst?«

»Ich wollte mir erst ein Bild von ... der Situation machen, ehe ich dir meine Hilfe anbiete. Um genau solch ein Gespräch zu vermeiden: Du behauptest, du brauchst keine

Hilfe und verkriechst dich hinter deiner Mauer, obwohl du sehr genau weißt, was dir noch alles bevorsteht, und dass du das ohne Hilfe nicht schaffst.«

»Ach? Weiß ich das?«

»Die Hölle lässt dich nicht los.«

Damian sah wieder weg. Diesmal betrachtete er eine dunkle Krähe auf dem Dach, die sich vom Weiß des Schnees abhob.

»Dein Vater lässt dich nicht so einfach gehen.«

Jetzt wurde Damian doch hellhörig. »Du weißt etwas«, stellte er fest und sah dem einstigen Engel tief in die Augen, aber Jophiel hatte sich noch nie von Damians grünen Blitzen beeindrucken lassen.

»Du doch genauso«, erwiderte er. »Die Höllenhunde sind los, und das ist keine Metapher für kommendes Chaos. Du weißt, wovon ich spreche.«

Damian ließ sich gegen einen Müllcontainer sinken, der vor einem Laden stand. Alle Kraft verließ seine Beine, und er hatte Mühe, aufrecht stehen zu bleiben. Jophiel hatte recht. Die Hölle ließ ihn nicht los. Sie waren bereits hier.

»Er schickt sie, damit sie die Drecksarbeit für ihn erledigen«, dachte er laut und sah zu Jophiel auf. »Deswegen bist du hier. Nur frage ich mich, was du als Mensch gegen diese Biester ausrichten kannst.«

Jophiel zuckte mit den Schultern und stellte mit einer beinahe gelangweilten Geste den Kragen seines Mantels auf. »Die bessere Frage wäre doch, was *du* zu tun gedenkst – als Mensch. Dein Vater will dich zurück und schickt dafür seine Haustiere.«

»Ich kann ihnen entkommen, ich kenne sie zu gut.«

»Du schon. Und das weiß auch dein Vater. Denkst du nicht, ein anderes Ziel wäre da viel wahrscheinlicher?«

Damian riss die Augen auf und spürte sein menschliches Herz stottern. Es fühlte sich an, als hätte es einen Moment ausgesetzt.

»Komm!« Jophiel legte eine Hand auf Damians Schulter. »Wir sollten reden. Im Warmen.«

Märchen

Dieses Jahr begann ja wirklich vielversprechend. Eigentlich hatte Emily gedacht, dass ihr Hang zu Unfällen vorbei wäre, nachdem sie nun einen neuen, fähigeren Schutzengel als Damian an ihrer Seite wusste, doch was passierte? Schon am ersten Tag musste sie der Schulschwester einen Besuch abstatten und dann wieder einmal mit allen möglichen Lehrern, Ärzten und sonstigen nervenden Individuen darüber diskutieren, nicht ins Krankenhaus geschickt zu werden. Ein Kratzer am Bein! Das war alles, und Will war ebenfalls unverletzt – schließlich hatte Emily ihn ja mit ihrem Körper vor der herunterstürzenden Decke geschützt. Keine Ahnung, was da in sie gefahren war, denn sonst war sie nicht wirklich der Heldentyp. Aber irgendetwas in ihr hatte gewusst, dass Wills Leben in Gefahr war. Nicht ihr eigenes, nein, es war um Will gegangen! Als wäre dieser kurze Stromschlag zuvor das Startsignal gewesen. Sehr mysteriös.

Eine Ewigkeit war vergangen, bis sich der Aufruhr wegen der herabgefallenen Platten wieder einigermaßen gelegt hatte und der Unterricht fortgesetzt werden konnte. Für die Schüler war es jedoch ein überaus spannender erster Schultag. Zuerst das Getratsche über den merkwürdigen Wolfsangriff und dann auch noch das Auftauchen der

Polizei in der Schule, die den gefährlichen Bereich absperrte und natürlich nach weiteren Todesfallen suchte. Die Schuldfrage wurde immer wieder gestellt, Vorwürfe wurden ausgesprochen und manche besorgte Eltern holten ihre Kinder schon vor Unterrichtsende nach Hause.

Emily blieb jedoch bis zum Schluss und kam dadurch in den Genuss der zahlreichen Blicke ihrer Mitschüler, die jetzt leider nicht mehr Marita im Visier hatten, sondern die Vampir-Superheldin. Sie setzte sogar noch einen drauf! Nach dem letzten Klingeln für diesen Tag, als sich die restlichen Schüler auf den Heimweg machten – darunter auch Will und Annie –, blieb Emily noch, um beim Vorsprechen für das Schultheater vorbeizuschauen. Ja, wirklich! Emily Norvell ging zu einer Versammlung der Schulbarbies.

Ihre Beweggründe waren jedoch gänzlich andere, als sich auf die Bühne zu stellen und Brecht zu rezitieren. Sie wollte bloß zu Marita. Denn irgendetwas war da faul – mit dem Angriff und ihrer Verschwiegenheit darüber. Normalerweise war Marita immerhin jedes Mittel recht, um im Mittelpunkt zu stehen, wieso hielt sie sich jetzt also so bedeckt? Sie sprach kaum mit der Polizei und reagierte selbst bei ihren Anhängerinnen mit Ausflüchten, wenn diese versuchten, sie über jenen Abend auszufragen.

Emily hatte Marita heute genau beobachtet, doch sie war nicht schlau aus ihrem Verhalten geworden. Eher war sie noch verwirrter, denn Marita sprach fast mit niemandem und benahm sich wie eine richtige Einzelgängerin – sie wurde zu Emily! Wie gruselig.

Doch damit hatten die Absonderlichkeiten dieses Tages noch immer kein Ende gefunden. Marita war nicht beim

Vorsprechen aufgetaucht! Sie, als Anführerin dieser Bande, war nicht erschienen, und keiner wusste, wohin sie verschwunden war.

»Frag mich was Leichteres«, sagte Susannah, die eigentlich Maritas beste Freundin war. »Die ist schon seit Tagen so merkwürdig und redet nicht mehr mit uns.«

»Meinst du, der … Angriff hat sie so sehr erschreckt? Ist sie vielleicht irgendwie … traumatisiert?«

»Marita?« Die Blondine lachte laut auf. »Ich kann mir nicht vorstellen, dass es irgendetwas gibt, das Marita traumatisieren könnte. Schon gar nicht ein verlumpter Wolf, aber jetzt … Keine Ahnung. Sie ist wirklich nicht mehr dieselbe.«

Und diese Worte hatten Emily mit tiefem Schrecken erfüllt. Marita war nicht mehr dieselbe. Eine einfach so dahingesagte Phrase, doch was, wenn mehr dahintersteckte? Was war aus der immerzu fröhlichen und überheblichen Schönheit geworden? War es wirklich nur die Sorge um ihren Bruder und die Angst wegen des Angriffs? Hätte Emily nichts von der Existenz der wahren Welt da draußen gewusst, hätte sie sich vielleicht damit zufriedengegeben, doch mittlerweile war sie von einer Art Sherlock-Holmes-Syndrom für Übernatürliches besessen. Sie sah in allem mehr, vielleicht sogar mehr als wirklich da war, und das war zwar aufregend, drohte ihr aber auch den Verstand zu rauben.

Ernüchtert von dieser erfolglosen Mission der Wahrheitsfindung verließ Emily schließlich das Schulgebäude und trat hinaus in die Kälte.

Unter der Eingangsüberdachung blieb sie einen Augenblick lang stehen und zog den Schal übers Kinn, denn der eisige Wind schmerzte im Gesicht. Ihre Augen tränten bereits nach kurzer Zeit, dennoch vermochte sie die dunkle Gestalt am gegenüberliegenden Ende des Parkplatzes zu erkennen.

Eine Sekunde wusste sie nicht, ob es Damian oder Luzifer war, der dort mit einer zweiten, sehr hoch gewachsenen Person auf sie wartete, nachdem sie jedoch die Tränen weggeblinzelt hatte, sah sie sie zu ihrer Erleichterung, dass die Hölle sie nicht eingeholt hatte – noch nicht. Es war Damian, nicht Luzifer. Sein dunkles Haar wirkte aus der Entfernung vollkommen schwarz, ebenso wie seine Kleidung und die eigentlich grünen Augen.

Ihr Herz beruhigte sich nach dem anfänglichen Schock nur langsam wieder, als sie die Treppen zum Parkplatz hinabging, den Blick auf ihren einstigen Schutzengel gerichtet, den sie in dieser Umgebung, ihrer Schule, niemals erwartet hätte. Wie oft hatte sie sich damals genau diese Situation gewünscht? Die Kronberge hinter ihm ragten kahl und grau gen Himmel, der Wald darunter glitzerte wie Smaragde, während Damian sie mit seinem ungeduldigen Blick ansah. Er war tatsächlich Wirklichkeit. Auch früher war er hier an diesem Ort bei ihr gewesen, aber nicht so. Sie hatte ihn nicht sehen können, nicht einmal richtig gespürt, und jetzt war er auf einmal echt. Ein Traum ging in Erfüllung, auch wenn es kitschig klang, doch zu wild flatterten die Schmetterlinge in ihrem Bauch, als dass sie den Zauber dieses Augenblicks leugnen könnte. Allerdings verlor dieser magische Moment etwas von seiner Schnulzentauglichkeit, während sie über den Parkplatz auf ihn zuschritt und ein Kribbeln im Nacken ihr plötzlich das Gefühl gab, beobachtet zu werden.

Hatte das Böse einen besonderen Geruch oder irgendein anderes Merkmal, an dem man es erkennen konnte? Es war, als wäre die Luft davon erfüllt, obwohl sie nicht sagen konnte, wie sie darauf kam. Im Grunde hatte sich nichts verändert. Aus einem Impuls heraus wandte sie den Kopf zur Seite und blickte über die wenigen verbliebenen Autos hinweg.

Nicht weit von ihr entfernt stand Marita bei ihrem sündhaft teuren Wagen. Die Tür war bereits geöffnet, sie war wohl im Begriff gewesen einzusteigen, als etwas sie hatte innehalten lassen, genau wie Emily. Die beiden sahen sich lange an, und Emily lief ein kalter Schauer den Rücken herunter, der eindeutig nicht vom Januarwind kam.

Maritas Blick löste sich von ihr, wanderte über den Parkplatz zu Damian und dem Fremden und wieder zurück zu Emily. Ihrem Ausdruck war nicht anzumerken, was sie dachte. Eigentlich hätte sich Emily über diese Begegnung freuen müssen. Sie wurde schließlich von ihrem Freund von der Schule abgeholt – vor Zeugen –, und Marita war somit einiges an Zündstoff für zukünftige Sticheleien genommen. Obwohl sich ein primitiver und äußerst kindischer Teil in Emily immer solch eine Situation gewünscht hatte, empfand sie jetzt keinen Triumph. Irgendwie fühlte es sich doch nicht so gut an, wie sie immer gedacht hatte. Vielleicht lag es an dem mangelnden Interesse Maritas, denn die einstige Schulkönigin stieg einfach ins Auto und ließ den Motor an, ohne Emily weiter zu beachten. Kein Kommentar, keine schnippische Bemerkung, noch nicht einmal ein Lächeln oder wütendes Funkeln. Gar nichts.

Emily wartete, bis sich der limousinenähnliche Wagen

durch die Parkreihen geschlängelt hatte und setzte erst dann mit einem Kopfschütteln ihren Weg zu Damian und dem blonden Fremden fort.

Wie auf Kommando begann ihr Herz wieder zu poltern und zu hüpfen, und dieses unsichere Gefühl in Damians Gegenwart kehrte zurück: Er hatte versucht, sie zu küssen, und sie war davongelaufen. Das würde sie bis in alle Ewigkeit verfolgen. Emily gab sich Mühe, ein fröhliches Gesicht aufzusetzen, bei den düsteren Mienen, die sie erwarteten, gelang ihr das allerdings nicht besonders gut.

»Wo ist Will?«, fragte Damian zur Begrüßung.

Emily blinzelte verwirrt und fühlte sich, als hätte er sie geohrfeigt.

»Will?«, wiederholte sie und sah zu dem Mann mit den blonden Locken und den zarten Gesichtszügen hoch. Bis zu dem etwas spitz zulaufenden Kinn fiel die goldene Pracht herab und umrahmte elfenbeinfarbene Haut und meerblaue Augen, die sie über einer geraden und ebenfalls etwas spitzen Nase hinweg ansahen.

»Ja, Will«, kam es zwischenzeitlich von Damian. »Du bist ja sonst ständig in seiner Nähe, was tust du hier also so allein?«

Emily zwang sich, ihren Blick wieder Damian zuzuwenden und das Aufwallen von Zorn zu unterdrücken. Einen Streit konnte sie nun wirklich nicht gebrauchen. Schließlich sollten sie sich näherkommen und nicht noch weiter voneinander entfernen.

»Er ist nach Hause gefahren«, presste sie daher zwischen zusammengebissenen Zähnen hervor. »Was ich jetzt auch machen werde.«

»Der Bus ist schon weg. Ich dachte, du hättest um halb drei Schluss gehabt.«

»Jaaaa. Aber ich musste noch etwas erledigen.«

»Und was?«

Sollte das ein Scherz sein? Emily wandte sich dem Fremden zu und streckte ihre Hand aus. »Ich glaube, wir kennen uns noch nicht«, sagte sie mit einem höflichen Lächeln, das ihr immer noch leichter fiel als Damian zu antworten. »Ich bin Emily, und Sie sind …?«

Der Fremde ergriff ihre Hand und drückte mit fast schon schmerzhafter Kraft zu. »Jophiel«, stellte er sich vor und deutete mit einem Nicken zu Damian. »Ich bin ein Freund.«

»Ach.« Jetzt war es wohl an ihr, Fragen zu stellen. Diesen Namen hörte sie nicht zum ersten Mal, auch wenn ihr der Zusammenhang gerade nicht einfallen wollte. Es war jedoch kein … *normaler* Name. »Ein Freund?« So lange war Damian auch noch kein Mensch, um bereits Freunde zu haben. Außer dieser hier war gar nicht … »Von woher?«

»Ich …«

Damian hob die Hand und schnitt seinem *Freund* das Wort ab. »Jophiel ist ein Erzengel«, sagte er so emotionslos, als lese er ihr das Telefonbuch vor. »Oder vielmehr *war*. Jedenfalls war er mein Aufpasser, als ich ein Schutzengel werden wollte, und wie es aussieht, ist er es jetzt auch bei meinem Vorhaben, ein Mensch zu sein.«

»Also …« Emily spürte, wie sich ihr Puls langsam wieder beruhigte. »Dann sind Sie von …« Sie deutete etwas unsicher nach oben, und Jophiel nickte lächelnd.

»Vom Himmel«, bestätigte er ihr, und sie atmete erleichtert auf. Ein alter Freund hätte schließlich auch von der anderen Seite kommen können. Damian hatte ja nicht unbedingt viel Zeit im Himmel verbracht, und auf Höllenbesuch hatte sie nun wirklich keine Lust.

»Können wir die Vorstellungsrunde vielleicht verschieben?«, mischte sich Damian ungeduldig ein. »Es wird Zeit, von hier zu verschwinden.«

Emily kniff die Augen zusammen. »Wieso?«

»Weil es so aussieht, als wären ein paar Haustiere meines Vaters hinter dir her.«

Ihr Mund öffnete sich, und erneut wurde ihr Körper von einer Gänsehaut überzogen. Das wurde ja immer besser. »Hinter *mir*?«, piepste sie, und als beide Männer sie besorgt ansahen, wusste sie, dass alles noch viel schlimmer kommen würde.

***

Sie trafen sich bei Will. Jophiel hatte ein Auto, einen alten, nicht besonders vertrauenerweckend aussehenden Geländewagen, mit dem er sie durch den Wald zu Emilys bestem Freund kutschierte. Der schien über den Besuch ziemlich überrascht zu sein. Annie war auch da, und so saßen sie nun alle im Wohnzimmer am brennenden Kamin und starrten den einstigen Erzengel an, als hätte er die Apokalypse verkündet. Wobei, so weit hergeholt war das auch wieder nicht.

»Höllenhunde«, wiederholte Will gedehnt und ohne jeden Spott. Keiner in der Runde reagierte mit einem »Das ist doch unmöglich!« oder »So etwas gibt es nicht!«.

Annie sprach als Erste aus, was alle dachten: »Was kann

man gegen sie unternehmen?« Zu Emilys Überraschung redete sie ebenfalls völlig nüchtern, ohne jeden Schrecken in der Stimme.

Jophiel fuhr sich mit der Hand durch die blonden Locken, während Damians düsterer Blick auf Emily fiel.

»Nichts«, antwortete dieser mit rauer Stimme und erhob sich von seinem Schlafplatz, der Couch. Ein paarmal tigerte er vor dem Kamin hin und her, ehe er innehielt und sich ihnen wieder zuwandte. »Die Höllenhunde«, begann er seine Erklärung, »bewegen sich im Zwielicht, sind also nicht direkt in dieser Ebene, aber in derselben Dimension.«

»Das klingt kompliziert«, bemerkte Emily und schloss ihre Hände noch etwas fester um die warme Teetasse. »Wie ist es dann möglich, sie zu sehen, wenn sie nicht in dieser Dim… Ebene sind? Marita hat doch gesagt, sie hätte die Augen eines Wolfs gesehen.«

»Das hat sie auch«, antwortete Jophiel, bevor Damian etwas sagen konnte. Er hatte es sich auf einem Drehstuhl am Computertisch gegenüber des Kamins gemütlich gemacht und schien jede Bewegung, jede Geste, jedes Augenzwinkern von Damian zu beobachten. »Die Ebenen einer Dimension sind nur durch einen dünnen Schleier voneinander getrennt, deshalb ist es euch auch möglich im Schlaf in die Ebene des Unterbewusstseins zu gelangen. Wenn man also genau hinsieht, kann man die goldenen Augen der Biester durch den Schleier der Ebenen hindurchscheinen sehen. Und auch auf den Körper kann man einen Blick erhaschen, doch sind die Konturen verschwommen, fast transparent und noch dazu bewegen sie sich viel zu schnell.«

»Und wie können sie uns dann etwas anhaben, wenn sie nicht in dieser Ebene sind?«, wollte Will wissen.

»Das können sie nicht«, antwortete Damian. »Nicht wirklich zumindest. Erst wenn wir sterben, werden sie so richtig gefährlich. Sie entreißen die für den Himmel bestimmten Seelen und zerren sie in die Hölle.«

»Juhu«, warf Emily trocken ein und nahm einen Schluck von ihrem Tee.

»Ganz genau«, sagte Jophiel. »Die Höllenhunde sind bestimmt nicht nur hinter Damian her. Sie wollen dich, Emily, denn wenn deine Seele erst mal in der Hölle ist, wird Damian dir folgen und somit zu seinem Vater in die Unterwelt zurückkehren. So erreicht Luzifer, was er will.«

»Juhu!«, wiederholte Emily tonlos. Die Nachricht, dass die Höllenhunde es ausgerechnet auf sie abgesehen hatten, war die Spitze des ohnehin nicht gerade kleinen Berges an Problemen und Sorgen. Eigentlich hatte jeder damit gerechnet, Luzifer würde Damian irgendwelche Gemeinheiten hinterherschicken, ihm persönlich auflauern und vielleicht sogar versuchen ihn umzubringen, doch da hatten sie sich wohl getäuscht. Luzifers Plan war also, Emily von den Höllenhunden in die Unterwelt entführen zu lassen, sodass Damian freiwillig dorthin zurückkehrte und mit seinen Versuchen aufhörte, sich von seinem Vater loszusagen. Wirklich ein teuflisch schlaues Vorhaben.

»Aber im Grunde können die Höllenhunde doch nichts tun«, meinte Will und sah nach Bestätigung suchend zwischen Damian und Jophiel hin und her. »Wenn sie in ihrer Ebene sind, wir in unserer und sie erst nach dem Tod gefährlich werden …« Er lachte auf. »Mann, das klingt vielleicht blöd – ›nach dem Tod gefährlich werden‹.«

»Nein.« Jophiel erhob sich und schritt langsam zur Fensterfront des Wohnzimmers. »Sie sind auch jetzt gefährlich. Zwar können sie den Sterblichen keinen körperlichen Schaden zufügen, doch eine Berührung von ihnen reicht aus, um die Seele im Unterbewusstsein tief zu erschüttern. Albträume, Halluzinationen – sie senden dir furchtbare Bilder, und so manchen haben sie dazu gebracht, sich selbst zu töten. Sie sind also keineswegs zu unterschätzen.«

Emily schluckte. Mit Schrecken und auch mit Schuldgefühlen erinnerte sie sich an die Begegnung mit Marita und deren Bruder. Vielleicht wären die beiden niemals von den Höllenhunden angegriffen worden, hätten sie nicht vorher Emily getroffen. Der Junge musste von einem dieser Biester *berührt* worden sein. Was hatte er gesehen? Welche Abscheulichkeiten hatten diese Biester ihm gesandt, um ihn der Welt zu entreißen? Darüber nachzudenken hatte zwar nur wenig Sinn, und doch zermürbte Emily die Tatsache, für das Leid des Jungen verantwortlich zu sein.

»Gibt es eine Möglichkeit, Emily zu schützen?«, fragte Will, der die Sonnenbrille in den Händen drehte und seinem blassen Gesicht nach zu urteilen mehr als beunruhigt war. »Eine Bibel vielleicht? Weihwasser?«

»Knoblauch«, fügte Damian mit einem verächtlichen Schnauben hinzu. »Mensch, das sind Höllenhunde, Van Helsing, keine Filmvampire. Vor denen gibt es keinen Schutz.«

»Soll ich sie also sterben lassen?!«, zischte Will und konnte sich offensichtlich nur schwer beherrschen, nicht sofort aufzuspringen, um sich auf Damian zu stürzen. »Soll sie in die Hölle, nur weil *du* dorthin gehörst?!«

Damians Lippen wurden zu einer schmalen Linie, und seine grünen Augen funkelten Will voll unterdrücktem Zorn an. Dann sah er Emily an und wurde dabei noch blasser. Schließlich wandte er sich ab und blickte in das prasselnde Feuer des Kamins, während Emily, unschlüssig, was sie tun sollte, zwischen den Anwesenden hin und her sah. Einerseits wollte sie zu Damian gehen und ihm sagen, dass es nicht seine Schuld war, wollte ihn irgendwie trösten. Andererseits hallten Wills Worte durch ihren Kopf, als wären es ihre eigenen. Musste sie wirklich sterben und zurück in die Hölle, nur weil Damian seinem Vater entkommen wollte? Was würde sie tun, wenn Damian noch vor ihr von den Höllenhunden erwischt und zurück zu Luzifer geschafft wurde? Würde sie erneut einen Handel mit dem Teufel schließen, um ihn zu retten? Dass sie die Antwort darauf nicht wusste, beunruhigte sie beinahe ebenso sehr wie die drohende Gefahr. Damals hatte sie nicht eine Sekunde gezögert, aber ihr war auch nicht klar gewesen, was auf sie zukam. Der Mut der Unwissenden, mehr war das nicht. Sie hatte für das kämpfen wollen, was Damian und sie in ihren Träumen gehabt hatten, und für das, was sie verbunden hatte. Doch was war das eigentlich gewesen? Im Moment kam es ihr vor, als müsse sie ihren Hals für einen Fremden hinhalten, denn der Mensch Damian war ihr fremd und Damian der Teufelssohn ebenfalls. Sie hatte sich in Damian den Schutzengel verliebt, auch wenn diese Identität nur Fassade gewesen war, und allein diese Gedanken waren schon so furchtbar, dass sie sie niemals aussprechen durfte.

»Kirchen sind sicher«, brach Jophiel plötzlich zur allgemeinen Erleichterung das bedrückende Schweigen.

»Kirchen«, wiederholte Emily mit gerunzelter Stirn. »Soll ich vielleicht in eine einziehen und sie nicht mehr verlassen? Mein Leben lang?«

»Es muss eine andere Möglichkeit geben«, sagte Annie und nahm ihr Kinn von den hochgezogenen Knien, die sie umschlungen hielt. »Wenn eine Kirche ein sicherer Ort ist, dann muss es doch noch mehr geben. Was ist denn mit der Bibel? Und dem Weihwasser? Für mich klingt das nicht so weit hergeholt, schließlich sind es Symbole des Glaubens an Gott. Sie müssten Luzifer also schwächen. Was ist zum Beispiel mit einem Kreuz?«

Alle sahen Jophiel an, der jedoch nur den Kopf schüttelte. »Ich kann euch darauf keine Antwort geben. Ich weiß nicht, inwieweit der Glaube die Macht hat, Höllenhunde fernzuhalten. Ich weiß zu wenig über diese Biester.«

Sämtliche Augenpaare richteten sich auf Damian, der jedoch nur mit den Schultern zuckte. »Es könnte funktionieren«, räumte er ein, »aber die Gefahr ist damit nicht gebannt.«

»Aber zumindest kann ich ruhig schlafen?«

Ein weiteres Achselzucken folgte, was nicht gerade hilfreich war.

»Die Höllenhunde kennen die Barrieren dieser Ebene nicht«, setzte dann auch noch Jophiel einen drauf. »Mauern, Absperrungen, Zäune, das alles kann sie nicht aufhalten. Du bist also nicht zwangsläufig im Inneren eines Hauses sicher. Die einzigen Grenzen, die im Zwielicht herrschen, sind Licht und Schatten.«

»Dann werde ich heute ja bestimmt gut schlafen.« Emily ließ sich stöhnend in der Couch zurücksinken. »Ich hab noch eine Kette meiner Oma mit einem Kreuz. Wir werden sehen, ob die mir diese Viecher vom Leib halten kann.«

»Wir sollten aber kein Risiko eingehen«, meinte Will neben ihr und legte eine Hand auf ihr Knie. »In nächster Zeit ist es zu gefährlich für dich, alleine zu sein. Du solltest hierbleiben, wo wir ein Auge auf dich haben können. Also damit du ...« Er kratzte sich am Kopf. »... dich nicht selbst umbringst oder so. Wenn dir diese Biester tatsächlich zu nahe kommen sollten, ist es garantiert noch gefährlicher, wenn du dabei alleine bist.«

Damian trat einen Schritt vor und öffnete den Mund, als wollte er protestieren, doch als Will und er sich in die Augen sahen und ein paar Sekunden irgendeinen stummen Kampf auszufechten schienen, kam Damian wohl von seinen Einwänden ab. Er steckte lediglich unwirsch die Hände in die Hosentaschen und wandte sich wieder dem Kamin zu.

Merkwürdig, dass Will sie jetzt doch hier übernachten lassen wollte, nach all dem Protest neulich. Anscheinend war die Bedrohung durch Höllenhunde ein wesentlich schwerwiegenderer Grund als sein bisheriger. Doch auch wenn Will seine Meinung geändert hatte, hieß das nicht, dass dies alle Probleme löste.

»Meine Eltern werden das niemals erlauben«, sprach sie daher das Offensichtliche aus. »Eine Übernachtung bei dir und Damian? Nie im Leben. Mama ist sehr liberal, aber das wird sogar ihre Grenzen überschreiten, und solange Papa da ist ...«

»Und wenn wir sagen, dass Annie auch hierbleibt?«

»Das durchschauen sie«, warf Annie sogleich ein und

presste die Lippen aufeinander, als würde das beim Suchen einer Lösung helfen. »Emilys Eltern kennen meine, und sie wissen, dass sie mich niemals bei meinem Freund übernachten lassen würden.«

Emily seufzte. »Wir können ihnen aber auch schlecht sagen, dass ihr auf mich aufpassen wollt, weil ein paar Höllenhunde hinter mir her sind, um mich als Lockvogel in die Hölle zu bringen.«

»Und wenn du sagst, dass du bei Annie übernachtest? Oder bei einer anderen Freundin?«, überlegte Will. »Sie würden doch nicht bei deren Eltern anrufen. Ich kenne Mary, so weit würde sie nicht gehen.«

»Und wenn sie doch dahinterkommen?« Emily schüttelte den Kopf. »Sie würden mir das eh nicht glauben. Meine Mutter muss mich nur ansehen und weiß, dass ich hier übernachten will, und dann käme sie nur auf falsche Gedanken, weil ich es ihr verschwiegen habe. Sie denkt dann gleich, ich hätte irgendetwas vor.« Ihr Blick wanderte zu Damian, und als er diesen grinsend erwiderte, stieg zu ihrem Verdruss sofort Hitze in ihren Wangen auf.

»Wir könnten auch zu dir kommen«, schlug Will auf einmal vor, und alle fuhren zu ihm herum. »Lass einfach dein Fenster offen. Damian und ich wechseln uns ab.«

»Das ist unmöglich!« Damian stieß sich von der Mauer am Kamin ab und trat zur Couch. »Wir können doch nicht einfach durchs Fenster steigen und die Nacht bei ihr verbringen. Das geht nicht. Ich …«

»Vielleicht könnte *ich* ja bei Emily übernachten«, überlegte Annie. »Aber meine Eltern würden das nur am Wochenende erlauben.«

Emily hörte Annies Vorschlag kaum, denn sie beobachtete immer noch Damian, der Will mit bösen Blicken durchbohrte. Schon wieder führten die beiden ein Gespräch, ohne dass sie begriff, worum es ging. Wieso war Damian bloß so vehement dagegen, bei ihr zu übernachten? Was verheimlichte er ihr?

Plötzlich kam ihr eine Idee. Sie musste in Damians Gegenwart sein, um hinter das Geheimnis dieses seltsamen Verhaltens zu kommen – und zwar auch nachts, denn darum ging es anscheinend in den stummen Gesprächen zwischen ihrem besten Freund und ihrem … Freund. Und jetzt wusste sie auch, wie sie es anstellen konnte, das zu bewerkstelligen. Sie würde ein Opfer bringen müssen, durch die Hölle gehen, noch einmal, aber das war es wert, um hinter den Grund von Damians merkwürdigem Verhalten zu kommen. Sie hatte seine Geheimniskrämerei satt, schließlich war dabei nie etwas Gutes herausgekommen, und wenn sie dadurch auch noch vor den Höllenhunden geschützt wurde, konnte es doch nicht besser laufen.

»Ich kann das Haus im Auge behalten«, schlug Jophiel gerade vor. »Ich bleibe in der Nähe und passe auf, dass ihr keine Höllenhunde zu nahe kommen.«

»Nicht nötig.« Emily spürte, wie ihr Herzschlag immer schneller ging. Allein der Gedanke an ihren absurden Plan, ließ ihre Wangen brennen. »Will, bereite schon mal das Gästezimmer vor. Ich schlafe hier.«

»Und deine Eltern?«

»Ich regle das.«

***

»Ich habe vor, mit Damian zu schlafen.«

Einen Moment lang war das Knistern des Spülschaums das einzige Geräusch in der Küche, noch nicht einmal ihr eigener Atem war zu hören. Ganz so, als wäre auch die Uhr im Wohnzimmer bei dieser Eröffnung stehen geblieben.

Emily setzte sich am Frühstückstresen auf einen Hocker und sah ihre Mutter unverwandt an, während diese ihre Hände aus dem Spülwasser nahm und an einem Geschirrtuch abtrocknete. Eine Ewigkeit schien zu vergehen, bis sie sich endlich ihrer Tochter zuwandte und sie aus großen Augen anstarrte.

»Ich bin siebzehn«, fuhr Emily scheinbar völlig gelassen fort. »Bald werde ich achtzehn, und ich bin alt genug. Damian ist der Richtige, und du hast gesagt, ich kann immer über alles mit dir reden. Und dass du wissen willst, wenn es so weit ist. Also ... Hier bin ich. Es ist so weit.«

Ob es ihr wohl gelang, so unschuldig auszusehen, wie sie es versuchte und für nötig hielt? Am liebsten wäre sie im Boden versunken, doch was blieb ihr anderes übrig, als dieses Gespräch jetzt durchzuziehen? Zumindest hatte sie es dann hinter sich und musste sich nie wieder Gedanken darüber machen – auch nicht, wenn es denn tatsächlich mal so weit sein sollte.

Ihre Mutter sah ihr in die Augen – das war nie gut – und stützte sich mit den Ellbogen auf dem Tresen ab.

»Nun«, begann sie und kämpfte ganz offensichtlich darum, ihre Rolle als liberale und verständnisvolle Mutter beizubehalten. »Das sind ... große Neuigkeiten.«

»Yep.«

»Ich nehme an, du hast gründlich darüber nachgedacht.«

»Yep.« Emily nahm vor lauter Nervosität einen Apfel aus der Obstschale und biss hinein, obwohl sie überhaupt keinen Hunger hatte.

»Und Damian … Ich nehme an, ihr habt bereits darüber gesprochen?«

Hatten sie das? »Klar doch.«

»Hm.«

Emily lugte über den Apfel und wagte es, ihre Mutter einen winzigen Moment lang anzusehen. Als sie jedoch von deren durchdringenden Blick getroffen wurde, nahm sie schnell noch einen Bissen und betrachtete höchst konzentriert die Schale. »Hast du irgendwelche Fragen?«, brach ihre Mutter nach einer Weile das Schweigen. »Möchtest du über irgendetwas … Spezielles sprechen?«

»Ja.« Emily zwang sich aufzusehen und hätte sich am liebsten einen Eimer Wasser über den Kopf gegossen, um das Feuer in ihrem Gesicht zu löschen. Wieso mussten so blasse Typen wie sie immer zum Rotwerden neigen?

»Es ist so …«, begann sie schließlich und musste das Unbehagen gar nicht vortäuschen. »Wir beide … also Damian und ich … wir sind so weit, nur …« Noch einmal tief durchatmen. »Es sollte schon etwas Besonderes sein. An einem Ort … also, wo wir unsere Ruhe haben.« Meine Güte, gab es ein fürchterlicheres Gespräch als dieses? »Deswegen würde ich gerne bei Will übernachten … also, ich meine, eigentlich bei Damian. Heute … und an anderen Tagen … oft.«

Ihre Mutter schob sich das kinnlange Haar zurück hinter die Ohren und sah sie schweigend an. Wieso machte sie das ständig? Wieso konnte sie nicht einfach antworten?

»Ich mache es sowieso«, verkündete Emily daher in ihrer Verzweiflung, auch wenn sie wusste, dass ihre Worte nicht besonders klug gewählt waren. »Lieber wäre es mir in einer romantischen Atmosphäre, aber wenn du mich nicht lässt, passiert es halt auf dem Rücksitz irgendeines Autos. Also …?«

»Du willst bei Will übernachten.« Mary Norvell richtete sich auf und wandte sich wieder den schmutzigen Töpfen zu. »Um dort mit Damian zu schlafen.«

»Ähm … ja?« War ihre Idee vielleicht doch nicht so gut gewesen? Vor zwei Stunden war ihr der Plan noch ziemlich brillant erschienen. Wie sonst sollte sie es hinkriegen, dass sie in dem einsamen Haus im Wald übernachten durfte? Angriff war da die beste Verteidigung!

»Was hält Will davon?«, wollte ihre Mutter schließlich wissen. »Ich kann mir nicht vorstellen …«

»Will hat seine Annie, und glaubst du wirklich, die beiden hätten sich nicht längst in den Kissen gewälzt? Sie sind achtzehn und verliebt. Außerdem hat Will nie etwas dagegen, wenn ich bei ihm schlafe – also in seinem Haus. Das wird lustig. Und es ist ja nicht gesagt, dass ich sofort mit Damian in die Kiste hüpfe. Es wäre einfach nur schön, wenn wir etwas mehr Zeit miteinander verbringen könnten, uns …« – beinahe hätte sie »kennenlernen« gesagt – »etwas herantasten könnten. Ich will nicht immer abends nach Hause müssen. Die Leute sagen, da draußen gehen ein paar gefährliche Dinge vor sich.«

Ihre Mutter sah sie aus schmalen Augen an. »Du hast dir das alles ja wirklich schön zurechtgelegt. Und hast du für deinen Vater eine andere Version, oder soll es bei ihm derselbe Vortrag werden?«

Emily schluckte. »Derselbe?«, fragte sie schließlich

piepsend, was ihre Mutter dazu veranlasste, sich wieder kopfschüttelnd dem Geschirr zu widmen.

»So geht das nicht«, entschied sie schließlich seufzend. »Du kannst nicht einfach …«

»Wieso nicht?«

Schweigen. Suchte ihre Mutter nach Gründen? Es gab doch keine! Bis auf jene, die nur Emily kannte.

»Sag nicht, ich bin zu jung.«

»Nein, das bist du nicht.« Ihre Mutter strich sich mit dem Handrücken das Haar aus dem Gesicht. »Aber bist du dir sicher, dass Damian der Richtige ist? Ausgerechnet *er*?«

»Wieso nicht?«

Der kurze Blick über die Schulter war Antwort genug.

»Er ist ein lieber Kerl«, beharrte Emily daher, auch wenn sie gar nicht wusste, ob das stimmte. Aber das spielte im Moment ja auch keine Rolle, da es hier nicht darum ging, ob sie mit Damian ihre Jungfräulichkeit verlieren sollte, sondern darum, sie vor Höllenhunden zu schützen. »Er ist Wills … Cousin. Will kennt ihn, und ich bin mir ganz sicher.« Wie leicht ihr diese Lügen über die Lippen kamen. Ob Gott in diesem Moment wohl zuschaute? Ob es eine Sünde war unter diesen Umständen zu lügen? Vielleicht rieb sich Luzifer ja auch schon die Hände, da sie auf dem besten Weg in die Hölle war?

»Ich kenne ihn einfach nicht gut genug«, meinte dann ihre Mutter, und beinahe hätte Emily laut aufgelacht. Sie selbst kannte ihn ja auch nicht wirklich.

»*Du* musst ihn ja auch nicht kennen«, antwortete sie jedoch bloß und hoffte, dass sie ihre Mutter nun endgültig überzeugt hatte.

»Er ist älter als du.«

»Ein paar Jährchen. Das muss doch nicht schlecht sein!«

»Er hat eine sehr ... interessante Vergangenheit.«

»Auch das muss ihn nicht unbedingt zum Serienmörder machen. Mama, ich will doch nur mal nachts dort bleiben, um ... Zeit mit ihm zu verbringen. Ich gehe zur Schule, Damian arbeitet, und sonst sind immer Will und Annie dabei. Damian will sich ja auch eine Wohnung suchen, aber ...«

»Ach ja?«

»Ja, und da wäre es dann sicher leichter für uns ...«

»Du glaubst doch nicht, dass ich dich einfach so zu ihm lasse?«

»Wieso denn nicht?! Bei Will hättest du dich nicht so aufgeregt!« Emily erinnerte sich noch gut an das Gespräch mit ihrer Mutter, nachdem sie bei Will auf der Couch eingeschlafen war. Da hatte sie nichts dagegen gehabt. Und jetzt?!

»Ich kenne Will sein Leben lang«, erwiderte ihre Mutter und schrubbte mit aller Leidenschaft die Töpfe. »Ich vertraue ihm.«

»Und Damian nicht?!«

»Ich kenne ihn nicht«, wiederholte ihre Mutter stur. Dann wandte sie sich ihr wieder zu. »Hör zu«, begann sie in einem versöhnlichen Tonfall, der Emily ganz und gar nicht gefiel. »Du hast Schule, du kannst nicht einfach so unter der Woche woanders übernachten. Bei Jungs. Wieso geht ihr nicht einfach am Wochenende mal zusammen ins Kino, verbringt auf diese Weise Zeit miteinander?«

»Das ist nicht dasselbe! Und die Schule wird bestimmt nicht darunter leiden.« Die würde allerdings sehr wohl darunter leiden, käme sie den Höllenhunden in die Fänge, aber das konnte sie schlecht als Argument benutzen.

»Mach deine Hausaufgaben«, war die wenig erbauliche Antwort ihrer Mutter. »Lass mich nachdenken, und wir reden später weiter.«

Emily legte den Apfel beiseite, rutschte seufzend vom Hocker und stürmte die Treppe zu ihrem Zimmer hoch. Ihr lief die Zeit davon, doch jetzt musste sie ohnehin erst einmal die Kette mit dem Kreuz suchen. Vielleicht reichte die ja als Schutz aus. Und danach würde sie ihre Mutter weiterbearbeiten müssen.

Heimsuchungen

Mit Sack und Pack trat Emily in die Pedale. Es war nicht so einfach, durch den Schneematsch zu radeln, doch da sie kein anderes Fortbewegungsmittel hatte, benutzte sie ihr Fahrrad das ganze Jahr über. Auf den Wegen und Straßen war der Schnee ohnehin bereits verschwunden, da mehrere Tage nichts mehr nachgekommen war, und nur auf den verschlungenen Pfaden im Wald musste sie sich ordentlich ins Zeug legen, damit die Räder durch den widerspenstigeren Rest hindurchpflügten.

Will hätte sie natürlich abgeholt, doch Emily wollte sich nicht ständig herumkutschieren lassen und genoss die frische Luft und das Schmerzen ihrer Muskeln. Es half ihr, sich zu entspannen und über die kommende Nacht nachzudenken. Natürlich gab es keinen Grund nervös zu sein, schließlich stand das Gästezimmer für sie bereit, während Will im oberen Stock in seinem Zimmer und Damian im Wohnzimmer auf der Couch schlief. Nein, es gab überhaupt keinen Grund, und trotzdem war sie ein nervliches Wrack. Zumindest in dieser Hinsicht hatte sie ihrer Mutter nichts vorspielen müssen, als sie sich vorhin von ihr verabschiedet hatte, um die Nacht bei ihrem Freund zu verbringen.

Die Woche war ziemlich friedlich verlaufen – abgesehen von den ständigen Diskussionen mit ihrer Mutter und dann auch noch mit ihrem Vater. Der war inzwischen jedoch wieder mit seinem Lkw unterwegs, und ihre Mutter hatte ihr nach unendlichem Betteln erlaubt, an diesem Freitag bei Damian zu übernachten. Die Nächte zuvor hatte der Ex-Erzengel Jophiel vor ihrem Haus Wache gestanden, auch wenn sie nicht wusste, wie er das anstellte, ohne zu erfrieren, einzuschlafen oder sich zu Tode zu langweilen. Emily trug außerdem die Kreuzkette, und bis auf einen schaurigen Moment vor zwei Tagen, bei dem sie auf dem Nachhauseweg von der Schule gemeint hatte, verfolgt zu werden und ein Knurren zu hören, hatte es keine bösen Zwischenfälle mit irgendwelchen Höllentieren gegeben. Sie war gelaufen wie eine Irre und hatte sich dann im Haus verschanzt, das Kreuz fest umklammernd, doch vermutlich war es ohnehin nur Einbildung gewesen. Inwieweit die Kreuzkette die Tiere ferngehalten hatte, wusste keiner von ihnen, aber es war immerhin besser als nichts.

Ansonsten war die Woche jedoch ziemlich harmlos verlaufen. Damian war seiner neuen Arbeit nachgegangen, während Will, Emily und Annie die Schulbank gedrückt hatten. An den Nachmittagen hatten sie dann irgendwo mit Jophiel zusammengesessen und einen Schlachtplan entworfen oder über ihre Beobachtungen gesprochen. Besonders Marita war öfter Thema. Die Schulprinzessin benahm sich immer noch sonderbar und wurde mehr und mehr zur Einzelgängerin. Einmal hatte Jophiel Emily von der Schule abgeholt, weil Will noch zum Basketballtraining gegangen war, und da hatte Marita den beiden einen sehr merkwürdigen Blick zugeworfen. Beinahe schon bösartig. Natürlich musste ihr Verhalten nichts zu bedeuten haben, schließlich war sie von einem Monster der Hölle angegriffen worden, doch Emily wurde das Gefühl nicht los, dass da mehr dahintersteckte.

Seltsam war allerdings, dass ihr die bevorstehende Nacht bei Will schlimmere Bauchschmerzen bereitete, als hier den Lockvogel zu spielen. Vielleicht war sie, was Höllendinge anging, auch schon zu abgebrüht. Was Mädchendinge anging, war sie jedoch ein absoluter Neuling. Sie war nie eines dieser ständig verliebten Püppchen gewesen, das jedes Jahr mit einem anderen ging und den Freund dann unter den Freundinnen austauschte. Na ja, dazu musste man wohl Freundinnen haben. Nach Mandys Tod war da immer nur Will gewesen, und Annie konnte ihren Platz nicht einnehmen. Noch dazu, wo Emily sich immer noch schuldig fühlte, weil sie Will geküsst hatte. Sie versuchte sich einzureden, dass es nur eine Art Experiment gewesen war, ohne jede Bedeutung, aber Verrat blieb Verrat. Daran wollte Emily im Moment aber gar nicht denken, denn die Sonne verschwand bereits, und die Schatten des Waldes hüllten sie wie ein Schleier des Todes ein. Sofort spürte sie die Bedrohung, dieses abrupte Kälterwerden der Winterluft, wenn die Sonne keine Kraft mehr hatte. War da nicht ein Scharren im Schnee gewesen? Ein Knurren hinter ihr? Dort drüben im Wald ein kurzes Aufblitzen von goldenen Augen? Oder war es doch nur ein Sonnenstrahl, der sich zwischen den dichten Nadelbäumen hatte hindurchkämpfen können? Was auch immer dahintersteckte, sie hatte nicht vor, es herauszufinden. Daher legte sie sich noch etwas mehr ins Zeug und umklammerte mit aller Kraft den Lenker, um nicht ins Rutschen zu kommen.

Die Erleichterung war groß, als sie die hochgewachsene Gestalt mitten auf dem Weg stehen sah, auch wenn sie durch ihr plötzliches Auftauchen kurz zusammengezuckt war. Manchmal fiel es ihr schwer zu glauben, dass Jophiel tatsächlich ein gewöhnlicher Mensch war – so gewöhnlich, wie man sein konnte, wenn man nicht auf Erden geboren, sondern einfach in die Dimension der Sterblichen geschickt worden war. So wie er dort stand, gleich einer Säule, die den Himmel am Einstürzen hinderte, wirkte er wahrhaftig wie ein Engel. Sein schlanker Körperbau wurde durch den dunklen Mantel noch unterstrichen und das blonde – nein, man musste sagen *goldene* – Haar schien selbst hier im Schatten zu leuchten. Emily wäre nicht verwundert gewesen, hätten sich auf einmal riesige Flügel hinter ihm ausgebreitet und das Bild perfektioniert.

»Alles gut gegangen?«, fragte der Ex-Engel, als sie schlitternd neben ihm zum Stehen kam. Er sah an ihr vorbei den Pfad entlang. »Keine Höllenhunde?«

Emily stieß die Luft aus. »Tja, wie du siehst, weile ich jedenfalls noch unter den Lebenden und bin nicht wahnsinnig geworden.«

»Dann lass uns sehen, dass das auch so bleibt.« Mit einer eleganten Handbewegung forderte er sie auf, mitzukommen, und so stieg Emily von ihrem Fahrrad ab und ging neben ihm her.

»Was hast du eigentlich vor, wenn diese Biester auftauchen? Oder was hättest du gemacht, wenn dir in der Nacht eins untergekommen wäre?«

Jophiel warf ihr von der Seite einen Blick zu, dann öffnete er wortlos seinen Mantel und gab den Blick frei auf eine Halskette. Als Emily das Amulett genauer betrachtete, stellten sich ihr sofort die Härchen im Nacken auf. Solch ein Amulett hatte sie damals in die Hölle geführt – und auch wieder heraus. Sie kannte diese Art von Schmuck und wollte lieber nichts mehr damit zu tun haben.

»Na ja«, brummte sie nur schulterzuckend. »Solange das Ding uns nützt ...«

»Das tut es.« Jophiel ließ das Amulett wieder unter seinem Gewand verschwinden. »Die Höllenhunde meiden es.« Er grinste, was bei dem stets so ernsten Gesicht irgendwie merkwürdig aussah. »Auch wenn das Amulett bei gewöhnlichen Menschen seine Kraft verliert.«

»Und du bist kein gewöhnlicher Mensch?«

Jophiel sah zu ihr hinab, und das Lächeln, das seine vollen Lippen umspielte, war ihr ganz und gar nicht geheuer. »Nun«, sagte er und blickte abermals in Richtung Haus. »Wer ist schon gewöhnlich?«

Emily blinzelte verwirrt, wollte jedoch lieber nicht nachhaken. »Aber Luzifers Amulett hat bei mir gewirkt. Er brachte mich damit in die Hölle. Und Damians Amulett ließ mich zurückkehren. Obwohl ich nur ein gewöhnlicher Mensch bin.«

»Ja, aber es hatte eine Verbindung mit Luzifer und Damian. Sie trugen die andere Hälfte, es war gebrochen, das ist etwas anderes. Das Amulett muss immer mit demjenigen in Verbindung stehen, dem es verliehen wurde.«

»Dann muss ich mich wohl weiterhin auf den Kreuzanhänger verlassen.«

Jophiel nickte. »Ja, das Kreuz scheint seinen Nutzen zu haben, schließlich haben die Höllenhunde dich bisher noch nicht angegriffen.«

»Na, hoffentlich bleibt das auch so.«

Der restliche Weg wurde von Schweigen beherrscht,

das schwer an Emilys Nerven zehrte. Wann hörte das alles endlich auf? Sie wollte mit den ganzen Himmel- und Höllenangelegenheiten nichts mehr zu tun haben. Sie wollte einfach nur normal sein, normal leben, normal empfinden. Was war daran bloß so schwer?

Normal war zumindest dieses unerträgliche Bauchflattern, das sie quälte, als sie durch die Eingangstür in das wohlig beheizte Haus eintrat und sich sogleich wie eine Fremde vorkam. Dabei war doch alles wie immer. Sie war schon so oft hier gewesen. Früher, um mit Mandy zusammen zu sein, dann mit Will, doch jetzt, wo sie von ihrem Freund erwartet wurde, schienen die Wände Augen und Ohren bekommen zu haben, die sie auf Schritt und Tritt verfolgten.

Es fiel ihr schwer, sich die Anspannung nicht anmerken zu lassen, also warf sie ihren Rucksack neben der Treppe auf den Boden und ging besonders lässig ins Wohnzimmer.

»So«, erklärte sie und ließ sich in den Fernsehsessel fallen, in sicherer Entfernung von Will und Damian. »Wie ihr seht: Ich lebe noch.«

Will ließ seinen prüfenden Blick über sie gleiten und verharrte einen Moment zu lange auf ihrem Gesicht. Es kam ihr vor, als könnte er ihre Gedanken lesen, was keineswegs zu ihrem Vorteil war. »Was meinst du?«, fragte ihr bester Freund schließlich. »Den Weg hierher oder deine Mutter?«

»Beides, würde ich sagen. Ihr könnt mir glauben, Mary Norvell kann einem Höllenhund schon sehr ähnlich werden, wenn es um die Jungfräulichkeit ihrer einzigen Tochter geht.«

Alle sahen sie entgeistert an, und mit einem Schlag

wurde ihr klar, was sie da gerade gesagt hatte! Auch ihren Ohren waren ihre Worte nicht entgangen, denn die begannen sofort zu glühen.

Damian versuchte indessen, sein Grinsen hinter einem Glas Saft zu verbergen, während Annie so rot wurde, als wäre sie die Blamierte, und Will in die Chipstüte griff und gleich darauf zu kauen begann. Nur auf Jophiel war Verlass, denn der stand an der Glasfront des Wohnzimmers und blickte in den Garten hinaus, ohne sich anmerken zu lassen, ob er von dem Gespräch irgendetwas mitbekam.

Eigentlich wussten sie ja alle von dem brillanten Einfall, ihre Mutter mit dieser dummen Geschichte umzustimmen, aber ihre unbedachten Worte waren vielleicht etwas zu selbstverständlich rübergekommen. Emily konnte nur hoffen, dass niemand hier annahm, sie plante, ihren Worten Taten folgen zu lassen, schließlich war es ja nur Gerede gewesen.

Ihr Blick fiel wieder auf Damian, der sie nun direkt ansah, ein amüsiertes Funkeln in den Augen.

Er konnte gut lachen. Er war nicht im Visier von Höllenhunden. Er musste sich keine solch peinlichen Geschichten ausdenken. Himmel, wie sollte sie diese Nacht nur überstehen? Vielleicht wäre sie doch besser zu Hause geblieben, Monster hin oder her. Nur leider brauchte Jophiel eine Pause, denn er wollte heute Nacht irgendetwas erledigen, weshalb er sie nicht bewachen konnte. Vermutlich irgendeine Engelsache.

»Deine Mutter ist schon sehr … modern«, meinte Annie schließlich, die nur langsam wieder zu einer normalen Gesichtsfarbe fand. »Also meine würde das nie erlauben.«

»Dann erklär ihr mal, dass man solche Dinge nicht unbedingt nachts machen muss«, warf Will völlig unbekümmert ein. Dabei zwinkerte er Emily grinsend zu, was Annie sofort wieder die Röte in die Wangen zurücktrieb. Ihre grünen Augen schienen Blitze auszusenden, und Emily verspürte bei diesem Blick ganz unvermittelt den Wunsch zu fliehen.

Meine Güte, das war ein Scherz gewesen! Dennoch trat sie Will ordentlich gegen das Schienbein, doch der lachte nur noch lauter. »Man könnte meinen, du bekommst für jeden dämlichen Satz einen Cent. Kein Wunder, dass du so reich bist«, fuhr sie ihn an.

Will bemühte sich um ein schuldbewusstes Gesicht, scheiterte jedoch kläglich daran. »Ach, komm schon«, sagte er und tätschelte Annie das Knie. »Wenn ihre Mutter wirklich glaubt, man braucht ein Bett, Dunkelheit und …«

»Vielleicht wechseln wir lieber das Thema«, unterbrach Annie ihn. Aber Will dachte gar nicht daran.

»Wieso?«, redete er weiter und zog sie sanft an einer Haarsträhne. Er schien nicht zu merken, dass ihr dieses Thema unangenehm war. »Wenn ich überlege, wie oft der Direktor mich mit Emily auf der Toilette erwischt hat und dachte, wir würden …«

»Will«, mahnte Emily, musste bei der Erinnerung an das Verarzten von Wills Auge und dem entrüsteten Blick des Direktors jedoch ebenfalls lächeln. »Es ist nicht die Schuld des Direktors«, erklärte sie ihm daher. »*Du* musst immer solche dummen Anspielungen machen und bringst alle erst auf Ideen. Genauso wie damals bei meiner Mutter oder bei Mrs Starlington. Ich wette, du hast das Missverständnis bis heute nicht aufgeklärt.«

Will zuckte mit den Schultern. »Wieso sollte ich?« Er

lachte. »Aber was glaubst du, wie dumm sie aus der Wäsche geguckt hat, als sie neulich Annie bei mir gesehen hat? Natürlich ganz sittsam nachmittags, weil da ja laut Annies Mutter nichts passieren kann«, fügte er mit einem kleinen Kuss auf Annies Scheitel hinzu.

»Das tut es ja auch nicht«, erwiderte seine Freundin nur und griff nach ihrem Glas. Dabei löste sie sich aus seiner Umarmung, was Will jedoch nicht bemerkte. Er redete schon weiter:

»Meine liebe Haushaltsfee denkt wohl, ich führe hier einen Harem«, erklärte er und legte Damian eine Hand auf die Schulter. »Und wie ist das im Himmel?«, fragte er seinen Mitbewohner. »Stimmt es, dass Engel … ähm … *engelhaft* sind?«

Damian sah erst zu Emily, dann zu Jophiel, der sich bei der Erwähnung des Himmels nun doch umgedreht hatte, und wandte sich schließlich wieder an Will. »Es gibt solche und solche«, antwortete er sehr vage, was Jophiels Aufmerksamkeit wieder auf den Schnee draußen lenkte. »So wie auf der Erde auch.«

»Und in der Hölle?« Die Frage war Emily herausgerutscht, noch ehe sie darüber nachdenken konnte, doch insgeheim hatte sie sich immer gefragt, ob Damian jemanden gehabt hatte, dem er sein Herz hätte schenken können.

Damian wirkte nicht überrascht. Langsam wandte er sich ihr zu, blickte ihr direkt in die Augen und schüttelte schließlich den Kopf – fast so, als hätte er in ihren Gedanken gehört, was sie eigentlich hatte wissen wollen.

Emily biss sich auf die Unterlippe und verfluchte sich für ihr dämliches Verhalten. Selbsterkenntnis war doch der erste Schritt zur Besserung, warum wurde sie dann niemals schlauer?

»Ich habe heute übrigens Marita in der Stadt getroffen«, versuchte sie das Gespräch in weniger gefährliche Bahnen zu lenken. »Sie kam gerade aus dem *Waffenladen*.«

»Der gehört ihrem Onkel«, tat Will ihre Eröffnung schulterzuckend ab. »Sie hat ihn sicher besucht oder irgendwelche Familienangelegenheiten erledigt.«

»Und wenn nicht?« Emily rutschte an die Kante ihres Sessels und lehnte sich vor, um allen die Wichtigkeit ihrer Beobachtung klarzumachen. Es schien zu funktionieren, denn Jophiel hatte sich bei der Erwähnung von Maritas Namen sofort wieder zu ihnen umgedreht und stand jetzt mit vor der Brust verschränkten Armen an den Kamin gelehnt, während er sie mit seinen blauen Augen fixierte.

»Das kann doch kein Zufall sein«, fuhr Emily nun fort, sich der Aufmerksamkeit aller sicher, »sie wird immer seltsamer. Annie, du weißt, sie hat heute zwei Stunden Sport sausen lassen. Das tut sie sonst nie! Nicht unsere Prinzessin. Das Cheerleader-Team ist aufgelöst, und ihr neuestes Projekt hat sie aufgegeben, bevor es überhaupt angefangen hat. Außerdem sieht sie so ... verändert aus.«

»Inwiefern?«, fragte Jophiel mit seiner stets nüchternen Art, aber Emily entging nicht, dass der Engel auf eine Antwort brannte.

»Na ja.« Will lehnte sich auf der Couch zurück und streckte die langen Beine unter dem Tisch aus. »Wenn man an früher denkt ...«

»Sie war eine Barbie«, erklärte Annie mit deutlicher Missbilligung. »Tonnenweise Make-up, dazu unechte Wimpern, manikürte Nägel, perfekte Frisur, perfektes Outfit und jetzt ...«

»... ist sie sehr viel natürlicher«, murmelte Jophiel und rieb die Finger aneinander.

Emily schnaubte. »Natürlicher, ja, so kann man das auch nennen. Oder wir bleiben bei der Wahrheit und sagen, sie ist für ihre Verhältnisse richtig schlampig geworden. Diese Woche hat sie drei Tage lang dieselbe Jeans getragen. Heute hat sie anscheinend noch nicht einmal eine Bürste in die Hand genommen, und von Make-up war wirklich keine Spur.«

»Und wenn sie nach dem Überfall einfach vernünftiger geworden ist?«, fragte Damian. »Wenn sie eingesehen hat, dass es Wichtigeres im Leben gibt, als ihr Aussehen?«

»Nicht Marita«, beschied Annie. »Da muss schon mehr dahinterstecken.«

»Ist es möglich, dass Marita von diesen Wesen irgendwie ... verändert wurde?«, wollte Emily wissen und biss sich auf die Lippe.

»Du meinst, sozusagen ... infiziert?«, fragte Damian und zog spöttisch die Augenbraue hoch, wurde jedoch sofort wieder ernst. Er tauschte einen Blick mit Jophiel und fuhr sich mit der Hand durch das ohnehin schon zerzauste Haar. »Ich weiß nicht, wie weit mein Vater gehen würde oder über welche Möglichkeiten er tatsächlich verfügt. Aber wie sollte Marita ihm nützlich sein?«

»Um an Emily ranzukommen?«, mutmaßte Will, und sie alle empfanden bei dem Gedanken wohl dasselbe Entsetzen. Einen Moment lang flammte sogar so etwas wie Mitleid in Emily auf, denn wenn Marita wirklich zu einer von Luzifers Marionetten geworden war, ging sie im Moment vermutlich im wahrsten Sinne des Wortes durch die Hölle. Da sie im Moment jedoch nicht mehr Informationen hatten, beschlossen sie, dem Mädchen in der kommenden Woche etwas auf den Zahn zu fühlen und es außerdem nicht aus den Augen zu lassen. Sicher war sicher.

Nach einer Runde Pizza machten sich Jophiel und Annie schließlich auf den Nachhauseweg. Will zog sich in sein Zimmer zurück, Damian breitete sich auf der Couch aus und Emily verschwand im Badezimmer, um sich für die Nacht fertigzumachen. Sie genoss die heiße Dusche in dem riesigen, luxuriös eingerichteten Bad und hielt sich etwas länger als notwendig dort auf, in der Hoffnung, beim Rauskommen ein schlafendes Haus vorzufinden. Eigentlich war es ja egal, wenn einer der Jungs sie im Pyjama sah. Schließlich hatte sie bei ihren Traumtreffen mit Damian nie etwas anderes angehabt. Auch Will kannte ihr Nachtoutfit zur Genüge, denn sie hatte damals häufig bei Mandy übernachtet. Das machte es jedoch nicht leichter, als sie gegen Mitternacht die Badezimmertür so leise wie möglich aufschob und in ihren blau-weiß karierten Flanellhosen und einem Tanktop in den Gang im ersten Stock hinausschlich.

Aus Wills Zimmer waren die Geräusche des Fernsehers zu hören. Von unten drang jedoch nicht das geringste Geräusch hinauf, und selbst als die Stufen unter ihren zaghaften Schritten knarrten, konnte sie in der Dunkelheit des Wohnzimmers keine Bewegung ausmachen. Trotzdem wagte sie es kaum zu atmen, während sie den Raum durchschritt und sich schnell ins Gästezimmer zurückzog.

In der Sicherheit des geschlossenen Raums war es allerdings auch nicht besser um ihre Ruhe bestellt, schließlich lauerten da draußen irgendwo Höllenhunde und nicht ganz so weit entfernt zwei gut aussehende Jungs. Und da Emily ernsthaft darüber nachdachte, sich zurück ins Wohnzimmer zu schleichen und unter Damians Decke zu schlüpfen, kramte sie ihren Zeichenblock aus dem Rucksack und ließ sich damit aufs Bett fallen.

Anders als noch vor kurzer Zeit wählte sie jedoch keinen Engel als Motiv, sondern beschränkte sich auf die harmlos schneebedeckten Hänge der Kronberge. Nur leider funktionierte ihr eigenes Ablenkungsmanöver nicht besonders gut. Ihre Hände kribbelten, und es war ihr beinahe unmöglich, still zu sitzen. Damian ging ihr einfach nicht aus dem Kopf. Sie hatte zwar Angst, aber gleichzeitig erfüllte sie die Sehnsucht von einst, wenn sie sich in der seligen Erwartung ihres baldigen Wiedersehens in ihr Bett gekuschelt und auf den Schlaf gewartet hatte. Sie vermisste die Gespräche, die Nähe und das Beisammensein. All das schien verloren, doch Emily weigerte sich zu glauben, sie könnte es nicht zurückerlangen.

Seufzend ließ sie den Block zurück auf ihre angewinkelten Knie sinken. Sollte sie einfach zu ihm gehen und das Gespräch suchen, das schon so lange anstand? Sollte sie versuchen, die Mauer niederzureißen, die sich mit seinem Menschwerden – oder eigentlich schon mit der Wahrheit seiner Herkunft – zwischen ihnen aufgebaut hatte? Aber würde Damian das überhaupt wollen? Er war schließlich ebenfalls distanziert, wenn auch nicht in solchem Maße wie Emily.

Ihr entfuhr ein Stöhnen in Anbetracht dieser verworrenen Gedanken, doch da fuhr ihr auf einmal ein anderer Gedanke durch den Kopf.

Es war so still gewesen. Als sie vorhin durch das Wohnzimmer geschlichen war, hatte sie rein gar nichts gehört oder gesehen. Selbst wenn Damian schon geschlafen hatte, hätten doch wenigstens seine regelmäßigen Atemzüge zu vernehmen sein müssen. Da stimmte doch etwas nicht!

Mit überraschender Entschlossenheit erhob sie sich vom Bett, ließ Zeichenblock und Stift achtlos auf ihren Rucksack fallen und öffnete mit angehaltenem Atem die Tür.

Sie lauschte. Wie sie bereits geahnt hatte, war es totenstill.

Ihre Kehle schnürte sich zu. Was, wenn die Höllenhunde im Haus waren? Wenn sie es geschafft und Damian erwischt hatten?

Das Klopfen ihres Herzens war mittlerweile so laut, dass sie Damians Atem nicht einmal hätte hören können, wenn er denn da gewesen wäre – was nicht der Fall war. Reglos stand sie vor der verlassenen Couch und blickte auf die zusammengeknüllte Decke hinab. Was nun? Sollte sie einfach zurück ins Bett gehen oder nach ihm suchen? Womöglich war er ja bloß im Badezimmer. Und wenn nicht?

Sie blickte hinaus in den Garten, der durch die weiße Pracht ungewöhnlich hell erschien, und aus irgendeinem Impuls heraus, ging sie direkt darauf zu. Ihre Beine fühlten sich an wie Pudding, und es erforderte ein beinahe übernatürliches Maß an Konzentration, sich fortzubewegen – noch dazu leise. Ihre Hand verharrte auf dem Griff der Terrassentür. Sollte sie wirklich hinausgehen? Aber was, wenn Damian ihre Hilfe brauchte? Wenn irgendetwas passiert war? Vielleicht sollte sie einfach Will holen? Wenn aber alles in Ordnung war, machte sie sich wieder einmal zum Idioten. Nein, sie würde sich nicht vor jedem Schatten fürchten und ständig irgendeinen Beschützer rufen. Sie konnte sich auch selbst verteidigen. Wie sonst sollte sie denn weiterleben, wenn sie für alles einen starken Mann an ihrer Seite brauchte?

Sie holte tief Luft und öffnete die Tür. Sofort schlug ihr die nächtliche Winterkälte ins Gesicht und bohrte sich wie Nadelstiche in die ungeschützte Haut ihrer Arme. Auch hier horchte sie, um irgendeinen Hinweis auf Damians Aufenthaltsort zu finden, hörte jedoch nichts außer dem Wind.

»Also gut«, murmelte sie und trat über die Schwelle in die Nacht hinaus. Zum Glück trug sie Hausschuhe, auch wenn die plüschigen Häschen bald völlig durchnässt sein würden.

Bald fingen ihre Zähne vor Kälte an zu klappern. Sich selbst umschlungen ging sie vorsichtig auf den Wald zu und redete sich Mut zu. Immer wieder blieb sie stehen, um konzentriert in die Dunkelheit zu lauschen. So abgeschieden wie Wills Haus lag, war noch nicht einmal ferner Verkehrslärm zu hören. Gerade als sie resigniert zum Haus zurückkehren wollte, sah sie einen dunklen Fleck im Schnee, direkt am Waldrand. Zuerst hielt sie ihn für eine Katze, doch als sie eine Bewegung erkannte, entwich ihr ein heiserer Schrei des Entsetzens.

Jede Gefahr durch Höllenhunde vergessend, preschte sie nach vorn, stolperte über den festgefrorenen Schnee und fiel neben Damian auf die Knie. Es war sein dunkler Haarschopf gewesen, den sie gesehen hatte, doch jetzt lag er in seiner gesamten Größe vor ihr – nackt bis auf seine Boxershorts und am ganzen Leib zitternd.

»Gütiger Gott«, keuchte sie und packte ihn an den eiskalten Schultern. »Damian, um Himmels willen! Was tust du hier?«

»So heiß«, winselte er und wand sich im Schnee. »Es brennt.«

Hilflos starrte Emily ihn an und sah dann zurück zum Haus. Sie überlegte, Will zu holen. Doch alles in ihr sträubte sich dagegen, Damian auch nur einen weiteren Moment allein zu lassen. Was auch immer mit ihm los war, er schien Höllenqualen zu leiden.

»Was brennt?«, fragte sie verzweifelt und blickte Damian in das vor Schmerz verzerrte Gesicht. »Bitte, sag mir, was los ist.«

»Es … tut … so … weh.«

Sie bettete seinen Kopf auf ihren Schoß und strich ihm das nasse Haar aus der Stirn. »Bitte«, flehte sie, bereits selbst zitternd. »Du musst reingehen, hier holst du dir den Tod.«

»Lass mich allein!«

»Damian!« Sie schüttelte ihn. »Sieh mich an!« Seine Lider flatterten. »Sieh mich an! Wir müssen rein. Jeden Moment können die Höllenhunde hier sein, und wenn die uns nicht erledigen, dann die Kälte, also bitte …«

Seine Augen öffneten sich, und beinahe hätte sie ihm gesagt, er solle sie wieder schließen. In der Dunkelheit war die Augenfarbe nicht zu erkennen, aber auch so sah sie das Glitzern der Tränen darin und einen abgrundtiefen Schmerz. Angst. Was war hier los?

Reiß dich zusammen, ertönte eine Stimme in ihr, die entweder irgendein mutigerer Teil ihrer selbst sein musste oder ein Echo ihres neuen Schutzengels. Was auch immer es war, es spielte keine Rolle, solange sie hier wie auf dem

Präsentierteller saßen. Die Höllenhunde konnten zwar auch ins Haus, aber das Gefühl, ihnen ausgeliefert zu sein, war draußen größer. Wer wusste schon, was Luzifer ihnen noch alles hinterherschickte, um seine Ziele zu erreichen?

»Okay.« Obwohl sie inzwischen erbärmlich zitterte, legte sie ihre Hand an seine Wange und blickte ihm tief in die Augen. Nur so konnte sie ihn erreichen. »Du musst mir helfen, in Ordnung? Wir gehen jetzt rein, aber allein schaff ich das nicht, also bitte, bitte, hilf mir.«

Damian sah ihr in die Augen und brachte immerhin ein Nicken zustande. Stöhnend versuchte er sich aufzurichten.

»Komm schon.« Emily schob ihre Hände unter seine Arme und mit vereinten Kräften schafften sie es irgendwie, auf die Beine zu kommen, wenn auch nur schwankend. Jeder Schritt in Richtung Haus wurde zur Qual, denn Damian stützte sich mit seinem gesamten Gewicht auf sie. Emily fuhr durch den Kopf, wie wehrlos sie im Falle eines Angriffs wären. Zwar trug auch Damian eine Kette, aber sicher fühlte sie sich damit nicht. Sie wusste nicht, weshalb sich die Höllenhunde zurückhielten oder was Luzifer wirklich im Schilde führte, doch zumindest schien keines dieser Vorhaben diese Nacht einzubeziehen.

Eine Ewigkeit schien zu vergehen, bis sie endlich zurück in die Wärme des Hauses gelangten. Das Zittern hörte jedoch immer noch nicht auf, und Damians Körper war völlig verkrampft. Hin und wieder entwich ihm ein Stöhnen, und Emily graute davor, auch nur zu erahnen, was er gerade durchmachte. Sie konnte ihm nicht helfen, nicht bei den Dämonen, die offensichtlich seinen Kopf beherrschten. Nur gegen die Kälte konnte sie etwas tun.

Mit letzter Kraft bugsierte sie ihn ins Gästebad im Erdgeschoss, stellte Damian unter die Dusche und drehte das heiße Wasser auf.

»Du wirst sehen«, brachte sie atemlos vor Kälte und Anstrengung hervor. »Gleich geht's dir besser.« Sie rieb mit beiden Händen über seine Arme, seinen Rücken und seine Brust, die bedenklich von blauen und violetten Flecken bedeckt war.

Die Wärme des Wassers tat auch ihr selbst gut und vertrieb allmählich den Schmerz aus ihren Gliedern. Es war ihr egal, dass sie voll angezogen unter der Dusche stand und ihr das Haar nass im Gesicht klebte, im Moment zählten nur noch Wärme und Sicherheit. Auch Damians Körper entspannte sich langsam, und die Dämonen schienen endlich von ihm abgelassen zu haben. Kraftlos sank er in ihre Arme und legte seine Stirn an ihre Schulter. Emily strich über seinen Rücken, und es dauerte eine Weile, bis sie merkte, dass es nicht nur das Wasser aus der Dusche, sondern auch ihre Tränen waren, die ihre Wangen hinabliefen.

In was für eine Welt war sie da bloß geraten, wo solch abscheuliche Dinge möglich waren? Was musste ein Mensch verbrochen haben, um so bestraft zu werden? Hilflosigkeit und Angst beherrschten ihre Seele, denn sie wusste, im Grunde waren sie machtlos. Natürlich konnten sie Kreuze um den Hals tragen, aber was würde das auf Dauer bringen? Wie, wenn nicht mithilfe einer höheren Macht, könnten sie gegen Luzifer bestehen? Doch wo war diese Macht? Wieso wurden sie alleingelassen?

»Es tut mir so leid«, brach Damian schließlich mit rauer Stimme das Schweigen. »Du solltest nicht …«

»Was war los?«

Damian sah an sich herunter, schirmte die Augen mit der Hand ab und blickte dann hoch zum Duschkopf. »Das hier ist wohl nicht der richtige Ort für Erklärungen«, meinte er. Klitschnass standen sie sich gegenüber und sahen sich an.

»Lass uns ins Trockene gehen«, sagte sie.

Damian nickte, rührte sich jedoch nicht von der Stelle, genauso wenig wie sie selbst. Sie standen einfach da und sahen sich an, ohne zu wissen, was in dem anderen vorging. Durch die Geschehnisse um sie herum hatten sie sich voneinander entfernt, dennoch wurden sie wie durch unsichtbare Magnete zusammengehalten. Wie konnten gemeinsame Erfahrungen zwei Menschen zugleich trennen und einander näherbringen? Wie jetzt, wo sie zwar dicht beieinander standen, aber trotzdem Abstand bewahrten.

Damian räusperte sich. Das dunkle Haar war nicht mehr wuschelig, sondern fiel ihm glatt in Stirn und Nacken. Das Wasser lief über sein Gesicht, und durch diesen Schleier blickte er sie an, mit Augen, so dunkel und tief wie der Mondsee am Fuße der Kronberge.

Dann hob er seine Arme und umschlang sie sanft, beinahe fragend. Er zog sie näher an sich, legte seine Hand an ihren Hinterkopf und drückte ihre Wange an seine Schulter, bettete seine eigene auf ihren nassen Scheitel.

Emily wusste nicht, wie lange sie sich wortlos festhielten und die Angst dadurch zumindest für wenige Augenblicke vertrieben. Doch irgendwann kehrte die Realität zurück, und ihr wurde bewusst, dass sie nicht ewig hierbleiben konnten. Noch ein letztes Mal schmiegte sie sich an ihn, atmete den Duft seiner Haut ein und löste sich dann aus der Umarmung. Sie drehte das Wasser ab, blickte hoch in Damians Gesicht, der sie ausdruckslos ansah, und trat schließlich aus der Dusche auf den flauschigen Teppich. Damian folgte ihr, und nachdem sie sich im Gästezimmer den nassen Pyjama ausgezogen hatte und in Jeans und Pullover geschlüpft war, ging sie ins Wohnzimmer.

Auch Damian hatte sich inzwischen trockene Klamotten angezogen. Er schien auf sie gewartet zu haben und hob jetzt einladend die Decke und rutschte zur Seite, um ihr Platz zu machen. Emily kuschelte sich an ihn und legte ihren Kopf an seine Brust, während seine Arme ihre Taille umschlangen.

Eine Weile saßen sie einfach da und genossen die Wärme des anderen, bis Damian schließlich das Schweigen brach.

»Manchmal ist es besser«, sagte er leise in die Dunkelheit, »dann ist es wieder ...«

Emily wollte sich zu ihm umdrehen, doch Damian verstärkte seinen Griff und machte ihr jede Bewegung unmöglich. Vielleicht fiel es ihm leichter zu reden, wenn er dabei niemandem in die Augen sehen musste.

»Deswegen wolltest du nicht, dass ich hier übernachte«, stellte sie fest und entspannte sich wieder. »Will weiß auch Bescheid.« Sie spürte, dass er nickte. »Ist es dein Vater?«, fragte sie weiter. »Macht er das ... also ist er dafür verantwortlich? Oder die Höllenhunde?«

»Ich weiß es nicht. Die Höllenhunde sind es bestimmt nicht. Ich glaube, ich glaube ... es liegt an mir.«

»Wie meinst du das?«

»Mein Körper ist menschlich geworden, aber meine Seele ist immer noch dieselbe. Der Tartaros, dieser Ort ... er hinterlässt Spuren.«

Emily schluckte und versuchte sich ihren Schreck nicht anmerken zu lassen. »Was war das da draußen?«, brachte sie schließlich hervor. »Wieso warst du dort?«

»Wenn man brennt«, flüsterte er in ihrem Nacken, »dann ist einem der Schnee sehr willkommen.«

Sie schauderte. »Aber du hast nicht …«

»Nicht wirklich. Doch in meinem Traum – nein, es sind keine Träume, es ist realer. Ich weiß nicht, wohin meine Seele in diesen Momenten geht, es muss irgendwo in der Ebene des Unterbewusstseins sein, aber … Emily, frag mich nicht. Ich kenne die Antworten nicht. Es sind Erinnerungen an den Tartaros, doch fühlt es sich an, als wäre ich immer noch dort. Ich sehe Dinge … am helllichten Tag.«

»Was für Dinge?«

»Nachrichten aus der Hölle? Produkte meiner Fantasie? Es sind Dämonen, Menschen als Dämonen, ich selbst, wie ich sein würde, wenn …« Er drückte sie an sich. Seine Stimme wurde brüchig. »Ich habe Angst, Emily. Mir ist egal, wie dumm das klingt, aber ich habe solche Angst davor … zurückzukehren, dass …«

Diesmal gelang es ihr, sich aus seinem Griff zu befreien. Sie drehte sich um und sah in sein Gesicht, das in der Dunkelheit ungewöhnlich blass wirkte. »Du wirst nicht zurückkehren«, sagte sie überzeugter, als sie war. »Dein Platz ist jetzt hier. Gott hat dich zurückgeholt, und du wirst auch wieder in den Himmel kommen.«

Damian schüttelte den Kopf. »Das ist keineswegs sicher, Emily, und mein Vater besitzt ebenfalls Macht. Es war mein Opfer, das meine Rückkehr möglich machte, aber wenn ich jetzt sterben würde, weiß ich nicht … weiß ich nicht, ob …«

Emily umarmte ihn, und Damian vergrub sein Gesicht an ihrem Hals.

»Du hast noch ein ganzes Leben lang Zeit, Damian«, versuchte sie ihn zu beruhigen. »Du kannst in den Himmel kommen, denn du bist ein Mensch und hast dieselben Chancen wie wir alle.«

Damian löste sich von ihr und sah sie an. »Doch meine Seele ist ... nicht wie eure. Mir haftet der Tartaros bereits an, mein Vater, und er lässt nicht gerne los.«

Es war beinahe unmöglich, sich die Angst nicht anmerken zu lassen und zuversichtlich zu wirken. »Das glaube ich nicht«, hauchte sie und legte ihre Hand an seine Brust, dorthin, wo sein Herz schlug. »Frag Jophiel, wenn du zweifelst. Er wird es dir sagen. Deswegen ist er doch hier. Um dir zu zeigen, dass Gott dich nicht vergessen hat.« Sie atmete tief durch. »Wieso hast du nur nichts gesagt?«, flüsterte sie dann. »Wieso hast du mir nicht erzählt, wie schlecht es dir geht?«

Damian wandte den Blick ab und sah durch die Glasfront hinaus in die Schneelandschaft. »Es ist auch so schon schwer genug«, meinte er schließlich leise.

»Was?«

»Das mit uns.« Er sah sie wieder an. »Ich bin der Hölle zwar entkommen, aber manchmal fühlt es sich an, als wäre ich immer noch dort. Auch hier ist alles dunkel und grausam. Und ich bin nicht mehr derselbe wie damals. Ich ...« Sein Blick wirkte noch verzweifelter als vorhin. »Ich fürchte, jetzt bin ich noch weniger Mensch als jemals zuvor«, sagte er mit rauer Stimme.

»Damian ...«

Emily wusste nicht, was sie sagen sollte, blieb einfach

reglos sitzen und starrte ihn an. Natürlich war ihr klar gewesen, dass die Wandlung vom Engel zum Menschen nicht völlig reibungslos ablaufen würde, doch niemals hätte sie solch eine Zerrissenheit vermutet. Sie hatte nicht geahnt, wie schlecht es ihm tatsächlich ging und sich nur um ihre eigenen Probleme gekümmert. Doch was waren die schon im Vergleich zu seinen Qualen? Er war ihretwegen zurückgekommen, und nun musste er leiden.

Die Schuld traf sie wie ein Hammerschlag, und beinahe hätte sie erneut zu weinen begonnen. Nur mühsam konnte sie die Tränen zurückhalten, und auch wenn ihr Körper vor Anspannung schmerzte, wollte sie Damian auf keinen Fall ihre wahren Gefühle zeigen. Sie musste stark sein, keine Heulsuse, die sich trösten ließ.

»Es wird besser werden«, versicherte sie ihm daher. »Mit der Zeit wird es besser werden. Wenn erst mal die Höllenhunde besiegt sind …«

Damian schüttelte den Kopf. »Das ist nicht so einfach«, sagte er und strich sich mit der Hand über die Augen. »Meine Psyche ist nichts, das ich einfach töten kann, um mich davon zu befreien wie von den Höllenhunden. Meine Gedanken und Erinnerungen werden nicht einfach so erlöschen.«

»Du hast recht.« Emily nahm seine eiskalte Hand in ihre. »Diese Erinnerungen sind jetzt ein Teil von dir, und alles, was du tun kannst, ist zu lernen, mit ihnen zu leben. Und das kannst du, denn … du bist nicht alleine.«

»Wie könnte ich dir solch eine Bürde auferlegen? Es sollte alles anders sein, Emily. Das mit uns.« Er befreite seine Hand aus ihrer und erhob sich von der Couch. »Ich kam deinetwegen zurück«, sagte er und blickte zu ihr hinab. »Nur der Gedanke an dich ließ mich das Feuer überstehen. Das Wissen, dass du in Sicherheit bist.« Er lachte auf, voller Verbitterung. »Du hast ja keine Ahnung, wie oft ich mir wünschte, ich hätte dich einfach dortbehalten, hätte meinem Vater nachgegeben, aber irgendetwas brennt da in meiner Seele, Emily. Ein Funke des Himmels, meiner Mutter, irgendetwas, das noch nicht von der Hölle zerstört wurde. Dieser Funke ließ mich an der Richtigkeit meiner Tat festhalten. Und dieser Funke war für meinen Onkel Anlass genug, mich zu dir zu führen.« Er wandte sich ab, ging zu den mauerhohen Fenstern und starrte hinaus. »Das ist alles, was ich habe«, murmelte er in die Nacht. »Doch jetzt droht er zu erlöschen, und das muss ich verhindern.« Seine Augen glitzerten in der Dunkelheit, als er sie wieder ansah. »Denn wenn er erlischt, ist mein Weg gewiss, noch nicht einmal mein Onkel – unser großartiger Herr – wird mich dann noch retten können.«

»Der Funke wird nicht erlöschen«, sagte Emily und schlug die Decke zurück, um ebenfalls aufzustehen. »Die Hölle ist nicht so stark in dir, wie du glaubst.«

»Stärker, als du ahnst.« Er streckte seine Hand aus, um sie vom Näherkommen abzuhalten. »Du solltest nichts davon wissen, Emily«, sagte er rau. »Ich kam deinetwegen hierher, nur war mir eines nicht klar: Bevor ich mit dir zusammen sein kann, muss ich … *ganz* sein. Etwas, das ich nie zuvor war, aber es ist das, was du verdienst. Nicht weniger.«

Eine Klaue schien sie an der Kehle zu packen, und sie wurde von einer Welle der Verzweiflung überspült, gleichzeitig brannte jedoch auch unermessliche Wut in ihr. Was wollte er ihr damit sagen? Er konnte nicht mit ihr zusammen sein? Was für ein himmelschreiender Blödsinn!

»Du sagst es selbst, du warst niemals …« – sie verdrehte die Augen – »… *ganz*, und trotzdem hat es dich damals nicht gestört, genauso wenig wie mich. Und jetzt denkst du, wir können nicht mehr zusammen sein?«

»Ich bin nicht mehr derselbe wie damals in deinen Träumen.«

»Das sagtest du bereits.«

»Damals war es mir egal, Emily. Ich wollte dich einfach nur bei mir haben, egal wo, egal wie …«

»Und jetzt nicht mehr?«

Er sah sie ausdruckslos an. »Nein.«

»Ah.« Sie musste schlucken, und ihre Brust zog sich wie unter einem eisigen Schock zusammen. Beinahe wäre sie mit diesem eigenartigen Schwächegefühl zurück auf die Couch gesunken, doch noch war da ein Rest Kraft in ihr. Oder war es Trotz?

»Du entscheidest das also einfach so?«, fragte sie mit schriller Stimme. »Du entscheidest, die Sache alleine durchzustehen, du großer, starker Mann.« Sie schnaubte. »Nein.«

»Ich werde das regeln«, sagte Damian gepresst. »Allein. Und dann werden wir …«

»Zusammen sein?« Sie ging auf ihn zu, ohne seine plötzliche Anspannung zu beachten. »So wie du es dir ausgemalt hast? Zuerst bekämpfen wir die Höllenhunde, dann widmest du dich deinen inneren Dämonen, und wenn wir dann noch leben, werden wir glücklich bis ans Lebensende?«

»Bleib stehen, Emily.«

»So läuft das nicht.« Sie streckte eine Hand nach ihm aus und ging weiter auf ihn zu. »Denn du bist jetzt ein Mensch. Menschen helfen einander, Menschen lassen einen Freund in der Not nicht allein. Du bist nicht mehr in der Hölle.« Ihre Hand berührte seine Schulter. Dicht vor ihm blieb sie stehen und legte ihre andere Hand an seine Wange. »Du bist nicht mehr in der Hölle«, wiederholte sie leise und spürte seinen Atem auf ihrem Gesicht. »Du bist nicht mehr allein.«

»Emily ...«

Sie ließ ihn nicht weiterreden und stellte sich auf die Zehenspitzen. »In welche Dunkelheit du auch geraten sein magst, jetzt hast du einen Führer ins Licht.« Und damit berührte sie seine Lippen mit ihren, denn mit einem Mal wusste sie, dass sie so die Distanz zu ihm überbrücken konnte.

Damian bewegte sich jedoch nicht, verharrte in seiner Starre, blieb unnachgiebig und hart. Er hatte den Weg zu ihr noch nicht gefunden, war immer noch gefesselt von Angst und Stolz, wie zuvor Emily auch. Daher legte sie ihre Hände in seinen Nacken, grub ihre Finger in das nasse Haar und schmiegte sich näher an ihn.

»Du bist jetzt ein Mensch«, flüsterte sie, und als sie einen Augenblick später seine Hand ihren Rücken hinabstreichen spürte, wusste sie, er hatte sie gefunden.

Sein Mund öffnete sich, und endlich erwiderte er ihren Kuss, voller zurückhaltender Zärtlichkeit, als fürchte er, sie würden jeden Moment gemeinsam abstürzen.

Seufzend ließ sie ihre Hand unter sein Shirt gleiten und legte sie auf seine nackte Brust, um das Hämmern seines Herzens deutlicher zu spüren. Ein Zittern durchlief seinen Körper, als sich ihre Finger vortasteten und den Stoff nach oben schoben. Vielleicht waren sie nicht mehr dieselben wie damals in ihrem Traum. Vielleicht waren sie einander noch fremd. Doch sie konnten neu zueinanderfinden – als die Personen, die sie jetzt waren. Nicht mehr Damian, der Schutzengel, und Emily, die Träumende – diese beiden mussten sie hinter sich lassen. Jetzt waren sie Damian und Emily, die Menschen.

»Emily«, seufzte er und zog sie mit einem Arm näher an sich. Die Vorsicht in seinem Kuss schmolz mit jedem Herzschlag weiter dahin, und Emily hatte das Gefühl, ihre Beine würden sich ebenfalls davonmachen und einfach so zerfließen. Vielleicht fiel sie bereits in einen Abgrund, aber das war nicht wichtig, denn Damian fiel mit ihr.

Nur leider kommt mit einem Fall auch immer der Aufprall.

Ein kalter Hauch streifte sie, als wäre das Glas der Scheibe neben ihnen verschwunden. Emily meinte sogar ein leises Knurren zu hören, wie das Rumoren ihres Bauches. Mit einem leisen Aufschrei wich sie zurück.

Damian stellte sich sofort schützend vor sie und hielt sie mit einem Arm zurück, doch draußen war nichts zu erkennen. Da war lediglich der unbefleckte Schnee, ohne jede Spur.

Langsam tauschten sie einen Blick und traten dann wieder näher an die Scheibe, um Genaueres zu erkennen, als diese plötzlich auf Brusthöhe beschlug, wie wenn jemand von außen dagegen geatmet hätte.

Sie waren da.

Grüße aus der Hölle

»Schnell!« Damian stieß sie von der Fensterfront zurück, in deren Nähe irgendwo die Höllenhunde lauerten. »Lauf! Mach alle Lichter an! Sie bewegen sich schneller in den Schatten.«

Emily stolperte und wäre beinahe hingefallen. Gegen den ersten Lichtschalter fiel sie geradezu, aber zumindest wurde das Wohnzimmer sofort hell erleuchtet. Sie machte noch zwei weitere Deckenlampen und die Stehlampe in der finsteren Computerecke an. Dann erleuchtete sie das Treppenhaus und rannte nach oben, wo sie die Lampe im Flur einschaltete. Dabei sah sie sich immer wieder hektisch nach irgendwelchen Schatten um, die nicht hierhergehörten, doch sie konnte nichts erkennen.

»Will!«, brüllte sie und stürmte ohne anzuklopfen in sein Zimmer. Sofort tastete sie nach dem Schalter auf der rechten Seite und ließ auch diesen Raum kurz darauf in hellem Licht erstrahlen. Dann warf sie einen Blick zu dem kreisrunden Bett, von dem aus Will sie mit rotgeränderten Augen verwirrt anblinzelte. »Emily, was ist …«

»Sie sind da!« Sie lief zurück in den Flur. »Schnapp dir irgendeine Waffe, ein Kreuz, Weihwasser, keine Ahnung.« Ohne zurückzublicken, hastete sie zurück ins Wohnzimmer und suchte jede Ecke nach verräterischen Bewegungen ab. Will folgte ihr, und gemeinsam gingen sie schließlich zu Damian, der immer noch die Scheibe im Auge behielt.

»Kannst du sie sehen?«, wollte sie wissen und versuchte angestrengt draußen irgendetwas zu erkennen. Doch sie sah lediglich ihre Spiegelbilder und die Wohnzimmereinrichtung im Glas der Scheibe. Das war der Nachteil des Lichts. »Meint ihr, sie sind noch da?«

Damian zuckte mit den Schultern. »Keine Ahnung.«

»Aber wieso kommen sie ausgerechnet heute?« Ausgerechnet in jenem Moment, in dem Damian und sie sich geküsst hatten – auf eine Weise, dass ihr noch bei der Erinnerung daran Hitze durch den Körper jagte.

»Keine Ahnung.«

Emily ballte die Hände zu Fäusten. »Aber du kennst diese Biester doch am besten! So lange haben sie uns in Frieden gelassen, und jetzt ...«

»Sie werden von gewissen ... Gefühlen angezogen.«

Diesmal schaltete sich auch Will ein. »Das hast du uns bisher nicht erzählt«, sagte er mit einem kleinen Vorwurf in der Stimme. »Was für Gefühle meinst du?«

»Na ja, die niederträchtigen eben. Zorn, Neid, Eifersucht.« Er sah Emily an. »Und andere.«

Emily spürte, wie ihr die Röte in die Wangen schoss. Schnell wandte sie sich ab, um auch in der Küche das Licht einzuschalten.

»Und was hat sie dann angelockt?«, hörte sie Will fragen, und bevor Damian antworten und Will von dem Kuss erzählen konnte, kam Emily schnell wieder zurück.

»Wir haben uns gestritten«, erklärte sie und bemühte sich zerknirscht auszusehen. »Damian hatte ... einen Albtraum, und ich war ... wütend, weil ... ihr beide mich belogen habt.« Das war die perfekte Ablenkung vom wahren Geschehen. »Auch du hast mich angelogen, Will, und mir nichts von Damians Problem erzählt.«

»Auf Damians Bitte hin.«

»Trotzdem.«

»Ist jetzt doch egal«, mischte Damian sich ein. »Jetzt weiß sie eben Bescheid. Wir haben im Moment echt andere Sorgen.« Er warf einen wachsamen Blick hinaus in die Dunkelheit.

»Also werden sie von Streit angezogen«, murmelte Will und ließ sich auf die Couchlehne sinken. »Deswegen war wohl in letzter Zeit Ruhe.«

»Ich denke auch, die Kreuze dürften tatsächlich eine gewisse Wirkung haben«, meinte Damian und nahm den Anhänger in die Hand, den er um den Hals trug. »Sonst würden wir wohl nicht mehr hier stehen und uns in Ruhe unterhalten.« Auch er ließ sich wieder auf die Couch fallen und legte die Beine auf den kleinen Beistelltisch. »Bisher wurden sie wohl von Jophiels Amulett und den Kreuzen ferngehalten, doch ... der Streit hat sie ihre Vorsicht überwinden lassen, hat sie angezogen wie das Blut einen Hai. Vielleicht wird auch mein Vater langsam ungeduldig.«

»Das klingt nicht gut.« Emily ging mit wild klopfendem Herzen näher an die Scheibe und versuchte wenigstens *irgendetwas* draußen zu erkennen. »Er wird Möglichkeiten finden.«

Damian nickte. »Wir sollten Jophiel anrufen.«

»Weißt du, wo er heute Nacht ist?«

»Nein, aber was auch immer er macht, das hier ist wichtiger.«

Will sah an sich herunter. Er trug genauso wie Damian

vorhin lediglich Boxershorts und hatte natürlich kein Handy bei sich. Schnell lief er hoch, um es zu holen.

»Es war der Kuss, nicht wahr?«, fragte Emily leise. »Er hat sie hierhergeführt.«

Damian sah zu ihr hoch und presste seine Lippen aufeinander, dann zuckte er nur mit den Schultern. Emily wollte noch etwas sagen, da hörte sie Will bereits wieder zurückkommen.

»Also gut«, sagte er, als er Damian das Handy reichte. »Dann ruf deinen Engelfreund mal an, und erzähl ihm, dass wir Besuch haben.«

»Er wird sicher auch erfahren wollen, dass die Kreuze funktionieren«, fügte Emily mit einem dankbaren Blick nach oben – Richtung Himmel – hinzu. »Trotzdem fühle ich mich in seiner Gegenwart sicherer – irgendwie Gott näher.« Sie schüttelte den Kopf, aber Damian nickte beipflichtend.

»Nicht nur du«, seufzte er und nahm das Handy entgegen.

Doch Jophiel nahm nicht ab, und Damian konnte ihm lediglich eine Nachricht auf der Mailbox hinterlassen. »Sieht aus, als wären wir allein«, stellte er fest. Kaum hatte er das ausgesprochen, meinte Emily eine Bewegung im Schatten unter der Treppe zu erkennen. Sofort rückte sie näher an Will und Damian heran und starrte auf den vermeintlichen Schemen. War da ein blasses Licht? Augen?

Warme Luft blies ihr ins Gesicht, und Emily schrie auf.

***

Jophiel kam erst bei Sonnenaufgang. Zu diesem Zeitpunkt hatten die Höllenhunde sich endlich zurückgezogen. Emily, Will und Damian hatten die restliche Nacht Rücken an Rücken im Wohnzimmer verbracht, jeder zitternd sein Kreuz in der Hand haltend und mit klopfendem Herzen, während diese Biester um sie herumgeschlichen waren. Heißer, fauliger Atem hatte sie gestreift, Schatten waren erschienen und wieder verschwunden, tiefes Grölen wie ein Erdbeben war unterschwellig zu hören gewesen. Kurz gesagt: eine höllische Nacht.

Es hatte lange gedauert, bis die Hunde begriffen hatten, dass sie nichts ausrichten konnten und wieder abgezogen waren. Immerhin wussten sie jetzt, dass die Kreuze tatsächlich einen gewissen Schutz versprachen, was schon mal ein Vorteil war. Einzig Jophiels Geheimniskrämerei war etwas beunruhigend, denn anscheinend wollte er ihnen nicht sagen, wo er die ganze Nacht gewesen war und antwortete ständig nur mit irgendwelchen Ausreden.

»Dürfen Engel denn lügen?«, fragte Emily mit zuckersüßem Lächeln, während sie ihre heiße Schokolade umrührte.

Jophiel warf einen hektischen Blick zur Bedienung des Mondschein Cafés und schüttelte dann den Kopf. Ständig hatte er Panik, jemand könnte etwas über die wahre Existenz der Engel herausfinden. Als würde das tatsächlich irgendjemand glauben, auch wenn er ein paar Gesprächsfetzen aufschnappte. »Ich bin jetzt ein Mensch«, erwiderte der Ex-Engel schließlich leise.

Emily hob die Hände. »Auch für einen Menschen ist es eine Sünde zu lügen, oder etwa nicht?« Hilfe suchend sah sie ihre Freunde an, die auf der halbkreisförmigen Polsterbank saßen, erntete jedoch nur Schulterzucken und ratlose Blicke. Sie alle waren nach dieser schlaflosen Nacht hundemüde und hatten entschieden, das unerfreuliche Thema Höllenbesuch bei einem ausgiebigen Frühstück zu besprechen.

»Wir sollten uns auf den Angriff der Höllenhunde konzentrieren«, versuchte Jophiel von seinen Nachtaktivitäten abzulenken. Emily gab es auf, hinter sein Geheimnis zu kommen – fürs Erste. »Wir wissen, sie sind primitive Wesen«, meinte der Ex-Engel, während er an seinem Mineralwasser nippte. »Tiere, mit dem Ziel, die für den Himmel bestimmten Seelen in die Hölle zu zerren. Seelen, die Luzifer für sich haben will. Jetzt steht ihr beide auf seiner Liste.« Er zeigte mit einer vagen Handbewegung in Richtung Emily, die auf dem Stuhl neben ihm saß, und zu Damian, der ihn von der anderen Seite des Tisches anblickte. »Auch kennen wir jetzt die Kraft der Kruzifixe, denn in ihnen liegt der Glaube einer ganzen Religionsgemeinschaft, genauso wie in Kirchen und allem Geweihten. Der Glaube an das Gute schwächt Luzifer, so wie ihn das Böse stärkt.«

»Es steht also nicht so schlimm um uns wie anfangs gedacht«, meinte Will zwischen zwei Bissen Torte. »Wir können uns diese Biester vom Leib halten.«

»Aber wie lange wird Luzifer sich damit zufriedengeben?«, fragte Annie, die den Schäferhund zu ihren Füßen verstohlen mit Speck fütterte. »Wenn seine Höllenhunde nicht ans Ziel kommen, wird ihm etwas anderes einfallen, oder nicht?«

Alle sahen Damian an, der den Herrscher der Hölle wohl am besten kannte, doch der Sohn des Teufels war in

Gedanken versunken und schien nicht zugehört zu haben. Erst als Will ihn anrempelte, hob er den Kopf und blickte fragend in die Runde.

»Luzifer«, half Will ihm auf die Sprünge. »Was wird er tun, wenn die Höllenhunde versagen?«

Damian fuhr sich mit der Hand über die Augen. »Was weiß ich«, seufzte er, wobei es schon etwas sonderbar war, dass Annies Hund jedes Mal, wenn Damian sprach, ein leises Knurren von sich gab. Mittlerweile waren sie aber alle schon so daran gewöhnt, dass keiner mehr darauf reagierte. »Ihm wird schon etwas einfallen. Seine Todesengel können auf jeden Fall nicht in diese Ebene und sind genauso wie Schutzengel und Höllenhunde ins Zwielicht gebannt.«

Emily blickte durch die Glasfront des Cafés auf die Einkaufsstraße hinaus und sah auf der gegenüberliegenden Seite Maritas Wagen parken. Da traf es sie wie ein Vorschlaghammer. Natürlich! Mit großen Augen sah sie zurück zu Damian und begriff auf einmal etwas Wesentliches. »Nicht unbedingt«, erwiderte sie auf seine Überlegungen. »Diejenigen Todesengel, die von Luzifer abstammen, also Halbgötter, sie können die Körper von Menschen besetzen.« So wie du es getan hast, fügte sie in Gedanken hinzu, doch jeder hier wusste ohnehin, wovon sie sprach. Will war schließlich der Besessene gewesen, Annie hatte zugesehen, und Jophiel schien sowieso über alles Bescheid zu wissen.

»Das ist die logischste Erklärung.« Emily war sich plötzlich ganz sicher. Marita, dieses Biest, war perfekt, um auf die dunkle Seite gezogen zu werden. »Was, wenn Marita von einer deiner Schwestern besessen ist?«

»Was sollte das bringen?«, fragte Annie, die wieder einmal viel zu viel Zucker in ihren Cappuccino schüttete. »Meinst du, Marita wird dich auf offener Straße erschießen?«

»Das würde nichts bringen.« Damian winkte ab. »Ihre Seele käme in den Himmel, es sei denn, die Höllenhunde wären in der Nähe.«

»Vielleicht arbeiten sie zusammen«, überlegte Emily. »Die Höllenhunde und eine deiner Schwestern in Maritas Körper. Das alles muss damals bei diesem Angriff vonstattengegangen sein. Die Höllenhunde wurden angelockt. Von meinen ...« Sie räusperte sich, »etwas unchristlichen Gefühlen gegenüber Marita. Sie waren überhaupt nicht hinter mir her. Um mich in die Hölle zu bringen, muss ich vorher sterben. Dafür brauchen sie Marita!«

»Schsch.« Jophiel warf ihr aus seinen himmelblauen Augen einen warnenden Blick zu. »Aber deine Theorie klingt durchaus logisch.«

»Sag ich doch!«

»Dann müssen wir sie im Auge behalten«, sagte Will entschieden, was Jophiel nur mit einem geistesabwesenden Nicken beantwortete. Er schien mit seinen Gedanken plötzlich ganz woanders zu sein.

»Na dann.« Damian rutschte von der Bank und wies auf Emilys leeren Teller. »Du willst doch sicher noch Torte, oder?«, fragte er so fröhlich, als hätten sie nicht gerade über Tod und Dämonen geredet. Von diesen rasant umschlagenden Stimmungen würde ihr irgendwann noch schwindelig werden. Er sah mit einem solch süßen Lächeln auf sie hinab, dass sie ihn einen Augenblick lang nur anstarren konnte. Seit ihrem Kuss gestern waren sie im wahrsten Sinne des Wortes nur noch von Höllendingen umgeben gewesen, doch in diesem Moment wirkte er wie ein ganz normaler Typ. Er verhielt sich wie ein ganz normaler Freund. Das war doch krank.

»Torte?«, wiederholte sie fragend, mit ihren Gedanken immer noch irgendwo zwischen den Höllenhunden und dem Kuss gefangen. Sie konnte kaum glauben, dass es nun jemanden in ihrem Leben gab, der ihr Torte holen wollte. Sie hatte jetzt einen richtigen Freund, und sie hatten sich geküsst. Und was das für ein Kuss gewesen war!

»Wir werden wohl noch länger hier sein«, erklärte Damian grinsend. »Einen Schlachtplan gegen Marita entwickeln und so.« Er zwinkerte ihr zu. »Ich bin zwar nicht mehr dein Schutzengel, aber ich kann mich ja trotzdem um dich kümmern.« Bei diesen Worten schlenderte er zur Kuchentheke und ließ Emily sprachlos zurück.

Ein warmes Gefühl breitete sich in ihrer Magengegend aus. Ob Damian seine hirnrissigen Worte vom Vortag vergessen hatte? Hatte sie ihn etwa davon überzeugt, dass er sich nicht erst um Luzifer und seine inneren Dämonen kümmern musste, ehe sie zusammen sein konnten? Es war schon merkwürdig. Sie hatte ihn von ihrer Liebe überzeugen müssen und damit zugleich auch jeden Zweifel in ihr selbst zerstört. Sie wollte mit ihm zusammen sein! Was für eine Erkenntnis!

Schon wieder dachte sie an den Kuss. Im Moment passte nichts anderes in ihren Kopf als der Gedanke, dass sie dieses Ereignis bald wiederholen wollte. Wie er da an der Kuchentheke stand, mit den Händen in den Hosentaschen, sah er einfach so unwiderstehlich unbeholfen aus. Sie wusste noch genau, wie es sich angefühlt hatte, von seinen Armen umschlungen zu werden, seine schlanken Hände auf sich zu spüren. Hilfe!

Ein Mädchen in Emilys Alter trat auf Damian zu. Nein, vermutlich war sie schon ein paar Jahre älter, sie studierte bestimmt schon oder arbeitete ihrem Äußeren nach zu urteilen in einem Nagelstudio. Sie war hübsch, stellte Emily etwas widerwillig fest. Noch dazu schien sie nicht gerade zur schüchternen Sorte zu gehören, denn sie sprach Damian doch tatsächlich an! Was glaubte sie eigentlich? Damian wandte ihr kurz den Kopf zu, fuhr sich mit der Hand über die Stirn und wirkte maßlos überfordert. Einen flüchtigen Moment lang sah er beinahe Hilfe suchend in Emilys Richtung, und Emily konnte sich ein Grinsen nicht verkneifen, während die Tussi immer weiterredete. Damian grinste zurück, sagte dann etwas zu der Blondine, bezahlte den Kuchen und kam wieder zurück zum Tisch. Emily widmete sich schnell wieder den anderen und stützte unschuldig den Kopf in die Hand.

Im nächsten Moment stand ein Stück Erdbeertorte vor ihr, und Emily musste sich stark zusammenreißen, um nicht angewidert das Gesicht zu verziehen. Sie hasste Süßspeisen mit Obst oder Früchten. Wenn es schon etwas Süßes sein sollte, dann doch bitte mit ordentlich Schokolade, Nüssen, Sahne – und noch mehr Schokolade. Doch das wollte sie sich natürlich nicht anmerken lassen, daher lächelte sie und bedankte sich artig. Damian ließ sich wieder auf seinen Platz sinken, während Will einen grunzenden Lacher von sich gab. Natürlich kannte ihr bester Freund ihre Abneigung gegenüber Obsttorten. Sie warf ihm einen warnenden Blick zu, der ihn sofort verstummen ließ.

»Na dann.« Emily nahm tapfer einen Bissen, kaute und

würgte das scheußliche Gelee hinunter – mit einem Gesichtsausdruck, als wäre es das Köstlichste auf der Welt. Dabei schien Will vor unterdrücktem Lachen und Schadenfreude beinahe zu ersticken, aber wenigstens hielt er den Mund.

»Wir sollten Marita wohl noch etwas genauer unter die Lupe nehmen«, versuchte sie von der grauenvollen Torte abzulenken. »Sie beobachten, verfolgen, ihr hinterherspionieren. Jede Sekunde.«

Jophiel sah in sein Mineralwasser und beobachtete hoch konzentriert die aufsteigenden Perlen. »Sie verhält sich in der Tat auffällig«, meinte er ohne aufzublicken. Emily verdrehte die Augen.

»Das wissen wir schon. Aber wie gehen wir das jetzt …« Sie brach abrupt ab, als plötzlich ein Schatten auf sie fiel. Annies Hund zog sich winselnd unter den Tisch zurück.

Langsam hob sie den Kopf, und da stand tatsächlich die Blondine von eben vor ihr! Mit einem Zahnpastawerbung-Lächeln blickte sie zu Damian, der den Grund für das allgemeine Schweigen etwas zu spät begriffen hatte und erst jetzt aufsah. Sein Ausdruck schwankte zwischen vollkommener Verwirrung und Verlegenheit. Wäre er ein Typ, der leicht errötete, so wie sie, hätte er jetzt bestimmt die Farbe einer Kirsche angenommen.

»Ähm … Kann ich …«, begann er, doch die Tussi legte ihre perfekt manikürten Finger auf den Tisch und beugte sich zu Damian hinunter. »Jede Person«, schnurrte sie und blickte Damian direkt in die Augen. »Jederzeit.« Damian riss die Augen auf und öffnete den Mund, als wollte er etwas sagen. Doch da griff die Frau schon nach dem Brotmesser, richtete sich auf und jagte sich die stumpfe Waffe in die Brust. Emily wich in ihrem Stuhl zurück und japste nach Luft. Annie schrie auf. Will stieß einen Fluch aus und zog Annies Gesicht an seine Schulter. Jophiel sprang hoch, um die junge Frau aufzufangen, und der Hund gab ein wildes Bellen von sich, während Damian sich nicht einen Millimeter bewegte oder sonst irgendwie reagierte. Er starrte immer noch mit demselben schockierten Gesichtsausdruck auf die blutende Brust und die flatternden Lider.

Emilys Herz raste. Sie sah zu der Frau in Jophiels Armen hinab, und blankes Entsetzen fuhr wie Eiswasser durch ihre Adern. Es gelang ihr nicht, den Blick abzuwenden, und noch nicht einmal, als das Geschrei der anderen Gäste das Café erfüllte, konnte sie sich aus ihrer Starre lösen.

Langsam ließ Jophiel die junge Frau zu Boden sinken und sah zu Damian hoch, sein schönes Gesicht ein Ausdruck des Bedauerns. »Sie ist tot.«

***

Das Motorengeräusch war das Einzige, was in dieser unheimlichen Stille zu hören war, als Will die Auffahrt zu ihrem Haus hochfuhr. Emily saß neben ihm auf dem Beifahrersitz und starrte durch die Windschutzscheibe. Sie hatten Annie bereits nach Hause gebracht, Damian war nach den polizeilichen Vernehmungen einfach verschwunden, und auch Jophiel hatte sich bald verabschiedet.

Tanja Rose war ihr Name gewesen, Kunststudentin, zwanzig Jahre alt.

Emily schüttelte den Kopf. Sie konnte es immer noch nicht fassen. Ja, die Höllenhunde waren eine Bedrohung gewesen, aber damit waren sie fertiggeworden. Die Biester stellten keine echte Gefahr dar, keine greifbare jedenfalls, anders als diese Botschaft Luzifers an seinen Sohn. Und an Emily. Es war eine Drohung gewesen, so viel stand fest. Eine Drohung an alle Menschen, die Emily liebte. Damian hatte gesagt, dass keiner der Todesengel von ihr Besitz ergreifen würde, um sie auf dieselbe Weise zu töten, denn wäre sie von einem Todesengel besessen, könnten Luzifers Hunde sie nicht in die Hölle führen. Ihre Seele wäre durch die Inbesitznahme ihres Körpers frei und flöge in den Himmel. Genau das, was Luzifer ja verhindern wollte. Doch der Teufel musste Emily auch gar nicht auf diese Weise töten. Er könnte jeden anderen umbringen. Er schickte einfach eine seiner zahlreichen Töchter aus, damit sie Körper besetzten und dann vernichteten.

Emily schloss ihre Finger noch etwas fester um die Schmuckschatulle in ihrer Hand. Womöglich könnte eine Kreuzkette auch davor schützen, besetzt zu werden, sie waren sich nicht sicher. Es war im Augenblick jedoch ihre einzige Hoffnung.

Will stellte den Motor ab und sah sie an. Wegen des blendenden Schnees auf den Straßen trug er wieder seine Sonnenbrille, aber auch durch das dunkle Glas konnte sie die Besorgnis in seinen Augen sehen.

»Alles klar?«, fragte er und legte seine Hand hinter ihr auf die Kopfstütze des Sitzes.

Emily seufzte. Nichts war in Ordnung, doch das wusste er ohnehin, und daher nickte sie nur und öffnete die Wagentür. In diesem Moment raste plötzlich der Ford ihrer Mutter in die Einfahrt. Das Auto kam kaum hinter Wills Audi zum Stehen, da sprang Mary Norvell auch schon heraus. Ihr Gesicht war eine Maske der Angst – und Erleichterung. Mit ausgestreckten Armen lief sie durch den Neuschnee zwischen den Wagen hindurch und zog Emily an sich.

»O Gott«, weinte sie und drückte ihre Tochter fest an sich. »Wo bist du bloß gewesen? Ich habe dich überall gesucht.«

»Es tut mir leid.« Emily schluckte. Sie durfte jetzt nicht zusammenbrechen. Noch nicht. »Es tut mir leid, wir haben Annie nach Hause gebracht.« Zitternd befreite sie sich aus der tröstenden Umarmung und blickte ihrer Mutter in die glasigen Augen. Vermutlich hatte die Polizei sie informiert, oder sie musste sonst irgendwie von dem Vorfall im Mondschein erfahren haben und sofort losgefahren sein, um Emily abzuholen. Doch Emily war noch unterwegs gewesen, um eine Kreuzkette zu kaufen, und so hatte ihre Mutter natürlich niemanden mehr im Café angetroffen.

»Ich wusste nicht, dass du kommst«, sagte sie mit gepresster Stimme. »Wir sind gleich nach Hause gefahren und …« Emily spürte, wie ihr Tränen in die Augen stiegen und blinzelte sie schnell weg. Nun, da sie in der vermeintlichen Sicherheit ihres Zuhauses Zuflucht finden konnte, war es beinahe unmöglich, sich zu beherrschen. Am liebsten würde sie den Tod der armen Frau beweinen. Doch dazu war keine Zeit. Sie musste sich zusammenreißen, um ihre Mutter nicht noch mehr zu ängstigen.

»Ist schon gut.« Ihre Mutter nahm sie noch einmal in den Arm und drückte sie fest an sich. »Ich habe mir nur Sorgen gemacht.« Plötzlich ließ sie Emily los und zog Will, der inzwischen auch ausgestiegen war, zu sich herab, um ihn auf die Wangen zu küssen. »Was habt ihr durchmachen müssen.« Auch ihn schloss sie in die mütterliche Umarmung. »So etwas Furchtbares. Mein Gott, bin ich froh, dass euch nichts passiert ist.«

Sie schob die beiden vor sich her ins Haus und bedankte sich immer wieder bei Gott dafür, dass ihrer Tochter nichts geschehen war. Emily konnte ihr da nicht ganz zustimmen. Es war etwas Abscheuliches geschehen, und Gott hatte nichts dagegen unternommen. Von Dankbarkeit war Emily daher im Moment weit entfernt.

»Ich mache uns Tee«, redete ihre Mutter unaufhörlich weiter. »Ja, Tee wird jetzt wohl das Richtige sein.«

»Mama.« Emily verstellte ihr den Weg zur Küche und hielt das Schmuckkästchen hoch. Sie durfte keine Zeit verlieren. Die Todesengel könnten jederzeit wieder zuschlagen. Schlimm genug, dass ihr Vater unerreichbar für sie war, sie durfte jetzt nicht auch noch ihre Mutter länger als notwendig der Gefahr aussetzen.

»Was ist das?« Mary Norvell öffnete das Kästchen und zog die Augenbrauen zusammen. »Was ...«

»Ich habe es für dich gekauft. Ich ...« Sie kämpfte immer noch gegen diese lähmende Schwäche und atmete tief durch. »Bitte trage es, Mama. Ich möchte ... dass du beschützt bist.«

Ihre Mutter sah erst sie an, dann Will, dann wieder Emily, und erneut traten Tränen in ihre Augen. »Oh Emily.« Sie zog ihre Tochter an sich und küsste sie auf die Wange. »Das ist so lieb von dir. Ich ... Ich weiß gar nicht ...«

»Leg sie gleich um.« Emily nahm die Kette und drückte das kleine Silberkreuz in die Hand ihrer Mutter. »Bitte nimm sie nicht ab. Ich glaube ...« – sie unterdrückte ein Schluchzen – »... damit kann dir niemals etwas passieren.«

»Aber Schätzchen, was soll mir denn passieren?« Ihre Mutter lächelte, legte die Kette aber zu Emilys Erleichterung endlich um. »Ich weiß, was du gesehen hast, ist furchtbar, aber ...« – sie ging an ihr vorbei und nahm den Teekocher – »es ist vorbei, mein Schatz. Diese Frau muss ... krank gewesen sein. Irgendetwas ...« Sie seufzte und hob die Schultern.

Emily und Will tauschten einen Blick, ehe sie sich auf den Hockern am Küchentresen niederließen. Sie beide wussten, es war noch lange nicht vorbei.

»Wo sind eure Freunde?«, fragte Mary schließlich. »Kommen sie auch noch? Die arme Annie, sie ist ja so sensibel. Und Damian? Was macht er jetzt? Wie ...«

»Annie geht's gut«, unterbrach Will sie sanft. »Sie will jetzt bei ihrer Familie sein. Und Damian ...« Er fuhr sich mit den Fingern unter die Sonnenbrille und rieb seine Augen. »Der wartet zu Hause auf mich.«

»Aber wieso denn? Er soll herkommen. Ich mach uns was zu Essen und ...«

Emily schüttelte den Kopf. »Schon gut, Mama. Ich fahr jetzt auch gleich mit Will zu ihm und hole meine Sachen. Dann komme ich wieder.«

Die Augen ihrer Mutter verengten sich kurz. Es war ihr deutlich anzusehen, dass sie Emily keine Sekunde mehr aus den Augen lassen wollte, doch schließlich nickte sie. Eigentlich hatte Emily vorgehabt, ihre Mutter zu einer neuerlichen Übernachtung bei Will zu überreden. Sie wollte bei Damian sein, ihm beistehen, verhindern, dass er sich in den Nächten erneut in Albträumen verlor. Außerdem fürchtete sie die Rückkehr der Höllenhunde. Auch wenn ihr die Biester nichts anhaben konnten, war es nicht gerade angenehm, ihren fauligen Atem im Gesicht zu haben. Doch nach den Ereignissen im Mondschein Café wollte sie lieber zu Hause bei ihrer Mutter sein. Es wäre nicht gut, sie alleine in diesem großen Haus zurückzulassen. Nach all den Schrecken und der Angst sehnte sie sich zudem danach, sich in ihrem Bett zu verkriechen und zu weinen. Sie wusste nicht, wie sie Damian helfen sollte, wenn sie selbst keine Kraft mehr hatte. Sie wusste nicht, wie sie ihn trösten sollte, wo sie doch selbst Trost suchte. Nein, sie würde heute den Abend mit ihrer Mutter verbringen. Vorher wollte sie aber ihre Sachen bei Will abholen, die sie nach der Höllenhund-Attacke dort zurückgelassen hatte.

Das Haus aus dem dunklen Holz auf der Waldlichtung wirkte beinahe schon unwirklich idyllisch, als sie mit Will dort ankam. Alles war wie immer. Dieses Haus veränderte sich nicht. Es hatte sich nicht geändert, als Emily mit Mandy dort Barbie gespielt hatte, nicht nach Mandys Tod, nicht nach Damians Rückkehr oder jetzt. Es stand immer gleich da und beobachtete die kleineren und größeren Dramen seiner Bewohner und deren Gästen. Emily kam es fast so vor, als ginge sie immer als eine andere Person durch diese Tür. Mal als kleines Mädchen, dann als verliebter Teenager oder als ängstliches Wrack. Egal was passierte, sie kehrte immer wieder hierher zurück.

Emily blies den Atem in die kalte Nachmittagsluft und sah zu, wie er als weiße Wolke davonstob. Nein, nichts würde sich hier ändern, auch wenn sie selbst nie wieder dieselbe wäre. Wenn sie durch diese Tür schritt, den vertrauten Geruch des Holzes einatmete und den Duft des Waldes hinter sich ließ, fühlte sie sich manchmal immer noch wie ein kleines Mädchen. Sie verspürte in sich den

Wunsch, ihre Puppen aus dem Schrank zu holen und vor dem Kamin ein kleines Lager zu bereiten, wo sie Mandy die Haare flocht und Prinzessinnen spielte. Manchmal bildete sie sich sogar ein, ihre Freundin rufen zu hören. Eine Kinderstimme, die sagte, sie solle hoch ins Kinderzimmer kommen.

Emily schüttelte den Kopf. Ihr Blick fiel zur Couch, und der winzige Moment Erinnerung an eine unbeschwerte Zeit verflog.

Seufzend sah sie zu Will, der sich aus der Jacke schälte und sie dabei augenscheinlich beobachtete.

»Was meinst du?«, fragte sie ihn und sah zurück zu der zerknüllten Decke. »Wo ist er jetzt?«

Will kam auf sie zu und legte seine Hände auf ihre Schultern. »Mach dir keine Sorgen. Er wird einfach seine Ruhe haben wollen.«

»Aber es geht ihm nicht gut. Er ist so … labil und …«

»Emily.« Will drehte sie zu sich um und zwang sie, ihn anzusehen. Er hatte die Sonnenbrille abgenommen, und nun blickten die vertrauten blauen Augen zu ihr hinab. »Du bist nicht für ihn verantwortlich. Er kann selbst auf sich aufpassen. Wenn er reden will, wird er von alleine kommen. Das weißt du. Solange er sich nicht helfen lassen will, ist alles umsonst.«

Emily nickte. Trotzdem hatte sie das Gefühl, ihn im Stich zu lassen. Gerade hatten sie angefangen, sich irgendwie anzunähern und nun war jeder Versuch, ihm näherzukommen zerstört. Jetzt würde er sich nur noch weiter in sein Schneckenhaus verkriechen. War es egoistisch von ihr, da sie sich im Moment am liebsten auch selbst versteckt hätte und ihn einfach in Ruhe lassen wollte? Wills

Worte erschienen ihr logisch. Sie wäre für ihn da, wenn er sie brauchte, doch sie hatte keine Kraft, ihm hinterherzulaufen. Sie musste erst einmal selbst mit all dem Höllenmist klarkommen. Wie sehr sehnte sie sich nach ihrem Bett, danach allein zu sein.

»Willst du was trinken?« Will schlenderte in die Küche. Doch Emily wollte einfach nur nach Hause. Ihre Gedanken drifteten zu dem Kuss mit Damian ab, und beinahe hätte sie verzweifelt aufgelacht. In seiner Umarmung hatte sich alles so leicht angefühlt, so als könnten sie tatsächlich gegen Luzifer bestehen, und alles würde gut werden. Aber Luzifer ließ noch nicht einmal diese kurzen Augenblicke des Glücks zu. Er wollte seinen einzigen Sohn zurück, und Emily war nicht bereit, alles zu opfern, um dem Teufel seinen Wunsch zu verweigern. Es fühlte sich an, als würde sie auseinandergerissen. Auf einer Seite zerrten ihre Gefühle für Damian, die Hoffnung, sie könnten doch noch irgendwann zueinanderfinden. Auf der anderen Seite war da aber auch noch die Vernunft, die Liebe zu ihrer Familie, ihre Angst um sie. Ihr persönliches Glück durfte doch nicht wichtiger sein als die Leben Unschuldiger. Also gab es nur eine Möglichkeit: Damian musste zurück in die Hölle. Aber was ihn dort erwartete …

Ein Schauer schüttelte sie, und erst jetzt bemerkte sie, dass Will wieder zurück war. Mit einem tiefen Seufzen ließ er sich auf der Couchlehne nieder und sah sie an.

»Da fehlen einem die Worte, was?«, fragte er leise und strich sich mit der Hand die längeren blonden Strähnen aus der Stirn. »Da fängt man an, am eigenen Charakter zu zweifeln.«

Emily hob fragend die Augenbrauen und steckte die Hände in die Jackentaschen, um das Zittern zu verbergen. »Wieso?«

Will sah ihr direkt in die Augen. »Weil mir ständig nur ein Gedanke kommt: Dass ich mir wünschte, alles wäre wie früher. Bevor du Damian kennengelernt hast. Nur wir beide und unsere Rebellion gegen die Schulhierarchie.«

Emily senkte den Blick. »Ich weiß, was du meinst«, flüsterte sie, denn wenn sie ehrlich war, ging es ihr nicht anders. Damals hatte sie noch gedacht, es könnte nicht schlimmer werden. Nach Mandys Tod mit Will zusammen von einem Tag zum nächsten zu leben war ihr wie eine Existenz unter Wasser erschienen, verschwommen, dumpf. Doch jetzt kam ihr diese Vergangenheit schillernd vor und voller Freude. »Damian ist jetzt aber da«, sagte sie ohne aufzusehen. »Und er bedeutet mir was.«

»Mir ist er auch nicht egal, Emily«, erwiderte Will zu ihrer Überraschung. »Glaubst du etwa, ich wünsche irgendjemandem solche Qualen, wie ich sie in Damians Augen gesehen habe? Glaubst du, ich *will*, dass er das wieder durchmachen muss? Niemand hat so etwas verdient, und ich wünschte, wir könnten ihm helfen, ihn retten, aber …«

»… das können wir nicht«, beendete Emily den Satz und sah zu ihm auf. »Er hat all das meinetwegen durchmachen müssen, um mich zu retten, und doch kann ich ihm nicht helfen. Es ist meine Schuld, und jetzt kann ich nichts für ihn tun.«

»Das ist nicht wahr.« Wills Blick war so ernst, dass es ihr schwerfiel, sich an seine lachenden Augen und die Grübchen in seinen Mundwinkeln zu erinnern. »Es ist nicht deine Schuld, Emily. Er hat sich für dich geopfert, ja, aber er war es auch, der dich überhaupt erst in diese Situation gebracht hat, der dich in all das Höllenzeugs hineingezogen hat. Damian hat den ganzen Mist hier zu verantworten, und auch wenn ich Mitleid mit ihm habe, kann ich das nicht außer Acht lassen.«

Emily sah ihn an und fühlte sich ertappt. Dieser Gedanke hatte sie nicht nur einmal heimgesucht. Ja, es war Damians Schuld! Er hatte sich als Schutzengel ausgegeben, er hatte sich in Emilys Leben geschlichen, sie in die Hölle geführt. Doch diesen Gedanken musste sie immer wieder verdrängen. Sie durfte ihn nicht zulassen, denn dann wäre alles verloren. Niemand hatte sie gezwungen, diese Gefühle für Damian zu entwickeln, das war sie ganz allein gewesen. Und sie allein war Luzifer in die Hölle gefolgt, um Damian zu retten. Nur deswegen war Damian in den Tartaros gefallen. Er war doch auch nur eine Seele, die Frieden suchte. Wie konnte ihm dieser simple Wunsch verwehrt werden? Sie musste ihm helfen. Nicht, um endlich eine glückliche Zukunft zu finden und eine buchreife Lovestory zu erleben. Sie musste ihm allein um seinetwillen helfen, egal, was zwischen ihnen war. Sie wusste nicht, warum sie sich ausgerechnet in ihn verliebt hatte. Doch sein Lächeln ließ ihr Herz schneller schlagen, seine Stimme verursachte ihr eine Gänsehaut, und seine Berührung brachte sie zum Schweben. War es wegen diesem Funkeln in seinen Augen? Denn da war ein Funke in ihm – Leben, Güte, ein Funke des Himmels. Er hatte ihr auf jeden Fall über die Trauer um Mandy hinweggeholfen, hatte herausgefunden, dass ihre Freundin im Himmel war. Außerdem hatte er ihr geholfen, ihre Ängste zu besiegen. Und so schnell seine Stimmungen manchmal umschlugen, so deutlich war in den Momenten der Fröhlichkeit der Himmel in seinen Augen zu sehen.

Emily blinzelte. Zum ersten Mal hatte sie das Gefühl, seine Stimmungsschwankungen besser zu verstehen. Es war der Kampf von Himmel und Hölle in ihm: das Erbe seines Vaters und das seiner Mutter. Beide rissen an ihm, und manchmal gewann der eine, dann der andere Teil die Oberhand. In ihm war beides vertreten, und Emily wusste plötzlich, sie durfte nicht zulassen, dass der höllische Anteil in ihm siegte. Der Funke des Himmels durfte nicht erlöschen. Er gehörte zu ihm, und er war all das Gute in ihm. Darin hatte Emily sich verliebt. Wieso hatte sie das nicht schon vorher begriffen?

Damian war nicht schuld! Es ging nicht um ihn! Dieser giftige Gedanke, der sich immer wieder in ihr Herz geschlichen hatte, verpuffte, als hätte er nie existiert. Es ging nicht darum, dass alles ein Ende hätte, wenn er zurück in die Hölle ging. Hier ging es um den Kampf Gut gegen Böse. Himmel gegen Hölle. Und wenn Damian aufgab und zurückkehrte, hätte das Böse gewonnen. Luzifer hätte gewonnen, und was bedeutete das für diese Welt? Welchen Wert hatte das Leben noch, wenn das Böse einfach so die Oberhand gewinnen konnte?

»Will«, flüsterte sie erstaunt und von diesem neuen Begreifen vollkommen eingenommen. »Wir müssen Damian helfen. Wir müssen ihm helfen, gegen Luzifer zu bestehen. Egal, was kommt. Er darf nicht gewinnen. Denn dann ist alles verloren.«

Will sah sie mit gerunzelter Stirn an. »Wir werden ihm helfen«, sagte er langsam. »Aber nicht um jeden Preis.«

»Es geht hier nicht um mich«, erwiderte sie ungeduldig.

»Es geht um etwas so viel Größeres. Damian ist Teil des Himmels, des Guten, und das darf nicht verloren gehen. Wenn er den Kampf verliert, wenn der Funke in ihm erlischt, dann ist das der Beweis für die Macht des Bösen. Das darf nicht passieren. Wir müssen beweisen, dass Luzifer niemals über den Himmel obsiegen wird, verstehst du?«

»Ja, schon. Aber wie stellst du dir das vor? Wir sind machtlos.«

»Nein.« Emily ging auf ihn zu. »Das sind wir nicht. Nicht, solange wir zusammenhalten. Das ist es ja, was Luzifer bezwecken will. Er will, dass wir uns von Damian abwenden. Sieh dir an, wie wir schon gedacht haben. Wir dachten, alles wäre gut, wenn Damian aufgibt. Wir dachten, ohne ihn, könnten wir friedlich unsere Leben weiterleben. Aber welchen Wert hätte es dann noch? Nein, wir müssen kämpfen!«

Will sah sie lange an, dann ergriff er ihre Hand und zog sie zu sich an die Couch. »Bist du dir bewusst, was du da sagst?«, fragte er leise und hielt sie an beiden Armen fest. Jetzt, wo er auf der Lehne saß, waren sie beinahe auf Augenhöhe. »Du willst es wirklich durchziehen, nach allem, was geschehen ist?«

Emily nickte. »Er ist jetzt einer von uns. Ich kann ihn nicht im Stich lassen. Er ist der Himmel.«

Will senkte den Blick. Dann zog er sie an sich, und Emily setzte sich auf seine angewinkelten Beine.

»In Ordnung«, sagte er. »Du hast recht. Wir werden ihm helfen. Aber bevor wir uns in diesen Kampf stürzen, musst du diesen Tag hinter dir lassen, Emily. Wir brauchen neue Kraft, um ...« Er legte die Arme um sie, und Emily legte den Kopf an seine Schulter. »Bleib noch«, flüsterte er. »Nur einen Moment. Lass mich dich halten. Dann machen wir uns auf die Suche nach deinem Freund.«

Emily nickte und spürte, wie all der unterdrückte Schmerz wegen dieser toten Frau in ihr hochkam. Vor ihrer Mutter hatte sie nicht weinen wollen, denn sie hätte sich nur noch mehr um sie gesorgt. Vor Damian konnte sie ebenfalls keine Schwäche zeigen, denn er brauchte sie jetzt, damit *er* der Schwache sein konnte, damit er jemanden zum Anlehnen hatte. Doch hier bei Will konnte sie einen Moment lang Zuflucht finden. Sie konnte ihre Seele reinwaschen, um sie für den bevorstehenden Kampf zu stärken. Er gab ihr Geborgenheit, war ihr Zuhause. Und so saß sie auf seinem Schoß, ließ sich festhalten und weinte. Es waren keine Tränen der Verzweiflung, nein, die Gewissheit, was zu tun war, gab ihr Kraft. Vielmehr fühlten sich die Tränen wie ein Akt der Reinigung an. Sie musste die furchtbaren Erlebnisse, die Zweifel und die Furcht aus ihrem Herzen herauswaschen, bis nur noch die Liebe blieb. Denn nur durch Liebe konnten sie diesen Kampf gewinnen.

Glaubenssache

Die Kirche war verlassen, und obwohl Damian beim Betreten erneut dieses flaue Gefühl des Unwillkommenseins erfasst hatte, saß er nun in der hintersten Bankreihe und starrte auf das von hereinfallenden Sonnenstrahlen beleuchtete Altarbild unter der Kuppel. In seiner Hand lag das Amulett der Gerechtigkeit. Emily hatte ihm kurz nach seiner … *Erschaffung* jene Hälfte wiedergegeben, mit der er sie zurück in ihre Welt geschickt hatte. Wortlos, ohne Erklärung. Damian vermutete, dass sie einfach keine Erinnerung an jenen Moment behalten wollte. Die andere Hälfte hatte er immer bei sich gehabt. Natürlich war das Amulett jetzt nutzlos, denn er war kein Schutzengel mehr. Trotzdem meinte er, immer noch einen Funken Kraft darin zu spüren, etwas Gutes. Doch wahrscheinlich war das Unsinn.

Er wusste nicht, wie lange er bereits reglos dasaß und die Abbildungen der prächtigen Engel betrachtete. Manche von ihnen waren in Form von kleinen Kindern mit Flügeln dargestellt, andere als erwachsene Männer, gut aussehend, erhaben und einschüchternd. Der Maler musste wohl Jophiel begegnet sein.

Die gesamte Kirche strahlte eine nicht zu ignorierende Macht aus, die in jeden Winkel zu reichen schien. Aber wo war diese Macht außerhalb dieser kunstvollen Reliefs und weißen Mauern? Wo war *er*?

Damian schloss die Hand um den Anhänger seiner Kette.

Wie konntest du das nur zulassen?, fragte er immer wieder in Gedanken. *Sie war unschuldig, sie war eins deiner Kinder. Eine unschuldige Frau, die nichts damit zu tun hatte. Du hast sie verlassen, du hast einfach weggesehen.*

Die Steine des Amuletts gruben sich in seine Handflächen, während er die Faust immer stärker schloss. *Wo bist du? Wo bist du, hm? Wo bist du?!*

Seine Wangenmuskeln zuckten unkontrolliert, so sehr biss er die Zähne zusammen, um dem Drang laut zu schreien zu widerstehen. *Antworte mir! Ich weiß, du vermagst es. Antworte!*

Sein Blick durchbohrte immer noch das Altarbild, doch nichts tat sich. Weit und breit weder eine Stimme noch sonst ein Zeichen.

Er war allein.

Ist das deine Antwort? Schweigen? Willst du mir zeigen, dass du uns verlassen hast? Bedeuten dir die Sterblichen denn überhaupt nichts? Es ist dein Bruder, der sie bedroht. Und du siehst tatenlos zu. Was willst du damit bezwecken? Was ist dein Plan? Gib mir zumindest einen Hinweis!

Natürlich erhielt er auch jetzt keine Antwort. Der Zorn schlug allmählich in Verzweiflung um. *Bitte, Gott*, flehte er nun stumm, *weise mir den Weg. Was soll ich jetzt tun? Du kannst mich doch nicht einfach so ignorieren. Ich … ich bin verloren.*

»Einen wie dich hätte ich hier nicht erwartet.«

Damian zuckte kaum merklich zusammen, drehte sich aber nicht um, denn er erkannte den Fremden an seiner

Stimme. Es war Michael, der hiesige Pastor, der gefallene Engel.

»Einer wie ich?«, fragte er und durchbohrte weiter das Bildnis der Engel mit seinen grünen Augen, die Luzifers Erbe nicht zu verbergen vermochten. Er wusste das. Er wusste, seine Augen spiegelten die Abgründe seiner Seele – die Hölle – wider. Sein Körper war zwar menschlich geworden, doch seine Seele war immer noch dieselbe. Sie trug den Makel seiner Geburt und die Zeichen des Tartaros.

»Nun.« Michael ließ sich neben ihm auf der Bank nieder und lehnte sich zurück. Auch er blickte nach vorn in Richtung Altar. »Es kommt mir nicht so vor, als hieltest du häufiger Zwiesprache mit unserem Herrn. Eher scheint es mir, du pflegst dein menschliches Leben in Abgeschiedenheit zu führen. Fern jedweder göttlicher Führung.«

»Fern jedweder göttlicher Führung«, wiederholte Damian spöttisch. »Ein Weg, den ich mir nicht ausgesucht habe. Zur Zwiesprache gehören immer zwei, und Gott hat mich verlassen.«

»Woher willst du das wissen?«

Damian riss seinen Blick vom Altar los und drehte den Kopf zur Seite. Erneut erstaunte ihn die Wärme in den grauen Augen des Pastors, die im Widerspruch zu seiner hünenhaften Erscheinung standen. »Wieso bist du hier, Michael?«, fragte er den einstigen Engel. »Was hast du verbrochen, um in diese Dimension verbannt zu werden?«

Der Pastor schmunzelte und fuhr sich mit der Hand über den kurzgeschnittenen Bart. »Wozu willst du das wissen, Damian, Luzifers Sohn? Willst du hören, dass ich mich auf die Seite deines Vaters geschlagen habe?«

»Das bezweifle ich, sonst sähe dein menschliches Leben wohl anders aus. Du gehst jetzt Gottes und nicht Luzifers Weg, weshalb ich annehme, du erstrebst eine Rückkehr in den Himmel.«

»Du liegst richtig mit deiner Annahme. Ich bin kein Diener Luzifers. Meine Tat war von egoistischen Gründen motiviert. Ich stand nicht im Dienste einer höheren Macht.«

»Welche Tat?«, bohrte Damian weiter. »Ich kann dich mir nur schwer als Mörder vorstellen.«

Michael hob die Schultern. »Das bin ich auch nicht.« Er sah wieder nach vorne zum Altar und schwieg einige Augenblicke, ehe er fortfuhr: »Ich wurde im Versuch ertappt, die Pforte zwischen Himmel und Unterwelt zu öffnen, um eine für die Unterwelt bestimmte Seele in den Himmel zu führen.« Er lachte bitter auf. »Ich war ein Schutzengel, musst du wissen. Vor meinem Fall. Doch ich versagte und wollte … ich wollte es wiedergutmachen. Die Seele, für deren Schutz ich bestimmt war, in den Himmel holen. Doch es war zu spät. Ich hatte versagt, und meine Versuche … nun, ich bin hier, das sollte dir wohl alles sagen.«

»Wieso hast du das riskiert? Du hast dein unsterbliches Leben wegen irgendeiner Seele verloren.«

»Nicht irgendeine Seele«, entgegnete Michael. Schwang da so etwas wie Sehnsucht in seiner Stimme mit? Ehe Damian zu weiteren Fragen kam, wechselte der Pastor schnell das Thema. »Was führt dich hierher?«, wollte er wissen und umfasste die Kirche mit einer Handbewegung. »Du meinst, Gott hätte dich verlassen und doch bist du hier.«

Damian hob die Schultern. Seine Hände schlossen sich

fester um das Amulett, dann ließ er es los und legte es in die Buchablage. Er wollte nicht zugeben, dass er gehofft hatte, an diesem heiligen Ort Antworten zu finden, wollte nicht zugeben, dass er nicht wusste, wohin er sonst gehen sollte oder dass er in dieser Welt verzweifelte. Der Pastor ließ sich von Damians Schweigen jedoch nicht zum Aufgeben bringen: »Erzähl mir, was passiert ist«, drängte er. »Du siehst aus, als wärst du soeben aus der Hölle auferstanden.«

Damian schnaubte. »Dein Sinn für Humor lässt zu wünschen übrig. Mein Aussehen verdanke ich lediglich dem Menschsein und einer zu langen Busfahrt.«

»Eine Fahrt, die du auf dich genommen hast, um *was* zu tun? Was suchst du hier?«

Hilfe. Unterstützung. Antworten. Ein winziges Zeichen. Irgendeinen Hinweis darauf, dass er nicht einfach ohne jeden Halt in diese Welt geworfen worden war, um nun völlig alleine dazustehen. Doch das Ausbleiben eines solchen Zeichens war wohl Antwort genug. Er musste sich selbst um seinen Vater kümmern, denn Gott hatte offensichtlich nicht vor, sich einzumischen.

»Ich weiß nicht, wie ich Luzifer besiegen kann«, brach er schließlich das Schweigen. »Es gibt keinen Weg. Einmal …« Er schloss die Augen und atmete tief durch, bevor er abermals zum Altarbild blickte. »Ich war kurz davor. Ich hätte ihn besiegen können. Ich war da, ich hatte das Amulett. Aber ich gab alles auf. Ich frage mich, ob das ein Fehler war. Ich hätte Luzifer töten sollen, verbannen, dann wäre all das nicht geschehen.«

Michael nickte. »Und wenn du noch einmal die Möglichkeit hättest? Wie würdest du dich diesmal entscheiden?

Würdest du Luzifer besiegen und es auf dich nehmen, der neue Herrscher der Hölle zu werden – mit all den damit verbundenen Konsequenzen?«

Damian wandte sich ihm zu. Würde er es tun? Er würde sich selbst verlieren, das Böse würde ihn vergiften, auffressen. Er würde Emily verlieren. Doch er würde sie auch schützen. »Als letzten Ausweg«, bekannte er schließlich, und diese Erkenntnis machte ihm nicht nur Angst, sondern gab ihm auch Mut. Wenn alles verloren war, könnte er sie immer noch retten. »Ja. Wenn alles andere scheitert. Wenn es keine Möglichkeiten mehr gibt – ich würde es tun.«

Um sie zu retten.

»Das dachte ich mir.«

»Natürlich.« Damian erhob sich seufzend. »Ich sehe dich am Montag.«

Der Pastor sprang ebenfalls auf und versperrte ihm mit seiner massigen Gestalt den Weg.

»Du hast hier nichts verloren«, sagte der einstige Schutzengel provozierend ruhig. »Gott hat dich nicht verlassen, Damian, doch an diesem Ort wirst du ihn nicht finden. Mach endlich deine Augen auf! Du bist nicht allein. Du hast Menschen um dich herum. Ein Mädchen, das dich liebt, einen Engel, der dich leitet, Freunde, die dich verstehen. Sie alle sorgen sich in diesem Moment um dich, und anstatt zu erkennen, mit welcher Unterstützung und Kraft du gesegnet wurdest, verkriechst du dich hier in diesem einsamen, kalten Gemäuer, um zu suchen, was du längst besitzt.« Mit diesen Worten trat er aus dem schmalen Gang zwischen den Bänken und wies Damian mit einer einladenden Geste die Tür. »Es wird Zeit, wieder Bus zu fahren, Junge, und wage es ja nicht, hier noch mal mit dieser Weltuntergangsstimmung aufzutauchen. Wenn du nach Gott rufst, wird er dich finden.«

***

Mit eiligen Schritten ging Damian zurück zu Wills Haus. Der Schnee konnte ihn kaum bremsen, dafür war er viel zu aufgedreht. Zu wissen, dass ihn am Ende dieses Pfads Wärme und Trost empfangen würden, ließ seinen menschlichen Körper die Schwäche überwinden. Er hätte nicht weglaufen dürfen. Michael hatte recht. Sich zu verkriechen war keine Lösung. Stattdessen hätte er sich Emily anvertrauen und ihr Gelegenheit geben sollen, sich ihre eigenen Probleme von der Seele zu reden. Wieso war er nicht selbst darauf gekommen? Seine Gefühle zu offenbaren und mit anderen zu teilen war ihm immer noch fremd. Er machte normalerweise alles mit sich selbst aus. Doch jetzt gab es jemanden in seinem Leben. Und wenn er Emily halten wollte, dann musste er endlich lernen, wie ein Mensch zu handeln. Menschen teilten ihre Emotionen, ihre Freuden und Ängste, sie kommunizierten, fanden Halt aneinander. Und so fremd Damian dieses Offenlegen der Seele auch war, so sehr sehnte er sich auf der anderen Seite auch danach. Er würde Emily in den Armen halten, würde ihr sagen, wie groß seine Angst um sie war, wie tief sein Entsetzen über die tote Frau und wie verzehrend sein Hass auf Luzifer. Er würde ihr von seiner Kraft geben und von ihrer nehmen. Er würde sich an ihr festhalten und ihr zugleich Sicherheit bieten. Sie waren zwei Teile eines Ganzen, und er konnte nur hoffen, dass die Vertrautheit der letzten

Nacht durch sein Abhauen nicht verschwunden war. Und falls doch, würde er sie eben zurückerlangen. Er würde sie zurückerkämpfen. Emily gehörte zu ihm, das hatte er von jenem Moment an gewusst, da Jophiel sie ihm zum ersten Mal im Paldriun gezeigt hatte.

Das Haus war bis auf das beleuchtete Wohnzimmer dunkel und hob sich als dunkler Umriss vom Schnee und den dahinterliegenden Baumskeletten ab. Die Sonne war im Begriff unterzugehen und einen weiteren langen Winterabend einzuleiten, aber noch war die Welt in düsteres Zwielicht gehüllt. Damian eilte über den verschneiten Vorplatz zur offen stehenden Garage, um durch sie das Haus zu betreten, doch eine Bewegung hinter der Glasfront des Wohnzimmers ließ ihn innehalten. Er erfasste die Situation mit einem Blick und meinte vor Schwäche in die Knie gehen zu müssen. Stattdessen bewegten sich seine Beine jedoch weiter, gingen langsam näher. Er wusste, die beiden konnten ihn nicht sehen, denn das Licht im Inneren des Hauses reflektierte an der Scheibe und würde ihnen lediglich ihr Spiegelbild zeigen. Die Welt draußen war für sie in Finsternis gehüllt. Doch Damian sah alles. Er sah Emily auf Wills Schoß sitzen, er sah die Hand dieses blonden Heiligen über ihren Rücken streichen, und auch wenn Emilys Gesicht in seiner Jacke verborgen war, so erkannte er am Beben ihres Körpers, dass sie weinte.

Unfähig sich zu rühren stand er da und starrte die zwei an. *Das ist mein Platz!*, fuhr es ihm durch den Kopf. Er gehörte dorthin, zu Emily. Natürlich hatte sie Trost gesucht – sie war ein Mensch! Und er war nicht da gewesen. Nein, Will war bei ihr – wie immer –, und er hatte Damian verdrängt. Schock, Enttäuschung und Eifersucht vermischten sich zu einem Gefühl, das ihm nur allzu vertraut war: Zorn. Heiß brannte er in ihm, und seine Hände ballten sich zu Fäusten.

Hätte sie nicht auf ihn warten können? So lange war er schließlich gar nicht fort gewesen. Hätte sie nicht wenigstens versuchen können, ihn zu verstehen? Sein Weglaufen? Wieso musste sie sich sofort in die Arme eines anderen werfen? Er war doch zu ihr gekommen! Er war aus dem Tartaros zu ihr gekommen! War da etwas Geduld wirklich zu viel verlangt? Er war ja dabei, alles zu lernen, aber er konnte die Welt nicht an einem Tag verstehen. Ein Rascheln im Schnee ließ ihn aus seinen Gedanken hochschrecken. Er fuhr herum – und seufzte erleichtert auf, als er eine vermummte Gestalt, die er als Annie identifizierte, die Straße heraufkommen sah und keinen Dämon, Höllenhund oder gar den Teufel höchstpersönlich. Mit dicken plüschigen Stiefeln und einer Plastikdose in der ebenso plüschigen Hand stapfte sie durch den Schnee. Den ewig knurrenden Schäferhund hielt sie an der Leine, und das Tier näherte sich ihm mit raubtierhafter Eleganz. Seine Augen fixierten ihn, und er hatte die Lefzen leicht zurückgezogen, sodass die Zähne in der Dunkelheit blitzten. Annie schien ihn hingegen kaum wahrzunehmen und blickte an ihm vorbei ins Wohnzimmer, wo Emily und Will sich immer noch in den Armen hielten.

»Es bräuchte schon eine Kettensäge, um die beiden voneinander zu trennen«, meinte sie schließlich tonlos. Sie roch nach frisch gebackenen Keksen, die sie anscheinend mitgebracht hatte, doch Damian bescherte dieser sonst so wohltuende Duft mit einem Mal Übelkeit. Sogar der Hund schien einen Moment lang seine Abneigung Damian gegenüber vergessen zu haben und sah ebenfalls ins Haus. »Zwischen die beiden zu gelangen ist ein Ding der Unmöglichkeit«, fuhr Annie fort. Schwang da ein Hauch von Bitterkeit in ihren Worten mit? »Wir werden immer nur danebenstehen, Damian«, redete sie weiter. »Am Rande. Aber niemals dazugehören.«

»Wenn du das glaubst …« Damian steckte die eisigen Hände in die Jackentaschen. »Wieso bist du dann mit Will zusammen? Wieso tust du dir das an?«

»Ich kannte meine Rolle von Anfang an«, erwiderte sie ruhig. »Ich wusste, worauf ich mich einlasse, und ich kann damit leben.« Unvermittelt sah sie zu ihm hoch. »Kannst du's?«

Damian wandte sich ihr langsam zu. Ihre grünen Augen funkelten, durchbohrten ihn auf der Suche nach einer Antwort, die er ihr nicht geben konnte. Könnte er damit leben? Eine Nebenrolle in Emilys Leben spielen? Die Zweitbesetzung? Wollte er sich damit zufriedengeben? Eigentlich hatte er gehofft, durch sein menschliches Leben endlich das Licht in seiner Seele zu finden, sich selbst, seine zweite Hälfte. Er wollte Teil dieses Ganzen sein und nicht bloß ein winziges Randstück – dafür hatte er seine Unsterblichkeit nicht aufgegeben. Die Antwort lautete: Nein! Nein, er konnte nicht damit leben. Emily gehörte zu ihm, Will hatte seine Chance gehabt. Er hatte schließlich sein eigenes Mädchen, und es wurde Zeit, dass er seine Griffel von Damians nahm.

Entschlossen, diesem Möchtegernheiligen genau diese Worte einzubläuen, stürmte er auf das Haus zu. Doch er hatte noch keine zwei Schritte gemacht, da packte Annie ihn am Arm und hielt ihn zurück.

»Damit machst du alles nur noch schlimmer«, zischte sie und drückte seinen Arm. »Eine Szene ist das Letzte, womit du Emily halten wirst.«

»Lass los!«, befahl er und bemühte sich noch nicht einmal darum, die Drohung in seinem Ton etwas abzumildern. Zu seiner Überraschung ließ sich die sonst so schüchtern erscheinende graue Maus überhaupt nicht von seinen Worten beeindrucken.

»Das wirst du nicht tun!«, sagte sie langsam und eindringlich. »Mach ihr keine Schwierigkeiten, schon gar nicht an einem Tag wie diesem. Akzeptiere das, was zwischen den beiden ist, Damian. Du kannst dich nicht zwischen sie drängen, glaub mir, ich weiß das. Wenn du Emily willst, musst du Geduld zeigen, Einfühlungsvermögen. Sei für sie da, komme ihm zuvor. Du darfst nicht mit einem Rammbock zwischen sie fahren, du musst dich zwischen sie *schleichen*.«

Damian starrte auf diesen in Plüsch und Fell gehüllten Zwerg hinab und konnte nicht glauben, dass er dieses Mädchen nie wirklich beachtet, es für unscheinbar und belanglos gehalten hatte. Alle redeten zwar darüber, wie intelligent sie war, aber Damian hatte nie auch nur einen Gedanken an sie verschwendet. Die Wahrheit traf ihn daher völlig unvorbereitet. Früher wäre ihm so etwas niemals passiert. Er kannte die Seelen anderer, konnte sie einschätzen. Doch in Annie hatte er sich getäuscht. Sie hatte es faustdick hinter den Ohren. Das ganze unschuldige Getue – eine Komödie! Sie wusste ganz genau, was sie tat, sie hatte ein Ziel vor Augen und war wild entschlossen, es zu erreichen. Sie wollte Emily vertreiben, um ihren Platz einzunehmen. Sie war entschlossen, Will für sich zu gewinnen, mit Haut und Haaren – und vor allem mit Herz –, und das bedeutete, dass Emily frei sein würde. Bei dieser Erkenntnis musste Damian lächeln. Vor ihm stand eine Verbündete!

»Ihm zuvorkommen, hm?«, fragte er und entspannte sich wieder. Sein Blick fiel auf die Kekse in Annies Hand. »Etwa so, wie du Emily zuvorkommen wolltest? Scheint irgendwie nicht geklappt zu haben.« Er deutete vage in Richtung Wohnzimmer, und seine Stimme troff vor Hohn. »Dein gerissener Plan zur Eroberung des Prinzen weist wohl noch ein paar Mängel auf.«

Annie verdrehte die Augen. »Stell mich nicht hin, als wäre ich irgendein durchtriebenes Luder. Emily ist meine Freundin. Ich will ihr nichts Böses. Sie soll glücklich werden – mit dir! Willst du das denn nicht auch?«

Damian nickte und spürte, wie sich ein Lächeln in seinem Gesicht ausbreitete. »Und wie willst du das anstellen? Sie rennt zu ihm, ständig!«

»Du musst ihr Vertrauen gewinnen. Lass sie zu dir kommen, und dann sei für sie da.« Sie hob die Schultern und wandte sich ab, um zurück zum Wald zu gehen. »Lass sie allein!«, rief sie leise über die Schulter zurück. »Hab Geduld!« Und mit diesen Worten verschwanden sie und der Hund wieder in der Finsternis.

Anders als Annie konnte Damian jedoch nicht einfach nach Hause gehen, um eine Eifersuchtsszene zu vermeiden. Denn sein Zuhause war dieses Haus, Wills verdammtes Haus, in das Emily ständig flüchtete – nicht, weil Damian sich dort aufhielt, sondern ihr strahlender Riesenfreund.

Also blieb ihm nichts anderes übrig, als durch Dunkelheit und Schnee den Rückzug anzutreten und sich den

Kopf wegen eines Plans zu zerbrechen. Als wäre das sein dringlichstes Problem! Es galt eine Strategie gegen Luzifer zu entwerfen und nicht einen Eroberungsfeldzug für Emily! Sie hatte an seiner Seite zu stehen, ohne dass er sich Gedanken darüber machen musste, ob sie sich womöglich von ihm abwandte. Doch wie sollte sie das? Er stammte aus der Hölle, brachte ihr den falschen Kuchen, und noch nicht einmal Hunde konnten ihn leiden. Will hingegen wusste natürlich, was Emily mochte und was nicht. Er hatte ja auch sein ganzes verdammtes Leben an ihrer Seite verbracht. Und Hunde mochten ihn auch. Wie sollte er damit konkurrieren?

Mit schnellen Schritten lief er ins Zentrum der Kleinstadt am Fuße der Kronberge, um durch die körperliche Anstrengung einen klaren Kopf zu bekommen. Doch je weiter er ging, desto heftiger kehrte die von Annie kurzzeitig vertriebene Wut zurück. Egal, was sie gesagt hatte, ihre Methode funktionierte doch genauso wenig. Die Szene im Wohnzimmer und ihre nicht gegessenen Kekse bewiesen das. Geduld sollte er haben – aber wie konnte er geduldig sein, wenn ihm die Zeit davonlief? Dieses Leben war begrenzt, jederzeit könnte er von einem Auto überfahren oder erschossen werden, oder einfach nur an dieser gottverfluchten Kälte krepieren.

Die abendliche Dunkelheit auf der Einkaufsstraße wurde von der Weihnachtsdekoration erhellt. Zwischen den Läden und Cafés hingen leuchtende Sterne, Weihnachtsmänner und Tannenbäume, die jetzt im Januar allerdings keine Spur mehr von Weihnachtsstimmung verströmten. An jeder Ecke standen Kastanienverkäufer hinter ihren klobigen Brätern, welche angenehme Wärme verbreiteten. Turtelnde Pärchen schlenderten aneinandergekuschelt an den Schaufenstern von Schmuckläden und Boutiquen vorbei, Kinder mit Instrumentenkoffern auf den Rücken machten sich auf den Nachhauseweg.

Damian atmete tief die eisige Luft und den Geruch der Kälte und Kastanien ein. Doch nichts konnte seinen Zorn mildern. Er hätte nicht auf Annie hören dürfen. Was wusste die schon? Er hätte Emily zeigen sollen, wie wichtig sie ihm war, indem er klarstellte, dass sie zu ihm gehörte.

Kopfschüttelnd stellte er den Kragen seiner Jacke auf und verfluchte seinen menschlichen Körper, da ihm der schneidende Wind Ohrenschmerzen bescherte. Wo sollte er denn jetzt hingehen? Oder sollte er doch besser zurückgehen und die beiden zur Rede stellen? Wobei er sie dann wohl erwischen würde? Blieb es wirklich bei einer Umarmung?

Damian schnaubte und schob wütend die Fäuste in die Jackentaschen. Was hatte er sich nur dabei gedacht, hierherzukommen? In diese Welt? Sicher, alles war besser als der Tartaros, doch diesem hätte er auch durch eine Versöhnung mit Luzifer entkommen können. Auf diese Weise hätte er zumindest nicht seine Unsterblichkeit verloren. Aber er hatte es nicht getan – wegen Emily. Wegen seinen … Prinzipien! Was war nur mit ihm passiert?

Ein Schlag traf ihn an der Schulter, und Damian schreckte hoch.

»He! Pass doch auf!«, knurrte ein Passant, den Damian in seinem gedankenversunkenen Gang durch die Einkaufsstraße angerempelt hatte. »Vollidiot!«

Damian machte sich nicht die Mühe, etwas zu entgegnen, sondern schlenderte weiter entlang der Schaufenster. Er kam jedoch nicht weit, da erblickte er plötzlich eine junge Frau mit blondem Pferdeschwanz und ringförmigen, im Licht der Boutiquen glitzernden Ohrringen. Erschrocken blinzelte er und sah noch einmal in ihre Richtung, ehe er erleichtert aufatmete. Er hatte sich geirrt. Es war nicht die Frau aus dem Café. Alles nur Einbildung. Sein Herz schlug jedoch immer noch schnell, und Damian passte seine Schritte dem Takt an. Er wollte von hier weg. Irgendwohin, wo er seine Ruhe hatte – heim. Doch er hatte kein Zuhause. Immer klarer wurde ihm, dass er nicht ewig bei Will bleiben konnte. Am besten würde er sich bald nach einer eigenen Wohnung umsehen.

Sein Blick wanderte die Straße hinauf zu den fernen Einfamilienhäusern auf dem Hügel, deren Lichter wie goldene Augen die Nacht erhellten. Beinahe schien die Anordnung der Leuchtpunkte wie ein Gesicht – eine dämonische Fratze.

Damian schnappte nach Luft und wandte den Blick ab. In diesem Moment kreuzte ein junger Mann seinen Weg, die Haut verwest und die Augen blutunterlaufen. Nein! Nicht schon wieder! Keuchend drehte er sich um, sah sich jedoch einem Mädchen mit teuflischem Grinsen gegenüber. Das ist nicht echt! Immer wieder sagte er sich diese Worte, doch es half nichts. Die Höllenbilder verschwanden nicht, und obwohl er sich schon längst daran hätte gewöhnen müssen, erfüllten sie sein Herz immer noch mit Panik. Es war etwas anderes, Dämonen und Todesengeln in der Hölle zu begegnen, als hier auf der Erde solche Fratzen in den Gesichtern von Menschen zu sehen. In Luzifers Reich hatte er sich nicht gefürchtet, er war einer von ihnen gewesen, doch jetzt stellten sie eine Bedrohung dar.

Denn sie waren nicht echt, sondern entstammten seiner Seele, und diese Wahrheit ängstigte ihn beinahe zu Tode. Es war der Spiegel seines Ichs, dem er hier überall ins Auge blickte und keine fremde Macht.

Seine Hand fand an einem frostig kalten Metallgeländer Halt, und ohne wirklich zu wissen, wohin er eigentlich ging, torkelte er eine Treppe hinab. Sein einziger Wunsch war, all den Menschen auszuweichen. Musik drang dumpf an seine Ohren, der dröhnende Bass vermischte sich mit seinem rasenden Herzschlag. Das Schimpfen von Passanten, dämonisch verzerrt. Der Drang, die Augen zu schließen und die Hände an die Ohren zu pressen, wurde beinahe übermächtig. Er hätte nicht hierherkommen sollen. Er hätte nicht auf Annie hören dürfen.

Er stolperte gegen Menschen, es waren so viele – natürlich, es war Samstagabend und in dieser Stadt gab es nicht viele Orte, wo die jungen Leute feiern konnten. Jemand schubste ihn, er stieß gegen einen anderen. Eine Schimpftirade folgte, Damian murmelte eine Entschuldigung, taumelte weiter. Die Gesichter wollten nicht zu ihrer normalen Form zurückkehren, jeder schien ihn anzustarren.

Rückwärts bewegte er sich von ihnen fort, stolperte über eine Stufe, und sein Rücken prallte gegen etwas Hartes, das sofort nachgab. Damian fiel nach hinten, bemerkte, dass er gegen eine Tür gelaufen war, die nach innen aufschwang, und konnte nur mit Mühe das Gleichgewicht halten, als ihn gleich darauf diffuses Licht, Zigarettenrauch und lärmende Musik einhüllten.

Jemand packte ihn an den Schultern, richtete ihn auf. »He, Alter. Schon ein paar zu viel gehabt, was?«

Eilig drängte sich jemand an ihm vorbei nach draußen,

sodass er ihn nicht erkennen konnte. Seine Augen begannen zu tränen, der Rauch brannte und kratzte in der Kehle. Doch die Menschen hier drinnen sahen vollkommen normal aus! Sie standen an runden Tischen beisammen, hatten sich in dunkle Sitzecken verkrochen oder lümmelten an der Bar herum. Es war warm hier drin, und um nichts auf der Welt wäre Damian zurück in die eisige Hölle gegangen. Erst einmal musste er sich beruhigen, runterkommen. Er sollte etwas trinken. Mit klammen Fingern zog er die zerknitterten Geldscheine aus seiner Jackeninnentasche und zählte sie. Zufrieden stellte er fest, dass er eine Weile hierbleiben könnte, ehe er zurück zum Haus ging. Wenn er Glück hatte, schlief Will bis dahin bereits.

»Ein Wasser«, rief er, als er auf den Barhocker glitt und sich aus der Jacke schälte. Er mochte Wasser. Wasser kühlte, befreite den Verstand, belebte den Körper. Doch der Barkeeper sah ihn an, als litte auch er unter Halluzinationen.

»Wie war das?«, fragte er, und Damian bemerkte, dass einige der Gäste ihn anstarrten oder grinsten. Was hatte er falsch gemacht? Im Mondschein Café hatte ihn niemand ausgelacht, als er ein Wasser bestellte. Womöglich gab es hier kein Wasser?

»Oder …« Er räusperte sich. »Was anderes vielleicht?« Noch ein Räuspern. Der Rauch hier drinnen war wirklich unerträglich. »Geben Sie mir irgendwas.«

Der Barkeeper musterte ihn noch einen Augenblick lang, dann stellte er ein kurzes, klobiges Glas mit weiter Öffnung vor ihn hin und schüttete eine bernsteinfarbene Flüssigkeit auf die Eiswürfel. »Du siehst aus, als hättest du einen harten Tag hinter dir«, meinte er geistreich. »Das wird helfen.«

Damian nahm das schwere Glas skeptisch in die Hand und roch daran. Es fiel ihm schwer, nicht das Gesicht zu verziehen. Alkohol! Na toll. Er hatte schon Menschen unter Einfluss dieser sonderbaren Substanz gesehen, doch er hatte auch gehört, dass ein paar Gläser halfen zu vergessen. Dieser Saft hier könnte die Schwere von ihm nehmen, und da er genau danach suchte, kippte er den Inhalt schnell hinunter. Ein Fehler, denn sein Innerstes ging plötzlich in Flammen auf. Tränen kullerten seine heißen Wangen hinab, japsend rang er um Atem, und der Barkeeper kicherte, während er gleich noch einmal nachschenkte. Als würde Damian noch einen einzigen Tropfen von diesem Höllengebräu trinken!

Aber die Hitze verflog genauso schnell, wie sie gekommen war, und zurück blieb eine angenehme Wärme. Selten hatte er sich so gut gefühlt – wie in einer tröstlichen Umarmung. Ein seliges Lächeln breitete sich auf seinem Gesicht aus. Er hatte die Lösung gefunden.

»Also«, sagte der Barkeeper, auf dessen Namensschild Damian verschwommen »Tom« lesen konnte. »Ich hab dich hier noch nie gesehen. Wo kommst du her, hm?«

»Aus der Hölle«, antwortete Damian wahrheitsgemäß, denn er wusste, auch dieser Mensch würde ihm kein Wort glauben.

»Hm. Ja, da war ich auch schon mal.«

»Das bezweifle ich.« Damian drehte das Glas mit der wunderschönen Flüssigkeit in der Hand. »Weißt du was …, Tom«, murmelte er und spürte der Wärme in seiner Brust nach, »das Leben … ja, das Leben … es ist so … lebendig.« Er blickte hoch in das Gesicht des Barkeepers, der ihn mit gerunzelter Stirn ansah. Die anderen Gäste hatten sich mittlerweile wieder von ihm abgewandt. »Das kann sich allerdings ändern«, erklärte er seinem Gegenüber. »Weil dann ist man tot. Erst das Leben, dann der Tod. Ja, so läuft das nun mal. Das hat er sich großartig ausgedacht. Der Allmächtige. Ein Brotmesser – und bum!« Er klatschte die flache Hand auf den Tresen. »Das war's. Und was macht *sie*? Hm? Ist ja klar, dass sie zu *ihm* läuft.«

»Mann!« Der Barkeeper sog scharf die Luft ein. »Du bist ja noch fertiger, als du aussiehst. Los, trink aus! Und vergiss das Miststück!«

Damians Kopf fuhr hoch. Er durchbohrte Tom mit einem dämonischen Blick und stellte das Glas ab. »Sag das nie wieder«, sagte er, und der Barkeeper schien tatsächlich beunruhigt zu sein. »Nenne Emily nie wieder so. Hast du verstanden?« Seine Hand schoss vor, packte Tom am Kragen seines blütenweißen Hemdes und zog ihn zu sich heran. »Du kennst sie nicht!«, knurrte er nahe vor dem Gesicht des Mannes. »Du weißt nicht, wie wundervoll sie ist.«

Eine Hand legte sich auf seinen Arm, und als er die Stimme hörte, die die Umstehenden beruhigte und aufforderte, wieder Platz zu nehmen, lösten sich seine Finger vom Stoff des Hemdes. Seufzend ließ er sich zurück auf den Barhocker sinken und kippte den brennenden Saft hinunter, während Jophiel sich mit irgendeiner fadenscheinigen Ausrede beim Barkeeper entschuldigte und sich etwas bestellte.

»Wie zum Teufel hast du mich hier gefunden?«, schnauzte Damian und nahm zur Kenntnis, dass der Barkeeper ihm erneut nachschenkte, wenn auch diesmal mit einem misstrauischen Blick in Damians Gesicht. »Du bist doch nicht zufällig hier.«

»Wieso nicht?« Jophiel schnüffelte an seinem Getränk – demselben, das Damian vor sich hatte. Er nippte jedoch nur daran. »Samstagabend in einer Bar. Das ist nichts Ungewöhnliches für junge Menschen.«

»Nur sind wir keine«, erwiderte Damian leise. »Ein menschlich schlagendes Herz ändert daran nichts. Das habe ich inzwischen kapiert.«

Jophiel sah ihn voller Besorgnis an, und Damian widmete sich wieder dem Funkeln in seinem Glas. Er hasste es, wenn der Ex-Engel das tat. Er hasste es, auf diese Weise angestarrt zu werden.

»Der Tod dieser Frau«, sagte Jophiel, »das war nicht deine Schuld, Damian. Es war Luz… *er*. Du weißt das. Lass ihn nicht so nah an dich heran.«

Damian fuhr zu seinem einstigen Ausbilder herum. »Ich soll ihn nicht an mich heranlassen, ja?«, keuchte er, und ein hysterisches Lachen stieg in ihm auf. »Die Frau ist tot, sie … sie ist tot, und das alles ist …«

»Schsch.« Jophiel legte ihm die Hand auf die Schulter und deutete mit einer kaum merklichen Kopfbewegung zu den herumstehenden Leuten.

Damien schnaubte und schloss die Hand um das Glas. »Er holt mich ein«, sagte er schließlich, ohne Jophiel anzusehen. »Egal was wir machen. Er wird immer gewinnen. Er kann alles tun. Er kann so viele Menschen töten, wie er will. Männer, Frauen, Kinder. So lange, bis wir aufgeben. Wieso nicht die Sache beschleunigen?«

»Was meinst du damit?«

Damian wandte sich ihm zu. »Wenn ich sterbe, gehört meine Seele … ihm. Ich kehre zurück. Mein Vater ist zufrieden, und es kehrt endlich Ruhe ein.«

»Nein.« Jophiel drückte seine Schulter. »Daran darfst du nicht einmal denken. Bereitest du deinem Leben jetzt ein Ende, war alles umsonst. Der Herr hat dir dieses Leben nicht geschenkt, damit du es leichtfertig wegwirfst.«

»Es gibt keine andere Möglichkeit.« Damian nahm einen Schluck und verzog das Gesicht. »Nicht, wenn ich die anderen beschützen will … und … für mich ist hier kein Platz. Ich hätte es wissen sollen.«

»Du willst also aufgeben? Ihn gewinnen lassen?«

»Welche Wahl habe ich denn? Ich dachte, ich könnte hier leben, in Frieden … mit Emily. Aber weder ist mir Friede vergönnt noch sie.«

Jophiel seufzte laut. »Habt ihr euch etwa gestritten? Siehst du deshalb alles so schwarz?«

Zornig knallte Damian das Glas auf den Tresen, doch der dicke Boden hielt seinem Ausbruch stand und zerfiel nicht in einzelne Scherben, wie er gehofft hatte. »Alles schwarzsehen?«, fragte er den Ex-Engel mit zitternder Stimme. »Sag mal, warst du heute nicht dabei? Du hast doch gesehen, was passiert ist. Wie viele sollen denn noch leiden, nur damit ich meinem Vater die Stirn bieten kann?«

»Du darfst nicht zulassen, dass er gewinnt. Es steht viel mehr auf dem Spiel, es geht um Größeres. Dein Vater kann sich nicht alles erlauben. Wir sind hier, um ihn in die Schranken zu weisen, und dazu musst du am Leben bleiben. Wenn du jetzt stirbst, ist nichts gewonnen. Luzifer wird dir nicht trauen. Er will Emily als Garant deines

Gehorsams. Gib jetzt nicht auf! Du kamst der Liebe wegen hierher, dann kämpfe auch dafür.«

»Der Liebe wegen«, spottete Damian. Seine Zunge fühlte sich immer schwerer an, und in seinem Kopf kribbelte es, als hätten sich Ameisen dort eingenistet. »Ich bin einfach hierhergekommen«, sagte er, sich auf jedes Wort konzentrierend. Wieso fiel ihm das Sprechen auf einmal so schwer? »Sie wusste nichts davon. Ich habe sie nicht gefragt. Sie will mich nicht.«

»Unsinn«, entgegnete Jophiel. »Geh nach Hause, Damian. Schlaf dich aus, und dann rede mit ihr! Du wirst sehen, ihr werdet einen Weg finden, diese Hindernisse zu überwinden. Dein Vater wird eure Liebe nicht auseinanderreißen, er wird das Gute nicht zerstören. Ihr könnt gewinnen, ihr müsst nur zusammenhalten. Tut ihr das, hat er keine Chance.«

Damian lachte auf, ließ sich letzten Endes aber von Jophiel zurück zum Haus im Wald bringen. Anstatt jedoch hineinzugehen, wartete er, bis die Scheinwerfer in der Dunkelheit verschwunden waren. Dann machte er sich wieder auf den Weg. Annie lag falsch. Um Emily zurückzugewinnen, musste er handeln – und nicht tatenlos zusehen. Noch war er nicht bereit aufzugeben. Sie gehörte zu ihm – dies war sein einzig klarer Gedanke, während er durch die Finsternis torkelte.

Wer ist der Böse?

Nach einer heißen Dusche machte Emily es sich in ihren flauschigen Bademantel gewickelt mit einer Tasse Tee vor dem Fernseher im Wohnzimmer gemütlich. Die Suche nach Damian war erfolglos verlaufen, doch Will hatte versprochen, ihr bei Damians Eintreffen sofort Bescheid zu geben. Es blieb ihr daher nichts anderes übrig, als zu warten. Ihre Mutter war bereits zu Bett gegangen, nachdem Emily ihr mindestens hundert Mal versichert hatte, dass es ihr gut ging. Zwar war sie halb erfroren und vor Sorge um Damian erfüllt nach Hause gekommen, doch das musste sie ihr ja nicht auf die Nase binden. Eigentlich hatte sie vorgehabt, den Abend in trauter Zweisamkeit mit ihrer Mutter zu verbringen. Das Gespräch mit Will, der Entschluss, gegen Luzifer vorzugehen und Damian vor sich selbst zu retten, hatten dieses Vorhaben jedoch zunichtegemacht. So hatte sie lediglich gemeinsam mit ihrer Mutter zu Abend gegessen und dabei die unbeschwerte Tochter gespielt.

Ohne wirklich auf das Fernsehprogramm zu achten, schaltete Emily durch die Kanäle. Die Bilder zogen an ihr vorbei, während sie immer wieder auf ihr Handy blickte. Sollte sie Will anrufen? Vielleicht hatte er ja vergessen, sich bei ihr zu melden. Oder vielleicht redete er gerade mit Damian. Sie seufzte und machte den Fernseher aus. Nein, Will würde sie sofort anrufen. Damian war anscheinend immer noch nicht aufgetaucht, und Emily wusste nicht, was das zu bedeuten hatte. Wo steckte er bloß? Wieso kam er nicht zurück? Was, wenn er eine Dummheit beging? Sollte sie noch einmal nach ihm suchen? Doch wo beginnen?

Es hatte keinen Sinn. Emily stand auf, schaltete die Lichter aus und schlich nach oben in ihr Zimmer, wo sie sich im Dunkeln aufs Bett fallen ließ. Dort lag sie für unbestimmte Zeit reglos da, als sie plötzlich ein leises Geräusch am Fenster hochschrecken ließ.

Alarmiert drehte sie sich um und starrte in die durch den Schnee heller wirkende Nacht. Was war das gewesen? Mit angehaltenem Atem lauschte sie, hörte jedoch nur noch das Pulsieren des Blutes in ihren Ohren. Doch dann wieder ein leises Klackern. Ein Kiesel, der gegen die Scheibe geflogen war! Sofort sprang Emily aus dem Bett und stürzte zum Fenster. Mit zusammengekniffenen Augen versuchte sie draußen etwas zu erkennen und sah plötzlich die dunkle Gestalt in der Einfahrt stehen.

»Himmel!«, stieß sie aus und riss sofort das Fenster auf. Die Kälte ließ sie nach Luft schnappen, doch das war ihr egal. Die Erleichterung überwog. »Wo warst du?«, rief sie flüsternd und versuchte ein Zähneklappern zu unterdrücken. »Ich habe dich gesucht.«

»Wir müssen reden.« Auch Damian schien es schwerzufallen, Worte zu formen. Außerdem schien er irgendwie zu schwanken. Seine Füße standen zwar fest auf dem Boden, sein Oberkörper sah aber aus, als bewege er sich im Wind hin und her. Bestimmt war er halb erfroren.

»Komm hoch«, sagte sie, doch Damian schüttelte den Kopf.

»Wir müssen in Ruhe reden«, erwiderte er, und so atmete Emily tief durch, schloss das Fenster, wickelte den Bademantel fester um sich und schlich wieder die Treppe hinunter, wo sie in ihre warmen Stiefel schlüpfte. Im Hinausgehen riss sie noch ihre Mütze von der Garderobe, um ihr feuchtes Haar darunter zu verbergen. Damian wartete bereits vor der Tür auf sie, doch ehe er etwas sagen konnte, winkte Emily ihn weiter. Bibbernd vor Kälte schlich sie den gepflasterten Weg neben der Hausmauer entlang und öffnete schließlich die Garage. Dort war es ebenfalls kalt, aber zumindest nicht eisig. Damian schloss die Tür hinter sich, und Emily knipste das Licht an. Erschrocken wich sie vor seinem Anblick zurück.

»Was ist passiert?«, keuchte sie und betrachtete seine glänzenden und geröteten Augen. »Geht es dir nicht gut?«

Damian lachte auf und schüttelte den Kopf. Wortlos ging er an ihr vorbei und lehnte sich an die Motorhaube des Wagens ihrer Mutter. Emily rümpfte die Nase, als sie den Gestank von Zigaretten und Alkohol bemerkte.

»Du riechst wie eine ganze Bar«, stellte sie angewidert fest und beobachtete Damian nun misstrauischer. »Wo bist du gewesen?«

»In einer Bar.«

»Was?«

Langsam hob er den Kopf und sah sie mit einem trägen Lächeln an. Sein Blick war voller Hohn, feindselig und gemein. Was auch immer mit ihm los war, es gefiel ihr nicht. Waren seine grünen Augen früher bloß unheimlich gewesen, wirkten sie jetzt bedrohlich. Schaudernd schlang sie die Arme um sich. »Vielleicht sollten wir das Gespräch verschieben«, sagte sie und ging auf die Tür zu. Doch da stieß er sich plötzlich vom Wagen ab und verstellte ihr den Weg. Seine Hände umfassten ihre Arme. Mit seinem gesamten Körper drängte er sie wieder zurück, bis sie gegen die Wand stieß.

»Nein«, flüsterte er nah an ihrem Gesicht. »Wir reden jetzt.«

Emily verzog angewidert das Gesicht, als sie den Alkohol in seinem Atem roch. »Du bist betrunken!«, sagte sie fassungslos. In ihrer Stimme schwang ein Vorwurf mit.

Damian kicherte und schüttelte den Kopf, während er seine Schuhe anstarrte. »Dieser Körper«, murmelte er amüsiert, »schon witzig, was man damit anstellen kann.«

»Das war's. Wir reden wirklich besser morgen.« Sie versuchte sich von ihm zu befreien, doch Damian verstärkte seinen Griff.

»Nein, jetzt«, befahl er erneut, in einem Ton, der keine Widerrede duldete. Einen Moment lang konnte Emily ihn nur anstarren. Das durfte doch nicht wahr sein. Nicht nach einem Tag wie diesem!

»Ich habe mich für den Rammbock entschieden«, erklärte er ihr schließlich vollkommen ernst, obwohl sie kein Wort verstand. »Nichts mit dazwischenschleichen. Das ist nicht meine Art, weißt du?« Seine Stimme wurde erst hoch und dann wieder tief, in einem lallenden Singsang gab er nur widersinniges Zeug von sich.

»Wovon redest du?« Emily wollte sich von ihm lösen, doch Damian gab nicht nach. Stattdessen ließ er seinen Kopf auf ihre Schulter sinken und atmete tief durch.

»Niemand sagt mir, was ich tun soll«, schluchzte er in

ihren Bademantel. »Alle reden von Liebe und Güte, aber niemand sagt mir, wie das funktionieren soll.« Sein Kopf fuhr hoch, und seine grünen Augen fixierten sie plötzlich wieder voller Zorn. Die Weinerlichkeit war verschwunden. »Weißt du's?«, blaffte er knapp vor ihrem Gesicht. »Sag, Emily, was unternehmen wir gegen meinen Vater, hm? Wie bekämpfen wir ihn mit dieser großartigen Liebe, wenn du nichts davon wissen willst?« Er schüttelte sie heftig, und Emily bekam es allmählich mit der Angst zu tun. »Na? Sag schon, wie soll das gehen?«

»Lass mich los!«, erwiderte sie, um einen beruhigenden Tonfall bemüht. Sie versuchte seinem bohrenden Blick standzuhalten, was nicht gerade leicht war. »Bitte.«

Damian starrte sie an, dann blickte er auf seine Hände herunter und kicherte wieder. Langsam löste er seine Finger von ihr, und erst jetzt bemerkte sie, wie sehr ihre Arme wehtaten. Nur schwer widerstand sie dem Drang, die schmerzenden Stellen zu reiben.

»Du hättest nicht trinken sollen«, sagte sie sanft, in der Hoffnung, ihn zu beruhigen. »Du hättest nicht weglaufen dürfen, Damian. Wenn es dir schlecht geht, dann ... komm zu mir. Bitte. Ich ...« Seine flache Hand schlug knapp neben ihrem Gesicht gegen die Wand. Emily zuckte zusammen und schloss unwillkürlich die Augen.

»Ich bin zu dir gekommen!«, brüllte er. »Ich war da! Ich war da, um dich zu halten!« Sie spürte seinen nach Alkohol riechenden Atem auf ihrem Gesicht, und ihr wurde übel. »Ich kam zu dir, um meine Gefühle mit dir zu teilen! Verstehst du? Verstehst du überhaupt, was das bedeutet?!«

Ein schweres Seufzen erklang, und im nächsten Moment

spürte sie seinen Körper, als er näher trat und sich an sie lehnte.

»Du hast keine Ahnung«, flüsterte er in ihr Ohr. Warm kroch sein Atem über ihren Hals und verursachte ihr Gänsehaut. Die unter ihrer Mütze hervorlugenden nassen Haarsträhnen bewegten sich mit seinen Worten und kitzelten an ihrer Haut. Er hielt sie gefangen, und Emily war immer noch nicht in der Lage, die Augen zu öffnen. Sie zitterte. »Weißt du, wie es sich anfühlt«, hauchte er, auf einmal wieder mit weinerlicher Stimme. Seine Finger glitten ihren Hals hinab, sanft, leicht wie die Berührung seines Atems. »Ich würde alles für dich tun. Weißt du, wie schwer es für mich war, heute zu dir zu gehen? Mich dir auszuliefern? Ich war bereit, dir mein Herz vor die Füße zu legen, aber du ...« Er stieß sich von ihr ab, seine Berührung verschwand und ließ eisige Kälte zurück. Sein Schweigen kam so plötzlich, dass Emily vorsichtig in das diffuse Licht der von der Decke baumelnden Glühbirne blinzelte. Damian lehnte mit hängendem Kopf am Wagen, und Emily wusste nicht, ob sie wütend sein oder Mitleid haben sollte.

»Ich habe keine Ahnung, wovon du redest«, brach sie schließlich vorsichtig die Stille. »Ich weiß nur, dass du weggelaufen bist. Die Sache im Café ... sie war furchtbar, aber du hättest nicht weglaufen dürfen.«

»Ich weiß.«

»Ich hätte dich gebraucht. Und du mich. Wieso ...«

Er sah auf, und mit einem Mal erschien ihr sein Blick völlig nüchtern. »Ich habe dich mit ihm gesehen«, sagte er so tonlos, dass sie sich auf der Stelle sein Geschrei zurückwünschte. »Ich habe gesehen, wie ihr euch gehalten habt.«

Emily wusste zuerst nicht, was er meinte, doch dann ging ihr ein Licht auf. »Will«, seufzte sie und lehnte sich an die Wand. »Du hast mich mit Will gesehen.«

»Ja.«

Sie lachte auf, bitter, verzweifelt. Sie hatte keine Lust, an einem Tag wie diesem solch einen kindischen Streit zu führen. »Du hast es falsch verstanden.«

»Ich glaube nicht.«

»Doch, du ...«

Er kam auf sie zu, leicht schwankend, die Hände in den Hosentaschen. »Dir ist es schlecht gegangen«, sagte er, und seine grünen Augen hielten ihren Blick gefangen. »Du brauchtest jemanden, der dich hält, und Will war da. Du brauchtest jemanden, bei dem du dich ausweinen kannst. Will war da. So wie er immer da ist. Was habe ich daran falsch verstanden?« Er blieb dicht vor ihr stehen und blickte auf sie hinab. Emily schluckte. Wieso schaffte er es, ihr Schuldgefühle einzureden? Sie hatte schließlich nichts Falsches getan. Er war derjenige gewesen, der einfach verschwunden war.

»Du warst nicht da«, entgegnete sie daher leise, doch da fing Damian wieder an zu kichern. Sie hätte ihn dafür schlagen können. »Du warst nicht da«, wiederholte sie diesmal energischer und richtete sich auf. »Ich wollte dir helfen, genauso wie Will dir helfen wollte. Aber du musst uns auch lassen.«

Immer noch schüttelte er den Kopf und lachte. Der Zorn in ihr brannte so heiß, dass sie die Kälte in der Garage kaum noch spürte.

»Hör auf!«, schrie sie und trat auf ihn zu. »Hör sofort auf!« Mit aller Kraft boxte sie ihm gegen die Brust, und da verstummte er plötzlich. Etwas Gefährliches blitzte in seinen Augen auf, und Emily wich automatisch wieder zurück. Sein Körper war jetzt menschlich, ja, aber in seinen Augen war immer noch Luzifer zu sehen.

»Ich bin es leid«, knurrte er und zeigte mit dem Finger auf sie. »Du! Du bist es, die sich nicht an die Regeln hält.«

»Die Regeln?«

Er ließ sie gar nicht richtig zu Wort kommen. »Du gehst zu einem anderen!«, schrie er sie an. »Wie kannst du so etwas tun? Ständig lässt du mich hinter dir herlaufen. Du lässt mich zusehen, wie du mit Will deine Späße treibst und über alte Zeiten redest. Zeiten, in denen es mich noch nicht gab, verdammt! Ständig gibst du mir das Gefühl, ich wäre nicht erwünscht. Kannst du dir vorstellen, wie das ist? Hä?« Er ging vor ihr auf und ab, seine Hände nun zu Fäusten geballt. Er zitterte, und sie spürte seinen Zorn wie eine ihr entgegenbrandende Welle.

»Alles habe ich für dich aufgegeben, Emily«, brüllte er. »Alles! Für dich bin ich in die Hölle gegangen, für dich bin ich ein Mensch geworden! Und du schaffst es noch nicht einmal, mich zu lieben wie ich dich liebe. Doch das schuldest du mir.« Er blieb abrupt stehen, sah sie an, die Wangenmuskeln angespannt. »Nach allem, was ich für dich getan habe, schuldest du es mir.«

Emily starrte ihn an. Sie konnte nicht glauben, was er da sagte. Sie musste sich täuschen. Wer war dieser Kerl? Wo war der Damian von der Gänseblümchenwiese, der alles riskiert hatte, um für sie herauszufinden, ob ihre Freundin Mandy im Himmel war? Wo war der Damian, mit dem sie von der Klippe gesprungen war?

»Wer bist du?«, flüsterte sie mit Tränen in den Augen.

Damians Augen verengten sich. Er stand so unter Spannung, dass Emily meinte, er müsse jeden Moment explodieren. Der Himmel in seinem Inneren war fort.

Eine Bewegung neben ihm ließ sie herumfahren. Ihr Herz machte einen gewaltigen Satz. Zischend holte sie Luft. War da nicht gerade ein dunkler Schemen vorbeigehuscht?

»Sie sind hier.« Damian war mit zwei Sätzen bei ihr und umklammerte ihren Oberarm. Mit einem Ruck zog er sie an sich und schlang dann seinen Arm um sie. Mit dem Rücken an seine Brust gepresst, wanderte ihr Blick durch die Garage.

»Es sind die Höllenhunde«, flüsterte sie mit zitternder Stimme. »Nicht wahr? Unser Streit hat sie angelockt.«

»Sie können uns nichts tun.« Damians Atem ging schnell an ihrem Ohr. »Du trägst doch das Kreuz?«

Emily hob die Hand und tastete danach. »Ja.«

»Dann droht keine Gefahr. Solange du nicht stirbst, können sie dir nichts tun.«

Verzweifelt lachte sie auf. »Wenn du mich nicht tötest …«

Damian verstärkte seinen Griff, sagte aber nichts. Gemeinsam lauschten sie und starrten aufmerksam in jeden Winkel der Garage. Er hielt sie fest, jedoch nicht mehr, als wäre sie sein Besitz. Er hielt sie wie eine Mauer, die Böses fernhielt. Immer noch waren sie zerrissen, immer noch klaffte diese Kluft zwischen ihnen, und jetzt gezwungen zu sein, seine körperliche Nähe mit dieser Intensität zu spüren, ließ sie innerlich verbrennen. Ihr Zorn vermischte sich mit Sehnsucht. Sie war ihm so nah, spürte ihn mit jeder Faser ihres Körpers, doch im Herzen war sie weiter weg als je zuvor. Die Höllenhunde hatten es auf sie abgesehen, aber das Kreuz hinderte die Bestien daran, ihnen Albträume oder andere Furcht einflößende Visionen zu senden. Auch konnten sie niemanden töten. Lediglich die Seelen kurz nach ihrem Tod waren in Gefahr. Doch im Moment war hier nirgends ein von einem Todesengel besessener Mensch, der Emily ins Jenseits befördern konnte. Und die Bestien machten ihr nicht mehr solche Angst. Nicht so sehr wie Damian. Einige Dinge, die er ihr vorgeworfen hatte, stimmten. Sie hatte sich von ihm zurückgezogen. Sie hatte erst damit zurechtkommen müssen, dass er plötzlich hier war. Doch eigentlich hatte sie gedacht, dass jener Abend in Wills Haus sie einander nähergebracht hatte. Jetzt redete er plötzlich, als hätte er einen Anspruch auf sie. Nur weil er sie in Wills Armen weinen gesehen hatte. Es war ja nicht so, als hätten sie sich geküsst oder Schlimmeres. Sie waren nur gute Freunde. Damian würde das niemals verstehen. Emily schob seinen Arm von sich. Zuerst ließ er nicht los, aber als sie mehr Kraft aufwendete, schien er zu verstehen, dass es ihr ernst war. Langsam drehte sie sich zu ihm um und sah zu ihm auf.

»Die Höllenhunde können uns nichts tun«, sagte sie, wobei sie nicht verhindern konnte, dass ihre Lippen zitterten. »Ich gehe jetzt ins Bett. Wenn wir sie ignorieren und uns beide beruhigen, werden sie bestimmt verschwinden.«

»Wir sind noch nicht fertig miteinander.«

Emily sah ihn lange an. Sie suchte in seinem Gesicht nach irgendetwas, das sie an den Engel von einst erinnerte. Im Moment sah sie lediglich blutunterlaufene Augen und roch den Alkohol. »Ich schon«, erwiderte sie daher, in der Hoffnung endlich in Frieden gelassen zu werden. »Ich bin fertig mit dir, Damian.«

Sie drehte sich um und ging auf die Tür zu. Damian folgte ihr nicht, wofür sie dankbar war. Sie brauchte jetzt ihre Ruhe. Doch sie hatte noch nicht einmal die Hand nach der Türklinke ausgestreckt, da vibrierte ihr Handy in der Bademanteltasche. Mit zitternden Händen zog sie das Telefon heraus, das sie bei sich getragen hatte, weil sie auf einen Anruf von Will gehofft hatte. Und tatsächlich blinkte sein Name auf dem Display.

Verwirrt drehte sie sich zu Damian um, der reglos dastand und sie mit starrem Ausdruck ansah.

»Will?«, fragte sie, als sie das Gespräch annahm. »Damian ist hier. Es geht ihm gut.«

Sie lauschte, doch bis auf das Durcheinander von mehreren entfernten Stimmen konnte sie nichts hören.

»Will?«

»Emily?« Seine Stimme klang schwach und war kaum mehr als ein Krächzen. Emily meinte eine Sirene zu hören, gefolgt von Wills Husten. Waren draußen auf der Straße nicht auch gerade Sirenen erklungen?

»Will!«, schrie sie in den Hörer. »Was ist los?!«

Damian trat neben sie. Der harte Gesichtsausdruck war verschwunden. Er sah besorgt aus.

»Will!«

Ein Kratzen war zu hören, und dann erkannte sie wieder Wills Stimme. »Das Haus«, krächzte er. »Es …« Ein weiteres Knattern, Stimmen, Sirenen, Rauschen.

»Hallo?« Eine fremde Stimme, die zu ihr sprach. »Gehören Sie zu Mr Gordons Familie?«

Emilys Herz schlug immer heftiger. »Ja!«, brüllte sie. Ihre Hand zitterte so sehr, dass ihr beinahe das Handy aus der Hand gefallen wäre. »Ich … ich bin seine Schwester. Was ist los? Reden Sie mit mir! Was ist passiert?«

»In Mr Gordons Haus hat es gebrannt. Es gab eine Explosion und …«

»O mein Gott!« Langsam sank sie in die Knie. Nur am Rande nahm sie Damians Hand an ihrer Schulter wahr. »Will …«

»Mr Gordon hat ein paar Verletzungen davongetragen. Er wird jetzt ins Krankenhaus gebracht.«

»Ich bin schon unterwegs.« Emily legte auf und sprang hoch. Sofort wurde ihr schwarz vor Augen, und sie fiel gegen die Tür. Damian hielt sie fest und richtete sie wieder auf. Ihre Knie zitterten, und ihre Beine waren so schwach, dass sie nicht verhindern konnte, an seine Brust zu sinken.

»Ich muss ins Krankenhaus«, keuchte sie, unfähig richtig zu atmen. »Ich muss …«

»Wie weit ist das Krankenhaus entfernt?«

Emily hob den Kopf und starrte ihn an, als hätte er sie nach der Entfernung zum Mond gefragt.

»Weck deine Mutter«, sagte er ruhig. Von seiner Trunkenheit war ihm bis auf den übel riechenden Atem nichts mehr anzumerken. »Und dann lass uns fahren.«

Emily nickte, und endlich gelang es ihr, sich in Bewegung zu setzen. Taumelnd, wie eine Schlafwandlerin, lief sie zurück ins Haus, die Treppe hinauf.

Ihre Mutter hatte bereits geschlafen, wurde jedoch sofort wach, als Emily sie leicht anstupste. Ihre Reaktion bei der Nachricht von Wills Unfall war dieselbe wie damals nach dem Erdrutsch in den Kronbergen, bei dem Mandy ums Leben gekommen war. Einen Moment lang fühlte sich auch Emily dahin zurückversetzt. Doch für emotionale Ausbrüche war jetzt keine Zeit. Angst und Schmerz unterdrückend rannte sie in ihr Zimmer, schlüpfte in Jeans und zog sich irgendeinen Pullover über. Schließlich stürmte sie zurück zur Garage. Damian wartete immer noch dort, und dann kam auch schon ihre Mutter herbeigelaufen. Kurz huschte Verwirrung über ihr Gesicht, als sie Damian erblickte, doch sie stieg wortlos ins Auto und fuhr los.

Im Krankenhaus angekommen liefen sie alle drei sofort zur Notaufnahme. Dort sagte man ihnen jedoch nur, dass Will gerade operiert wurde. Da sie nicht zu Wills Familie gehörten, wollten die Ärzte ihnen nichts Genaues sagen. Doch da lernten die Ärzte Emilys Mutter kennen. Wie eine Löwin, die ihr Junges beschützte, ging sie auf die weißen Engel los. Sie erklärte ihnen Wills Familiensituation – wenn auch nicht besonders freundlich – und dass Will niemand anderen in der Stadt hatte. Sein Onkel war wieder einmal unerreichbar und irgendwo auf der anderen Seite der Welt.

So erfuhren sie schließlich, dass Will einen komplizierten Beinbruch hatte, Verbrennungen ersten und zweiten Grades, eine leichte Rauchvergiftung und zahlreiche andere kleinere Blessuren. Emily hatte das Gefühl, jeden Moment ohnmächtig zu werden, und sank auf einen der ungemütlichen Plastiksessel, die im Warteraum der Notaufnahme an der Wand entlang aufgereiht standen. Damian ließ sich neben ihr nieder, sagte jedoch nichts, während ihre Mutter irgendwelchen Papierkram erledigte.

Das durfte nicht wahr sein. Nicht schon wieder. Wie lange war es her, dass sie hier in diesem Raum gebangt und gewartet hatte, während Will an seinen Augen operiert worden war. Und nun wiederholte sich diese Geschichte. Was war nur passiert?

Mit gesenktem Kopf starrte sie das graue Linoleum zu ihren Füßen an. Schon wieder. Es war ihr unbegreiflich, wie schnell sie in den Mahlstrom zwischen Himmel und Hölle geraten waren. Eben noch war alles in Ordnung gewesen. Will und sie hatten über den Ball gescherzt und über Marita gelästert. Und jetzt, so kurze Zeit später, war alles anders. Damian war in ihr Leben getreten, zuerst als Schutzengel, dann als ihr teuflischer Freund. Annie war vom stillen Mauerblümchen der Klasse zu Wills Freundin geworden und Marita, die Schönheitskönigin, hatte sich zu einer wandelnden Leiche mit undurchsichtigen Absichten verwandelt. Wie sollte sie bei der Geschwindigkeit dieser Veränderungen noch hinterherkommen? Will hatte sich außerdem gerade erst von seinen Verletzungen erholt – sowohl von den körperlichen als auch von den seelischen –, und nun sollte alles wieder von vorne beginnen?

Ein Plastikbecher mit dampfendem Tee erschien in ihrem Blickfeld. Emily hob den Kopf. Damian stand vor ihr. Sie hatte gar nicht mitbekommen, dass er weg gewesen war. Dankbar nahm sie das heiße Getränk entgegen und schloss die Hände darum. Woher wusste Damian, dass sie Kaffee hasste? Vermutlich aus seiner Zeit als Schutzengel, in der er sie ständig bewacht hatte. Sie erinnerte sich noch gut daran, dass sie auf einem Selbstzerstörungstrip Kaffee aus dem Schulautomaten hatte holen wollen und jedes Mal

Tee bekommen hatte. Damals hatte sie in ihrem Traum gerade erfahren, dass Damian Luzifers Sohn war, und sie hatte Angst davor gehabt, einzuschlafen. Es war so lange her … Doch dass er sich dieses Detail gemerkt hatte, berührte sie auf verwirrende Weise. Sie schaffte es nicht länger, wütend auf ihn zu sein. Dazu fehlte ihr im Moment die Kraft. Damian hatte sich blöd verhalten, ja, doch was war das schon im Vergleich zu dieser Katastrophe? Ihre Beziehung zu ihm konnte jetzt nicht im Vordergrund stehen, sie konnte sich nicht darauf konzentrieren. Im Moment waren ihre Gedanken bei Will, und das musste Damian akzeptieren, ob er wollte oder nicht.

Schnelles Trippeln riss sie aus ihren Gedanken. Emily blickte von ihrem Tee hoch und erkannte Annie, die aus dem Korridor in den Warteraum stürmte. Emily hatte sie auf der Fahrt ins Krankenhaus angerufen, denn schließlich war sie Wills Freundin. Offensichtlich war sie genauso überstürzt aufgebrochen wie Emily. Tatsächlich trug das Mädchen nichts außer einer Plüschjacke über einem Flanellpyjama mit gelben Sonnenblumen. Emilys Hals schnürte sich bei diesem Anblick zu. Annie liebte Will tatsächlich von ganzem Herzen. Die Angst stand ihr ins Gesicht geschrieben. »Wo ist er?«, keuchte sie, und ihre Lippen schienen zu zittern. »Was ist geschehen? Wie …«

Emily spürte, wie ihr erneut Tränen in die Augen schossen. Sie fühlte sich unfähig zu antworten. Würde sie jetzt den Mund öffnen, käme nichts als ein Schluchzen heraus, und dann würden alle Dämme brechen.

Damian erhob sich von seinem Stuhl und legte Annie die Hand auf die Schulter. »Wir wissen nicht viel«, sagte er mit so sanfter Stimme, als wäre es sein Job, die bangenden Verwandten von Unfallopfern zu beruhigen. Er sprach wie einer der vielen Ärzte, ruhig, gefasst und dennoch irgendwie tröstend. Er war wie einer dieser Engel in Weiß, nur dass er Schwarz trug und von einer düsteren Aura umgeben war. Emily blinzelte. Das alles war so verrückt! Ihre Gedanken rotierten. In all dem Durcheinander in ihrem Kopf konnte sie nicht einen winzigen Funken Klarheit finden. Sie liebte Damian! Sie spürte es so deutlich in jedem Moment, da sie ihn ansah oder an ihn dachte. Gleichzeitig hasste sie ihn, fürchtete ihn, sorgte sich um ihn, beschuldigte ihn, hatte Mitleid mit ihm … Das waren zu viele Gefühle für ein einziges Herz. Noch dazu in solch einem Moment. Ihre Liebe zu Will überwog in diesem Augenblick das Chaos der Gefühle, die sie für Damian empfand. Will war die Beständigkeit in ihrem Leben. Bei ihm war alles klar – von jenem kurzen Moment einmal abgesehen, in dem sie nicht gewusst hatte, ob zwischen ihnen nicht doch mehr war. Die Liebe zu Will war rein und unerschütterlich, wie sie nur durch eine Vielzahl von Jahren und Erfahrungen entstehen kann, durch gemeinsames Großwerden. Diese Liebe war ein Teil von ihr, unschuldig und klar. Und doch so tief.

Nur vage verstand sie Damians Worte, der Annie von ihren spärlichen Informationen berichtete. Dann machte er sich auf den Weg, um auch ihr etwas Warmes zu trinken zu besorgen.

Emily sah ihm hinterher, ohne ihn richtig zu sehen. Den schwarzen Engel. Die Müdigkeit machte ihre Lider schwer.

Annie ließ sich neben ihr auf einem Stuhl nieder, und im nächsten Moment kamen plötzlich Annies Eltern hereingeschneit. Natürlich. Sie mussten Annie gefahren haben. Vermutlich hatten sie noch einen Parkplatz gesucht.

Beinahe zeitgleich kam Emilys Mutter von ihrem Rendezvous mit der Bürokratie zurück und breitete beim Anblick der Morningstars die Arme aus.

»Gladys.«

»Mary.«

Die beiden Frauen gingen aufeinander zu und nahmen sich in die Arme. Das hier war eine Kleinstadt, jeder kannte jeden, aber die Eltern der Schüler aus Emilys Klasse standen sich seit dem Unfall voriges Jahr besonders nah. Sie alle teilten das Leid. Emilys Mutter hatte vorhin gesagt, Will hätte keine Familie in der Stadt, doch das stimmte nicht ganz. Die Stadt war Wills Familie. Hier war er ein Held, und mit Sicherheit würde morgen früh sein Krankenzimmer vor lauter Luftballons und Blumen untergehen.

»John.« Emilys Mutter nickte dem rothaarigen Mann in den Pyjamahosen und dem langen schwarzen Mantel knapp zu. Auch Emily bemühte sich zu einem Lächeln und nickte, als der Blick von Annies Eltern auf sie fiel. Sie wollte weder umarmt werden noch irgendwelche tröstenden Floskeln hören. Mit dieser Geste hoffte sie, die Pyjamainvasion von sich fernzuhalten. Annies Eltern schienen zu verstehen, denn sie nahmen Platz, ohne Emily zu belästigen. Erneut wurden die Informationen der Ärzte weitergegeben und über mögliche Brandursachen spekuliert. Damian kam inzwischen mit Annies Cappuccino zurück – woher wusste er, was sie gern trank? – und entging ebenfalls der Umarmung der Morningstars. Die beiden begrüßten ihn zwar freundlich und behaupteten, Annie hätte schon viel von ihm erzählt, unterhielten sich dann jedoch weiter mit Emilys Mutter.

»Der arme Junge«, seufzte Gladys Morningstar, die in der Mitte des Raums an einem runden Tisch saß, auf dem einige Zeitschriften lagen. »Zuerst der Erdrutsch, und jetzt das. Da fragt man sich wirklich, was der liebe Gott für Zwecke verfolgt.«

Emily warf Damian einen Blick zu, doch der starrte nur geradeaus, die Zähne zusammengebissen, sodass seine Wangenknochen scharf hervortraten.

»Er ist so ein lieber Junge«, ließ sich auch John Morningstar vernehmen. »Wir waren so froh zu hören, dass Annie ihn zum Freund hat. Heutzutage sind Jungs wie er ja leider eine Ausnahme.«

»Ich hatte ihn so gern zum Essen da«, fügte Gladys hinzu. »Er isst so gerne, und ich mag es, für ihn zu kochen. Annie bringt ihn viel zu selten mit.« Sie seufzte. »Wir alle haben ihn so gern. Ich kann nicht glauben, dass das passiert ist.«

»Er ist wirklich etwas Besonderes«, meinte auch Emilys Mutter. »Und er hat es nicht leicht.«

Emily schauderte. Sie wollte diesem Geschwätz nicht mehr zuhören. Sie redeten ja alle, als wäre Will tot! Er hatte nur ein gebrochenes Bein, verdammt!

Schließlich beschlossen ihre Mutter und die Morningstars nach draußen zu gehen, um frische Luft zu schnappen und in der Cafeteria einen Kaffee zu trinken. Als sie weg waren, kehrte endlich etwas Ruhe ein.

Für kurze Zeit.

Alle drei saßen sie in ihre eigenen düsteren Gedanken versunken auf ihren Stühlen, da stürmte der nächste nächtliche Besucher in den Warteraum.

»Jophiel?«, entfuhr es Emily ungläubig, als sie den einstigen Engel eintreten sah. »Was machst du denn hier?«

»Ich habe gehört, was passiert ist.« Er sah sich im Warteraum um, und da außer den Eingeweihten niemand hier war, zog er einen Stuhl herbei und nahm Emily, Damian und Annie gegenüber Platz.

»Wie geht es ihm?«, wollte er wissen, und Emily erzählte ihm dieselbe Geschichte wie allen anderen. Will wurde noch operiert, und sie mussten warten.

»Ich verstehe das alles nicht«, sagte dann Annie, immer noch mit weinerlicher Stimme. »Wieso Will? Wieso haben sie es plötzlich auf ihn abgesehen?«

Emily zuckte mit den Schultern. »Vielleicht, um an mich heranzukommen? Die Frau aus dem Café hatte auch nichts mit uns zu tun.« Sie lehnte sich in ihrem Stuhl zurück. Der Schock war zu groß gewesen, sie hatte nicht nach dem »wieso« gefragt, schon gar nicht nach dem »wie«. In ihrem Kopf war lediglich ein »bitte« herumgesurrt. Bitte, mach ihn wieder gesund! Doch jetzt, wo sie darüber nachdachte, schrie ihr diese Frage geradezu entgegen. »Wie ist ihm das gelungen? Wie kann Luzifer ein Haus anzünden?«

Annie hob die Hände. »Du sagtest, es gab eine Explosion. Vielleicht war es ein Besessener. Ein Todesengel, der sich des Körpers eines Menschen bemächtigte.«

»Oder es war tatsächlich nur ein Unfall«, überlegte Emily.

»Nicht nach allem, was passiert ist«, widersprach Annie. »Das kann kein Zufall sein.«

Emily seufzte. »Aber wir wissen immer noch nicht, wie das geschehen konnte. Wenn Luzifer zu so etwas fähig ist, schweben wir alle in größerer Gefahr, als geahnt. Will könnte auch jetzt in Gefahr sein.« Sie bekam eine Gänsehaut bei diesem Gedanken. Um Antworten suchend blickte sie zu Damian und Jophiel, und erst jetzt fiel ihr auf, dass die beiden sich an dem Gespräch nicht beteiligt hatten. Damian blickte zu Boden, und Jophiel sah ihn mit zusammengepressten Lippen an.

»Was ist los?«, fragte Emily, die mit ihrer Geduld am Ende war. »Wie kann Luzifer so etwas machen? War er es selbst? Damian, du sagtest, er als Gott könne sich überall bewegen. War …«

»Es war nicht Luzifer.« Seine leise gesprochenen Worte ließen sie innehalten. Damian hob den Kopf und sah Jophiel an. Seine Wangenmuskeln zuckten vor Anspannung. Seine Hände lagen auf den Oberschenkeln, und die Finger gruben sich in die schwarzen Jeans – so stark, dass die Sehnen seiner Handrücken hervorstanden. »Nicht wahr?« Er durchbohrte Jophiel mit seinem grünen Höllenfeuerblick. »Das war nicht mein Vater.«

Jophiel senkte den Kopf, und Emily verstand jetzt überhaupt nichts mehr. Die Kraft ging ihr aus, und es fiel ihr schwer, überhaupt noch Worte zu formen. Außerdem bekam sie Kopfschmerzen.

Annie war zum Glück noch etwas munterer. »Was soll das heißen?«, fragte sie und sprang von ihrem Stuhl auf. Eigentlich hätte sie in ihrem Pyjama lächerlich aussehen müssen, doch der Blick, mit dem sie die beiden Männer anstarrte, hatte nichts Lustiges an sich. »Wer war es dann? War es wirklich nur ein Unfall?«

Jophiel schüttelte langsam den Kopf, und Damian starrte ihn immer noch an.

»Sag's ihnen«, befahl er in gefährlich ruhigem Ton. »Ich werde das nicht für dich machen.«

Emily sah die beiden an, und da packte plötzlich eine unsichtbare Klaue ihren Magen und zerquetschte ihn. »Es ist nicht das erste Mal«, hauchte sie, fassungslos von ihrer eigenen Dummheit. Wie hatte sie das nur vergessen können? »In der Schule …« Sie konnte kaum sprechen. Mit weit aufgerissenen Augen sah sie zwischen den beiden hin und her. »Will bekam einen Schlag an seinem Schrank. Wir fühlten dieses Knistern, und dann kam die Decke herunter.« Ihr Atem ging immer schwerer. »Ich habe es gespürt … ich *wusste*, es hat nichts mit mir zu tun. Es ging um Will. Ich … ich hatte es vergessen.« Sie konnte es nicht glauben! »Nach allem, was passiert ist, habe ich nicht mehr daran gedacht. Ich gab den Höllenhunden die Schuld, aber die können in dieser Ebene nichts ausrichten. Habe ich recht?« Jetzt erhob auch sie sich. Ihre Beine wackelten. »Habe ich recht?!«

Auch Jophiel stand auf. Er war ein Riese, und sie musste den Kopf in den Nacken legen, um ihm in die Augen sehen zu können. Doch das war ihr egal. Die Hände in die Seiten gestemmt baute sie sich vor ihm auf.

»Du!« Sie stieß ihm einen Finger gegen die Brust. »Du hast etwas damit zu tun! Was soll das? Raus mit der Sprache!«

»Damian hat recht«, sagte der einstige Engel, und Emily meinte, Schuld in seiner Stimme zu hören. »Das war nicht Luzifer. Die Sache mit Will … geht von der anderen Seite aus.«

Emily gab einen wimmernden Laut von sich, der halb Lachen, halb Schluchzen war. Sie schlug die Hand vor den Mund und unterdrückte ein hysterisches Kichern.

Damian trat an ihre Seite und stellte sich ebenfalls Jophiel gegenüber, um seine Position klarzumachen. Auch Annie starrte den Ex-Engel entgeistert an: »Du willst damit sagen …« Ihre Stimme zitterte. Sie begann zu taumeln, und Damian hielt sie schnell an den Armen fest. Er lotste sie zu einem Stuhl, von dem aus sie Jophiel wütend anfunkelte. »Du meinst, *Gott* ist dafür verantwortlich?«

Jophiel machte eine Bewegung, die weder ein Kopfschütteln noch ein Nicken war. »Denke nichts Böses«, antwortete er ruhig, was Damian mit einem Schnauben bekundete, als er wieder an Emilys Seite trat. »William ist zu Höherem bestimmt«, erklärte Jophiel mit einem ungeduldigen Blick zu seinem einstigen Schüler. Noch ein Schnauben.

Schützend legte Damian den Arm um Emilys Schultern, und Emily dachte in diesem Moment nicht daran, ihn wegzustoßen. Seine dummen Worte waren vergessen. Jetzt war sie einfach nur unglaublich froh und dankbar über diese Stütze.

»Zu Höherem?«, würgte sie hervor, als wäre dieses Wort beschmutzt. »Was bedeutet das?«

Jophiel sah sie mitleidig an. »William ist nach seinem Tod eine Ausbildung zum Schutzengel bestimmt«, antwortete er emotionslos. Seine meerblauen Augen wirkten leblos. »Seine Seele ist etwas Besonderes, unglaublich rein, äußerst selten. Es gibt nur wenige Schutzengel. Nur wenige Seelen taugen für solch eine Aufgabe. Die meisten gehen in die Dimension der Toten – das, was ihr als Himmel kennt. Will ist außerwählt. Er wird ein Unsterblicher sein und …« Er schluckte und büßte etwas von seiner Souveränität ein. Es war ihm anzusehen, wie sehr er um einen zweifelsfreien Tonfall bemüht war. Immerhin verkündete er hier das Wort Gottes. Wer durfte daran zweifeln? Doch Emilys wutverzerrtes Gesicht schien ihn etwas befangen zu machen.

»Und?«, hakte sie ungeduldig nach.

Jophiel räusperte sich und straffte die Glieder. »Eine Beschmutzung der Seele darf nicht riskiert werden. Er muss zu uns kommen, solange er noch derart rein ist. Das Leben hinterlässt Spuren, oft sehr hässliche. Dann können wir ihn nicht mehr gebrauchen.«

Emilys flache Hand klatschte auf seine Wange, ehe sie überhaupt begriffen hatte, dass sie den Arm gehoben hatte. Gleichermaßen schockiert starrten sie einander an. Sie hatte gerade einen Engel geschlagen! Sie lachte hysterisch auf und wandte sich abrupt ab, um sich wortlos von Damian zu ihrem Stuhl führen zu lassen.

»Das dürft ihr nicht«, flüsterte sie schließlich. »Das lasse ich nicht zu. Das ist nicht … gut!«

Jophiel kam auf sie zu und ging vor ihr in die Hocke. Ihre Hand juckte. Sein von Engelslocken umrahmtes Gesicht forderte sie geradezu heraus, zuzuschlagen.

»Manchmal ist das Gute größer, als ein einfacher Sterblicher begreifen kann, Emily. William wird als Schutzengel gebraucht. Wie viel Gutes kann er mit solch einer Existenz tun? Wie viele Seelen wird er retten? Wie viele in den Himmel führen? Wie viele Leben wird er retten? Sein Leben als Mensch ist zeitlich begrenzt. Es geht ohnehin vorbei, doch ihm steht die Tür zu etwas Großartigem offen. Versuche zu verstehen …«

»Verschwinde!« Sie konnte sich gerade noch beherrschen, ihn nicht anzuspucken. »Raus hier!«

Damian legte Jophiel die Hand auf die Schulter und der »Engel« erhob sich.

»Wenn ihr darüber nachdenkt, werdet ihr verstehen«, sagte er, vielleicht eine Spur milder als seine nüchternen Worte vorhin. Dann ging er endlich.

Annie saß zitternd wie Espenlaub neben ihr und starrte den Fußboden an. Emily kochte vor Wut und meinte, jeden Moment in tausend Teile zu zerspringen. »Was kann man dagegen machen? Wie können wir ihn beschützen?«

Damian schwieg, was kein gutes Zeichen war. Emily sah ihn eindringlich an, doch er wich ihrem Blick aus.

»Irgendeine Möglichkeit muss es doch geben!«, beharrte sie, und auch Annie sah den Teufelssohn nun voller Hoffnung an. Doch Damian schüttelte den Kopf.

»Wir können nichts tun«, sagte er und stützte die Ellbogen auf die Knie. Den Kopf in die Hände gelegt, blickte er zu Boden. »Ist ein Sterblicher als Schutzengel auserwählt, dann wird ihn sein eigener Schutzengel nicht länger beschützen, sondern … er wird ihn zum Ende führen.«

»Was genau meinst du?« Emily rieb ihre eiskalten Hände aneinander und hatte trotzdem immer noch das Gefühl zu erfrieren. »Der Schutzengel wird Will in Gefahr bringen?«

Damian nickte. »Er wird ihm die falschen Impulse senden, aber das allein reicht noch nicht aus, um ihn zu … töten. Nein. Will ist markiert. Er kann dem Tod nicht mehr entkommen. Niemand wird seinen Tod *aktiv* verursachen, weder ein Schutzengel noch sonst irgendjemand. Niemand wird ein Auto gegen ihn lenken, niemand wird die Deckenhalterung manipulieren. Es … passiert einfach. Er trägt das Mal des Todes, und davor kann er nicht weglaufen.«

»Ein Mal?« Emily versuchte das Zähneklappern unter Kontrolle zu bringen. »Was für ein Mal?«

»Es müsste auf seiner Brust zu sehen sein. Vermutlich sieht es wie eine kleine Narbe aus, eine blasse Linie.« Endlich wandte er sich ihr zu. In seinen grünen Augen stand Mitleid. »*Davor* können wir ihn nicht beschützen, Emily. In diesem Moment könnte seine Sauerstoffzufuhr aufhören zu funktionieren, das Krankenhaus in die Luft fliegen. Irgendetwas. Niemand weiß, wann es passiert – oder wie. Niemand löst es aus oder betätigt einen Schalter. Es …«

»… passiert einfach«, wiederholte Emily. Sie hatte das Gefühl zu ersticken. Das Pochen in ihrem Kopf wurde immer schlimmer. Angestrengt suchte sie nach einer Möglichkeit. Wie könnte man Gottes Wille verhindern?

»*Du* wusstest es!« Annies schrille Stimme riss sie aus ihren Gedanken. Voller Zorn starrte sie Damian an. »Du hast es die ganze Zeit gewusst.«

Emily sah zuerst Annie an, dann Damian, der sich erhob und unruhig durch den Raum schritt.

»Ich habe es geahnt«, erwiderte er schließlich und lehnte sich ihnen gegenüber an den runden Zeitschriftentisch. »Es ist das zweite Mal, dass Will … angegriffen wurde. Ich wusste, die Höllenhunde sind dazu nicht in der Lage. Und da erinnerte ich mich daran, was Jophiel damals sagte, als ich meine Ausbildung zum Schutzengel begann. Er erwähnte, dass Will womöglich ein Schutzengel werden könnte.«

»Du hast es gewusst und ihn nicht gewarnt«, fauchte Annie, und ihre Augen schienen Blitze zu schleudern.

Emily legte die Hand auf ihren Arm. »Es ist nicht Damians Schuld«, sagte sie ruhig, denn auch wenn sie genauso wütend war, so konnte sie den Zorn nicht an ihm auslassen. Es war genug. Er konnte nicht für alles herhalten, was in ihrem Leben schiefging. Die Sache mit Will wäre auch ohne Damian und seiner Fehde mit Luzifer passiert. Will war anscheinend zu gut, um unter Menschen zu leben. Er war der Beste.

»Wir dürfen ihm nichts davon sagen«, beschloss Emily und sah die beiden eindringlich an. »Er darf es nicht wissen, sonst … Er muss jetzt erst mal gesund werden.«

Damian nickte, doch Annie fuhr hoch. »Du willst ihn anlügen? Wie soll das gehen? Er könnte jederzeit …«

»Nein.« Emily stand ebenfalls auf. »Das wird nicht geschehen, hörst du? Wir werden einen Weg finden. Zwischen dem Unfall in der Schule und dem Vorfall heute Nacht lagen mehrere Tage. Vielleicht haben wir noch etwas Zeit. Wir werden Jophiel fragen. Er *muss* eine Lösung kennen.«

Annie sah sie an und schüttelte langsam den Kopf. In ihren Augen stand Hass. »Ich muss hier raus«, keuchte sie und schoss an ihnen vorbei aus dem Warteraum. Emily kämpfte gegen die Schwäche in ihren Gliedern an. Zuerst die Sache mit Luzifer, und nun mussten sie sich auch noch gegen Gott wehren? Was würde als Nächstes geschehen? Will durfte nicht sterben. Das durfte nicht passieren! Ohne Will … sie konnte sich ein Leben ohne ihn nicht einmal vorstellen.

Damian kam auf sie zu. »Ich weiß«, begann er zögernd, und in seinen Augen lag tiefer Schmerz, »ich bin der Letzte, der jetzt …«

Emily ließ ihn nicht ausreden. Sie schluchzte auf und warf sich in seine Arme. »Ich habe es nicht so gemeint«, heulte sie in seinen Pullover. »Vergiss, was ich in der Garage gesagt habe.« Sie sah zu ihm hoch. Durch den Tränenschleier konnte sie ihn nur verschwommen erkennen. »Kannst …« Sie schluckte und bemühte sich, verständliche Worte zu formen. »Kannst du mich jetzt einfach nur halten, Damian? Bitte!«

Damian seufzte, es klang erleichtert. Er verstärkte seinen Griff um sie. Mit starken Armen hielt er sie fest und drückte sie an seine Brust. Eine Hand strich durch ihr mittlerweile trockenes Haar, und Emily kam es vor, als atme sie den Duft der Gänseblümchenwiese ein. Natürlich war das Unsinn. Sie wusste das, denn er stank immer noch nach Zigaretten und Alkohol. Doch in dieser Umarmung fühlte sie sich so sicher wie in den lange zurückliegenden Träumen, in denen er sie beschützt hatte und mit ihr von den Klippen gesprungen war.

»Ms Norvell?«

Emily fuhr herum und wischte sich schnell die Tränen von den Wangen. Wie viele würde sie noch vergießen, ehe dieser Albtraum endlich aufhörte?

Vor ihr stand eine Krankenschwester und sah sie voller Mitleid an. Ob das Personal auf diesen Blick geschult wurde? Konnten diese Menschen nach den vielen Tragödien, die sie tagtäglich erlebten, überhaupt noch Mitleid für Angehörige empfinden?

»Ms Norvell«, sagte die Schwester. »Mr Gordon hat die Operation gut überstanden, er liegt jetzt auf der Intensivstation und …«

»Intensivstation?« Emily wunderte sich, wie müde ihre Stimme klang. Als wäre ihr alles gleichgültig. Doch das stimmte nicht.

»Mr Gordon wird noch mit Sauerstoff versorgt«, erklärte die Schwester. »Er hat eine leichte Rauchvergiftung, aber morgen müsste es ihm schon besser gehen.«

»Darf ich zu ihm?«

Die Schwester zögerte kurz, dann nickte sie. »Aber nur kurz«, sagte sie und nahm Emily mit. Damian wollte inzwischen ihrer Mutter Bescheid geben. Die Morningstars waren vermutlich mit Annie nach Hause gefahren. Zum Glück, denn Emily hätte nicht mit Annie um diesen Besuch streiten wollen. Ja, Annie war seine Freundin, doch Emily *musste* ihn jetzt sehen. Außerdem war sie sich sicher, dass Will jetzt Emily an seiner Seite haben wollte – nicht Annie. Schließlich hatte er Emily angerufen.

Emily bekam einen hässlichen Kittel, musste die Hände desinfizieren und wurde in Wills Zimmer geführt. Ihr blieb fast das Herz stehen. Das Piepsen der Geräte fuhr wie gierige kleine Käfer unter ihre Haut, genauso wie das röchelnde Geräusch der Beatmungsschläuche.

Will sah aus, als wäre er bereits gestorben. Seine Haut hob sich kaum von den weißen Laken ab, seine Augen waren dunkel umrandet. Ein eingegipstes Bein war nach oben geschnallt, und Emily dachte an den flinken Basketballspieler, der ständig in Bewegung sein musste. Die Decke war bis zum Kinn hochgezogen, daher konnte sie keine Verbrennungen erkennen. Sein Gesicht war unversehrt.

Reglos stand sie neben ihm und starrte auf ihn hinab. Sein Atem ging ruhig, er wirkte friedlich. Wie ein Engel.

Emily presste ihren Handrücken gegen den Mund und biss hinein. Nein. Das stimmte alles nicht. Luzifer musste dafür verantwortlich sein. Er musste einfach. Er war doch der Böse.

Der Schmerz in ihrer Hand konnte jenen in ihrer Brust nicht vertreiben. *Bitte,* flehte sie stumm und kämpfte gegen die erneut aufsteigenden Tränen, *nimm ihn mir nicht weg! Du kannst nicht Damian zu mir senden, nur um mir dann Will zu nehmen. Er wird hier gebraucht. Er ist* mein *Engel. Ich weiß, wir sind nur Menschen ... aber bitte ... bitte tu das nicht!*

Emily lauschte, sah sich um. Nichts.

»Das lassen wir nicht zu«, flüsterte sie an Will gewandt, obwohl er sie nicht hören konnte. »Wir regeln das. Wir finden eine Lösung. Du wirst sehen.« Ihre Stimme kratzte im Hals und war kaum zu hören. »Alles wird gut.« Sie blickte nach oben. *Alles wird gut,* wiederholte sie in Gedanken und streckte langsam die Hand nach Will aus. Mit klammen Fingern zog sie das Laken zurück und knöpfte sein Hemd auf. Auch hier waren keine Verbrennungen zu sehen. Sie beugte sich über ihn und krallte die Hände in das Laken. An seiner Brust war genau über seinem Herzen ein blasses Kreuz zu erkennen. Ein Kreuz, wie man es zum Ausfüllen eines Fragebogens benutzte.

Er war markiert.

»Oh Will«, schluchzte sie und schob das Laken zurück. »Wieso musst du nur so gut sein? Zu gut für diese Welt?«

Die Schwester kam herein, und Emily musste ihn schweren Herzens zurücklassen. Jeden Moment könnte er von einer übernatürlichen Macht aus dem Leben gerissen werden, und sie konnte nichts tun, um das zu verhindern.

Gemeinsam mit ihrer Mutter und Damian fuhr sie nach Hause. Mittlerweile war es zwei Uhr morgens, und die Müdigkeit ließ sich nicht mehr unterdrücken. Wills Haus war zerstört, auch wenn sie nicht wussten, wie sehr. Und Damian hatte keine Bleibe mehr. Natürlich bestand Emilys Mutter darauf, dass Damian in ihrem Haus übernachtete, und so bereiteten sie dem Teufelssohn ein Lager auf der Couch.

Emily ging zu Bett, wartete aber bis ihre Mutter schlafen gegangen war und sie eine Zeit lang keine Geräusche mehr aus dem Schlafzimmer hörte. Dann schlich sie die Treppe wieder hinunter.

Damian war noch wach. Kerzengerade saß er im Dunkeln auf der Couch und starrte ins Leere. Emily ging auf ihn zu. Sie hatte keine Tränen mehr, und ihr Körper war selbst zum Zittern zu schwach. Wortlos streckte sie ihm die Hand entgegen. Damian sah zu ihr auf, und seine Augen funkelten in der Finsternis. »Ich habe mein Amulett verloren«, sagte er vollkommen tonlos.

Emily öffnete den Mund, um etwas zu sagen, doch da fuhr er schon fort: »Ich weiß nicht, wann oder wo. Vermutlich liegt es in der Bar.« Er seufzte. »Ist auch egal. Es ist sowieso nichts mehr wert.« Emily wollte etwas sagen, doch da ergriff Damian ihre Hand und stand auf. Für heute war es genug. Emily wollte sich über nichts mehr Gedanken machen, und Damian schien es ähnlich zu gehen. Ohne Fragen zu stellen, ließ er sich von ihr hoch in ihr Zimmer führen. Dort schlug Emily die Decke zurück und wies auf das Bett. Damian zögerte einen Moment, doch dann legte er sich hinein. Emily schlüpfte zu ihm unter die Decke und legte ihren Kopf an seine Brust. Sie hörte das Pochen seines Herzschlags, spürte seine Hand an ihrem Kopf. Dann schlief sie ein.

Antworten

Es war lange her, seit sie zuletzt so gut geschlafen hatte, völlig traumlos und erholsam. Diese Nacht hatte sie keinen Schutzengel an ihrer Seite gehabt, der sie in eine andere Welt entführte und die Schrecken der Realität vertrieb. Nein, diese Nacht hatte sie einen Freund bei sich gehabt.

Ihre Zimmertür öffnete sich leise, und Emily blinzelte in das sanfte Licht des Wintermorgens. Ihr Kopf lag immer noch auf Damians Brust und hob und senkte sich mit seinen regelmäßigen Atemzügen. Warm eingehüllt lag sie in einem sicheren Nest, das sie nie wieder verlassen wollte. Doch ihre Mutter riss sie unweigerlich zurück in die Realität. Sie stand in der offenen Tür und sah mit hochgezogener Augenbraue auf sie hinab. Damian schlief immer noch und bekam nichts davon mit. Emily zog einen Mundwinkel zur Seite und erwiderte den Blick ihrer Mutter. Diese schüttelte schließlich den Kopf und schloss die Zimmertür wieder hinter sich. Sie gab sich Mühe, leise zu sein, doch Damian zuckte trotzdem zusammen und hob den Kopf. Emily lächelte ihn an.

»Meine Mutter war eben hier«, sagte sie und war erstaunt darüber, wie leicht ihr das Lächeln heute fiel. Ihre Stimme klang rau vom Schlaf, aber endlich konnte sie wieder sprechen, ohne Gefahr zu laufen, sofort in Tränen auszubrechen. »Sie wird dich umbringen.«

Damian fuhr so schnell hoch, dass Emily beinahe aus dem Bett geflogen wäre. Hektisch und auch etwas verwirrt sah er sich in ihrem Zimmer um. Das grau-schwarze Haar stand zu allen Seiten von seinem Kopf ab, und eine Wange war vom Kopfkissen gerötet. Ein warmes Ziehen breitete sich in ihrem Bauch aus. Ein Gefühl, so völlig anders als der ständig im Magen sitzende Schmerz der letzten Tage.

»Das war ein Witz«, sagte sie, um ihn zu beruhigen. »Meine Mutter ist da ziemlich locker.« Mary Norvell hatte ja gesehen, dass ihre Tochter und der böse Junge komplett angezogen nebeneinander gelegen hatten. Gegen ein bisschen kuscheln hatte sie bestimmt nichts einzuwenden. Nicht nach dem peinlichen Gespräch von neulich.

Damian ließ sich zurück aufs Bett sinken und starrte seine Hände an. »Das erste Mal«, murmelte er fassungslos, und Emily kroch neben ihn und setzte sich auf die Bettkante.

»Was meinst du?«

Er hob den Kopf und sah sie an. Die Verwirrung war immer noch nicht aus seinem Blick gewichen.

»Es ist das erste Mal, seit ich ein Mensch bin, dass ich … geschlafen habe. Einfach so. Ohne …«

»Albträume?«

Damian nickte, und sein Erstaunen brachte ihr Herz zum Flattern. Ohne darüber nachzudenken lehnte sie sich vor und hauchte ihm einen Kuss auf den Mundwinkel. Damian zuckte zusammen und sah sie nun noch verblüffter an. Seine Hand hob sich langsam, und er berührte sacht die geküsste Stelle. Ihm war anzusehen, dass er überlegte, ob er tatsächlich schon wach war.

Anders als er, war Emily wieder vollkommen in die Wirklichkeit zurückgekehrt. Der Schlaf hatte ihr gutgetan, und nun war sie fest entschlossen, etwas gegen die überall lauernden Bedrohungen zu unternehmen. Sie würde handeln, statt das Gesicht in den Händen zu vergraben und zu weinen. Sie würde etwas tun, und dieser Entschluss gab ihr Kraft. Als Erstes musste sie Jophiel finden und ihn ausfragen. Irgendeine Möglichkeit musste er kennen. Dann wollte sie Will besuchen, und auch Annie wollte sie anrufen, um sicherzugehen, dass sie Will nichts von seiner Bestimmung verriet.

Zuallererst ging sie jedoch mit Damian zum Frühstück und stopfte sich mit selbst gemachten Brötchen voll. Da sich Damians geringer Besitz in Wills Haus befand, wurde er von ihrer Mutter mit Zahnbürste, Duschutensilien und Kleidung ausgestattet. In den zu langen Jeans des Vaters und dem viel zu großen Pullover sah er ziemlich lustig aus. Allerdings war Emily an diesen Anblick bereits gewöhnt, denn auch Wills Klamotten, die er vorher getragen hatte, waren ihm zu groß gewesen.

Unter dem Vorwand, Will im Krankenhaus besuchen zu wollen, verließen sie schließlich die sichere Wärme und traten in den verschneiten Morgen hinaus. Emily wollte zu Wills Haus gehen, um sich selbst davon zu überzeugen, wie schlimm es um den Zufluchtsort ihrer Kindheit und Gegenwart stand. Ihre Mutter hätte das niemals erlaubt, denn erst morgen, am Montag, würden Sachverständige kommen, um festzustellen, wie groß der Schaden war. Im Moment war das Betreten bestimmt nicht besonders sicher, doch Emily konnte nicht anders. Auch Damian wollte sehen, ob er noch ein paar brauchbare Dinge seiner Habe fand.

Schweigend und jeder in seinen Gedanken versunken stapften sie daher durch den Schnee. Irgendwann ergriff Damian ihre Hand und führte sie in seine Jackentasche, wo er sie festhielt und wärmte. Emily kämpfte sofort wieder mit den Tränen, dabei war sie doch gerade noch sicher gewesen, diese Phase überstanden zu haben. Diesmal waren es aber Tränen der Freude. Es gab immer noch Liebe. Sosehr sich die Mächte dieser Welt auch bemühten, alles in ihrem Leben zu zerstören, so existierte immer noch etwas Gutes. Damian und sie waren auf dem Weg, ein ganz normales Paar zu werden. Sie waren dabei, den Abgrund zwischen ihnen zu überwinden, und egal, was noch kommen mochte, sie würden nicht mehr abstürzen. Ab jetzt würden sie zusammenhalten, gegen das Böse *und* das Gute. Vergangenes war vergangen, und nun zählte nur noch die Zukunft.

Siehst du das? Sie wandte sich mit einem kurzen Blick in den Himmel an den Allmächtigen, Gott, Damians Onkel. *Wenn selbst Damian aus den Griffen der Hölle entkommen kann, dann kann Will auch deinen entrinnen. Du wirst ihn nicht bekommen.*

Sie wartete auf irgendeine göttliche Reaktion, doch nichts geschah. Weder öffneten sich die Himmelsschleusen über ihr noch wurde sie vom Blitz getroffen. Zwar ahnte sie, dass sie auf dem besten Weg in die Hölle war, indem sie Gott auf diese Weise herausforderte – vermutlich hatten ihr diese Gedanken jetzt weitere hundert Jahre Fegefeuer eingebracht –, doch sie konnte sich einfach nicht zurückhalten. Außerdem hatte sie ihren *Schwiegervater in spe* ja schon kennengelernt, und im Grunde war der gar kein so schlechter Typ. Was für dumme Gedanken sie da hatte! Welche Ironie: Damian tat alles, um sich seinen Weg in den Himmel zu erkämpfen und das Gute in sich zu finden, während Emily in die Hölle abdriftete. Würden sie letzten Endes doch noch getrennt werden?

Ihre Ankunft ersparte ihr weitere unsinnige Überlegungen. Vor ihr erhob sich das Haus aus einem Feld von geschmolzenem Schnee und Schlamm. Es war ein Blockhaus gewesen, aus Holz erbaut, doch davon war nicht mehr viel übrig. Ein Skelett aus schwarz verkohlten Stützpfeilern und wenigen heil gebliebenen Glaselementen ragte aus dem Boden. Das war alles. Das Dach war komplett verschwunden, genauso wie ein Großteil des Obergeschosses. Lediglich vom Erdgeschoss waren noch ein paar Wände stehen geblieben.

»Mein Gott«, keuchte sie von diesem Anblick wie betäubt. Das hatte Will überlebt. Welches Inferno musste hier getobt haben? Gott segne die großartige Erfindung des Feueralarms.

So ein Pech, hm?, richtete sie erneut ihre wenig freundlichen Worte an ihren neuesten Feind. *Da hat dir wohl die technische Entwicklung in die Suppe gespuckt. Du wirst ihn niemals kriegen!*

Damian drückte ihre Hand. Er konnte zwar keine Gedanken lesen, hatte jedoch bestimmt die Bitterkeit in ihrem Blick gelesen, die verzweifelte Wut.

Seite an Seite gingen sie näher heran. Glas knirschte unter ihren Stiefeln, der Wind brachte immer noch den Gestank von verbranntem Plastik und anderen chemischen Substanzen mit sich. Ihr wurde übel.

»Willst du umkehren?«, fragte Damian, aber Emily schüttelte entschieden den Kopf.

»Ich muss es sehen«, sagte sie, sich dessen jetzt erst richtig bewusst. Hier war ihr zweites Zuhause gewesen, und sie musste einfach überprüfen, ob irgendetwas heil geblieben war. Irgendeine Erinnerung an bessere Zeiten.

Die Haustür stand offen, und Emily trat ein. Über ihr gähnte traurige Leere. Genauso wie draußen blickte sie direkt in den Himmel, vereinzelte Schneeflöckchen landeten auf ihrer Nasenspitze. Es war nichts geblieben. Ihr Blick wanderte durch das einstige Wohnzimmer. Was das Feuer nicht zerstört hatte, war dem Wasser zum Opfer gefallen. Die Couch stand noch da, halb begraben unter Schutt und Asche im Schlamm des Löschschaums und den verbrannten Einzelteilen.

Es war ihr nicht möglich, wegzusehen. Bilder der Vergangenheit blitzten vor ihrem geistigen Auge auf. Sie selbst, Will und Mandy beim Fernsehen; sie sahen Disney-Filme und hielten ihre Kuscheltiere im Arm. Dann Mandy und Emily mit Tränen in den Augen beim Anschauen eines Liebesfilms. Als Nächstes sie alle drei bei irgendeinem Gesellschaftsspiel, auf dem Boden rund um den Couchtisch sitzend. Im nächsten Bild war Mandy nicht mehr dabei. Emily sah sich selbst in Wills Armen, während sie Horrorfilme ansahen. Das letzte Bild zeigte Emily mit Damian zusammengekuschelt auf der Couch. Dieses Möbelstück, dieses Haus, war Zeuge so vieler wichtiger Momente in ihrem Leben gewesen. Und jetzt war alles zerstört. Emily fühlte sich, als müsste sie von einem geliebten Menschen Abschied nehmen.

Damian kletterte über Trümmer, hob einzelne Stücke

auf, sah sich um. Doch Emily konnte sich immer noch nicht rühren. Sie wusste nicht, ob es wirklich eine gute Idee gewesen war, hierherzukommen. Es tat zu weh. Doch andererseits hatte sie es sehen müssen. Mit eigenen Augen. Das alles geschah wirklich. Es war kein Albtraum. Sie mussten hier durch und alles überstehen. Es musste weitergehen.

Emily setzte sich in Bewegung. Genauso wie Damian suchte sie nach irgendetwas, das dem Feuer oder Löschwasser entkommen war. Irgendetwas, das sie mitnehmen könnte. Eine Erinnerung. Etwas, das vielleicht auch Will trösten würde. Schließlich hatte er sein Zuhause verloren. Wo sollte er jetzt hin? Bestimmt würde sein Onkel ihm eine neue Bleibe verschaffen, doch das war nicht dasselbe. Nichts würde je wieder so sein wie zuvor.

Ob Will überhaupt eine neue Unterkunft brauchte? Er war markiert, er trug das Mal an seiner Brust. Emily schüttelte den Kopf und verdrängte diesen Gedanken. Nein, Will würde nicht sterben. Sie wusste es. So grausam konnte Gott nicht sein. Schließlich war er doch Gott!

»Emily?«

Sie drehte sich um und sah Damian dort, wo einst die Küche gewesen war. Dieser Raum war noch am besten erhalten. Die marmornen Arbeitsplatten waren beinahe unversehrt, ebenso die Kacheln an den Wänden darüber. Damian hielt eine leuchtend gelbe Tasse mit rosa Herzen in der Hand. »Beste Freunde für immer«, stand darauf. Es hatte drei von diesen Tassen gegeben. Will, Mandy und Emily hatten sie vor ein paar Jahren mit ihrem Taschengeld im Souvenirladen am See gekauft. Es war ein Sommertag gewesen, und Emily hatte bei den Zwillingen übernachtet. Am selben Tag hatte jeder von ihnen eine Strähne seines Haares verbrannt und ihre Spucke vermischt, um den Schwur der ewigen Freundschaft zu besiegeln. Diese Tasse hier war Mandys gewesen. Wills war blau gewesen mit kleinen grünen Bären darauf und Emilys rot mit weißen Blumen. Sie hatte ihre Tasse immer hiergelassen, damit sie sich in Emilys Küchenschrank zu Hause nicht einsam fühlte und bei ihren Freunden sein konnte. Emily wankte über das Geröll in die Küche und nahm Damian die Tasse aus der Hand. Sie musste schlucken. Behutsam wischte sie mit einem Finger den Ruß von der Schrift. »Hast du noch andere gefunden?«, fragte sie geistesabwesend und ohne aufzublicken.

Damian sprach leise, als wollte er ihre Gedanken und Gefühle nicht stören. »Nur Scherben.«

Emily nickte. Sie hatte diese Antwort erwartet, und es kümmerte sie auch nicht. Immerhin hatte eine überlebt – ausgerechnet Mandys. Damit war es, als wäre ihre Freundin immer noch hier, als liefe sie jeden Moment in die Küche, um Saft aus der Herzchentasse zu trinken.

»Ich werde sie Will bringen«, beschloss sie und verstaute die Tasse sicher zwischen Schal und Handschuhen in ihrer Tasche. Dann sah sie sich um und seufzte resigniert. »Ich fürchte, mehr werden wir hier nicht finden. Ich werde Will fragen, ob er etwas Bestimmtes von hier braucht, dann können wir zurückkommen und vielleicht danach suchen. Aber jetzt …« Sie sah zu ihm auf. »Es hat keinen Sinn.«

»Es tut mir so …«

Emily hob abwehrend die Hand. »Nicht. Es ist nicht deine Schuld. Wir werden das wieder hinkriegen. Irgendwie. Ich …«

Damian schüttelte den Kopf. »Du solltest das alles nicht durchmachen müssen. Du solltest nichts von der Existenz meiner Welt wissen.«

»Aber ich weiß davon.« Sie zwang sich zu einem zuversichtlichen Ausdruck. »Und alles wird gut werden.« Ihre Bemühungen schienen ihn nicht zu beeindrucken, denn er zog zweifelnd einen Mundwinkel zur Seite. Schweigend sah er ihr in die Augen, und Emily überlegte, wo sie sich im Moment auf ihrer Achterbahnfahrt befanden. Seit er ein Mensch war – oder eigentlich auch schon davor –, ging es mit ihnen ständig auf und ab, rauf und runter, ohne Unterbrechung. Doch Emily hatte das Gefühl, dass sie zurzeit auf dem Weg nach oben waren. Nur leider ließ das Wissen sie nicht los, dass danach unweigerlich der Fall drohte.

»Willst du ins Krankenhaus?«, fragte Damian schließlich und hob seine Hand an ihr Gesicht. Bevor er ihre Haut jedoch erreichte, zog er sie wieder zurück. Emily kamen Zweifel über ihre derzeitige Position in der Achterbahn.

»Gleich«, sagte sie und überlegte, wie sie ihre Gefühle in Worte fassen sollte. Bevor sie weitermachen konnten, musste sie seine Vorwürfe vom Vortag aus dem Weg räumen. »Damian«, begann sie händeringend. »Es tut mir leid, falls du dich … unwillkommen gefühlt hast.«

»Lassen wir das. Ich war …«

»Nein.« Sie legte ihre Hand an seine eisige Wange. Er sollte sehen und spüren, dass sie nicht mehr vor Berührungen zurückschreckte. Was sie beide betraf, hatte sie keine Angst mehr. Ihr Herz war voll von Furcht wegen so vieler Dinge, aber Damian war keines mehr davon. »Ich wollte nie, dass du dich so fühlen musst. Es ist einfach so viel passiert. Ständig habe ich Angst, kannst du das verstehen? Alles, was mit dir geschah, machte mir Angst, dann die Sache mit Luzifer, die Frau im Café, jetzt Will. Ich wünschte, du wärst zurückgekommen, und wir hätten einfach in Frieden leben können. Uns kennenlernen. Ich wünschte, wir hätten Zeit gehabt, uns an diese Situation zu gewöhnen, aber das war nun einmal nicht der Fall. Ich fühlte mich wie zerrissen, konnte nicht alles gleichzeitig auf die Reihe bekommen …«

»Du brauchst Zeit.«

Emily schüttelte den Kopf. »Nein. Nicht mehr. Zeit wird zwischen uns nichts ändern. Wir sind, wer wir sind – Gefangene unserer Erinnerungen und Erlebnisse. Aber solange wir zusammenhalten … und keine Zweifel haben …«

Damian legte seine Hand auf ihre, und Emily verstummte. Hoffnung stand in seinen Augen. In diesem Moment wollte Emily ihm näherkommen, wollte ein Teil von ihm werden. Sie spürte das aufregende Kribbeln im ganzen Körper. Genauso wie damals vor dem Sprung von den Klippen.

»Ich will dich nicht verlieren«, sagte er rau. »Du bedeutest mir alles, Emily, und das macht mir Angst.«

Ihr Herz beschleunigte seinen Takt, trommelte wild gegen ihre Brust. »Mir nicht.« Es gelang ihr zu lächeln. »Nicht mehr. Ich bin mir sicher. Vertrau mir. Du musst nicht an mir zweifeln.« Sie ging auf die Zehenspitzen und hauchte ihm einen sanften Kuss auf die Lippen. »Du bist der Himmel«, flüsterte sie und nahm sein Gesicht in beide Hände. »Vertrau mir. Ich muss mein Leben weiterleben, mit meiner Familie, meinen Freunden. Aber … du bist jetzt ein Teil davon. Lass die Dunkelheit hinter dir. Du gehörst nicht mehr der Unterwelt.« Sie atmete tief durch und legte all ihre Gefühle in den Blick, mit dem sie in seine grünen Augen sah. »Du gehörst jetzt zu mir.«

Damian nahm ihre Hände und führte sie an seine Brust. »Und du zu mir. Ich fürchte nur, ich werde noch Vieles lernen müssen. Zum Beispiel, welchen Kuchen du gerne isst.«

Emily lachte. »Sieh uns an. Wir stehen hier in den Trümmern meines Zuhauses. Luzifer schleicht um uns herum, Gott will mir meinen besten Freund entreißen, und wir reden über Kuchen. Wie ist das möglich?«

Damian verstärkte den Griff um ihre Hände. »Weil es auch immer Gutes gibt«, flüsterte er, als verriete er ihr ein Geheimnis. »Das habe ich gelernt. Ich habe gelernt …« Er legte eine Hand an ihren Rücken und zog sie etwas näher zu sich heran. Langsam strich er mit einem Finger über ihr Kinn und betrachtete sie, als lese er eine geheime Karte. »Willst du ein Geheimnis erfahren?«, flüsterte er, und seine Lippen streiften die ihren. Er schloss die Augen und hielt sie fest. »Das größte Geheimnis dieser Welt. Ich habe es entdeckt.« Er hauchte einen weiteren Kuss auf ihren Mundwinkel. »Der Himmel ist nicht Gottes Reich. Es ist das Reich der Menschen, Emily. Hier, genau hier in diesem abgebrannten Haus. Hier liegt der Himmel.« Sein Atem strich über ihr Ohr und kitzelte sie. »In dieser Dimension, in dieser Ebene, in diesem Ort, in diesem Moment. In dir.« Er öffnete die Augen, und das grüne Feuer griff nach ihr. »Das hast du mich gelehrt.«

Emily wusste nicht, was sie sagen sollte. Sie stand da wie versteinert. Seine Worte trafen sie mit einer Wucht, die zu unerwartet kam, um sich dagegen zu wappnen. Nicht einmal die Zärtlichkeit seiner Berührungen nahm sie noch wahr, alles um sie herum verschwamm. Seine Worte wogen schwerer als seine körperliche Nähe, drangen weit intensiver in sie. Langsam hatte sie sich dieser Wahrheit genähert, hatte ein Puzzlestück nach dem anderen an seinen Platz gelegt, doch Damian hatte das fehlende Teil eingefügt. Er hatte sich selbst erlöst.

Die ganze Zeit über hatte er gedacht, der Himmel wäre wegen seiner Herkunft unerreichbar für ihn. Er hatte gedacht, für immer ein Geschöpf der Hölle bleiben zu müssen, egal wie sehr er sich auch bemühte, Gottes Weg zu gehen und sich seinen Platz zu verdienen. Doch das war falsch gewesen. Der Himmel war überall. Er war in jedem von ihnen. Damian hatte den Himmel erreicht, die Hölle war von ihm abgefallen, und das Erstaunen über diese Erkenntnis stand in seinen Augen. Er war durch die Dimensionen gewandelt und hatte gemeint, die Beschaffenheit der Welt zu kennen, zu wissen, wie sie funktionierte. Genauso wie Emily. Sie hatte mit dem Wissen um die Existenz der anderen Dimensionen geglaubt, die Wahrheit zu kennen, einen Blick in die Geheimnisse der Existenz erhalten zu haben. Doch es war so völlig anders.

Damian starrte sie an. Sein Atem ging immer schneller, und dann packte er auf einmal ihre Schultern.

»Emily«, keuchte er, genauso überrumpelt wie sie selbst von der plötzlich völlig veränderten Sicht auf die Welt. »Ich glaube …« Er stieß ein unerwartet kindliches Lachen aus. »Ich glaube, ich weiß, wie wir Will retten können.«

***

Emily starrte auf das graue Blatt der Krankenhaustür. Ihre Hand lag bereits auf der Klinke. Bevor sie die Tür öffnete, musste sie sich noch einmal sammeln. Damian hatte ihr seinen Plan nicht verraten. Er wollte zuerst Jophiel finden und mit ihm darüber sprechen. Als wäre Emily nicht schon aufgewühlt genug. Zuerst platzte er mit dieser Neuigkeit heraus, und dann winkte er ab, damit sie sich nicht zu früh freute. Beide hatten sich sofort auf den Weg gemacht. Damian in die Stadt, um dort nach Jophiel Ausschau zu halten, und Emily zum Krankenhaus, um Will zu besuchen. An diesem Tag lag er nicht mehr auf der Intensivstation. Trotzdem mutierte Emily beim Geruch der Krankenhausluft zum nervlichen Wrack. Zu viele schlechte Erinnerungen. Noch dazu war da immer noch die Bedrohung durch Luzifer und … Gott. Jeden Moment könnte Will ein weiterer mysteriöser Unfall heimsuchen und …

Emily drückte die Klinke nach unten. Sie zog ihre Mundwinkel so weit nach oben, dass es schon wehtat, und hob die Pizzaschachtel in die Höhe. Am liebsten hätte sie den fettigen Duft inhaliert, um jenen von Krankheit und Desinfektionsmitteln aus der Nase zu bekommen.

»Na, du Feuerteufel?«, begrüßte sie ihn gespielt fröhlich. »Ich dachte mir, ich bringe dir was gut Durchgebratenes, bevor du noch einmal versuchst, dich selbst zu rösten.«

Will drehte mühsam den Kopf in ihre Richtung, und Emilys Lächeln begann zu zittern. Der Anblick seiner geschwollenen Lider und blutunterlaufenen Augen versetzte sie zurück in eine andere Zeit. Mandys Tod traf sie mit einer Wucht, als hätte sie gerade erst davon erfahren.

Schnell blinzelte sie diesen Gedanken fort und zwang sich weiterzulächeln.

»Also, der Krankenhausfraß ist ja seit dem letzten Mal bestimmt nicht besser geworden und ...«

»Emily ...«

»Und hast du schon eine hübsche Schwester gesehen? Damals gab es ja die eine ... wie hieß sie noch?«

»Emily ...«

Sie ließ die Pizzaschachtel neben ihm auf den Nachttisch fallen. »Susanne! Genau, Susanne hieß sie. Arbeitet sie immer noch hier?«

Will streckte eine Hand nach ihr aus, und beinahe wäre ihr Lächeln verrutscht, doch sie war wild entschlossen, sich nichts von ihrem innerlichen Aufruhr anmerken zu lassen. Jetzt zählte einzig Wills Gesundheit. Er musste wieder auf die Beine kommen und durfte sich keine Sorgen machen. Es war nicht mehr seine Aufgabe, Emily zu trösten. Sie musste jetzt für ihn da sein.

»Hunger?« Sie öffnete den Karton, aber Will winkte ab. Mit müden Augen sah er sie an. Sein Bein war immer noch nach oben geschnallt, und Emily wagte nicht zu fragen, was genau geschehen war. Sie wollte diese Bilder nicht im Kopf haben. Ihre eigene Fantasie war schon schlimm genug, da musste sie nicht auch noch die Realität an sich heranlassen.

»Emily«, begann Will noch einmal mit schwacher Stimme. »Wir sitzen ganz schön tief in der Tinte.«

Emily lachte auf. Selbst in ihren Ohren klang es gekünstelt. »Ach was. Ein kleines Feuer macht uns doch nichts aus. Das war ein Rückschlag, aber ...«

»Annie hat mich heute besucht.«

Sie erstarrte. »Annie«, wiederholte sie abwartend und versuchte in seinem Blick zu erkennen, was er wusste. Wenn dieses verräterische Miststück ihm irgendetwas erzählt hatte, dann …

»Emily, ich weiß es.«

Der angehaltene Atem entwich ihr mit einem lauten Zischen. Sie sank auf den Plastiksessel an Wills Bett und ließ die Woge aus Hitze und Kälte über sich hinweggleiten. Zorn und Angst überspülten sie gleichermaßen. Ein Teil von ihr wollte hochspringen und Annie irgendetwas antun, ein anderer Teil wollte Will in die Arme schließen, weinen und ihm sagen, dass sie alles tun würde, um ihn zu retten.

Stattdessen saß sie regungslos da, gefangen in diesem Sturm der Emotionen, der zu stark war, um ihrem Körper eine Bewegung zu erlauben.

»Sie kam heute früh«, erzählte Will, und sein Blick war voller Sorge. Nicht Sorge um sich selbst. Sorge um Emily! Er sah sie an, als würde sie jeden Moment zusammenbrechen. Gut, sie war wirklich kurz davor, doch er sollte endlich mal an sich selbst denken. Himmel, er war wirklich ein Engel.

»Sie hat erzählt, dass du es mir … verschweigen wolltest.«

Miststück.

Emily richtete sich auf. Ihr Zorn schien für einen Moment den Kampf in ihr zu gewinnen, denn sie konnte zumindest wieder sprechen. »Wir finden eine Lösung«, sagte sie um Zuversicht in der Stimme bemüht, auch wenn sie wusste, wie lahm ihre Worte für ihn klingen mussten. »Ich wollte dich nicht unnötig beunruhigen.«

»Unnötig beunruhigen«, wiederholte Will so spöttisch wie es seine schwache Stimme zuließ. »Himmel, Emily, du hast Glück, dass ich hier festgebunden bin, sonst …«

»Wozu sich wegen etwas aufregen, wenn wir ohnehin kurz davor stehen, die Sache zu regeln? Wir haben genug Probleme mit Luzifer, da musst du dich nicht auch noch …«

»Es ist *mein* Leben!« Er versuchte sich aufzurichten, sank aber sofort wieder in die Kissen zurück. »Meins«, wiederholte er leise, trotzdem war die Entschlossenheit deutlich zu hören. »Ich soll krepieren, um meine Seele nicht zu beflecken. Hab ich das richtig verstanden? Und du wolltest mir nichts davon sagen?« Er schnaubte wütend. »Wie kommst du nur darauf, mich beschützen zu müssen? Ausgerechnet du, wo eine ganze Horde Höllenhunde hinter dir her ist?«

Emily biss sich auf die Lippe. »Natürlich muss ich dich beschützen«, brachte sie mit krächzender Stimme hervor. »Du weißt genau, wieso.«

Er hob eine Augenbraue, was sie beinahe zur Weißglut brachte. »Du bist nicht für mich verantwortlich«, sagte er schließlich. »Es ist meine Aufgabe für mich zu sorgen. Und für dich. Nicht umgekehrt.«

»Schwachsinn.«

Will seufzte ungeduldig. »Lassen wir das. Was habt ihr Superhelden denn für eine Lösung, hm?«

Emily sank in ihrem Sessel noch etwas tiefer nach unten. Sie wollte ihm irgendeinen Hoffnungsschimmer aufzeigen, doch Damian hatte ihr nichts verraten. Ihr Ausdruck schien Bände zu sprechen, denn Will nickte langsam, die Lippen zu einer schmalen Linie zusammengepresst. Er trug seinen möglichen Tod tapfer, aber Emily kannte ihn zu lange, um seine Angst nicht zu erkennen.

»Wir werden …«, begann sie unsicher.

Will winkte ab. »Lass gut sein. Es gibt wohl Schlimmeres als ein Engel zu sein. Frag deinen Freund.«

Emily öffnete erneut den Mund, aber Will ließ sie immer noch nicht zu Wort kommen: »Hör auf, mich anzuschauen, als läge ich schon im Sarg. *Noch* bin ich nicht tot, Kleine.«

»Und auch später nicht«, brachte sie mühevoll heraus, und erneut flackerte Schmerz in seinen blauen Augen auf.

»Verdammt«, fluchte er. »Ich werde dich so vermissen, dass ich dich wohl häufiger heimsuchen muss.«

Emily lachte bitter auf. »Okay. Ich werde wissen, dass du es bist, wenn mir ein Basketball an den Kopf fliegt.«

Einen Moment lang sahen sie sich schweigend an, beide die Erinnerungen an ihre gemeinsamen Zeit und das furchtbare Bild des nahenden Endes vor Augen. Doch dann fiel Emily zu ihrer Erleichterung die Tasse in ihrer Tasche ein. Froh, diesem belastenden Schweigen zu entgehen, zog sie Mandys Herzchentasse hervor und drückte sie ihm in die Hand. »Die haben wir im Haus gefunden«, erklärte sie auf seinen fragenden Blick hin. »Die einzige … Wir … Wir können noch einmal hingehen und sehen, ob …«

»Nein.« Er sah zu ihr auf, und Emily wusste, in dem Moment dachten sie dasselbe. Sie beide waren sich nicht sicher, ob sich diese Mühe überhaupt noch lohnte.

Überraschung

Im Grunde wusste Damian nichts über Jophiel und sein Leben hier in der Welt der Menschen. Das wurde ihm erst jetzt richtig bewusst, als er versuchte, den einstigen Engel ausfindig zu machen. Außer, dass Jophiel eine alte Schrottkarre fuhr, wusste Damian noch nicht einmal, wo er wohnte – oder ob er überhaupt irgendwo ein festes Quartier hatte. Bisher war der Ex-Engel immer einfach so aufgetaucht. Er schien immer gewusst zu haben, wann Damian ihn nicht sehen wollte, um genau in diesem Moment zu erscheinen. Wieso versteckte er sich dann jetzt? Wenn er wirklich auf sonderbare Weise spürte, wann Damian ihn brauchte, wieso kam er dann jetzt nicht herbeigeflogen wie der strahlende Engel, den er so perfekt verkörperte?

Auf seiner Suche war Damian zuallererst ins Zentrum gegangen, hatte sich zwischen den am Straßenrand parkenden Autos umgesehen und war schließlich zu jener Bar geschlendert, in der er neulich die Wirkung von Alkohol auf menschliche Körper kennengelernt hatte. Immerhin war Jophiel schon einmal dort gewesen, und womöglich erfreute er sich erneut an den trügerischen Säften der Menschen. Doch bei der Bar angekommen lernte Damian wieder etwas Neues über die Menschenwelt: Bars hatten an Sonntagvormittagen geschlossen. Also streifte er eine Zeit lang ziellos umher, in der vagen Hoffnung, Jophiel würde ihn finden, anstatt umgekehrt, doch schließlich gab er auf und ging wieder zurück zu Wills Haus. Er wollte sich noch einmal in den Trümmern umsehen, vielleicht würde ja Jophiel dort auftauchen.

Mit hochgestelltem Kragen, die Hände in den Jackentaschen verborgen, stemmte er sich gegen den eisigen Wind, der die oberste Schneeschicht von den Wiesen fegte und ihm ins Gesicht prasseln ließ. Den Blick gesenkt und die Augen zusammengekniffen stapfte er am See vorbei. Er musste sich dringend etwas einfallen lassen, jetzt, da Wills Haus zerstört war. Er konnte nicht ewig bei Emily auf der Couch übernachten und musste sich bald nach einer eigenen Wohnung umsehen. Dazu reichte sein Geld im Moment jedoch noch nicht aus. Er sollte wohl mit Michael darüber reden. Vielleicht hatte der noch einen weiteren Job für ihn. Einen, den er auch am Wochenende ausführen konnte.

Damian hob den Blick, um den Pfad zu Wills Haus nicht zu verpassen, da sah er plötzlich weiter vorne im Schnee eine dunkle Gestalt. Sie ging am Waldrand entlang, vorbei an dem Forstweg zu Wills Haus und weiter um den See herum in Richtung Berge.

Damian blinzelte die Eiskristalle aus den Wimpern und versuchte Genaueres zu erkennen. Schlanke Beine in kniehohen Stiefeln, dunkles Haar, das locker auf die etwas hellere Jacke fiel. Eine Frau. Die gesamte Erscheinung, ihr Gang, ihr Haar, ihre Kleidung, kamen ihm bekannt vor. Marita.

Sein Herz machte einen erschrockenen Hüpfer. Über die Aufregung um Will hatten sie dieses Mädchen ganz vergessen. Irgendetwas stimmte nicht mit ihr, dessen waren sich Emily und die anderen sicher. Und auch Damian wurde misstrauisch. Was hatte Marita bei diesem Wetter hier draußen zu suchen? Was wollte sie in dieser verlassenen Gegend, wo Wills Haus weit und breit das einzige war? Ob sie tatsächlich von einem Todesengel besessen war? Einzig jene mit göttlichem Blut wären dazu fähig. Also eine seiner Schwestern.

Nun, er würde es herausfinden. Entschlossen ließ er den verschneiten Weg zu Wills Haus hinter sich und ging stattdessen weiter um den See herum. Sein Atem stand in weißen Wolken vor seinem Gesicht, und seine Wangen brannten von der Kälte. Trotzdem beschleunigte er seinen Schritt und ignorierte den Schmerz in seinen Lungen, der sich mit jedem Atemzug vergrößerte. Er musste herausfinden, was es mit diesem Mädchen auf sich hatte. Solange er Jophiel nicht gefunden hatte, konnte er sowieso nichts für Will tun.

Marita bewegte sich langsam, wachsam. Sie drehte sich nicht zu ihm um, was ein Glück war. Zwar hielt er sich nahe am Wald, doch seine schwarze Jacke hob sich überdeutlich von dem gleißenden Weiß ab. Er bemühte sich leise zu sein und nicht übermäßig im Schnee einzusinken, aber das stete Prasseln des von den Nadelbäumen herabrieselnden Schnees übertönte ohnehin alles andere. Als er näher kam, sah er, dass Marita etwas in der Hand hielt, ein kleines Behältnis, ähnlich der Deodorant-Spraydose, die er benutzte. An ihrem Arm hing eine plumpe Tasche. Ehe er Genaueres erkennen konnte, verschwand sie plötzlich zwischen den Bäumen. Der Wald verdichtete sich hier, die Bäume bedeckten den Fuß der Berge und überzogen sie mit ihrem schneeweißen Kleid. Erst weiter oben, nahe dem Gipfel, würde der Wald zurückweichen.

Damian lief los. Er durfte sie jetzt nicht verlieren. Er musste wissen, wohin sie wollte. Ihre Spuren im Schnee waren leicht zu erkennen, und so trat er an derselben Stelle wie sie in den Wald. Mehr vor Kälte als vor Anstrengung schnaufend sah er sich um und entdeckte Marita schließlich ein Stück von ihm entfernt zwischen den Bäumen. An der Stelle mochte es vielleicht einmal einen schmalen Pfad gegeben haben, doch im Moment ließ der Schnee nichts davon sehen. Also beeilte er sich, ihr zu folgen, um sie nicht im letzten Moment zu verlieren. Sie hatte ihren Schritt beschleunigt, und der Abstand zwischen ihnen vergrößerte sich wieder. Damian versuchte zu entscheiden, ob er ihr weiterhin nachspionieren oder ob er sie einfach stellen sollte. Jede seiner Schwestern würde er an den Augen erkennen – zumindest glaubte er das. Seinem menschlichen Körper traute er allerdings immer noch nicht richtig. Auch nicht seinen Augen. Wenn Marita nun gar nicht besessen war? Welche Erklärung könnte er ihr dann geben?

Weitere Überlegungen blieben ihm erspart. Damian sah das Mädchen die leichte Steigung hinaufgehen, als plötzlich ein dunkler Schemen zwischen den Bäumen hervorsprang.

Zuerst hielt er die Gestalt für einen Höllenhund, dann wurde ihm bewusst, dass er Höllenhunde in dieser Dimension gar nicht sehen konnte. Im Moment hatte er ohnehin keine Zeit, sich darüber Gedanken zu machen. Maritas Aufschrei riss ihn aus seiner Starre, und er rannte los.

Flüchtig kam ihm in den Sinn, dass sie weniger erschrocken als wütend geklungen hatte, aber dann sah er bereits den Angreifer und Marita ineinander verknotet den kleinen Abhang hinabrollen. Es war ein Mensch, fuhr es ihm durch den Kopf. Blondes Haar blitzte kurz auf, ein schwarzer Mantel. Jophiel! Damian stolperte weiter. Hier im Wald wurde seine Sicht nicht mehr durch Schneefall beeinträchtigt, und so sah er, wie Marita ihre Hand hob und Jophiel irgendetwas ins Gesicht sprühte. Der schrie auf und wich zurück. Marita kam sofort wieder auf die Beine und versetzte ihm einen gut gezielten Tritt gegen die Brust. Sie musste tatsächlich besessen sein. Jophiel taumelte und ließ eine Hand in der Manteltasche verschwinden. Eine Waffe, dachte Damian zugleich erschrocken und erleichtert. Er wusste nicht, auf wessen Seite er stand. Wer von ihnen war eine größere Gefahr? Jophiel durfte dem Körper des Mädchens nichts antun. Sie konnte nichts für den in ihr wohnenden Dämon. Still verfluchte er den Schnee, da sein menschlicher Körper kaum von der Stelle kam. Die Entfernung erschien ihm wie eine Ewigkeit, während er immer wieder einbrach. Seine Lunge schien zu zerspringen, und Tränen traten in seine Augen. Verschwommen sah er Marita zu ihrer am Boden liegenden Tasche rennen und daneben auf die Knie fallen. Womöglich hatte auch sie Waffen darin versteckt. Nicht gut.

Unwirsch wischte er sich die Tränen aus den Augen und rannte weiter, da stürzte Jophiel sich auf die im Schnee kniende Marita. Mit seiner riesenhaften Gestalt riss er sie herum und setzte sich rittlings auf sie. Nun war Damian nahe genug, um zu erkennen, dass Jophiel ihr das Schutzengelamulett ins Gesicht drückte.

»Weiche, Dämon!«, brüllte er, und Marita schrie voller Zorn. Sie fluchte, wie es nur ein Geschöpf der Hölle tun konnte, und presste ihre Hände gegen sein Gesicht. Sie versuchte ihre Finger in Jophiels Augen zu stechen, doch in dem Moment erreichte Damian die beiden endlich. Ihm war klar, dass er sie durch eine höfliche Aufforderung wohl kaum davon abbringen konnte, sich gegenseitig an die Gurgel zu gehen, und so stürzte er sich ohne Vorwarnung auf Jophiels über Marita gebeugten Körper und riss ihn von ihr herunter. Er hörte Jophiel schimpfen und wurde kurz darauf von ihm am Arm gepackt und hochgezogen.

»Was willst *du* hier?«, herrschte er ihn an und baute sich vor ihm auf. »Wieso greifst du *mich* an?«

Damian öffnete den Mund zu einer Rechtfertigung. Er hatte niemanden angreifen, sondern die zwei bloß auseinanderreißen wollen. »Ich …«

Ein Klacken ertönte, und sofort fuhren sie zu diesem Geräusch herum. Im nächsten Augenblick rissen sie gleichzeitig die Hände in die Höhe und standen stocksteif da. Wie gebannt starrten sie in den Lauf einer auf Damian gerichteten Pistole. *Das war's*, fuhr es ihm durch den Kopf, *jetzt knallt sie mich ab, und die Höllenhunde sind bestimmt auch schon in der Nähe, um mich zurück in den Tartaros zu bringen.*

Langsam hob er den Kopf und blickte in Maritas Gesicht. Ihre Miene war eine Maske der Entschlossenheit. In ihren Augen glomm eine Spur Hass. Doch … das waren definitiv ihre eigenen Augen. Damian erkannte keine seiner Schwestern in ihr. Sie war gar nicht besessen! Wieso richtete sie dann eine Pistole auf ihn?

»Keiner von euch bewegt sich«, sagte sie ruhig, und

Damian zweifelte nicht daran, dass sie von der Waffe Gebrauch machen würde. »Die ist mit Silberkugeln geladen. Was für abartige Wesen ihr auch seid – diese Kugeln werden euch umbringen.«

»Silberkugeln?«, fragte Jophiel verständnislos und trug den gleichen dümmlichen Gesichtsausdruck zur Schau wie Damian. Was hatte das alles zu bedeuten?

»Ja, Silberkugeln!« Sie richtete den Lauf nun auf Jophiel, nur leider beruhigte das Damian in keinster Weise. Er verstand überhaupt nichts mehr. Marita schien jedoch nicht vorzuhaben irgendetwas zu erklären. »Haltet mich nicht für dumm«, zischte sie. »Ich weiß, dass ihr nicht ... normal seid.« Sie schnaubte. »Ich hab's immer gewusst! Immer!« Das aufgebrachte Fuchteln ihrer bewaffneten Hand half nicht unbedingt, einen klaren Kopf zu bekommen, und so starrte er sie immer noch völlig verwirrt an.

»Emily, der Vampir«, fuhr sie lachend fort. »Emily ... der ... Vampir! Ich wusste immer, dass dieser Grufti abartig ist, aber das ...«

»Emily?«, fragte Damian, doch schon richtete sie wieder die Pistole auf ihn, was ihn sofort verstummen ließ.

»Ja, Emily!«, fuhr sie ihn an. »Sie taucht auf, und mein Bruder wird angegriffen. Dann seid da noch ihr zwei.« Sie durchbohrte ihn mit ihrem Blick. »Du bist nicht ... gut. Und der da...« Die Pistole fuhr zurück zu Jophiel. »Du verfolgst mich nicht zum ersten Mal. Ich habe dich gesehen. Ständig schleichst du um mich herum. Und dann im Krankenhaus. Ich habe dich im Krankenhaus gesehen! Du warst bei meinem Bruder! Ich schwöre, was auch immer ihr getan habt ...«

»Deinem Bruder geht es besser, oder nicht?«, unterbrach Jophiel sie ruhig, und Damian konnte nur verständnislos zwischen den beiden hin- und herblicken. Jophiel hatte Marita verfolgt? Das war also sein Zeitvertreib gewesen, wenn er behauptet hatte, etwas zu tun zu haben. Und er war im Krankenhaus bei ihrem Bruder gewesen? Was verschwieg der Ex-Engel noch?

Marita ließ sich von der sanften Stimme Jophiels nicht erweichen. »Das heißt gar nichts«, fauchte sie und machte einen Schritt auf Jophiel zu. »Er ist aufgewacht, ja, aber …«

»Er erinnert sich an nichts.« Jophiel erwiderte ihren hasserfüllten Blick mühelos. Er schien der Meinung zu sein, sie allein durch die Wärme seiner Stimme von seinen Worten überzeugen zu können. Da lag er wohl falsch, denn Marita ging, ohne die Pistole zu senken, in die Hocke und tastete nach ihrer Spraydose. Als sie diese schließlich zu fassen bekam, richtete sie sich wieder auf und kam auf Jophiel zu.

»Nein«, bestätigte sie und hielt die Dose genauso wie die Knarre vor sich. »Er erinnert sich nicht. Denn du konntest ihm nichts mehr antun. Ich habe dich gestört.« Sie legte den Kopf in den Nacken, um ihn anzusehen. »Aber du wirst es wieder versuchen. Und ich werde es verhindern.«

Sie drückte den Abzug. Damian zuckte zusammen und wartete auf den Knall. Doch es ertönte lediglich ein Zischen, gefolgt von Jophiels wütendem Aufschrei. Erst da begriff er, dass Marita die Spraydose statt der Pistole betätigt hatte.

»Zur Hölle damit!«, fluchte Jophiel und wischte sich mit den Händen über das Gesicht. »Das ist das zweite Mal, dass du mich mit Wasser bespritzt. Was soll dieser Unfug?«

Marita wich zwei Schritte zurück. Auf einmal war sie die Verwirrte. »Das ist kein gewöhnliches Wasser«, brachte sie etwas stockend hervor. »Das ist *Weih*wasser. Es soll … ihr seid …« Sie riss erneut die Pistole hoch. »Egal, was ihr seid! Das hier wird euch töten!«

Jophiel hob langsam eine Hand. »Nicht wir waren es, die deinen Bruder mit diesen Schreckensbildern vergifteten, Marita. Ich befreite ihn davon, und das weißt du. Wir stehen auf derselben Seite.«

»Du hast mich angegriffen! Du bist ein verdammter Stalker! Erst schleichst du mir hinterher, und dann springst du mich wie ein Irrer an!«

Jophiel zuckte entschuldigend mit den Schultern. »Auch ich mache Fehler. Ich hielt dich für …« Er schluckte und warf Damian einen Blick zu. Dieser zog jedoch nur fragend die Augenbrauen hoch und wartete gespannt auf eine Antwort. Wie wollte Jophiel sich da wieder rauswinden?

»Ich hielt dich für böse«, erklärte der einstige Engel schließlich, was Marita auflachen ließ.

»Mich?!«, kreischte sie, und in ihren Augen flackerte ein Zorn auf, der nichts Gutes bedeuten konnte. »Ich soll auf der bösen Seite stehen?«

»Ein Missverständnis.«

Marita schüttelte den Kopf. »Sagt mir, was hier vor sich geht. Du warst im Krankenhaus. Du weißt, was meinem Bruder passiert ist. Ich will die Wahrheit wissen. Sofort!«

Jophiel ging langsam und mit ausgebreiteten Armen auf sie zu. »Leg die Pistole weg, Marita«, sagte er sanft. »Wir sind keine übernatürlichen Wesen. Wir sind Menschen, und diese Waffe hier kann uns umbringen. Also bitte …«

»Haltet ihr mich für dumm?« Der Lauf der Pistole

drückte gegen seine Brust. »Da geht etwas Übernatürliches vor sich. Mein Bruder wurde angegriffen und …«

»Das ist wahr.«

»Von wem?« Sie warf Damian einen Blick zu, als hielte sie ihn für den Täter.

Ihre kurze Ablenkung bot Jophiel genug Zeit, um eine waghalsige Aktion durchzuführen. Er nutzte den Moment, griff nach ihrem Arm und riss ihr die Pistole aus der Hand. Ein Schuss löste sich. Damian duckte sich aus einem Reflex heraus und schlug schützend die Arme über den Kopf. Neben ihm barst die Rinde eines Nadelbaums. Der Geruch von verbranntem Holz stieg ihm in die Nase.

Wie unter Trance stehend, wandte Damian sich den beiden wieder zu, sein Herzschlag das einzige Geräusch in seinen rauschenden Ohren. Schuldbewusste Mienen begegneten seinem Blick. Jophiel hielt die Pistole in der Hand, sicherte sie und steckte sie schließlich in seinen Gürtel. Damian hatte Mühe Worte zu formen. »Seid ihr wahnsinnig«, keuchte er dann und rappelte sich ungelenk auf. »Ihr hättet mich um ein Haar abgeknallt!«

Marita schien nicht mehr ganz so überzeugt von ihrem Vorhaben zu sein. Jemanden zu bedrohen, damit man sich sicher fühlte und Informationen zu bekommen, war etwas anderes als tatsächlich beinahe jemanden getötet zu haben.

»Ich …« Marita stolperte zurück. Hektisch sah sie sich um und lief schließlich auf ihre Tasche zu. Damian konnte sich nur schwer ein Lachen verkneifen, als sie den Inhalt in den Schnee schüttete und dort angespitzte Holzpflöcke, Kruzifixe, weitere Spraydosen und eine Bibel zum Vorschein kamen.

»Sie hat zu viele Filme gesehen«, sagte er seufzend und wandte sich an Jophiel, der den Inhalt genauso belustigt betrachtete wie Damian.

Marita mochte ihren Humor anscheinend nicht besonders. »Mein Wissen stammt nicht aus Filmen«, fauchte sie und erhob sich mit einer Spraydose in der Hand. Ob auch darin Weihwasser war? Oder etwas Wirkungsvolleres? »Ich habe in unzähligen Büchern und im Internet recherchiert. Was auch immer ihr seid, was auch immer meinen Bruder angegriffen hat, irgendetwas von diesen Dingen wird es töten.«

»Deswegen schleichst du also jeden Tag hier im Wald herum?«, wollte Jophiel wissen. »Du gehst auf die Jagd?«

»Irgendjemand muss es ja tun. Bevor es noch weitere Kinder angreift.«

Damian seufzte erleichtert. »Also glaubst du nicht mehr, dass wir dahinterstecken?«

Marita hob sofort wieder ihre rosa leuchtende Waffe. »Das weiß ich noch nicht. Normal seid ihr jedenfalls nicht.«

Damian hob entwaffnend die Hände. »Joph, sie hat uns durchschaut. Erklärst du's ihr, oder soll ich das übernehmen?«

Jophiel zog einen Schlüsselbund aus seiner Manteltasche. »Komm«, sagte er an Marita gewandt und streckte begütigend die Hand nach ihr aus. »Es gibt viel zu bereden.«

Drohungen

»Das ist ein Scherz.« Emily sah zwischen Jophiel und Damian hin und her. Sie vermied es geflissentlich, Marita mehr als einen flüchtigen Blick zu gönnen. Genauso weigerte sie sich, den einstigen Engel und ihren Freund mit dieser Person in ihr Haus zu lassen. Die drei standen vor der Tür und machten aus ihrer Ungeduld keinen Hehl. Doch Emily war noch viel zu perplex, um sie hereinzubitten. Stattdessen hielt sie immer noch die Türklinke in der Hand und versuchte zu begreifen, was hier vor sich ging.

»Ihr kommt einfach so zu mir nach Hause?«, japste sie ungläubig. »Mit der da?«

»Glaub mir«, Marita verdrehte dramatisch die Augen und schob sich mit einem vor langer Zeit manikürten Finger eine Haarsträhne aus dem Gesicht, »ich bin auch nicht gerade begeistert, hier zu sein.« Sie warf einen Blick über die Schulter die Auffahrt hinunter. »Jemand könnte mich sehen.«

Emily schnaubte. »In letzter Zeit mal in den Spiegel geschaut? Bei deinem Aufzug ist es ziemlich egal, ob dich jemand vor meinem Haus sieht. Außer dass *mein* Ruf jetzt darunter leidet.«

»Ich habe Besseres zu tun, als vor dem Spiegel zu stehen«, erwiderte Marita voller Gift. Emily hob nur die Augenbrauen. Solch einen Satz aus Maritas Mund zu hören, hätte sie niemals erwartet. Das war wirklich ein historisches Ereignis. Hätte sie ein Tagebuch, wäre dieser Moment wohl einen Eintrag wert.

»Ah«, brachte sie daher nur heraus und musterte die einstige Schulkönigin von oben bis unten. Sie war immer noch schön, verdammt. Ohne Make-up war sie sogar fast noch hübscher. Was für eine Gemeinheit! Aber Gott war ja nie besonders gerecht. Das wusste sie mittlerweile. Vermutlich hatte Marita ihre Seele an den Teufel verkauft. Ein weiterer Grund, dieser dummen Pute keinen Einlass in ihr Haus zu gewähren. Jedermann wusste schließlich, dass das Böse eine Einladung in die Häuser von Menschen brauchte, und einmal ausgesprochen, könnte Emily diese Worte nicht mehr zurücknehmen. »Woher wollt ihr wissen, dass sie keine von denen ist?«, wandte sie sich an die beiden Jungs. »Ich will kein Risiko eingehen.«

Auf Damians Gesicht breitete sich ein Schmunzeln aus. »Wir sind uns ziemlich sicher.«

»Ziemlich?«

»Ich erkenne keine meiner Schwestern in ihr, und Jophiel hat sie getestet.«

Marita schnappte ärgerlich nach Luft. »Die Aktion mit dem Billigschmuck und dem filmreifen ›Weiche, Dämon‹? Ich hab mich schon gefragt, wofür das gut sein sollte.«

Emily ignorierte sie und blickte weiterhin Damian an. »Wie viel weiß sie?«, fragte sie, von der Vorstellung, in Marita eine Verbündete zu haben, ganz und gar nicht begeistert.

Damian erwiderte ihren Blick. »Alles«, sagte er, und Emily sank gegen den Türrahmen.

»Na, super.«

»Lässt du uns nun endlich rein?« Marita schien ungeduldig zu werden. War ihr etwa kalt? So ein Pech aber auch. Dass ihre eigenen Hände bereits taub wurden und ihre Lippen bestimmt schon blau waren, spielte keine Rolle. Emily sah aber ein, dass sie nun nachgeben musste.

»Ich weiß, ich werde es bereuen, aber nun gut.« Seufzend trat sie beiseite. Marita stolzierte hocherhobenen Hauptes an ihr vorbei in den Vorraum.

»Ist Mary nicht da?«, fragte sie und sah sich um. Ohne eine Aufforderung abzuwarten, ging sie einfach weiter ins Wohnzimmer. Emily hätte sie erwürgen können.

»Nein«, erwiderte sie langgezogen. »Meine Mutter ist nicht da, wie du sehr genau weißt. Sonntäglicher Kuchenbasar.«

»Ach, richtig!« Mit einem falschen Lächeln drehte sie sich zu ihr um. »Dann weiß sie nichts von alldem?«

Emily grub ihre Fingernägel in die Handflächen, um sie davon abzuhalten, Marita das Gesicht zu zerkratzen. »Wenn du damit unser kleines Höllenproblem meinst: Nein. Sie weiß nichts davon. Und das soll auch so bleiben. *Niemand* darf irgendetwas davon wissen.«

»Hey!« Marita hob abwehrend die Hände. »Von mir erfährt niemand etwas.«

»Wir werden sehen.« Emily ließ sich gemeinsam mit den anderen am Esstisch im verglasten Erker des Hauses nieder, denn es gab viel zu bereden. Eine Erklärung zum Beispiel, was Marita hier zu suchen hatte.

»Also?« Emily faltete die Hände ineinander und ließ ihren Blick durch die Runde wandern. »Ich bin gespannt, wie es zu Maritas Einweihung gekommen ist.«

Und so erzählten die drei abwechselnd die unerfreuliche Geschichte. Angefangen vom Angriff auf Marita und ihrem Bruder, von Jophiels Versuchen herauszufinden, ob Marita besessen war, seinem Hinterherschleichen und Heilen des Bruders. Und schließlich vom holprigen Zusammentreffen im Wald. Jophiel und Damian hatten Marita bereits auf dem Weg zu Emily von der ganzen Engelsache erzählt, von Damians Menschwerden, von Luzifers Rache und auch von Wills kleinem Problem!

Das alles war wirklich zu absurd. Emily war immer noch aufgewühlt von ihrem Besuch im Krankenhaus, und jetzt Marita zu ihrem Kreis zu zählen, war das Letzte, was sie gebrauchen konnte. Als hätte Marita nicht schon genug Freunde, als hätte sie nicht alles, was sich ein Mädchen in ihrem Alter wünschen konnte. Nun musste sie sich auch noch in Emilys Leben drängen, zwischen ihre Freunde und andere Privatangelegenheiten. Es war einfach unfair. Wenn Will doch nur hier wäre. Mit ihm zusammen hätte sie Marita besser unter Kontrolle halten können. Ihr großer Beschützer war nie auf Maritas falsches Honiglächeln hereingefallen. Anders als Jophiel und Damian. Die beiden behandelten sie wie eine von ihnen. Doch das war sie nicht. In dieser Gruppe sollte Marita die Außenseiterin sein. Sie hatte nichts mit der ganzen Sache zu tun. Das sah diese aber anscheinend anders.

»Worum sollen wir uns als Erstes kümmern?«, fragte sie in die Runde. »Die Höllenhunde oder Wills Problem?«

»Will hat kein Problem«, meinte Jophiel, ohne von seinen Händen aufzusehen. »Er wird ein Schutzengel. Das ist beschlossene Sache.«

Emily öffnete den Mund. Sie wollte ihn anschreien, ihn

fragen, wie er so kaltblütig über ein Menschenleben reden konnte, doch da lachte Marita plötzlich auf.

»Beschlossene Sache?«, wiederholte sie und erhob sich von ihrem Stuhl. »Na, da kennst du diese Stadt aber schlecht, Engel.«

»Ich bin kein E...«

Marita hob die Hand. »Wenn Will stirbt ...« Sie stand auf und schlenderte in die Küche, ganz so, als wäre sie hier zu Hause. »Wenn der Held dieser Stadt stirbt«, redete sie unterdessen weiter, »William Gordon, der Liebling aller Lehrer und Mütter, Verteidiger des Guten, Besitzer aller Mädchenherzen, Idol der Basketballmannschaft, dann ...« Sie öffnete Schränke und lugte hinein, bis sie die Gläser gefunden hatte. Unbeschwert lächelnd nahm sie eines heraus und füllte es mit Wasser. »... dann, mein lieber Engel, wird es einen Aufschrei in der Stadt geben, der sich gewaschen hat. Niemand hier wird Will einfach sterben lassen. Wenn Will sterben soll, um ein Schutzengel zu werden, dann werden die Leute jede einzelne Kirche niederbrennen, den Religionsunterricht abschaffen und Kruzifixe auf den Scheiterhaufen schmeißen, zusammen mit Bibeln und vielleicht auch noch den zugehörigen Pfarrern. Denen ist alles zuzutrauen.«

Jophiel lehnte sich in seinem Stuhl zurück und beobachtete ihr Werkeln hinter dem Tresen. »Jeder Mensch kann sterben, Marita. Niemand weiß, was dahintersteckt.«

Marita kam zum Tisch zurück, ihre Hüften schwangen bei jedem Schritt aufreizend von einer Seite zur anderen. Sie trank einen Schluck und sah Jophiel über den Rand des Glases hinweg an, lange und mit einer Überlegenheit im Blick, als wäre Jophiel einer der Schulstreber, dem sie das Leben zur Hölle machte. »Nein«, gurrte sie schließlich und stellte das Glas vor ihm ab. Sie legte beide Hände auf den Tisch und beugte sich zu ihm vor. »Es sei denn, ich verrate es allen.«

Emily riss die Augen auf, Damian zog zischend die Luft ein, doch Jophiel rührte sich nicht. Stumm erwiderte er Maritas Blick. Die beiden schienen einen ganz privaten Kampf auszufechten. Jophiel verlor, denn er bewegte sich als Erster. Er verschränkte die Arme vor der Brust, sah sie aber weiterhin an. »Hältst du solche Reden für klug?«, fragte er leise, und Emily spürte, wie sie eine Gänsehaut bekam. Seine Worte waren eine unverhohlene Drohung, und Emily fiel es wieder einmal schwer zu glauben, dass sie mit einem Menschen am Tisch saß. Die Macht eines Engels war vorhanden und deutlich spürbar. Sie schien derart stark in der Luft zu knistern, dass Emily sich nicht gewundert hätte, stünden ihr die Haare zu Berge.

Marita schien sich davon nicht beeindrucken zu lassen. Sie lächelte ihr typisches Schönheitsköniginnenlächeln. »Ich galt noch nie als sonderlich klug«, erwiderte sie voller süßer Unschuld. »Vielleicht verplappere ich mich aus Versehen.«

»Niemand wird dir glauben.«

»Nein?« Marita richtete sich auf und zwirbelte eine Strähne ihres Haares um den Finger. »Da, wo du herkommst, Engel, mag vielleicht dein Herr regieren. Aber in der Schule regiere *ich*. Und wer die Schule regiert, regiert die Stadt. All die lieben Schüler werden nach Hause zu ihren Eltern rennen und von der Ungerechtigkeit berichten, die unserem Helden widerfahren ist. Die Eltern werden sich folglich fragen, weshalb Will zuerst bei dem Erdrutsch dabei war, wieso er beinahe von der Decke in der Schule erschlagen wurde, und weshalb sein Haus in die Luft geflogen ist. Sie werden Zweifel haben, sie werden Fragen stellen. Und ich ...«, ihre dunklen Augen funkelten ihn an, »ich werde ihnen die Antworten geben.«

Jophiel nickte langsam. Die Leblosigkeit, mit der er zuvor über diese Angelegenheit gesprochen hatte, war verschwunden. Jetzt leuchteten seine meerblauen Augen genauso wie Maritas, was seinem Aussehen etwas Unheimliches verlieh.

»Also gut«, sagte er schließlich gefährlich ruhig. »Nehmen wir an, die Leute glauben dir. Was kümmert uns das? Das hier ist eine Stadt. Eine winzige Stadt. Was die Leute hier tun, ist nicht von Belang.«

»Nicht?« Marita lehnte sich neben Emily an die Wand. »Diese Stadt hat elftausend Einwohner. Elftausend Seelen, die an Luzifer gehen. Und ich schwöre dir, Engel. Sie alle werden ihre Seelen an ihn verkaufen. Ich liefere ihm diese Stadt bis zum kleinsten Kind aus, wenn Will nicht sofort von diesem Mal befreit wird.«

Jophiel schnaubte belustigt, doch er wirkte etwas verunsichert. »Du weißt ja nicht, wovon du sprichst, Mädchen.«

»Kann sein.« Marita zuckte gleichmütig mit den Schultern. »Ich werde es aber trotzdem tun.«

Da sprang Jophiel auf. Sein Stuhl fiel krachend um, und Emily zuckte zusammen. Über den Tisch gebeugt starrte der einstige Engel Marita an. »Du weißt *nichts*«, fuhr er sie ungewohnt heftig an. »Du weißt nichts über Luzifer. Du weißt nicht, was es bedeutet, seine Seele an ihn zu verkaufen.«

Marita nahm ihr Glas in die Hand und betrachtete die

darin aufsteigenden Perlen. »Ich werde ja nicht alleine sein. Die ganze Stadt begleitet mich. Wir feiern da unten eine heiße Party.«

»Dummes Kind.« Jophiel rauschte an ihnen vorbei, und im nächsten Moment hörte Emily das Zuschlagen der Haustür.

Ein paar Augenblicke lang herrschte Stille, dann ließ Marita sich wieder auf ihren Stuhl sinken. »Also«, sagte sie fröhlich. »Weiter zum nächsten Punkt der Tagesordnung.«

»Glaubst du, damit durchzukommen?«, fragte Damian, ohne sich die Mühe zu machen, seine Zweifel zu verbergen. »Glaubst du, das beeindruckt Gott? Glaubst du, dass er jetzt von seinen Plänen für Will absieht?«

»Hast du eine bessere Idee, Teufelchen?«

Damian fuhr sich mit der Hand über das Kinn. »Ich muss Jophiel recht geben. Du weißt nicht, was es bedeutet, in die Hölle zu fahren.«

Marita winkte ab. »Ach was. Du sagtest selbst, dass kaum eine Seele in diesen Tatsitos ...«

»Tartaros.«

»... in diesen Tartaros geht. Das Reich der Toten ist doch dasselbe, im Himmel wie auch in der Hölle. Nur die ganz, ganz Bösen ...«

»Luzifer macht in seinem Reich, was ihm gefällt.«

Marita zeigte mit dem Finger auf ihn. »Genau! Ich glaube, er würde mich mögen. Ich könnte ihm Gesellschaft leisten.« Sie grinste, und Emily musste ihr zustimmen:

»So findet jeder den Platz, an den er gehört. Marita, die Höllenbraut.«

»Hey, ich bin nicht diejenige, die mit dem Sohn des Teufels rummacht. Vergiss das nicht.«

Emily ging nicht darauf ein und wandte sich an Damian. »Was war deine Idee?«, fragte sie ihn. »Du wolltest mit Jophiel darüber sprechen.«

Damian verzog das Gesicht, als bereitete es ihm Schmerzen daran zu denken. »Na ja«, murmelte er und spielte an dem Tischdeckchen herum. Zum Glück war ihre Mutter nicht da. So etwas machte sie wahnsinnig. »Ich dachte mir, wenn Will zu gut für einen Menschen ist, wenn seine Seele zu rein ist, dann muss er einfach nur ...«

»... böse werden?«, ergänzte Emily ungläubig und fühlte beinahe körperlich, wie ihre letzte Hoffnung schwand. »Wie stellst du dir das vor?« Sie musste sich zusammenreißen, nicht wütend zu werden. »Soll er vielleicht jemanden umbringen, damit er als Schutzengel nicht mehr infrage kommt?«

Damian presste die Lippen zusammen. »Nein«, sagte er schließlich. »Ich dachte eher an etwas Ähnliches wie Marita.«

»Na, super!«

Ihr Einwurf wurde kommentarlos hingenommen, und Damian fuhr fort: »Wenn Will seine Seele freiwillig meinem Vater übergibt, dann kann er kein Schutzengel werden.«

»Aber dann kommt er in die Hölle!«

»Das ist der Punkt, an dem ich noch arbeite.« Er warf ihr einen entschuldigenden Blick zu. »Ich wollte mit Jophiel über die Möglichkeit reden, eine für die Hölle bestimmte Seele in den Himmel zu holen – unter besonderen Umständen. Bei mir ist es ja auch geglückt, und Michael hat mich da auf eine Idee gebracht ...«

»Michael?«, fragte sie, doch Damian winkte ab.

»Mein Arbeitgeber«, erklärte er vage. »Ich weiß nicht, wenn Will seine Seele meinem Vater übergibt, ist er immerhin die Gefahr eines baldigen Todes los. Um das Höllenproblem können wir uns immer noch kümmern.«

Emily war skeptisch. »Was meint Jophiel dazu?«, wollte sie wissen.

»Ich bin noch nicht dazu gekommen, mit ihm darüber zu reden, denn Marita …«

Die Schulbarbie seufzte. »Das Attentat auf mich kam ihnen dazwischen.«

»Aber wenn Will auf Luzifers Seite wechselt«, überlegte Emily, »wäre es für Luzifer dann nicht auch von Vorteil, für einen schnellen Tod Wills zu sorgen? Schließlich kriegt er dann eine sozusagen heilige Seele, eine Schutzengelseele. Er wird wohl kaum warten, bis wir eine Lösung gefunden haben, um Will von diesem … Pakt zu befreien.«

»Wie gesagt«, Damian hob die Hände, »der Plan hat noch ein paar kleinere Schwächen.«

»Wie wird solch ein Pakt überhaupt geschlossen?«, fragte Marita, und auch Emily war neugierig auf die Antwort.

»Es gibt verschiedene Möglichkeiten«, erklärte Damian. »Rituale.« Er sah prüfend zwischen ihnen hin und her, als wollte er feststellen, wie viel sie verkraften konnten. »Blutrituale«, führte er schließlich genauer aus. »Oder mein Vater schließt den Pakt persönlich.«

»Vielleicht reicht es schon aus, Gott mit einem solchen Pakt zu drohen«, meinte Marita. »Vielleicht lässt er Will lieber noch ein paar Jährchen leben, als ihn an Luzifer zu verlieren.«

»Ja, vielleicht.« Emily stützte den Kopf in die Hand.

Sie war unsagbar müde. »Vielleicht aber auch nicht. Wir müssen Jophiel zurückholen. Wir müssen mehr erfahren. Außerdem will ich noch mal ins Krankenhaus. Ich will nachsehen, ob Maritas … Drohung etwas genützt hat. Womöglich ist seine Narbe ja gar nicht mehr da.«

Damian legte ihr die Hand auf die Schulter. »Ich glaube, so leicht wird er es uns nicht machen.«

»Und wo ist Wills Rotschopf?«, fragte Marita mit einem unverhohlen höhnischen Lächeln in Emilys Richtung. »Ich dachte, Annie gehört zu den Eingeweihten. Sollte sie dann nicht auch an dieser Krisensitzung teilnehmen, oder hält sie gerade Wills Händchen?«

»Keine Ahnung«, erwiderte Emily, ohne sich die Mühe zu machen zurückzulächeln. Sie war immer noch wütend.

»Willst du sie nicht anrufen?« Marita trug einen solch unschuldigen Ausdruck zur Schau, als meinte sie den Vorschlag tatsächlich ernst. Sie war eine geborene Schauspielerin, vielleicht war die Theatergruppe doch keine so schlechte Idee. »Sie wird wissen wollen, was wir wegen Wills Rettung unternehmen. Soll ich dir mein Handy leihen?«

Emily ignorierte Maritas Sticheleien und wandte sich an Damian. »Annie hat Will alles erzählt«, sagte sie. »Er kennt den Grund des Unfalls. Sie hat's ihm gesagt.«

Damians Augen verengten sich. »Aber wir hatten doch ausgemacht, ihm nichts zu verraten. Er muss gar nicht wissen, dass …«

»Sag *ihr* das!«

»Wozu sollte das gut sein? Will macht sich jetzt nur unnötig Sorgen.«

Marita lachte. »Ach, deshalb ist die liebe Annie ausgeschlossen. Sie tanzt nicht nach deiner Pfeife.«

Langsam verlor Emily die Geduld mit dieser Person, aber noch konnte sie sich zusammennehmen. Noch dazu, da sie im Moment gar nicht wusste, wen sie weniger ausstehen konnte. Marita oder Annie? »Niemand tanzt nach irgendjemandes Pfeife«, entgegnete sie. »Es ist einfach blöd von ihr, Will unnötig zu beunruhigen.«

»Klar.« Marita strich mit dem Finger über den Rand des Glases und ließ einen hellen Ton entstehen. »Du weißt natürlich am besten, was gut für Will ist.« Sie deutete mit dem Kopf auf Damian. »Echt, Emily. Als mir die beiden erzählten, du wärst *seine* Freundin ...« Sie schüttelte lachend den Kopf. »Ich dachte immer, du und Will, ihr beide würdet mal heiraten. Ihr seid das perfekte Paar.«

»Wir sind Freunde«, fauchte Emily und warf Damian einen kurzen Blick von der Seite zu. Der Teufelssohn durchbohrte Marita mit seinen grünen Höllenaugen und krallte die Finger um das Tischdeckchen – auch da wäre ihre Mutter ausgeflippt.

Marita tat, als bemerkte sie davon nichts. »Na klar«, sagte sie mit unverhohlenem Zweifel. »Als könnten du und Will jemals nur Freunde sein.«

***

Hatte sie schon einmal erwähnt, dass sie Montage hasste? Ja? Gut, denn diese Tatsache konnte gar nicht deutlich genug gemacht werden. Sie hasste Montage wirklich! Warum konnte die Woche denn nicht einfach dienstags beginnen?

Vom Moment des Aufwachens an wusste Emily, dass dieser Tag nichts als Ärger bringen würde. Es begann damit, dass Damian nicht mehr neben ihr im Bett lag. Wie schon am Tag zuvor, hatte sie ihn im Schutz der Nacht zu sich geholt. Eigentlich hatte sie gehofft, er würde von selbst kommen, doch als er gegen Mitternacht immer noch nicht an ihre Tür geklopft hatte, war sie schließlich wieder nach unten geschlichen. Dort hatte Damian genauso reglos wie das letzte Mal auf der Couch gesessen und in die Dunkelheit gestarrt. Wortlos waren sie wieder nach oben gegangen, hatten sich ins Bett gelegt und aneinander gekuschelt. Seltsamerweise hatte Emily in dieser Nacht allerdings kaum ein Auge zugetan. Sie vermutete, Damian war es auch nicht anders ergangen. Schweigend und angespannt hatten sie dagelegen, ohne zu wissen, ob sie etwas sagen oder sich bewegen sollten. Nicht nur einmal hatte Emily den Entschluss gefasst, sich umzudrehen und ihn einfach zu küssen. Das Bild war immer wieder vor ihrem geistigen Auge aufgestiegen und hatte ihr Herz noch schneller schlagen lassen. Sie war sich seiner Nähe nur allzu bewusst gewesen. Der Wärme seines Körpers, den leisen, regelmäßigen Atemzügen, die über ihr Haar strichen, dem Geruch nach dem Duschgel ihres Vaters, das an ihm so völlig anders roch. War es Einbildung, dass sie bei Damian immer noch meinte, im Duft von Wiesen und Blumen zu schwelgen? Oder haftete ihm tatsächlich dieser Geruch an? Immer wieder hatte sie sich vorgestellt, wie es wäre, wenn seine Arme sie noch einmal zu sich heranzogen und seine Lippen die ihren berührten. Doch sie hatte sich nicht bewegt. Die Erinnerung an ihren letzten Kuss und das plötzlich entfachte Feuer zwischen ihnen hatte sie regungslos verharren lassen. Sie wusste nicht, was geschehen wäre, hätte sie sich dem hingegeben. Weder wollte sie es dazu kommen lassen, ihn erneut zurückzuweisen, noch konnte sie sich der Sehnsucht stellen. Es war nicht die richtige Zeit – und schon gar nicht der richtige Ort. Ihr Kinderzimmerbett war nichts, das mit diesen nicht jugendfreien Küssen in Verbindung gebracht werden sollte. Es war noch ein Stück Kindheit mit den Kuscheltieren und der Bärchenbettwäsche. Trotzdem hatte da etwas in der Luft gelegen, eine Spannung, die Emily nun nicht mehr losließ. Sie wollte ihm nah sein, näher als nur nebeneinanderzuliegen und die Decke anzustarren. So gerne hätte sie ihre Hand auf seinen Bauch gelegt, mit den Fingern über seine Brust und Schultern gestrichen. Sie wollte seinen sehnigen Körper berühren, den sie damals beim Sprung von der Klippe bereits betrachtet hatte. Aber sie traute sich nicht.

Irgendwann musste sie doch eingeschlafen sein, denn beim Klingeln des Weckers war Damian fort. Sie wusste nicht, wann er gegangen war und wohin. Bald stellte sich heraus, dass er bereits zur Arbeit gefahren war, und Emily musste sich ihrer Mutter beim Frühstück allein stellen. Damian in ihrem Bett erwischt zu haben, war wohl der ausschlaggebende Grund für die missfälligen Blicke, wobei Emily ihre Mutter beruhigen konnte: Sie hatte im Moment definitiv zu viel im Kopf, um an solche Dinge auch nur zu denken, erklärte sie, und ihre Mutter schien mit dieser Antwort zufrieden zu sein.

In der Schule ging es jedoch sofort weiter. Will war nicht da, was zuletzt nach dem Erdrutsch und seiner Augenoperation der Fall gewesen war. Emily fühlte sich wie entzweigerissen. Ein Teil von ihr fehlte, und schon am Morgen war sie allein bei dem Gedanken, diesen Tag ohne ihren schützenden Berg verbringen zu müssen, kurz vorm Verzweifeln. Natürlich stand die Explosion von Wills Haus an oberster Stelle des Schulklatsches, und sogar die Lehrer ließen sich darüber aus. Annie kreuzte vor der ersten Stunde Emilys Weg und grüßte lediglich kühl. Dumme Gans. Der Drang, sie bei den Schultern zu packen und durchzuschütteln wurde beinahe übermächtig, und so flüchtete Emily schon früher als nötig in die Klasse. Sie wollte Annie zu gerne anschreien, doch sie wollte keine Szene machen, noch dazu, da die Worte nicht für den Rest der neugierigen Schüler bestimmt waren. Es wunderte sie daher nicht sonderlich, dass sie sich an diesem Tag immerzu verfolgt fühlte. Immer wieder meinte sie, aus den Augenwinkeln eine Bewegung zu erkennen, aber wenn sie sich umdrehte, war niemand zu sehen. Luzifer verhielt sich seit seinem Anschlag im Café beunruhigend still. Jophiel war der Ansicht, der Teufel plante irgendetwas, und auch Emily fürchtete, dass der nächste Zug Luzifers nicht lange auf sich warten lassen würde. Im Moment musste sie den Schultag schon mal in Begleitung von Höllenhunden überstehen. Die Bestien waren anscheinend von ihren unschönen Gefühlen gegenüber Annie herbeigerufen worden. Noch vor der ersten Stunde klappten zwei Schüler zusammen und mussten zur Schulschwester gebracht werden. Emily gab sich von da an größte Mühe, fröhlich zu sein. Die Höllenhunde konnten zwar kaum etwas Schlimmeres anrichten, als einem Albträume zu bescheren, aber das genügte völlig, um sie Luzifer nicht vergessen zu lassen. Die Bedrohung durch Gott schwebte ohnehin allgegenwärtig über Will, Luzifer war jedoch auch noch da, und er würde seinen Sohn bestimmt nicht aufgeben. Worauf wartete er?

In der Klasse ging es sonderbar weiter. Die gesamte Anhängerschaft Maritas trug ein Kruzifix um den Hals, und Emily war sicher, dass der Rest der Schule diesem Beispiel der Modeikonen schon am nächsten Tag folgen würde. Also hatte Marita beschlossen, den Kampf gegen Luzifer zu beginnen. Herausgeputzt wie eh und je, war sie wieder ganz in ihre alte Rolle geschlüpft. Auch in ihrem Verhalten war sie ganz die Alte. Wenn sie nicht gerade Emilys dunkle Ringe unter den Augen und ihre Blässe kritisierte, ignorierte sie sie. Nicht dass das Emily gestört hätte. Nach dem unfreiwilligen Treffen am Vortag hatte sie genauso wenig Lust, falsche Freundschaft und Verbundenheit zu heucheln. Umso überraschter war sie in der folgenden Pause. Emily flüchtete vor einer Begegnung mit Annie und den über Will tratschenden Schülern zu den Toiletten, wo sie sich im Spiegel betrachtete. Leider musste sie dort feststellen, dass Marita recht hatte. Sie sah wirklich gruselig aus. Im nächsten Moment verfluchte sie ihren Gedanken an die Höllentussi aber schon, denn die Tür flog auf, und Marita stolzierte herein.

»Wenn man vom Teufel spricht«, murmelte Emily vor sich hin und hob ihren Rucksack vom Boden auf. »Oder denkt«, fügte sie noch hinzu und wollte hinausgehen, doch Marita versperrte ihr den Weg.

»Warte!«, befahl sie hochmütig, marschierte an ihr vorbei zu den Kabinen und stieß eine Tür nach der anderen auf, bis sie sich davon überzeugt hatte, dass sie allein waren. Na, großartig!

»Was willst du?«, fragte Emily ungeduldig und warf einen sehnsüchtigen Blick zur Tür. Da war ihr ja sogar eine Begegnung mit der verräterischen Annie noch lieber. »Modetipps? Keine Sorge, ich trage schon lange meine Kreuzkette.«

Marita nickte. »Und auch der Rest der Stadt wird welche tragen. Das ist kein Spiel, Emily, wir müssen uns einen Schlachtplan ausdenken.«

»*Wir*?« Emily meinte, nicht richtig gehört zu haben, aber Marita sah sie ernst an.

»Diese Viecher haben meinen Bruder angegriffen«, erinnerte sie Emily. »Sie haben ihn aus der Welt gerissen. Ein unschuldiges Kind. Eine Frau ist gestorben. Wir müssen etwas unternehmen. Ganz zu schweigen von Will! Es sind Dinge im Gange, zwischen Himmel und Hölle, und wir stehen mittendrin.«

»Damit erzählst du mir nichts Neues.«

Marita lachte auf. »Natürlich nicht. Du und dein Schutzengel. Der Sohn des Teufels. Du weißt, wovon ich rede. Ich liege wohl richtig in der Annahme, dass du nicht gewillt bist, deinen Freund für das Wohl aller zu opfern?«

Oh, wie sehr sie dieses Weibsbild hasste! »Da liegst du verdammt richtig! Damian ist …«

»Gut!« Marita hob beschwichtigend die Hände. »Ich bin ganz deiner Meinung. Noch dazu, weil dadurch Wills Problem auch nicht gelöst wäre. Du willst doch auch verhindern, dass er stirbt, um ein Schutzengel zu werden. Also müssen wir diesen Mächten beweisen, dass es uns ernst ist. Die Kreuzketten sind ein Anfang. Sie werden schon sehen, dass ich die ganze Stadt dazu bringe, sie zu tragen. Aber ich hab noch mehr auf Lager.«

»Was du nicht sagst.«

»Warst du bei Will? Trägt er immer noch sein Mal?«

Emily nickte, und Marita steckte sich eine widerspenstige Strähne zurück hinters Ohr. »Macht nichts. Wir regeln das. Hast du mit Annie geredet?«

Diesmal reagierte sie mit einem verächtlichen Schnauben, und Marita verdrehte die Augen. »Lasst diese Zickereien, dafür haben wir keine Zeit. Du willst das Beste für Will, Annie will das Beste für ihn, und ich will auch das Beste für ihn. Kapiert? Will gehört in diese Stadt. Er gehört dazu. Wir wollen alle dasselbe, also reißt euch verdammt noch mal am Riemen!«

Emily blieb vor Erstaunen der Mund offen stehen. Marita erschien ihr plötzlich fremd – und gleichzeitig auch seltsam vertraut. Längst vergessene Erinnerungen spielten sich vor ihrem geistigen Auge ab. Emily sah ein kleines Mädchen in der Grundschule mit einem ausgeprägten Sinn für Gerechtigkeit. Ja, auch damals war Marita schon gerne über die Brillenschlangen, Zahnspangenträger und jene mit den uncoolen Outfits hergezogen. Doch wenn irgendjemand von außerhalb so etwas gewagt hatte, war sie zur Furie geworden. In ihrer verdrehten Welt war sie die Königin – mit dem alleinigen Recht über ihre Untertanen zu bestimmen. Und so merkwürdig das auch klang: Sie beschützte ihre Untertanen.

»Würdest du dasselbe auch für mich tun?«, hörte sie sich fragen, ehe sie sich daran hindern konnte.

Marita runzelte amüsiert die Stirn, zögerte jedoch keine Sekunde mit der Antwort: »Natürlich! Dass ich deinen Stil infrage stelle und dich nicht unbedingt leiden kann, heißt nicht, dass du verdienst, von Höllenhunden verfolgt zu werden oder als Spielfigur in göttliche Machenschaften hineingezogen zu werden.« Sie hob den Kopf, und in diesem Moment sah sie tatsächlich aus wie eine Königin. »Wenn wir eine Chance haben wollen, müssen wir zusammenhalten. Die ganze Schule, die ganze Stadt muss an einem Strang ziehen. Niemand fordert mich heraus. Auch dieser blonde Engel wird das noch lernen. Soll er zu seinem Boss laufen und ihm alles erzählen – wenn der es nicht ohnehin selbst sieht –, es ist mir gleich. Nein! Es ist sogar gut so. Er soll wissen, dass wir Will nicht hergeben werden. Und mit Luzifer werden wir auch noch fertig.«

Emily starrte die Schultussi an. Sie brauchte eine Weile, um diese Wortlawine von sich abgleiten zu lassen. »Okay«, antwortete sie schließlich. Sie hatte gedacht, einen Freund aus der Hölle zu haben, wäre merkwürdig. Maritas Verhalten sprengte jedoch alles je Dagewesene. Emily fühlte sich in die Grundschulzeit zurückversetzt, als sie und Marita noch so etwas wie Freundinnen gewesen waren. »Was hast du vor? Irgendeinen Plan?«

»Das Theaterstück.«

Emily verzog das Gesicht. »Was hat unser Problem mit deinem blöden Theaterprojekt zu tun?«

»Mein blödes Theaterprojekt wird Will retten. Ich habe die ganze Nacht daran gesessen. Komm heute nach der Schule in die Turnhalle. Auch du bekommst eine Rolle.«

»Eine Rolle?!«

Ein ungeduldiger Aufschrei. »Ja, eine Rolle! In meinem Theaterstück. Und weißt du, wie es heißen wird?«

Emily schwante etwas. »Wie?«, fragte sie, obwohl sie sich ziemlich sicher war, den Titel bereits zu kennen.

»Zwischen Himmel und Hölle.«

***

Die Turnhalle war gerammelt voll. Marita hatte offenbar der gesamten Oberstufe sowie sämtlichen Lehrern Nachsitzen verordnet. Die einstigen Cheerleader liefen die unteren Reihen der Tribüne entlang und verteilten Manuskripte an die dort sitzenden Teilnehmer. Emily erkannte schon beim Betreten der Halle, dass ein Großteil nur wenig Begeisterung für dieses Projekt aufbringen konnte. Womit hatte Marita sie wohl bestochen oder erpresst? Emily wusste, Marita hatte ihre Methoden: ein unwiderstehlicher Augenaufschlag und Wimperngeklimpere für die Jungs, Versprechungen oder Drohungen für die Mädchen.

Gespannt, was sich die Schulbarbie diesmal hatte einfallen lassen, ließ Emily sich auf der untersten Stufe der Tribüne nieder und bekam augenblicklich ein Manuskript in die Hand gedrückt; ein dünnes Heftchen mit einer Auflistung von Charakteren darin.

»Was denkst du?«, hörte sie plötzlich Annie neben sich. Emily blickte hoch und versuchte den Groll hinunterzuschlucken, als der Rotschopf sich neben ihr fallen ließ. »Was hat sie vor?«

Emily zuckte die Achseln. »Keine Ahnung, aber wir werden es sicher bald erfahren.«

Damit hatte sie recht. Marita erhob sich und setzte zu einer Rede an. Es war schon fantastisch, welche Ausstrahlung sie bereits in ihrem Alter besaß. Früher hatte Emily sie als arrogant bezeichnet, mit einem Drang, ständig im Mittelpunkt zu stehen, doch jetzt kamen ihr diese Eigenschaften nur recht. Marita schien tatsächlich überzeugt von dem, was sie da auf die Beine stellte.

»Zwischen Himmel und Hölle!«, rief sie aus, und allmählich verstummte das Gemurmel auf der Tribüne. »Das ist mehr als nur ein Theaterstück. Es ist das Leben! Das wahre Leben eines jeden Einzelnen von uns!«

Oh, oh! Emily spürte, wie etwas in ihr sank, vermutlich ihr Herz. Sie spürte es klar und deutlich in ihrer Brust. Jeder Schlag pochte stärker als der vorherige. Was tat Marita da?

»Was hat sie vor?«, fragte auch Annie neben ihr, aber Emily konnte sich ihr nicht zuwenden. Fassungslos starrte sie die Kämpferin der Menschen an.

»Sie fordert Gott heraus«, meinte sie schließlich und hatte das Gefühl, der Hölle schon jetzt ein gutes Stück näher zu sein. Einen Schritt nach dem anderen, sagte sie zu sich selbst. Zuerst mussten sie Will retten und sich mit Gott auseinandersetzen. Dann kamen Luzifer und die Hölle an die Reihe.

»Himmel und Hölle«, rief Marita über die Stimmen der Versammelten, »existieren hier auf der Erde. Es gibt gute Menschen, böse Menschen, gute Taten, böse Taten. In jedem von uns steckt ein Stück Himmel – und ein Stück Hölle.« Ihr Blick glitt über Emily hinweg, als wäre sie nur eine der vielen hier, als teilten sie nicht das größte Geheimnis der Welt.

»Es gibt Teufel unter uns!«, fuhr sie fort, ein heiteres Funkeln in den Augen, »Diener des Bösen! Wie etwa Mrs Seravin hier.« Sie wies mit einer eleganten Handbewegung zu der Englischlehrerin in der dritten Reihe und nickte ihr kurz zu.

Die Schüler brachen in Gelächter aus, auch einige Lehrer schmunzelten. Die Englischlehrerin schien sich einen Moment lang zu verkrampfen, ertrug diese verbale Attacke dann jedoch mit einem duldsamen Lächeln. Wer hätte Maritas Augenzwinkern und diesem unschuldigen Blick denn auch widerstehen können? Sie bezirzte tatsächlich jeden. Unglaublich!

»Aber es gibt auch Engel unter uns!« Marita wollte sich die Aufmerksamkeit wieder zurückholen, und sofort verstummte das Gelächter. »Wir alle sind den Engeln dieser Welt schon einmal begegnet. Unseren Müttern, Vätern, Geschwistern. Ja, auch sie können manchmal zu Teufeln werden. Aber wir haben auch einen Engel unter uns, der heute nicht hier sein kann. Ihr wisst von wem ich spreche! Wer könnte ein besserer Engel sein als Will Gordon?!«

Ein paar kameradschaftliche Rufe aus dem Basketballteam erschollen, gefolgt von Fußestampfen und Klatschen in immer schnellerem Takt. »Will, Will, Will!«, tönte es durch die Turmhalle, und Emily bekam Gänsehaut. Zum Glück war ihr bester Freund nicht hier. Dieser Auftritt wäre ihm unglaublich peinlich.

Was auch immer Marita vorhatte, so langsam hatte Emily das Gefühl, es könnte funktionieren. Der Himmel war dort, wo man ihn brauchte, wo man ihn haben wollte. Hatte sie das nicht erst neulich mit Damian herausgefunden? Und wenn der Himmel hier war, in dieser Turmhalle, in dieser Schule, dann konnte es auch Engel geben. Schutzengel! Wenn Will in dieser Welt, in dieser Dimension, in diesem Himmel auf Erden bereits ein Schutzengel war, dann konnte er nicht mehr zu einem auserwählt werden. Marita schien zu derselben Erkenntnis gelangt zu sein, was für Emily verwirrender war als alles andere. Marita, die unsensible, oberflächliche und total selbstbezogene Tussi hatte in einer einzigen Nacht herausgefunden, wofür Emily Tage, Wochen, Monate gebraucht hatte. So lange hatte Emily an Damian und ihrer Liebe gezweifelt – anders als Marita. Für sie hatten diese Dinge nie infrage gestanden. Sie hatte nie auch nur eine Sekunde erwogen, Damian zu opfern. Gütiger Gott! War Marita am Ende ein besserer Mensch als sie selbst? Was sagte das über sie aus?

Weitere beunruhigende Gedanken blieben ihr zum Glück erspart, denn Marita erklärte ihnen nun endlich das gesamte Ausmaß ihres Projektes. Es sollte nicht nur ein Theaterstück werden. Es sollte Teil ihres Lebens, ihres Schulalltags sein und einen längeren Zeitraum andauern. Im Frühling sollte das Projekt mit dem Theaterstück beendet und gekrönt werden. Marita hatte genaue Vorstellungen. Die Schule sollte in zwei Bereiche aufgeteilt werden, in Himmel und Hölle, mit entsprechender Dekoration. Jeder erhielt eine Rolle für das Theaterstück. Doch niemand bekam ein Skript mit Texten und Handlungsabläufen. Nein, sie mussten das Theaterstück bis dahin selbst kreieren. Nur der vage Plot stand: Will, der Schutzengel, sollte auf die böse Seite gezogen werden. Während die guten Charaktere, jene aus dem Himmel, versuchten, ihn zu schützen und seine Seele zu retten, versuchten die bösen, jene aus der Hölle, ihn auf die dunkle Seite zu ziehen. Dazu sollte sich jeder Charakter gemeinsam mit seinen Mitspielern Strategien und Szenen ausdenken, Dialoge erschaffen und diese zu Papier bringen. Jeden Montag wollte Marita sich mit der Theatergruppe treffen und das Stück langsam entstehen lassen. Die böse Seite sollte sich etwas ausdenken, um an Will heranzukommen, und die gute Seite dachte sich in der danach folgenden Woche eine Reaktion darauf aus. Intrigen sollten gesponnen werden. So könnte es durchaus vorkommen, dass die böse Seite auf einen speziellen Charakter der guten Seite zuging und ihn für ihre Sache zu gewinnen versuchte. Solche geheimen Machenschaften sollten zu Papier gebracht und in die Schutzengelbox geworfen werden. Nur offene Plots würden an den Montagen besprochen werden, während die geheimen bis zum Schulende weiterlaufen und erst beim finalen Erstellen des Theaterstücks offenbart werden sollten. Und am Ende würde sich zeigen, wer gewann: das Gute oder das Böse.

Die Schüler und Lehrer waren begeistert. Auch Emily fand die Idee großartig, auch wenn sie nicht sicher war, ob dieses Theaterstück Gott tatsächlich beeindrucken würde. Doch einen Versuch war es wert.

Die Rollen wurden eingeteilt. Will war also der Schutzengel, der auf die böse Seite gezogen werden sollte. Marita selbst machte sich zur Anführerin der Bösen, zu Luzifers Braut. Wills bester Kumpel Matt wurde zum Anführer der Guten, zu Gott, erkoren. Jedoch machte Marita aus ihm einen Gott, der zum Erreichen seines Ziels – nämlich Will auf der guten Seite zu behalten – auch nicht vor dunklen Machenschaften zurückschreckte. Wie passend. Annie wurde zu einem Engel der guten Seite, mit der Tendenz zur bösen abzudriften. Dies sollte ein Hinweis sein, dass mit ihr womöglich Intrigen gesponnen werden konnten. Ob das ein Zufall war? Was dachte Marita sich bei der Schaffung der Charaktere wirklich? Und Emily? Wie könnte es anders sein? Emily wurde ein Vampir! Jedoch war sie geläutert und kämpfte mittlerweile für die gute Seite. Nur leider ernährte sie sich von Wills Blut und war kurz davor, ihm all sein Leben auszusaugen. Was sollte das nun wieder?

Die Lehrer wurden hauptsächlich auf die Höllenseite verfrachtet, nur einige wenige dienten dem Himmel. Die einstigen Cheerleader standen natürlich weiterhin in Maritas Diensten und somit ebenfalls auf der dunklen Seite. Gemeinsam würden sie sich bestimmt den einen oder anderen Trick ausdenken, um Will auf ihre Seite zu bekommen.

Marita war gerade dabei, das Basketballteam aufzuteilen, da ging plötzlich die Tür zur Turnhalle auf und ein hochgewachsener Engel kam mit weit ausholenden Schritten hereingeschneit. Das eben besprochene Thema zusammen mit Jophiels imposanter Erscheinung ließ die gesamte Versammlung wie erstarrt gaffen. Emily spürte, wie sich ihr Herzschlag beschleunigte. Was hatte das zu bedeuten? Was machte Jophiel in der Schule?

»Oh, oh«, sagte Annie nur, während Emily gebannt zwischen Marita und Jophiel hin- und herblickte. Marita schien nicht im Geringsten beunruhigt und lächelte dem einstigen Engel mit ihrer perfektionierten Unschuldsmiene entgegen.

»Aber hallo!«, rief sie fröhlich. »Was führt dich denn hierher?«

Jophiel erwiderte etwas, doch so leise, dass keiner der sensationslüsternen Schüler und Lehrer es verstand. Marita lachte. Dann wandte sie sich an die Theatergruppe.

»Also gut.« Sie klatschte in die Hände. »Ihr wisst jetzt alle, was zu tun ist. Wir treffen uns in einer Woche wieder. Lasst euch was einfallen!«

Die Versammlung begann sich aufzulösen. Alle redeten

aufgeregt durcheinander, wobei einige Jophiel neugierige Blicke zuwarfen. Ein paar Lehrer sprachen noch mit Marita oder musterten Jophiel, der sich wohl als irgendein Verwandter oder Bekannter ausgab, und schließlich leerte sich die Turnhalle. Emily bemerkte, wie Jophiel Marita beiseiteziehen wollte. Sie wollte gerade zu ihnen gehen, da stand Annie abrupt auf. »So ein Unsinn«, murmelte das Mädchen vor sich hin. »Das wird niemals funktionieren. Wir verplempern nur unsere Zeit. In dieser Minute könnte Will erneut … angegriffen werden.«

Emily wandte sich ihr zu. »Hast du vielleicht eine bessere Idee? Es ist ja nicht so, als hätten wir mit diesem Projekt aufgegeben, nach einer Lösung zu suchen. Doch wenigstens machen wir *irgendetwas*. Wenn uns noch etwas Besseres einfällt: Gut! Aber im Moment …«

Annie schüttelte den Kopf. »Ich hab nichts gegen dich, Emily«, sagte sie, wobei ihr Blick ihre Worte Lügen strafte. »Aber das hier wird Will nicht retten. Ich verschwinde.«

»Gehst du ins Krankenhaus?«

Annie nickte, und Emily beschloss, ihren Besuch bei Will noch etwas hinauszuschieben, denn sie wollte nicht gemeinsam mit Annie dort sein. Sie schlenderte zu Jophiel und Marita hinüber. Der Engel war gerade dabei, sich turmhoch vor ihr aufzubauen.

»Was erhoffst du dir davon?«, fragte er in nicht besonders engelhaftem Ton. »Glaubst du wirklich, mit einem Theaterstück gegen unseren Herrn vorgehen zu können?«

Marita lehnte sich gegen die Kletterwand und überkreuzte die Fußknöchel. »Wir werden sehen«, erwiderte sie gelassen. »Immerhin werde ich beweisen, dass Will nicht auf die böse Seite gelangen wird.«

Emily horchte auf. Also darum ging das Ganze!

»Will soll ein Schutzengel werden«, fuhr Marita fort. »Jetzt sofort, damit seine Seele nicht beschmutzt wird. Aber ich sage dir, das wird sie auch in hundert Jahren menschlichen Lebens nicht. Diese kleine Show soll das nur verdeutlichen. Das Gute wird siegen. Ich weiß es.«

»Unfug«, zischte Jophiel wütend, und Emily wunderte sich mal wieder darüber, wie die sanften meerblauen Augen bei Maritas Anblick plötzlich imstande waren, Blitze zu schleudern. »Das wird nicht funktionieren.«

»Ach nein?« Marita hob in gespielter Verwirrung die Hände. »Aber wie soll Will denn noch zu einem Schutzengel auserwählt sein, wenn er bereits einer ist?« Sie grinste Emily an, die verblüfft die Stirn runzelte. Dieser winzige Moment, dieser kurze Blick der Verschwörung: als wären sie Freundinnen! Wie gruselig. Marita schien davon nicht minder schockiert, denn sie blinzelte schnell und wandte sich wieder an Jophiel. »Will ist der Schutzengel dieser Schule«, erklärte sie ihm. »Der Schutzengel dieser Stadt. Er kann nirgendwo anders Schutzengel sein.«

»So funktioniert das nicht, Marita.«

»Schade.« Marita lächelte zu ihm hoch. »Dann muss ich wohl ernst machen. Ihr zwingt mich dazu. Die Seelen dieser Stadt stehen immer noch frei zur Verfügung. Vielleicht lasse ich sie alle in eine gewisse Richtung gehen.«

»Das vermagst du nicht.«

»Wir werden sehen.« Die beiden durchbohrten sich mit Blicken. Sie schienen von Emilys Anwesenheit überhaupt nichts mehr mitzubekommen, doch Emily war entschlossen dies zu ändern. Hatte Marita nicht vorhin noch gesagt, es wäre keine Zeit für kindische Plänkeleien? Nun, sie sollte sich lieber an die eigene Nase fassen. Was tat sie denn hier mit Jophiel?

»Auf welcher Seite stehst du?«, fragte Emily den einstigen Engel daher rundheraus. Wenn sie eine Strategie entwickeln und Will retten wollten, mussten sie wissen, wem sie vertrauen konnten. »Du bist hier, um Damian bei seinem Menschsein zu helfen und auch, um ihm gegen Luzifer beizustehen. Aber auf welcher Seite stehst du, was die Sache mit Will betrifft?«

Jophiel löste den Blick endlich von der Schulbarbie und wandte sich ihr zu. »Da gibt es keine Seiten«, erwiderte er ruhig. »Will hat eine Aufgabe, die größer ist als ein Leben als Mensch und …«

»Falsche Antwort.« Marita stieß sich von der Kletterwand ab und hüpfte hoch. Zu Emilys und Jophiels Überraschung schmatzte sie dem einstigen Engel einen Kuss auf die Wange.

»Tut mir leid, Engel«, sagte sie zuckersüß und strich mit einem manikürten Finger über die geküsste Stelle. »Für dich habe ich leider keine Rolle. Du bist in unserer Runde nicht willkommen.« Sie hängte sich bei Emily unter und zog sie mit. »Komm, Vampirchen«, sagte sie gut gelaunt. »Lass uns dem Schutzengel einen Besuch abstatten.«

Emily war viel zu perplex, um das Gespräch fortzuführen oder irgendetwas gegen Maritas Griff zu unternehmen. Sie spazierte gerade eingehängt mit Marita durch die Turnhalle! Das würde Will ihr niemals glauben. Auch Jophiel stand da wie versteinert. Emily warf noch einen Blick zurück über die Schulter. Sie hatte recht! Die gute

Marita hatte ihn aus dem Konzept gebracht. Wahnsinn! Reglos und angespannt stand er da. Dann hob sich seine Hand, und er berührte sacht seine Wange. Emily wandte sich ab. *Oje,* dachte sie und ließ die Turnhalle hinter sich. *Oje, oje.*

Theater

»Wird es funktionieren?«

Emily blickte von ihren Hausaufgaben auf und drehte sich mit ihrem Schreibtischsessel um. Trotz all den Himmel- und Höllenproblemen und dem neuen Schulprojekt musste der Alltag weitergehen, und die Lehrer traktierten sie zurzeit mit Aufsätzen über Schiller.

Damian lehnte in der offenen Tür. Er trug noch seine Jacke, vermutlich kam er gerade von der Arbeit. In seinem Haar schmolzen die Schneeflocken. Den ganzen Tag über hatte sie das seltsame Flattern in ihrem Inneren gespürt. Sie hatte noch nicht einmal an ihn denken müssen, das Kribbeln war einfach ständig da gewesen. Die letzte Nacht, dieses über ihnen schwebende Fragezeichen, hatte sie von Stunde zu Stunde begleitet. Maritas Verrücktheiten waren eine willkommene Abwechslung gewesen, doch jetzt stand Damian hier, zum Greifen nahe.

»Was wird funktionieren?«, fragte sie so gleichgültig wie möglich, damit er nichts von ihrem inneren Aufruhr mitbekam. Mit Schwung, als wäre sie kein bisschen nervös, klappte sie das Heft zu und erwiderte Damians Blick lächelnd. Sie musste ihm von dem Theaterprojekt erzählen. Wenn sie nur einen klaren Gedanken fassen könnte …

»Maritas Einfall.« Damian kam auf sie zu. Er zog den

Reißverschluss der Jacke auf und lehnte sich neben ihr an den Schreibtisch. Emily schluckte.

»Das Theaterstück«, half er ihr auf die Sprünge. »Meinst du, es wird etwas nützen?«

Emily hob die Schultern. »Einen Versuch ist es wert. Woher weißt du überhaupt davon?«

»Jophiel.« Mit einem verschmitzten Lächeln sah er auf sie hinab. »Er scheint nicht gerade begeistert davon zu sein. Wenn man bedenkt, dass er mir sogar auf dem Nachhauseweg auflauert, um mich dazu zu bringen, dir und Marita die Sache auszureden …«

»Was?« Emily sprang so schnell hoch, dass der Stuhl auf seinen Rollen zurückfuhr und sie beinahe das Gleichgewicht verlor. Damian umfasste ihre Arme und richtete sie lachend auf.

»Sachte«, sagte er, machte aber keine Anstalten, sie wieder loszulassen. »Du musst mich nach einem harten Arbeitstag nicht gleich anspringen. Ich bin dafür, wir gehen es langsam an.«

Emily starrte ihn vollkommen verwirrt an und versuchte sich an das Thema ihres Gesprächs zu erinnern. Ihr Blick hing an seinen Augen mit dem grünen Schimmer darin. An der Seite hatte er winzige Lachfältchen. Dann wanderte ihr Blick weiter zu seinem Mund, den perfekt geformten Lippen, die weder zu voll noch zu schmal waren. Sie wusste genau, wie sie sich anfühlten …

Nach Luft schnappend fuhr sie zurück. »Wie kann Jophiel das tun?« Sie klammerte sich an das Rettungsseil, das sie vorm Ertrinken rettete. Er durfte sie nicht so nervös machen. Sie sollte gelassen bleiben. Dass ihre Mutter bei den Morningstars auf einen Nachtmittagstee war und danach noch mit Annies Mutter Essen gehen wollte, half ihr nicht unbedingt weiter. Die letzte Nacht war schon schlimm genug gewesen. Jetzt allein mit ihm in ihrem Zimmer zu sein, ließ sie die Intensität seiner Nähe doppelt und dreifach spüren. Täglich wurde das schlimmer! Was war nur mit ihr los? Etwas lag in der Luft. Es war, als ob ein Damoklesschwert über ihr schwebte und der Boden sich jeden Moment auftun konnte, um sie zu verschlingen. Himmel und Hölle waren eine Bedrohung, und Emily hatte keine Ahnung, wie all das ausgehen würde, wer ... am Ende noch am Leben war. Etwas in ihr tickte, schneller, lauter, trieb den Takt immer weiter. Es schien kein Morgen zu geben, und jeder Moment mit Damian verschlimmerte dieses Gefühl. Die letzten Ereignisse hatten ihr deutlich vor Augen geführt, wie vergänglich das Leben war. Ging es etwa nur ihr so?

Damian bemerkte anscheinend nichts von ihrem innerlichen Chaos. Zumindest tat er so. Er knetete seine schmalen Hände mit den schlanken Fingern, an denen sich die Knöchel deutlich abhoben, und blickte zu Boden. »Jophiel meint, es würde nichts bringen«, erklärte er, ohne zu ihr aufzusehen. »Marita würde sich dadurch lediglich in Gefahr bringen. Mit ihren Drohungen ... Jophiel sagt, er wäre hier, um gegen Luzifer vorzugehen und mich zu unterstützen, nicht aber, um eine menschliche Seele ins Verderben zu führen. Marita muss aufgehalten werden, ehe jemand anders sie aufhält.« Abrupt sah er zu ihr auf. »Jophiel fürchtet um ihr Leben.«

»Also das ist es.« Emily wich seinem Blick aus und schlenderte an ihm vorbei zur Kommode. Dort nahm sie die Haarbürste in die Hand, obwohl sie nicht wirklich wusste, was sie damit anstellen sollte. Sie wagte aber auch nicht, sich zu ihm umzudrehen. »Mir ist schon aufgefallen, dass es zwischen den beiden knistert.«

»Was?« Ein Lachen in ihrem Rücken. »Das meinst du nicht ernst. Jophiel ist … uralt. Und Marita? Niemals.«

»Es ist das, was ich wahrnehme.« Es war leichter über die beiden zu reden, als dem Knistern in diesem Raum Beachtung zu schenken. »Ich dachte zuerst, Jophiel stünde nicht auf unserer Seite, dass er Gott einfach vorbehaltslos dient, doch … das ist es nicht. Ich habe ihm im Krankenhaus ins Gesicht gesehen. Er ist von Wills Auswahl keineswegs so begeistert wie er vorgibt. Er versucht uns das zwar weiszumachen, aber so ist es nicht. Er hat Angst um Marita.«

»Vielleicht hat er Angst um sie, weil er ein Engel ist. Sie ist eine menschliche Seele. Etwas anderes bezweifle ich.«

Emily hob die Schultern. »Keine Ahnung. Ich werde die zwei jedenfalls im Auge behalten.«

Sie drehte die Bürste in den Händen und wartete auf eine Antwort. Doch nichts geschah. Im nächsten Moment lagen plötzlich Damians Hände auf ihren Schultern. Emily zuckte zusammen und konnte nur mühsam einen Aufschrei unterdrücken. Genauso wie damals in Wills Haus rieten ihr ihre Instinkte zur Flucht. Sie war so angespannt, dass sie innerlich zitterte.

»Emily?«

»Hm?« Lediglich ein Piepsen, zu mehr war sie nicht imstande. Hinter sich hörte sie Damian leise ausatmen.

»Emily«, begann er rau. »Dieser Tag heute … Ich hab dich so vermisst. Ich konnte an nichts anderes denken als …« Er hielt inne und atmete nun hörbar ein. »Letzte

Nacht … Ich hab kein Auge zugetan. Mit jeder Faser meines Körpers habe ich dich gespürt, und so etwas ist mir fremd. Mit jeder Zelle meines menschlichen Körpers und jedem Teil meiner Seele, ob nun dämonisch oder himmlisch … Ich habe dich gespürt, und das ist kaum auszuhalten.«

Emily riss die Augen auf. Langsam blickte sie hoch, und ihre Blicke trafen sich in dem Spiegel über der Kommode. Ihr Herz polterte und rumpelte in der Brust. Er drehte sie zu sich herum, sodass sie gezwungen war, ihn direkt anzusehen. Nein, sie durfte nicht flüchten, sie *wollte* nicht flüchten. Denn sie wusste genau, wovon er sprach.

Ihre Hand zitterte, als sie sie auf seine Brust legte. Sein Herz raste. Sein menschliches Herz. Und es gehörte ihr. Beinahe hätte sie aufgeschluchzt. Sie wusste nicht, woher diese plötzliche Weinerlichkeit kam, die von einem Moment auf den anderen in ihr hochstieg. War es vor Glück? Ja, es fühlte sich so an. Sie hatte etwas gefunden, das sie trotz all den furchtbaren Dingen um sie herum glücklich machte. Sie besaß etwas so Wertvolles und hatte selbst etwas verschenkt. Wann war das geschehen? Wann hatte sie Damian ihr Herz anvertraut und ihre Angst abgelegt? Sie konnte sich nicht erinnern, es war wohl schleichend passiert. Anfangs nur eine Liebelei, ein Traum in einem Feld aus Gänseblümchen. Damals war sie sich ihrer Liebe zu Will so sicher gewesen und hatte Damian stets als Schwärmerei und Verliebtheit abgetan. Doch jetzt war alles anders. Ihre Liebe war reifer, und die Mauer zwischen ihnen war endlich fort.

Ihr Blick traf den seinen. Konnte er es sehen? Konnte er sehen, dass nichts mehr zwischen ihnen stand? Er suchte danach, sie konnte es deutlich erkennen und spüren. Stumm stellte er die Frage: Bist du wirklich bei mir?

Emily holte abgehackt Luft.

»Ja«, beantwortete sie seine unausgesprochene Frage, und Damian verstand. Ihre Antwort würde immer nur »Ja« lauten. Jetzt wusste sie, dass diese zitternde Anspannung in ihrem Körper nicht von dem Wunsch zur Flucht herrührte. Es war der Wunsch, einen Schritt weiterzugehen, nicht länger an Ort und Stelle zu verharren. Viel zu lange waren sie auf dieser Achterbahnfahrt rauf- und runtergefahren.

»Wie schnell sollte ein menschliches Herz schlagen?«, flüsterte Damian, und die Unsicherheit seiner Stimme berührte sie bis tief in ihre Seele. »Ich habe Angst, es könnte stehen bleiben.«

Ihre Mundwinkel hoben sich zu einem zaghaften Lächeln. »Keine Sorge.« Sie spürte jeden Schlag an ihrer Hand. »Das wird es nicht. Wir Menschen halten so einiges aus.«

Damian lachte auf und zog sie an sich heran. Im nächsten Augenblick lagen seine Lippen auf ihren. Sie wusste nicht, wer wen geküsst hatte, wer den Anfang gemacht hatte. Sie fanden einfach zueinander. Sanfte Leidenschaft brannte zwischen ihnen. Es war keine Explosion, kein Feuerwerk, sondern eine stetig brennende Flamme, die sie wärmte, jedoch nicht verbrannte. Sie spendete Geborgenheit. Emily spürte Damians Fingerspitzen über ihr Gesicht streichen, als wäre sie etwas Filigranes, Zerbrechliches.

Emily umklammerte seine Schultern, schob seine Jacke herunter und drückte sich näher an ihn. Leicht wie der Hauch des Windes fuhren seine Finger ihren Hals hinab und gruben sich unter die Träger ihres Shirts. *Wie der*

Kuss eines Engels, fuhr es ihr durch den Kopf. Auf einmal lösten sich seine Lippen von ihren, und seine grünen Augen fingen ihren Blick ein. »Hast du vorhin wirklich ›ja‹ gesagt?«, fragte er heiser. Emily zögerte keine Sekunde. Sie hatte keinerlei Zweifel. Weg waren die Gedanken über ihr Kinderzimmer und das, wofür es stand. Dieser Raum verlor nicht seine Unschuld, nur weil sie hier die Liebe fand. Im Gegenteil. Es war der perfekte Ort.

Statt ihm zu antworten, löste Emily sich von ihm und zog ihn mit sich zum Bett. Seine Arme fingen sie ein, noch ehe sie es erreicht hatte. Er drehte sie wieder zu sich und ließ sie jeden Gedanken an das Wie, Wo und Warum bei einem weiteren Kuss vergessen. Der Duft von Wiesen und Blumen hüllte sie ein. Zusammen sanken sie zwischen die Kuscheldecken, und Emily vergaß, wo sie war, vergaß, dass jeden Moment ihre Mutter früher nach Hause kommen könnte, ja, sie vergaß sogar, dass Höllenhunde um sie herumstreichen würden. Es war egal. Damians Berührung war das einzig Reale. Seine Haut unter ihren Fingern. Nie zuvor hatte sie etwas Ähnliches gefühlt. Geschah das alles wirklich? Oder träumte sie? Aus den Augenwinkeln meinte sie einen Schatten zu erkennen, doch sie schloss die Lider und ignorierte ihn. Sie trug ihr Kreuz, ihr konnte nichts geschehen. Stück für Stück verschwand ihre Kleidung, aber die Kette blieb. Luzifer hätte den Boden aufreißen lassen können. Es wäre ihr egal gewesen. Durch nichts und niemanden würde sie sich diesen Moment zerstören lassen. Nicht ein einziges Mal flüsterte Damian ihr ein Geständnis seiner Liebe zu. Kein einziges Mal nutzte er diesen Augenblick, um ihr seine Gefühle zu offenbaren. Er sagte nicht: Ich liebe dich. Das war nicht nötig. Sie wusste es. Sie spürte es mit jeder zärtlichen Berührung, jedem Kuss mühsam beherrschter Leidenschaft, jedem fragenden Blick. Es war eine fremde Welt, so wie einst der Traum von Gänseblümchen fremd für sie gewesen war. Doch so wie Damian ihr seine Welt gezeigt hatte, hatte Emily ihm als Mensch die ihre gezeigt. Nun gingen sie gemeinsam ins Unbekannte und lernten eine neue Welt zusammen kennen.

***

»Das ist der Himmel«, flüsterte Damian und zog ihren Kopf an seine Schulter. Draußen wurde es allmählich dunkel, und ihr Zimmer war in ein Zwielicht aus kalten Blau- und Grautönen gehüllt. Emily erschien alles bunt und leuchtend. Ja, sie war im Himmel, und dieser Moment dürfte niemals vergehen.

»Es ist fast wie in meinen Träumen«, gab sie im gleichen Flüsterton zurück. Sie wusste nicht, weshalb sie so leise sprach. Irgendwie hatte dieser Moment etwas Heiliges, und sie wollte ihn nicht durch den Klang ihrer Stimme zerstören. »Auch damals wollte ich nicht aufwachen.«

Damian streichelte über ihren Oberarm, der quer über seiner nackten Brust lag. »Du musst nicht aufwachen«, sagte er. »Jetzt ist es kein Traum mehr. Es kann immer so weitergehen.«

Emily hob den Kopf. »Wirklich?«, fragte sie grinsend, doch Damian zog sie wieder an sich.

»Heute Nacht werde ich wohl eure Couch testen«, sagte er, was Emily einen eigentümlichen Stich versetzte. Sie wollte gar nicht so weit in die Zukunft denken. Nur dieser Moment zählte. Der Gedanke, sich von ihm zu lösen, war alles andere als traumhaft.

»Ich lass dich nicht gehen«, beschied sie daher. Sie spürte Damians Lachen in seiner Brust beben.

»Nein, Emily«, erwiderte er sanft. »Letzte Nacht war schwer genug. Und das hier … ändert alles. Ich kann nicht die ganze Nacht neben dir liegen, ohne zu wiederholen … Jetzt nicht mehr.« Emily wollte protestieren, obwohl sie wusste, dass auch sie sich schon jetzt nach dieser unglaublichen Nähe und Verbundenheit zurücksehnte. Doch Damian ließ sie nicht zu Wort kommen. »Bald werde ich mir eine Wohnung suchen. Irgendwas Kleines, Gemütliches, für uns beide.«

»Meine Mutter wird mich niemals zu dir lassen.«

»Oh doch, das wird sie. Sie mag mich.«

Emily hob den Kopf. Sein schläfriger Blick ließ tausende Schmetterlinge durch ihren Bauch jagen. »Vielleicht hast du recht«, sagte sie und stellte sich vor, wie es wäre, jederzeit mit Damian zusammen sein zu können. Ohne sich darum kümmern zu müssen, ertappt zu werden. Sie könnten einfach Zeit miteinander verbringen, gemeinsam lachen, einen Film ansehen, Popcorn essen, sich küssen und lieben. »Es wird wundervoll.« Sie streckte sich und gab ihm einen sanften Kuss. Damian zog sie näher an sich, und erneut geriet Emily in einen unheimlichen, zugleich aber auch völlig sicheren Schwebezustand. Ihr konnte nichts passieren.

Im nächsten Moment ertönte das Knirschen von Autoreifen auf Schnee. Sofort fuhr sie zurück.

»Oh mein Gott«, keuchte sie und sprang aus dem Bett. Die Decke zog sie mit sich und wickelte sich schnell darin ein. Dermaßen gekleidet stürmte sie zum Fenster und blickte hinunter in die Einfahrt. Die Scheinwerfer des Wagens ihrer Mutter gingen gerade aus! Warum war sie so früh zurück? Doch es blieb keine Zeit, darüber nachzudenken.

»Schnell!«, keuchte sie und sammelte Damians Kleidung auf. Aus den Augenwinkeln bemerkte sie, wie Damian sich erhob. Für Befangenheit über seinen Anblick war nicht der richtige Zeitpunkt, auch wenn sie auf der Suche nach weiterer Kleidung ihren Blick immer wieder über ihn gleiten ließ. Sobald sie meinte, alles gefunden zu haben, schob sie ihn aus der Zimmertür ins Bad gegenüber. »Meine Mutter wird glauben, du bist nach der Arbeit gleich unter die Dusche.«

Damian hob die Augenbrauen. »Aber ich hab bei der Arbeit geduscht!«

»Das weiß *sie* doch nicht! Schnell jetzt!« Sie schloss die Tür hinter ihm und wollte gerade zurück ins Zimmer laufen, da öffnete sich die Tür erneut, und Damian steckte seinen Kopf heraus. Er grinste. »Emily?«

Sie würde ganz sicher jeden Moment vor Angst tot umfallen. »Ja?«, fragte sie ungeduldig. Er packte ihr Handgelenk, zog sie mit einem Ruck zu sich und küsste sie. Emily sank vor Schwäche gegen seine Brust. Nein! Nicht jetzt!

»Ab unter die Dusche!«, zischte sie, ertappte sich aber ebenso bei einem Grinsen. Damian zwinkerte ihr zu und schloss endgültig die Tür hinter sich. Emily rannte zurück in ihr Zimmer. Ihr Herz war kurz vorm Zerspringen, ihr Puls pochte in ihrem Hals und in den Schläfen, bis ihr schwindlig wurde. Wieso waren ihre Hände so ungeschickt? Sie brauchte dreimal so lange wie sonst, um in ihre Kleidung zu schlüpfen. Unten hörte sie die Haustür ins Schloss fallen.

»Emily?«

»In meinem Zimmer!« Sie zog den Reißverschluss ihres Sweaters hoch und knöpfte die Jeans zu.

»Ich hab dir Kuchen mitgebracht! Ist Damian schon da?«

Ein hohes Keuchen entfuhr ihr. »Ja! Ist er!« Alles um sie herum begann sich zu drehen. Verzweifelt suchte sie ihr Zimmer nach verräterischen Spuren ab. Gehetzt faltete sie die Decken neu und zog das Laken glatt. Was noch? *Was noch?*

Schritte auf der Treppe.

Emily rannte zum Schreibtisch, nahm Block und Stift. Dann stürmte sie zum Fenster und riss es auf. Frische Luft. Nichts durfte ihrer Mutter einen Hinweis geben. Denn ihre Mutter war ein Profi, gleich einem Polizeispürhund.

Das Knarren der sich öffnenden Tür.

Emily plumpste auf die Fensterbank, hob ein Bein hoch, legte den Block auf ihr Knie und setzte den Stift an.

Ihre Mutter erschien in der Tür. »Hi, mein Schatz.« Sie lächelte ihr zu.

Emily lächelte zurück, obwohl sie fürchtete, dass es eher eine Grimasse war. »Hi.« Kaum mehr als ein Piepsen.

Die Augenbrauen ihrer Mutter zogen sich zusammen. »Wieso sitzt du am offenen Fenster?«

Emily drehte sich um, spürte die Schneeflocken, die ihr ins Gesicht fielen und sah wieder zurück zu ihrer Mutter. »Ähm … Die Scheibe hat … das Bild … das Licht hat reflektiert. Es ist … es ist besser, wenn nichts zwischen mir und meinem Motiv ist.«

Ein missbilligendes Kopfschütteln. »Dann zieh dir wenigstens eine Jacke an. Meine Güte, du wirst noch krank.«

»Okay. Mach ich.« Bam, bam, bam. Ihr Herz raste vor sich hin.

Der Blick ihrer Mutter wanderte durch ihr Zimmer. Bam, bam, bam, bam.

»Komm runter, wenn du fertig bist. Und sag Damian Bescheid, wenn er aus dem Bad kommt.«

»Okay.« Ihre Stimme wurde immer schriller.

Ihre Mutter lächelte und machte Anstalten zu gehen. Doch da fiel ihr Blick plötzlich auf den Boden.

»Wieso liegt Damians Jacke hier?«

Bam, bam, bam, bam, bam. »Seine Jacke?« Sie räusperte sich, versuchte ihrer Stimme einen normalen Klang zu geben. »Ähm … also … Er kam von der Arbeit und … er … er sah mich hier am Fenster und …« Ein weiteres Räuspern. Wieso war ihr Hals so trocken? »Er … also, er meinte auch, ich solle mir was Warmes anziehen.« Sie lächelte. Ihre Mutter erwiderte ihren Blick. Ihre Miene hatte etwas Beunruhigendes, aber dann drehte sie um und schloss wortlos die Tür hinter sich.

Emily atmete auf, als hätte sie die ganze Zeit über die Luft angehalten. Keuchend sank sie zurück gegen den Fensterrahmen.

Die Tür ging erneut auf. »Ach, Emily?«

Ihr Kopf fuhr hoch. »Hm?«

»Ich bin deine Mutter.«

Emily hob fragend die Augenbrauen, auch wenn sie fürchtete, der Schreck würde ihr nur allzu deutlich ins Gesicht geschrieben stehen. Ihr Versuch, die Ahnungslose zu spielen, schien nicht zu funktionieren. Sie kam aber nicht dazu, zu fragen, was ihre Mutter meinte, denn die schloss bereits die Tür und verschwand. Emily ließ den Kopf auf die Knie sinken. Na klasse!

Mary Norvell mochte zwar ihre Mutter sein, aber immerhin erwähnte sie auch später nichts von ihren Verdächtigungen. Stattdessen beschränkte sie sich auf ein paar beunruhigend wissende Blicke, wohl in der Hoffnung, Emily damit zu einem Geständnis zu zwingen. Sie wartete anscheinend darauf, dass Emily von selbst zu ihr kam, um ihr alles zu erzählen. Wer konnte es Emily da verübeln, dass sie an diesem Abend schon früh zu Bett ging? Damian schlief brav auf der Couch, auch wenn sie sicher war, dass seine Gedanken genauso wie ihre um diese neue Erfahrung kreisten. Emily konnte es immer noch nicht fassen. Sie glaubte immer noch, das alles wäre nur ein Traum gewesen. Die halbe Nacht lag sie wach und dachte darüber nach, ein Grinsen im Gesicht. Denn am Ort des Geschehens zu liegen, machte es nicht unbedingt leichter, einzuschlafen. Sie war putzmunter und hätte einen Marathon laufen können. Am nächsten Morgen war sie daher ausnahmsweise froh, in die Schule zu müssen und den alles sehenden Augen ihrer Mutter zu entgehen. Dort wurde sie zwar sogleich von dem Himmel- und Höllenproblem eingeholt, aber an diesem Tag vermochte nichts und niemand ihren innerlichen Höhenflug zu bremsen. Überall im Korridor standen Leitern, flauschige Wolken wurden aufgehängt, Engelsfiguren oder auf der anderen Seite der Schule Halloweenzeugs, das wohl die Hölle darstellen sollte. Alle redeten über Maritas Projekt, und Emily musste sich nicht nur einmal von Anhängern der Hölle schützen, die sie – den geläuterten Vampir – zurück auf die böse Seite holen wollten. Schüler, mit denen sie nie zuvor geredet hatte, kamen nun auf sie zu. Das alles war so verrückt. Beinahe hätte Emily einen Vertrag unterschrieben, ohne zu wissen, was daraufstand. Erst als ihr Blut zur Besiegelung gefordert und ihr dafür eine Nadel gereicht wurde, kam sie wieder zur Besinnung und versicherte, niemals die Seiten zu wechseln. Ihre Gedanken kreisten permanent um Damian. Egal, wohin sie ging, ihre Schritte waren leicht, als liefe sie über die Wolken, die über ihr schwebten.

Im Englischunterricht starrte sie die Tafel an und sah die ganze Zeit Damians Augen vor sich. Sie spürte seine Berührung und schreckte im nächsten Moment hoch. Das Blut schoss ihr in die Wangen, und sie war sicher, jeder in der Klasse konnte ihr an der Nasenspitze ansehen, was sie am vorherigen Tag getan hatte. Es war einfach so passiert, ohne sorgfältige Planung, ohne sich großartig Gedanken zu machen. Und es hatte sich so richtig angefühlt! Hätte ihr noch vor zwei Tagen jemand gesagt, dass sie diesen Schritt machen würde, sie hätte gelacht. Und dann das!

Und als wäre der Tag nicht schon merkwürdig genug, kam Marita nach Unterrichtsende auf sie zu.

»Bereit, dem Schutzengel einen Besuch abzustatten?«, fragte sie, wartete aber keine Antwort ab. Sie zog Emily über den Parkplatz zu ihrem Wagen, und so fand Emily sich nur wenig später im Krankenhaus wieder. Annie war zum Glück nicht da. Sie mochten zwar keine Feindinnen sein, doch Emily hatte in ihr auch nie eine wahre Freundin gesehen. Jedenfalls nicht so, wie Mandy es gewesen war. Sie hatte es wirklich versucht. Mit aller Kraft hatte sie versucht, in Annie ihre wahre, beste Freundin zu finden, doch eine solche Verbundenheit ließ sich wohl nicht erzwingen. Vielleicht war Emily auch einfach nicht der Freundinnentyp. Sie mochte Annie, ja – oder zumindest hasste sie sie nicht –, aber innige Vertrautheit würde zwischen ihnen niemals herrschen. Emily verspürte zum Beispiel überhaupt nicht den Drang, Annie anzurufen und ihr vom letzten Abend zu erzählen. Mit Mandy wäre das anders gewesen.

Der Besuch bei Will kostete sie ein nicht geringes Maß an Überwindung. Wer kannte sie besser als ihr bester Freund? Würde er es ihr ansehen? Ihr Glück? Wie würde er reagieren? Sollte sie ihm von sich aus davon erzählen? Dieses Erlebnis mit ihm teilen? Vermutlich war es nicht der richtige Moment. Er musste erst wieder auf die Beine kommen. Bestimmt würde er sich darüber aufregen, denn das mit Damian war so schnell gegangen, und Will würde sie mit ziemlicher Sicherheit für unvernünftig halten. Aber im Grunde hatte er kein Recht, sich darüber aufzuregen. Er war zwar ihr bester Freund, doch die Sache mit Damian ging nur sie etwas an.

Will ging es besser. Er saß aufrecht im Bett, sein von Schrauben zusammengehaltenes Bein ruhte eingegipst auf den Laken. Wie schon am Tag zuvor machte Marita sich nicht besonders viel aus dem Begrüßungsritual der zivilisierten Welt, zumindest bestehend aus einem »Hallo«. Nein, sie riss die Krankenzimmertür auf, winkte kurz in Wills Richtung, durchquerte den Raum mit ihrem schwungvollen Gang, zog Wills Decke zurück, zerrte das Hemd ein Stück nach unten und fluchte.

»Er hat noch nicht aufgegeben«, stellte sie beim Anblick des Mals fest. »Es ist immer noch da. Na gut. Ich kann auch anders.«

»Schön, dich zu sehen, Marita.« Ergeben ließ Will sich zurück in die Kissen sinken. Emily trat näher, auch wenn sie gerne geflohen wäre. Er würde es ihren Augen ansehen. Bestimmt!

»Hey, Emily.«

Sie blickte hoch. »Hm?«

»Was ist mit dir?« Wills Blick ruhte auf ihr, und sofort stieg wieder Hitze in ihrem Gesicht auf. Mit klammen Fingern nestelte sie den Reißverschluss ihrer Jacke auf.

»Ach.« Sie steckte die Hände in die Taschen. Ganz unauffällig benehmen, ganz unauffällig. »Ich dachte nur gerade an Maritas Projekt. Beinahe hätte ich heute einen Vertrag unterschrieben, der ...«

»Hey!« Marita warf die Arme in die Luft. »Diese Dinge sind geheim! Wie soll das Projekt funktionieren, wenn du geheime Machenschaften ausplauderst?«

Will lachte in sich hinein. »Bin ich froh, im Moment nicht zur Schule zu müssen. Das alles klingt ...«

»Irre?«, fragte Emily, ergatterte sich damit aber leider Wills Aufmerksamkeit zurück. Seine blauen Augen musterten sie von oben bis unten und verharrten schließlich auf ihrem Gesicht.

»Emily, sag mal ...«

Die Tür flog auf, und Emily atmete erleichtert aus. Als sie sich jedoch umdrehte und Jophiel eintreten sah, ahnte sie Böses.

Marita hingegen lächelte. »Na, wen haben wir denn da? Wüsste ich es nicht besser, würde ich sagen, du läufst mir hinterher. Manche mögen es ja romantisch finden, einen Stalker zu haben, ich persönlich steh nicht so drauf, Engel. Schon heute früh sagte ich dir ...«

»Das muss ein Ende nehmen, Marita. Du kannst nicht herumlaufen und *Gott* bedrohen!«

Will und Emily tauschten einen Blick. Will hob eine Augenbraue, doch Emily zuckte nur mit den Schultern. Vielleicht lag es an Emilys plötzlich erweckter romantischer Seite – sie fand, der einstige Engel und die Schulbarbie würden ein wundervolles Paar abgeben. Wie sie sich gegenseitig anfunkelten – das schrie doch geradezu nach einer Romanze!

»Kann ich nicht?«, fragte Marita gelangweilt. Als wäre sie hier zu Hause, nahm sie auf der Kante von Wills Krankenbett Platz und betrachtete ihre Fingernägel. »Ich sag dir eins, Engel. Du kannst weiterhin nachts vor meinem Fenster stehen.« Sie blickte hoch und zeigte mit dem Finger auf ihn. »Glaub nicht, ich hätte es nicht bemerkt.« Die Betrachtung ihrer Nägel wurde fortgeführt. »Du kannst auch weiterhin überall dort auftauchen, wo ich gerade bin, du kannst mir sagen, ich soll mich mit Wills baldigem Ableben …«

»Hey!« Will winkte ihr zu. »Ich bin hier, schon vergessen?«

Marita zuckte die Schultern. »Reg dich nicht auf! Ich sage nur, wie es ist.« Sie blickte wieder zu Jophiel auf. »Also, du kannst mir sagen, ich soll mich mit Wills Ableben abfinden, aber das werde ich nicht, kapiert? Ich werde mich mit überhaupt nichts abfinden. Und wenn ich Lust habe, Gott zu bedrohen, dann tue ich das. Zum Beispiel jetzt.« Sie erhob sich vom Bett und straffte die Glieder. »Lieber Gott«, begann sie, »wenn du glaubst, du könntest Will aus unserer Mitte reißen, dann werde ich …«

Jophiel schoss an Emily vorbei wie ein Wirbelwind, und

im nächsten Moment stand er vor Marita. Seine Hand verschloss ihren Mund. »Kein Wort mehr. Bitte. So etwas darfst du nicht tun. Versteh doch …« Er ließ den Kopf hängen. »Du begibst dich in Gefahr. Du redest von Dingen, die du nicht verstehst. Bitte, sei vernünftig. Ich flehe …«

Sein Kopf fuhr hoch. Verwirrt, als hätte er erst jetzt bemerkt, nicht allein zu sein, sah er sich im Krankenzimmer um. »Wo ist Annie?«, stieß er dann hervor, womit Emily nun wirklich nicht gerechnet hätte.

»Annie?«, hakte sie nach, doch Jophiel schien sie gar nicht zu hören. Er wirkte plötzlich wie weggetreten, als lauschte er irgendeiner inneren Stimme. Dann riss er die Augen auf.

»Oje«, meinte Marita und lehnte sich gegen den Nachttisch neben Wills Bett, »das sieht nicht gut aus.«

»Was ist mit Annie?«, verlangte Will zu wissen, der sich wieder im Bett aufgerichtet hatte.

Jophiel fuhr sich mit der Hand über die Augen. »Sie begeht eine Dummheit.«

Von Mauerblümchen und Verrätern

Neue Erkenntnis über das Menschsein: Busfahren wurde auch mit der Zeit nicht besser. Damian konnte sich einfach nicht daran gewöhnen. An diesem Tag war es besonders schlimm. Vermutlich lag das an seinem ohnehin unruhigen Magen. Er hatte heute noch nichts gegessen, er konnte einfach nicht. Er war erfüllt von Glück, wer brauchte da noch Nahrung? So lange hatte er nach dem Ort gesucht, an den er gehörte – schließlich musste doch jeder solch einen Ort haben. Jeder gehörte irgendwohin. Damian war immer überzeugt gewesen, dieser Ort wäre für ihn die Hölle. Er hatte immer gemeint, dorthin zu gehören, und um dieses Heim für ihn erträglicher zu machen, hatte er seinen Vater töten und dessen Stelle einnehmen wollen. Dann war Emily in sein Leben getreten, und er hatte gedacht, er müsste dem Himmel entgegenstreben. Doch auch da lag er falsch. Er gehörte genau hierher, in diese Zeit, in diese Welt, an Emilys Seite. Was für ein Wunder war ihm da zuteilgeworden! Jede Verwirrung war verflogen, sie hatte sich ihm geöffnet, sich ihm hingegeben, mit Leib und Seele. Sie waren eins gewesen, und mit einem Mal fühlte sich Damian durch und durch menschlich. Die Liebe – etwas so Einfaches, Banales. Und doch so großartig. Es lag nichts Übernatürliches darin, keine höheren Mächte waren damit verbunden. Es war einfach nur … menschlich. Und Damian hatte es erreicht. Er liebte und wurde wiedergeliebt. Gab es etwas Größeres?

Die Arbeit war ihm an diesem Tag so leicht gefallen, auch wenn die Zeit nicht hatte vergehen wollen. Mit jeder Faser seines Seins hatte er sich nach ihr gesehnt, und gleich würde er endlich wieder bei ihr sein. Der Bus konnte gar nicht schnell genug fahren. Er würde sie endlich wieder küssen können, sie in seine Arme schließen. Und es würde kein unangenehmes Herantasten mehr geben. Er könnte sie küssen, wann immer ihm danach war, denn sie gehörte endlich ihm. Er konnte sie festhalten, und niemand würde ihm da hineinpfuschen. Er würde es nicht zulassen. Weder sein Vater, sein Onkel noch Will oder andere Freunde. Emily gehörte zu ihm, Damian, und keine Macht der Welt könnte daran etwas ändern. Sie hatte sich ihm zum Geschenk gemacht, und er hatte vor, dieses Geschenk zu behalten. Für immer.

Der Bus hielt mit quietschenden Bremsen. Damian sprang auf und wartete ungeduldig auf das Öffnen der Türen. Mit dem schwungvollen Gang eines Menschen, dem das Glück nur so entgegenflog, hopste er die Stufe hinunter und sah sich unvermittelt Annie gegenüber. Er musste blinzeln, um sicherzugehen, dass sie keine seiner Halluzinationen war. Der Rotschopf passte so wenig in seine Träumereien und Fantasien, dass er nur schwer zurück in die Gegenwart fand. Annie jetzt zu sehen, zwang ihn zurückzukehren, und einen Moment hasste er sie fast dafür.

»Was machst du hier?«, fragte er, ohne jede Begrüßung. Er wollte so schnell wie möglich weiter, zu Emily. Seine Unfreundlichkeit konnte Annie von ihm aus auf mangelnde Erfahrung als Mensch schieben oder auf einen zu langen Aufenthalt in der Hölle. Was spielte es schon für eine Rolle, dass er im Moment einfach keine Zeit mit Höflichkeiten verplempern wollte?

Annie trat einen Schritt zur Seite, um seinen die Straße hinunterwandernden Blick auf sich zu lenken. In Gedanken war er bereits bei dem Haus am Ende der Straße.

»Emily schickt mich«, sagte sie dann aber und hatte damit sofort seine ganze Aufmerksamkeit.

»Emily?« Freude breitete sich wie warme Sonnenstrahlen in ihm aus. Ob es ihr genauso wie ihm ergangen war? Hatte sie ihn ebenso vermisst wie er sie? »Sie schickt dich? Wieso das? Was …«

Annie schüttelte den Kopf. »Keine Zeit für Erklärungen. Du musst mitkommen. Wir haben eine Lösung für das Höllenhund-Problem gefunden. Komm!« Sie ging auf den am Straßenrand parkenden Wagen zu. Wenn er wissen wollte, was das Ganze sollte, musste er ihr wohl oder übel folgen.

»Eine Lösung?« Er eilte ihr hinterher. »Was für eine Lösung, was …?«

»Emily ist bereits dort. Sie hat mich gebeten, dich hier abzuholen. Wir müssen uns beeilen.«

Eine Mischung aus Ärger und Sorge vertrieb die Sonne in seinem Herzen. Widerwillig stieg er in den Wagen. Annie fuhr sofort los.

»Wohin fahren wir?«

»Zu Emily.«

Damian zwang sich, ruhig zu bleiben. »Ja, aber wo …«

»Hör zu, Damian. Ich muss mich konzentrieren. Wir werden gleich bei ihr sein, also bitte …«

Damian ließ sich zurücksinken. Er verstand nicht, was

das alles sollte. Im Grunde wollte er auch gar nicht darüber nachdenken. All seine schönen Pläne waren dahin! Sein Abend mit Emily würde nun in irgendwelche Höllenangelegenheiten führen. Wie sehr er das satt hatte. Er wollte doch einfach nur normal sein! Aber er sah auch ein, dass dies erst dann der Fall sein würde, wenn sein Vater besiegt war.

Sie fuhren von der Hauptstraße in eine holprige Nebenstraße Richtung Berge. Von der anderen Seite der Stadt kamen sie schließlich in jenen Wald, in dem Wills Haus lag. Anders war diese Gegend mit dem Auto nicht zu erreichen. Die Straße von der Hauptstraße endete am See und der Forstweg an Wills Haus. Um in die Berge zu gelangen, musste man erst aus der Stadt heraus. Sie fuhren eine sich windende, vor langer Zeit asphaltierte Straße hinauf. Um sie herum war überall Wald. Zu ihrer Rechten führte der Hang steil nach oben, zu ihrer Linken ging es beunruhigend bergab. Annie schien jedoch genau zu wissen, was sie tat und nahm schweigend Kurve für Kurve.

»Das Geheimnis liegt also in den Kronbergen«, bemerkte Damian irgendwann vorsichtig, um Annie nicht in ihrer Konzentration zu stören. So ein Fahrzeug zu lenken war bestimmt nicht ganz einfach, und er wollte seine Probleme mit Luzifer nicht unbedingt dadurch beenden, dass er diesen Hang hinabstürzte.

Annie nickte nur kurz, und Damian wagte es nicht, weitere Fragen zu stellen. Wo auch immer sie hinfuhren, Emily würde dort sein, und laut Annie gab es eine Lösung.

Ein schepperndes Geräusch erklang neben ihm und vermischte sich sofort mit einer nervtötenden Melodie – Annies Handy klingelte.

Damian sah zuerst auf das Handy, dann zu Annie. Bestimmt konnte sie während des Fahrens nicht telefonieren.

»Soll ich für dich rangehen?«

»Ich ruf nachher zurück.«

Damian blickte auf das leuchtende Display. »Emily«, las er darauf. »Es ist Emily«, teilte er Annie mit. »Wieso …« Er blickte zwischen dem Handy und Annie hin und her. »Wieso ruft sie dich an, wenn wir doch auf dem Weg zu ihr sind?«

Annies Hände umschlossen das Lenkrad fester, ihre Fingerknöchel hoben sich weiß ab. Fürchtete sie, die Kontrolle über den Wagen zu verlieren, wenn sie sich zu sehr ablenken ließ? »Vermutlich will sie wissen, wo wir bleiben«, antwortete sie schließlich, und Damian lehnte sich wieder in seinem Sitz zurück. Nur wenige Augenblicke später begann das Geschepper erneut. Nach einem vagen Blick auf das Handy, wandte er sich wieder an Annie, auch wenn sie immer angespannter zu werden schien. Vielleicht wurde ihr von den vielen Kurven schlecht, so wie ihm beim Busfahren?

»Es ist Will«, teilte er flüsternd mit, um sie nicht allzu sehr zu stören. Das Läuten ging immer weiter, und Annie schien auf einmal schneller zu atmen. Da stimmte etwas nicht.

»Annie, geht es dir gut? Was …?«

Sein Oberkörper flog nach vorne und wurde vom Sicherheitsgurt aufgefangen. Reifen quietschten, und dann stand der Wagen still.

Damian rieb seinen schmerzenden Nacken und blickte Annie an, die, beide Hände am Lenkrad, starr nach vorne sah. »Annie?« Er streckte die Hand nach ihr aus. Sie zitterte und schien ihn gar nicht zu hören. Wie gebannt blickte sie geradeaus, und so sah Damian schließlich in dieselbe Richtung wie sie. Sein Blut gefror zu Eis. Fassungslos starrte er durch die Windschutzscheibe in das Gesicht seines Vaters, der mitten auf der Straße stand. Langsam hob der Teufel seine Hand und winkte ihm zu.

»Annie …«, keuchte Damian. Er hatte das Gefühl zu zerbrechen. All seine Träume zerplatzten wie Seifenblasen, und mit ihnen schien auch er sich aufzulösen. »Was hast du getan?«

Wo der Himmel ist

»Fährt diese verdammte Schrottkarre nicht schneller?« Emily klopfte mit der Hand den schnellen Takt ihres polternden Herzens auf die vor ihr aufragende Rücklehne. »Wir bewegen uns ja kaum von der Stelle!«

»Er fährt so schnell es geht«, versuchte Will sie zu beschwichtigen. Er saß vor ihr auf dem Beifahrersitz und fuchtelte ungeduldig mit der Hand, damit sie mit der Klopferei aufhörte. Neben ihr traktierte Marita den Fahrer. Anders als Emily klopfte sie mit den Fingern nicht nur auf die Nackenstütze, sondern direkt auf Jophiels Schulter. Der Ex-Engel fuhr ungerührt weiter.

»Wo sind sie jetzt?«, wollte die Schulbarbie wissen, doch Jophiel gab keine Antwort. Mit einer Geschwindigkeit nur knapp über dem Tempolimit fuhren sie die verschneite Straße hinunter. Emily verfluchte sich dafür, selbst keinen Führerschein zu besitzen. Hätte sie sich dazu aufgerafft, wäre sie jetzt nicht zur untätigen Mitfahrerin verdammt.

»Geht es Annie gut?«, fragte Will zum bestimmt tausendsten Mal seit Jophiels düsterer Verkündung, doch auch er erhielt keine Antwort. Die Ärzte hatten ihm empfohlen, ein wenig auf den Gängen herumzulaufen, um den Umgang mit den Krücken zu lernen. Wäre es draußen nicht so eisig gewesen, hätten sie Will vermutlich mit der Ausrede, einen Spaziergang zu machen, durch den Krankenhauspark hinausschleusen können. So aber waren sie wie Diebe zum Notausgang hinausgeschlüpft. Sie alle waren dafür gewesen, Will im Krankenhaus zurückzulassen. Was konnte er mit seinem gebrochenen Bein schon ausrichten? Natürlich war er anderer Ansicht gewesen und hatte sich letztendlich durchgesetzt, was er eher dem Mangel an Zeit für Diskussionen als seinen Argumenten verdankte. Annie war seine Freundin, klar, aber was sie bisher aus Jophiels vagen Auskünften herausgedeutet hatten, war sie nicht die Einzige, um die sie sich sorgen mussten. Luzifer hatte diese Dimension betreten. Und er hatte mit Annie Kontakt aufgenommen. Jophiel wusste auch, dass Damian bei ihnen war. Mehr konnte oder wollte er ihnen nicht sagen. Auch auf die Frage, woher er solche Dinge wissen konnte, schwieg er beharrlich. Von wegen Mensch. Jophiel war kein bisschen Mensch, das konnte er jemand anderem erzählen.

»Geht es ihnen gut?«, fragte Emily zum wiederholten Mal, obwohl sie mit keiner Antwort rechnete. Sie wusste ja noch nicht einmal, wie Jophiels Macht oder Gabe funktionierte, wie er sein Wissen erhielt. War es eine Vision? Ein Gefühl? Eine Stimme? War der Moment schon vorbei, oder stand er gerade jetzt mit ihnen in Verbindung und sah alles, was geschah? Sie wusste es nicht, und dass er nichts verriet, machte sie beinahe wahnsinnig.

»Was erwartet uns, wenn wir sie gefunden haben?« Nun unternahm Marita einen weiteren Versuch, den Engel zum Reden zu bringen. »Wenn Luzifer in dieser Dimension ist, kann man ihn dann töten?«

»Nein.«

Eine Antwort! Noch dazu ein ganzes Wort. Emily hätte ihn am liebsten geschlagen.

»Aber er kann *uns* töten«, fuhr Marita fort.

»Ja.«

»Na super.« Marita ließ sich zurücksinken und zog ihre Tasche auf den Schoss. »Mal sehen, was wir da haben.« Sie öffnete den Reißverschluss und zog nacheinander ihre Waffen hervor: einen Holzpflock, eine Pistole, Kruzifixe und eine Deodorantspraydose. »Weihwasser«, erklärte sie auf Emilys verwirrten Blick hin, doch die konnte nur den Kopf schütteln.

»Was nützt uns das?«, fragte sie mit einer brennenden Verzweiflung. »Luzifer kann nicht vernichtet werden. Nicht mit Kruzifixen und Weihwasser, Buffy. Nur das Amulett der Gerechtigkeit vermag ihn in den Tartaros zu verbannen, wo er nach tausend Jahren vernichtet wird. Ist es nicht so?« Sie blickte nach vorn zu Jophiel, der zustimmend nickte. Na toll!

»Und woher kriegen wir so ein Amulett?«, wollte Marita wissen, die zu ihrem Glück den letzten Kampf gegen Luzifer nicht miterlebt hatte.

Emily fuhr sich mit beiden Händen durchs Haar. »Es wird nur Schutzengeln verliehen«, erklärte sie ungeduldig. »Das Amulett allein kann nichts ausrichten, nur zusammen mit einem Schutzengel kann es Luzifer verbannen.«

»Hast du so ein Amulett?«, fragte Marita nach vorne und wieder nickte Jophiel. Marita hob die Hände. »Na bitte. Dann ist doch alles in Butter.«

»Nein.« Jophiel sprach erneut. Es geschahen tatsächlich noch Wunder auf dieser Welt. »Derjenige, der Luzifer verbannt, wird sofort zum neuen Herrscher der Unterwelt. Die Essenz des Bösen, der Hölle, geht in ihn über, und nichts kann diesen Prozess aufhalten. Und …« Er räusperte sich. »Ihr vergesst, ich bin im Moment ein Mensch.«

»Was für ein Schwachsinn!« Emily schnaubte, doch Will ließ sie nicht weiterschimpfen.

»Was werden wir dann gegen ihn unternehmen?«, fragte er an den Engel gewandt, der allen Ernstes behauptete, ein Mensch zu sein.

Jophiel warf Will einen kurzen Blick von der Seite zu. »Wir werden uns etwas einfallen lassen, wenn wir dort sind«, erklärte er schließlich und blickte wieder geradeaus auf die Straße. »Und jetzt allesamt: Mund halten!«

Emily schnappte empört nach Luft, und Marita setzte bereits zu einer Schimpftirade an, aber da drehte Will sich um und warf ihnen einen warnenden Blick zu. Vielleicht erfuhr Jophiel gerade, was bei Damian vor sich ging? Oder sprach Gott zu ihm? Was, wenn sie zu spät kamen? Was, wenn Damian erneut in die Hölle musste? Das alles durfte nicht wahr sein. Nicht jetzt! Nicht, nachdem Damian und sie endlich ihr Glück gefunden hatten. Kannte Gott denn gar keine Gnade? Und was hatte Annie mit der ganzen Sache zu tun? So wie Jophiel sich benahm, hatte sie irgendetwas angestellt. Bloß was? Wenn sie die Schuld an allem hatte, dann … Sie konnte nicht weiter darüber nachdenken. Und als wäre die Situation nicht schon schlimm genug, bemerkte sie jetzt auch noch, dass sie in die Berge fuhren. Es war dieselbe Straße, auf der sie damals mit dem Bus zu ihrem Schulausflug gefahren waren. Ein Ausflug, der in Schrecken und Tod geendet hatte. Zufall?

»Ist Damian da oben?« Obwohl sie wusste, dass sie still sein sollte, konnte sie sich die Frage nicht verkneifen. »Sind sie in den Bergen?«

»Wir sind ihnen nah«, gab Jophiel zur Antwort, und Emily spürte, wie sich ein schmerzendes Stechen in ihrem Magen ausbreitete. Würde sie Luzifer erneut gegenüberstehen? Musste sie ihm in die grünen Augen sehen, die Damians so ähnlich waren? Was würde geschehen? Wie sollte sie sich auf diese Begegnung vorbereiten, wenn sie nichts darüber wusste?

Jophiel bretterte die gewundene Straße den Berg hinauf. Die überhängenden Äste des Waldes hatten einen großen Teil des Schnees abgefangen, daher blieben sie zumindest nicht stecken. Emily wurde trotzdem etwas mulmig zumute. Jetzt wünschte sie sich, Jophiel würde langsamer fahren.

Erinnerungen an den Erdrutsch und ihren Absturz blitzten vor ihrem geistigen Auge auf. Sie konnte die Schreie immer noch hören. Hatte sie auch Mandy schreien gehört? Sie wusste es nicht. Ihre Freundin war einfach auf einmal fortgewesen, und Emily hatte es zunächst gar nicht mitbekommen. Erst später hatte sie bemerkt, dass Mandy nicht mehr da war, weder unter den Helfern noch unter den Verletzten. Sie war einfach von der Gerölllawine mitgerissen worden.

Sie erreichten jene Seite des Berges, an dessen Fuß der Fluss in den See mündete. Die Unglücksstelle kam immer näher. Sogar Marita verhielt sich plötzlich untypisch still, und Will hatte die Hände in den Stoff seiner

Hosen am Oberschenkel gekrallt. Sein Gips reichte bis zum Knie. Keiner von ihnen wurde gerne an diesen Tag erinnert.

Der Wagen hielt abrupt an, und Emily sah direkt vor ihnen Annies Auto mitten auf der Straße stehen.

»Was hat das zu bedeuten?«

Jophiel drehte sich zu ihnen um. »Marita«, wandte er sich sogleich an Buffy, die Vampirjägerin. Emily ignorierte er. »Nimm alles an Waffen mit, was du hast.«

»Aber ich dachte …«

»Du hast richtig gedacht. Sie können Luzifer zwar nicht töten, ihm in seiner menschlichen Gestalt aber immerhin wehtun. Vielleicht erkaufen sie uns etwas Zeit. Zeit ist alles, was wir brauchen, um von ihm wegzukommen.«

Marita zog den Riemen der Tasche über die Schulter. »Okay. Ich wollte schon immer probieren, wie die Sachen wirken.«

»Ist es das Einzige, was wir tun können?«, fragte Emily, obwohl sie die Antwort bereits ahnte. »Weglaufen?«

Jophiel sah sie mit seinen meerblauen Augen an, und Emily wünschte, sie hätte nicht gefragt. »Wir müssen Damian und Annie holen. Gegen Luzifer können wir nichts ausrichten. Solange kein Schutzengel bereit ist, die Ewigkeit als neuer Herrscher in der Hölle zu verbringen, können wir nichts tun. Wir können versuchen, einen Handel mit ihm zu schließen, ihn zu überzeugen. Aber wenn das alles nichts nützt, können wir lediglich versuchen, von ihm fernzubleiben.« Er wandte sich an Will. »Wir müssen schnell sein.«

»Ich bleibe nicht hier!«

Ein Seufzen drang aus Jophiels Kehle. »Es wäre wirklich besser, du würdest im Wagen warten.«

Will sah den Engel aus verengten Augen an. Er trug keine Brille, seine Narben waren also deutlich zu sehen. Die Rötungen waren verschwunden, aber trotzdem hatte der Blick seiner Augen jetzt etwas Unheimliches.

»Will …« Emily wollte Jophiel beipflichten, doch da griff Will zur Seite und öffnete die Tür. Das war auch eine Antwort.

Resigniert stiegen sie alle aus dem Wagen. Es hatte keinen Sinn, Will würde ihnen folgen, und sie konnten ihn nicht zwingen, hierzubleiben.

Der Schnee knirschte unter ihren Füßen, und in der Luft hing der Geruch von Tannennadeln. Sie waren umschlossen von Bäumen, und das karge Winterlicht drang kaum bis zu ihnen durch.

»Kann Will nicht das Schutzengelamulett benutzen?«, fragte Marita, die sich in dieser unfreundlichen Düsternis umsah. »Er ist doch schon so gut wie einer.«

»Nur Gott kann das Amulett verleihen«, erklärte Emily den beiden, bevor Jophiel etwas sagen konnte. »Anders wirkt es nicht.«

»Haben wir sonst einen Plan?«, wollte Will wissen. Vorsichtig setzte er die Krücken auf dem unsicheren Boden auf und machte einige vorsichtige Schritte. Emily wollte ihm gerne helfen, doch vermutlich war sie eher hinderlich als eine Stütze.

Jophiel deutete zu der vor ihnen liegenden Kurve. »Das Einzige, was wir tun können, ist zu versuchen, Luzifer zur Aufgabe zu bringen. Ihn dazu zu überreden, von Damian abzulassen.«

»Das wird er niemals tun!« Emily war sich ganz sicher. »Damian ist sein einziger Sohn. Er wird niemals aufgeben.«

»Vielleicht nicht, aber es ist unsere einzige Hoffnung. Vielleicht kann ich ihn überzeugen. Ansonsten können wir nur versuchen, Damian und Annie von hier wegzuholen und zu … rennen.«

Emily legte die Hand an die Kreuzkette unter ihrer Jacke. »Wenn Luzifer diese Welt betreten kann«, überlegte sie und warf unbewusst einen Blick in den Himmel, »wieso kommt Gott dann nicht zu uns? Wieso hilft er uns nicht?«

Jophiel winkte sie weiter. »Kommt«, sagte er nur, und das war wohl Antwort genug. Gott mischte sich nicht ein. Sie mussten da allein durch.

Sie kamen nur langsam voran, denn Will hielt sie alle auf. Doch niemand verlor deswegen ein Wort. Mühsam machten sie Schritt für Schritt, ließen Annies Wagen hinter sich und folgten den Spuren im Schnee weiter die Straße hinauf. Sie stammten von zwei Personen, doch Jophiel meinte, Luzifer wäre ebenfalls hier gewesen. Emily hörte das Rauschen des Tevern unter sich – sie befanden sich jetzt direkt darüber –, doch sie wagte nicht, zum Straßenrand zu gehen, um hinunterzublicken. Will warf ihr einen Blick zu, und Emily wusste, auch er dachte an Mandy. Marita hielt sich indessen dicht an Jophiels Seite und bewaffnete sich mit den Utensilien ihrer Handtasche. Die Spraydose steckte sie in die Gesäßtasche ihrer Jeans, die Pistole in den Gürtel.

Keiner von ihnen wusste wirklich, was sie erwartete, und diese Ungewissheit war schlimmer als der Gedanke an Luzifer. Emily fürchtete besonders um Will. Der Tod hatte es auf ihn abgesehen und ihn jetzt hierher mitzunehmen, war, als würde man Will zur Schlachtbank führen. Aber Will meinte dazu nur, dass er mit diesem Mal auf der Brust überall gefährdet war. Ob jetzt im Krankenhaus oder hier … das spielte keine Rolle.

»Was denkst du?«, fragte Emily ihn, während sie sich vorsichtig weiter durch den Schnee arbeiteten. »Was hat Luzifer vor?«

Will seufzte. »Keine Ahnung. Ich frage mich eher, wieso ausgerechnet Annie …«

Verwirrt blickte sie zu ihm hoch. »Wie meinst du das?«

»Na ja, Luzifer betritt diese Welt, um sein Ziel zu erreichen. Wieso wendet er sich da ausgerechnet an Annie? Wieso nicht an mich, dich, Damian, Marita? Wieso Annie?«

Emily seufzte. »Ich weiß es nicht. Aber er hatte wohl seine Gründe. Was auch immer er vorhaben mag.«

»Aber Annie ist … sie ist die … Beste von uns. Sie würde niemals …«

Das gab ihr einen Stich. Sie konnte diese Verherrlichung Annies langsam nicht mehr ertragen. Annie hatte auch ihre Fehler, und dass sie sich plötzlich mit Luzifer zusammentat, bewies doch, dass sie keineswegs so heilig war wie alle dachten. Und wenn sie Damian in Gefahr gebracht haben sollte …

»Wir werden herausfinden, was da gespielt wird«, erwiderte sie an Will gewandt. »Und auch, was Annie damit zu tun hat.«

Will wollte gerade etwas sagen, da hob Jophiel vor ihnen eine Hand. Er verließ die Straße und kletterte den baumbewachsenen Hang hinauf. Der Schnee war trotz der dichten Kronen tief. Nur selten verirrte sich ein Sonnenstrahl hierher, und niemand betrat normalerweise den Wald abseits der Straße.

Emily warf Will einen Blick zu. »Du kannst noch umdrehen«, sagte sie behutsam. Doch wie erwartet schnaubte Will bloß und schüttelte den Kopf.

»Sie ist meine Freundin«, erwiderte er scheinbar gelassen. »Ich werde nicht untätig im Wagen sitzen und warten. Was auch immer sie getan hat, sie wollte bestimmt nichts Böses.«

Emily verdrehte die Augen, nahm ihm aber wortlos die Krücken ab, damit Jophiel ihn von der Straße hochziehen konnte. Schweigend bahnten sie sich ihren Weg zwischen dem Nadelgehölz hindurch, immer weiter den Berg hinauf. Sie waren noch nicht weit gegangen, da tauchten im Schnee wieder die Spuren zweier Menschen auf. Auch Damian und Annie mussten also hier entlanggegangen sein. Und als Emily den Kopf hob und zwischen den Bäumen hindurch nach oben blickte, wusste sie auf einmal wohin ihr Weg sie führen sollte. Dort vorne gab es keine Bäume mehr, keinen einzigen Strauch. Lediglich ein abschüssiges Schneefeld, das abrupt endete und in die Tiefe führte. An dieser Stelle war der Hang abgerutscht. Darüber lagen die Tropfsteinhöhlen, an jenem unheilvollen Tag das Ausflugsziel ihrer Klasse. Doch sie waren nie dort angekommen.

Emily schluckte und wagte es nicht mehr aufzusehen. Stattdessen konzentrierte sie sich auf den direkt vor ihr liegenden Weg. Jeden Schritt setzte sie so vorsichtig wie möglich. Sie wusste nicht, wie stabil das Gelände inzwischen war. Ihre Hand krallte sich mit aller Kraft in Wills Jacke. Eigentlich sollte sie ihn stützen, doch sie merkte bald, dass sie sich an ihm festhielt. Niemand sprach, nicht einmal Marita. Hier war Mandy gestorben. Irgendwo hier hatte der Pfad zu den Höhlen geführt, aber jetzt war von ihm nichts mehr zu sehen. Und wenn der Hang erneut zu rutschen begann?

Emily schüttelte den Kopf. Sie durfte nicht daran denken. Das Einzige, was nun zählte, war, Damian und Annie in Sicherheit zu bringen. Sie mussten gegen Luzifer bestehen, sonst würden all die Schrecken niemals ein Ende finden.

Der Höhleneingang präsentierte sich als weit aufklaffendes Maul in einer von Fichten gesäumten Steilwand. Er war bestimmt drei Meter hoch und doppelt so breit. Ein schwarzes Loch – wie der Eingang zur Hölle. Ein verlassenes Blockhaus mit herunterhängenden Fensterläden stand einsam und traurig am Rand dessen, was früher einmal eine Zufahrt gewesen war. Vermutlich waren dort Eintrittskarten und Souvenirs verkauft worden. Seit dem Erdrutsch waren die Höhlen aber nicht mehr zugänglich – zumindest nicht für die Allgemeinheit.

Jophiel ging voran. Emily und Marita folgten ihm mit Will in ihrer Mitte. Auch hier konnten sie Spuren erkennen, und es bestand kein Zweifel, dass Annie und Damian da drinnen waren. Einen besseren Ort hätte es für dieses unheilvolle Treffen nicht geben können. Die Höhle tat sich als schwarzer Schlund vor ihnen auf. Emily blickte hoch zur steinernen Decke und schauderte. *Jetzt gibt es kein Zurück mehr*, dachte sie und betrat den felsigen Untergrund. Sie ging in die Höhle, und es war ihr, als legte sie erneut das Amulett um ihren Hals, um Luzifer in den Abgrund zu folgen. Die ersten paar Schritte waren noch von hauchdünnen Schneeverwehungen bedeckt, dann gab es nur noch Stein und Finsternis. Je weiter sie vordrangen, desto schwärzer wurde es. Emily hörte Wasser tropfen, ein beständiges Rauschen – Leben vermochte sie aber keines auszumachen.

»Vorsichtig jetzt!« Jophiel ergriff Maritas Hand und bedeutete ihr mit einem Kopfnicken, nach Will zu fassen. So hielten sie sich alle an den Händen und tasteten sich langsam über den unsicheren Boden und durch die Dunkelheit vorwärts. Emily konnte gerade noch den unmittelbar vor ihr liegenden Weg und Jophiel an der Spitze ihrer kleinen Gruppe erkennen. Sie konnte sagen, ob der Weg weiterführte oder abfiel, doch das war auch schon alles. Es war ein schmaler Gang, durch den sie sich vorwärtsarbeiteten, der bald breiter wurde und in einem gigantischen Höhlenraum endete. Einzelne Lichtstreifen brachen durch die bestimmt sieben oder acht Meter hohe Decke und beleuchteten die unheilvoll herabhängenden Stalaktiten. Die Wände bestanden hier aus wild verwachsenen Gebilden, ohne bestimmte Form. Wie funkelnde Diamanten bevölkerten die Tropfsteine den Höhlenraum und glitzerten mit dem in der Mitte des Raumes liegenden See um die Wette. Das Wasser floss auf der gegenüberliegenden Seite weiter und mündete in einen weiteren Gang, zu dem man über eine Brücke gelangte. Von Damian und Annie war jedoch nichts zu sehen.

»Wunderschön«, hauchte Marita, und Emily konnte nur zustimmend nicken. Gemeinsam traten sie an das Geländer und blickten in das dunkle Wasser hinab. Es war unmöglich zu sagen, wie tief es war, und Emily verspürte auch nicht den Wunsch, es herauszufinden. Sie folgten dem abgesicherten Pfad rund um den See, den früher wohl Touristen mit ihren Führern begangen hatten, und ließen ihren Blick durch die Höhle wandern. Immer wieder sah Emily nach oben und versuchte das Gefühl, jeden Moment von einem der Tropfsteine erschlagen werden zu können, zu ignorieren. Auch ihre Sorge um Will half nicht unbedingt dabei, Ruhe zu bewahren. Dieser Ort schrie geradezu nach »Unfall«. Zu viel könnte hier passieren. Die anderen wirkten genauso angespannt und lauschten auf jedes kleinste Geräusch. In diesem Höhlenraum war jedoch nichts, daher folgten sie auf der anderen Seite dem vorgesehenen Weg. Die Brücke stellte sich von Nahem als beunruhigend instabil heraus, sie war nass und glitschig, und der darunterliegende See erinnerte Emily an jenes unheimliche Gewässer in Luzifers Reich. Sie hätte sich nicht gewundert, hätte sie die qualvollen Laute verwunschener Seelen gehört. Um ehrlich zu sein, wünschte sie sich solche Geräusche beinahe schon herbei. Die Stille war zermürbend. Angstvoll warf sie Will einen Blick zu. Der Schweiß stand ihm auf der Stirn, und sein Gesicht war angespannt. Der Weg war anstrengend gewesen, und er war noch nicht ganz bei Kräften. Emily sagte nichts. Sie fand im Moment einfach keine Worte der Zuversicht oder Aufmunterung.

Die Brücke führte weiter in einen weiteren von Tropfsteinen bevölkerten Höhlenraum. Es war dunkler hier, aber nicht vollkommen finster. Soweit sie sehen konnte, führte ein Steg quer durch die Höhle, rundherum war nur die schwarze Fläche des Sees zu erkennen. Emily kniff die Augen etwas zusammen und versuchte Genaueres zu erkennen. Etwas war hier … Es war kalt, zu kalt. Schon beim Betreten der Höhle hatte sie den Temperaturunterschied gespürt, doch hier in diesem Gewölbe schien ihre Nase zu gefrieren. Ihr Herz hatte Mühe weiterzuschlagen. Jedes einzelne Pochen schien eine enorme Kraftanstrengung für ihren Körper zu sein.

»Will?«, flüsterte sie und erschauerte sogleich ob der in ihren Mund strömenden Kälte. Ihre Lippen begannen zu zittern, und ihr Körper schien sich mit Eis zu füllen. »Will?« Sie drückte seine Hand – zumindest wollte sie das. Sie hatte ihn gerade eben noch gehalten! Doch jetzt schloss sich ihre Hand lediglich zur Faust. Er war nicht mehr da! Er war weg!

Keuchend sah sich um. Niemand war mehr hier. »Will!« Sie drehte sich im Kreis. Jophiel und Marita waren ebenfalls verschwunden. Sie war allein. »Will!« Ihr Herz drohte ihr aus der Brust zu springen. Es war dunkel, so furchtbar dunkel. »Jophiel?« Irgendjemand. Bitte. Irgendjemand. »Marita?!« Himmelherrgott, sie rief tatsächlich nach Marita. Sie musste einer Panik näher sein als ihr lieb war. »Hallooo?!« Außer ihrem schnellen Atem und dem rasenden Schlag ihres Herzens war nichts zu hören. »Bitte …« Da huschte plötzlich etwas vor ihr vorbei. Ein Schatten.

Emily wich zurück und stieß gegen ein Geländer. Höllenhunde. »Nein.« Sie fuhr herum und schreckte erneut zurück. Die formlosen Gestalten umkreisten sie leise. Sie waren kaum auszumachen, und dennoch hatte sie keinen Zweifel, dass sie da waren.

»Bitte.«

»Wie höflich die Jugend heutzutage ist.«

Beim Klang dieser Stimme zuckte Emily zusammen. Im nächsten Moment wurde sie von grellem Licht geblendet. Unwillkürlich kniff sie die Augen zu. Sie war nur kurz geblendet worden, doch als sie wieder sehen konnte, wünschte sie sich, sie hätte die Augen nicht geöffnet. Die Stalaktiten schienen von innen heraus zu leuchten und verströmten bläuliches Licht. Die Höhle funkelte, selbst die Luft schien zu glitzern. Emily stand immer noch am Ausgang des Höhlenganges auf dem Steg, der über den See zur anderen Seite führte. In der Mitte befand sich eine größere, eingezäunte Plattform, von der aus die Touristen früher wohl Fotos geschossen sowie den See und die Tropfsteine bewundert hatten. Jetzt waren dort aber keine Touristen. Es war Luzifer, der ihr über die Brücke entgegenlächelte. Seine grünen Augen schienen ein inneres Feuer in sich zu tragen und funkelten in dem unwirklichen Schein der beleuchteten Steine. Er trug einen dunklen Anzug, darunter ein ebenso dunkles Hemd. Auf seinem schwarzen Haar glänzte der blaue Schimmer der Tropfsteine, und über seine markanten Gesichtszüge flackerte die Spiegelung des Wassers. An seiner Seite stand Will. Emily hatte keine Ahnung, wie er dahin gekommen war, es kümmerte sie im Moment auch nicht. Das Einzige, was zählte, war, dass Luzifer Wills Arm festhielt. Die Krücken lagen zu ihren Füßen, und obwohl Will den Teufel um ein gutes Stück überragte, war ziemlich eindeutig, wer von beiden die Macht hatte. Schräg hinter Luzifer bemerkte Emily eine kleinere Plattform mitten im See, eine kleine steinerne Insel ohne Geländer, auf der sich Annie befand. Auf weiteren entdeckte Emily auch Marita, Jophiel und … Damian.

Sie alle waren voneinander getrennt, und allein das bewies schon Luzifers Macht. Worauf hatten sie sich da nur eingelassen?

Ihr Blick verharrte bei Damian, der reglos dastand und sie voller Bedauern ansah. Emily war erleichtert, seine Augenfarbe von dieser Entfernung nicht erkennen zu können. Er war jetzt ein Mensch, und er unterschied sich von Luzifer. Er gehörte nicht mehr in die Hölle. Er gehörte zu ihr.

Seine Lippen formten Worte, doch sie konnte nichts hören. Es war, als wären sie durch einen unsichtbaren Schleier voneinander getrennt.

Seit dem Aufflammen des Lichtes waren nur wenige Augenblicke vergangen. Emily hatte die Situation sofort erfasst, obwohl es ihr vorkam, als zögen sich die Sekunden in die Länge.

Annies Aufschrei brach den merkwürdigen Zauber.

»Nein!«, schrie sie und machte einen Schritt auf Luzifer zu. Die Plattform unter ihr begann bedenklich zu schwanken, und Annie suchte mit ausgebreiteten Armen das Gleichgewicht. Ihr Haar leuchtete in diesem Licht, als stünde es in blauen Flammen, ihre Augen waren vor Schreck weit aufgerissen. Will schien alles zu sein, was sie sah, und der Schreck stand ihr ins Gesicht geschrieben.

Emily schüttelte den Kopf. Das Rauschen verschwand, und auch das dumpfe Gefühl in ihrem Kopf, das sie erst jetzt richtig wahrnahm. Sie fühlte sich, als wäre sie aus dem Wasser aufgetaucht.

»So war das nicht abgemacht!«, schrie Annie, und ihrem angespannten Körper war anzusehen, wie sehr sie darauf brannte, den See zu überqueren und zu Will zu gelangen. »Lassen Sie ihn gehen! Bitte!«

»Lass den Jungen los!«, mischte sich auch Jophiel ein. »Er hat nichts damit zu tun. Lass ihn gehen!«

»Wahnsinn!«, keuchte indessen Marita, die Luzifer wie verzaubert anstarrte. Alle redeten durcheinander, schienen aus derselben Taubheit erwacht zu sein wie Emily. Luzifer amüsierte sich offenbar köstlich. Mit einem halben Lächeln im Gesicht blickte er schweigend in die Runde.

»Sie haben gelogen!«, schrie Annie und kämpfte immer noch um einen sicheren Stand auf ihrer kleinen Insel. »Sie haben gesagt, uns würde nichts geschehen!«

»Annie …«, begann Will, doch Luzifer ließ ihn nicht weiterreden. Er wandte sich Annie zu, ließ Will los und breitete demonstrativ die Hände aus. Die Unschuld in Person.

»Es ist doch genau das, was du wolltest«, sagte er in gespieltem Erstaunen. »Oder etwa nicht? Du hast deinen Teil der Abmachung eingehalten. Du hast mir Damian gebracht, und jetzt …«, er zeigte auf Emily, »hast du deine Aufgabe zur Gänze erfüllt.«

»Was hast du getan?«, stieß Emily hervor und starrte Annie an. Ihr Blick flog zu Damian und wieder zurück zu Annie. »Wie konntest du nur?«

»Ich musste es tun«, erwiderte Annie verzweifelt. »Es tut mir so leid. Mir blieb keine Wahl.«

»Ah, ah, ah.« Luzifer wedelte tadelnd mit dem Finger durch die Luft. »Das ist so nicht ganz richtig. Du hattest eine Wahl – und du hast sie getroffen.«

»Du hast Damian hierhergelockt?«, fragte Will, und obwohl er sich offensichtlich Mühe gab, vorwurfsfrei zu sprechen, war ihm ein dunkler Unterton anzuhören. »Und *Emily*?!«

»Nein!« Annie streckte die Hand nach ihm aus, auch wenn sie immer noch durch mehrere Meter Wasser von ihm getrennt war. Tränen glitzerten in ihren Augen. »Ich sollte nur Damian hierherbringen. Nur ihn! Ich schwöre es!«

»Da hat sie recht«, räumte Luzifer ein und klopfte Will auf die Schulter. »Wir wussten ja alle, dass Emily sofort gerannt kommt, wenn Damian in Gefahr gerät. Es war nicht nötig, sie irgendwie herzulocken. Mit Damian hat die liebe Annie gleich alle beide zu mir geführt.« Er wandte sich Emily zu und lächelte schaurig. »Sie kommt von ganz allein.«

»Lass sie gehen!«, befahl Damian drohend. Er sprach leise, aber seine Worte hallten in der Höhle wider und schienen jeden Winkel zu erfüllen. »Du hast doch längst, was du willst. Ich bin hier. Es ist genug.«

Luzifer lachte auf. »Und was soll das bringen, hm? Soll ich dich töten, mein Sohn? Damit meine Freunde hier«, er wies in jene Richtung, wo die schattenhaften Gestalten nach wie vor um Emily schlichen, »dich nach Hause bringen? Wie lange würdest du dort bleiben? Du würdest erneut fliehen – in den Himmel.« Seine Stimme war voller Abscheu. Dann lächelte er plötzlich wieder und blickte zu Emily. »Nein. Du brauchst einen gewissen Anreiz in der Hölle. Wenn *sie* da ist, wirst auch du bleiben, Junge.«

Damian wurde deutlich blasser. »Sie hat nichts damit zu tun. Halt sie da raus! Du willst mich? In Ordnung, ich gehe mit dir.«

Ein entnervtes Seufzen war Luzifers Antwort. »Ach?«,

sagte er höhnisch. »Auf einmal entsinnst du dich deiner Abstammung? Damit ich dein Püppchen in den Himmel gehen lasse? Nein, das hättest du dir früher überlegen müssen.« Er schüttelte langsam den Kopf. »Ich kann dir nicht mehr trauen.« Er klang ehrlich enttäuscht, seine Miene war ein Spiegel seiner verletzten Seele. »Du hattest genug Chancen. Sie ist schon einmal zu dir in die Unterwelt gekommen. Ich hätte euch eine gemeinsame Zukunft ermöglicht. Aber du hast mich betrogen.«

»Damian gehört nicht in die Hölle«, ließ Jophiel sich leise vernehmen. »Das kannst nicht einmal du ändern, Luzifer.«

Der Teufel wandte sich dem einstigen Engel zu und hob die Augenbrauen. »Und wohin gehört er? In den Himmel jedenfalls genauso wenig. Das müsstest du doch wissen, Engel.«

»Da hast du recht«, räumte Jophiel ein. »Und daher lass ihm dieses menschliche Leben, solange es dauert. Was bedeuten diese Jahre schon? Lass Damian seinen Weg alleine finden – und wer weiß, vielleicht führt er ihn ja in die Hölle zurück.«

Luzifer lachte verächtlich auf. »Mit meinem Bruder und einer ganzen Armee Engeln an seiner Seite? Wohl kaum.«

»Du kannst Damian dazu zwingen, in die Hölle zurückzukehren, aber damit machst du ihn nicht zu deinem Sohn. Schon gar nicht, indem du Emily an seine Seite zwingst. Lass die zwei ihr Leben leben, Luzifer. Du, vor allen anderen, müsstest doch verstehen, welch Schaden die Hölle einer Liebe zufügt. Willst du deinem Sohn dasselbe zumuten?«

Die Augen des Teufels verengten sich, das grüne Feuer

schien nur noch durch einen schmalen Schlitz. »Du bewegst dich auf dünnem Eis, Engel. Wage es nicht, von ihr zu sprechen!«

»Sie war meine Schwester.«

»Sie war meine *Frau*!«

Jophiel nickte langsam. »Und du hast sie getötet.«

Emily sah zwischen den beiden hin und her. Die Erkenntnis der Bedeutung dieser Worte übergoss sie wie Eiswasser. Damians Mutter war Jophiels Schwester gewesen? Dann war Jophiel … Damians Onkel?

Auch alle anderen starrten die beiden an, niemand sprach ein Wort, und so führten Luzifer und Jophiel ihr Gespräch fort, als wären sie allein.

»Du hast sie aus dem Zwielicht geführt«, sagte Jophiel mit nur mühsam unterdrücktem Vorwurf in der Stimme. »Du hast sie in deine Welt gebracht, damit sie dir einen Sohn gebiert. Du hast sie erst benutzt und dann getötet.«

»So war das nicht.« Ein drohendes Knurren. »Sie kam freiwillig mit mir! Ich gab ihr alles! Alles!«

Jophiel lachte auf. »Gärten? Paläste? Schmuck? Was bedeuteten all diese Dinge in einer Atmosphäre der Bosheit? Du gabst ihr alles? Was ist mit deinem Herz?«

Ein wütender Schrei hallte durch die Höhle. Die Tropfsteine erzitterten, Geröll bröckelte ab und rieselte herunter. Emily hob schützend die Arme hoch. Sie erwartete das Ende, doch so plötzlich das Gewitter gekommen war, so schnell war es auch wieder vorbei.

»Kehre zurück!«, sagte Jophiel, offenbar unbeeindruckt von Luzifers Zorn. »Lass die beiden in Frieden! Du hast einen nicht wiedergutzumachenden Fehler begangen. Mach nicht noch einen, den du hinterher bereust.«

»Ich bereue gar nichts!«

Steine polterten von der Brücke – Will hatte das Gespräch genutzt, um sich aus Luzifers Reichweite zu stehlen, doch jetzt fuhr der Teufel zu dem verräterischen Geräusch herum.

»Nicht so schnell!« Er winkte den Jungen zu sich zurück.

Will erstarrte. Was auch immer Luzifer mit ihm vorhatte, Emily wusste, sie durfte das nicht zulassen. Um keinen Preis.

»Wenn ich in die Hölle gehe«, würgte sie hervor, um die Aufmerksamkeit auf sich zu lenken. Sie durfte nicht darüber nachdenken, nicht an die Konsequenzen denken. Luzifer musste von Will ablassen, das war im Moment das Wichtigste. Und eine Ewigkeit mit Damian? Wieso nicht? Ihr schmerzender Bauch sprach zwar eine andere Sprache, doch das Stechen wurde geflissentlich ignoriert. »Wenn ich mitkomme«, wiederholte sie und sicherte sich damit Luzifers Aufmerksamkeit, »und Damian auch, lassen Sie die anderen dann frei? Lassen Sie Will gehen?«

»Aber natürlich!« Luzifer sah sie an, als könnte er nicht fassen, was sie ihm da unterstellte. »Ich erfülle doch lediglich meinen Teil der Abmachung mit Annie.« Er winkte ihr kurz zu, und sein lächelndes Gesicht stand in solch krassem Gegensatz zu der Maske des Schmerzes von vorhin, dass er Emily erneut beunruhigend stark an Damian erinnerte. Auch der Teufel konnte übergangslos von einer Emotion zur anderen wechseln. Emily hatte gedacht, die Abstammung von Himmel und Hölle in Damian wären dafür verantwortlich. Warum konnte sie an Luzifer dasselbe Phänomen beobachten? Steckte in Luzifer gar etwas

Gutes? So wie sie in Gott etwas Böses zu ahnen glaubte? Nein, das war absurd.

Luzifer streckte die Hand nach Will aus, der merklich zusammenzuckte. »Ich habe Annie mein Wort gegeben.« Er lächelte in ihre Richtung. »Und sie hat ihren Teil erfüllt.« Seine Hand fuhr vor und packte Will im Nacken. Mit einem Ruck zog er ihn näher zu sich und presste die andere Hand auf seine Brust. Will schrie auf, ein qualvoller, schmerzverzerrter Laut, der durch die Höhle hallte. Emily merkte es kaum, doch auch sie schrie, genauso wie Annie. Jophiel brüllte »Nein!«, und auch Damian machte einen Schritt vor, konnte aber nicht weiter. Marita zog ihre Knarre aus dem Gürtel, und dann ging alles ganz schnell. Rauch stieg von Wills Jacke auf. Was auch immer Luzifer mit ihm machte, es drang tiefer, es wirkte durch Kleidung und Haut.

»Aufhören!« Emily stürmte los, und Luzifer streckte die andere Hand in ihre Richtung, ohne von Will abzulassen. Emily lief und lief, doch sie kam nicht vom Fleck. »Will!«

Luzifer ließ ihn los, und Wills riesiger Körper sackte in sich zusammen.

»Will!«

Er krümmte sich am Boden und mühte sich, wieder hochzukommen. Emily konnte immer noch nicht weiter. Sie wusste mittlerweile nicht mehr, ob es die Angst war, die sie lähmte, oder Luzifers Macht. Vermutlich Letzteres, denn auch die anderen verharrten beinahe bewegungslos, und ihre panischen Stimmen waren nur noch dumpf zu hören.

Und dann war alles vorbei. Von einem Moment zum anderen löste sich die merkwürdige Starre. Emily taumelte nach vorne, die Schreie der anderen gellten ohrenbetäubend laut durch ihre Ohren. Emily kümmerte sich nicht darum. Sie lief weiter, direkt auf Luzifer zu und fiel neben Will auf die Knie.

»Was ist mit dir? Will? Rede mit mir!«

»Ich …« Er sah an sich herunter. »Ich weiß nicht … Ich …«

»Er ist frei«, hörte sie da Luzifer sagen. »So wie es sich die gute Annie gewünscht hat. Ich halte mich stets an Abmachungen.«

Emily blickte hoch. »Frei? Was …?«

Luzifer stieß ein entnervtes Seufzen aus, ging neben ihr in die Hocke und packte Wills Jacke. Mit einem Zirpen fuhr der Reißverschluss nach unten. Ungeduldig schob Luzifer den Pullover hoch und deutete auf Wills Brust. Emily und Will waren zu perplex, um zu reagieren, doch dann begriffen sie. Emily konnte es nicht glauben.

»Das Mal«, keuchte sie. »Es ist weg.«

»Ganz genau.« Luzifer richtete sich wieder auf. »Wills Befreiung aus den Fängen meines Bruders im Tausch gegen Damian und … dich.« Er lächelte zu ihr hinab.

»Ist das wahr?«, hörte sie Annie rufen. »Er ist wirklich …«

»Frei! Sage ich doch. Und jetzt …«, Luzifer wies auf die Runde, »… seid ihr anderen auch alle frei zu gehen. Bis auf … meine beiden hier.« Luzifer reichte Emily die Hand, aber sie konnte nur wortlos darauf starren. Was sollte sie tun? Welche Möglichkeiten hatte sie? Wenn sie Luzifer nicht nachgab, hätte sie nie wieder Frieden. Er könnte jeden töten, niemand wäre mehr sicher, nicht ihre Freunde, nicht ihre Familie. Will war in Sicherheit, und wenn sie jetzt mit Luzifer ging, würde keiner von ihnen jemals wieder in Gefahr geraten – zumindest nicht auf übernatürliche Weise.

Ihr Blick fiel auf Damian, der sie anstarrte, als wäre sie ein Geist. Man sah ihm seine stummen Qualen an. Er wollte genauso wenig in die Hölle wie sie. Vielleicht noch weniger, schließlich kannte er diesen Ort besser als alle anderen. Er war dort geboren, aufgewachsen. Doch könnten sie solch eine Existenz überstehen? Wenn sie zusammenwaren? Womöglich war es gemeinsam erträglich. Womöglich könnten sie sich gegenseitig helfen. Nein! Sie wollte einfach nur ein Mensch sein! Normal! Altwerden, irgendwann eine Familie gründen. Sie wollte die Schule fertigmachen, von einem Tag zum nächsten leben, mit Damian zusammen sein. Sie erlebte gerade ihre erste Liebe. Es war ein Unterschied, jemanden zu lieben und Zukunftspläne zu schmieden, als für immer mit dieser Person in eine andere Dimension gesperrt zu werden. Aber wenn sie alle mit ihrem Opfer retten konnte?

Sie müsste sich von ihrer Mutter trennen, ihrem Vater, Will! Wie sollte sie das schaffen? Wie sollte sie einfach weggehen? Hatte sie denn überhaupt eine Wahl? Sie hatte sich schon einmal entschieden. Doch diesmal ging es nicht darum, Damian zu retten. Diesmal würde sie mit ihm gehen. Diesmal ging es um alle anderen. Warum zögerte sie da noch?

Langsam wandte sie den Blick von Damian ab und richtete sich auf. Auch Will rappelte sich umständlich hoch.

»Ihr könnt gehen«, wiederholte Luzifer. »Und wir hier«, er sah Emily an, »werden eine Abmachung treffen.«

Emily spürte, wie sie nickte. Ob es wohl wehtun würde? Zu sterben? Würden die Höllenhunde sie in die Unterwelt führen?

»Darf ich …?« Sie schluckte. »Darf ich mich noch verabschieden?« Sie deutete auf Will, und Luzifers kühler Blick ruhte auf ihr. Dann nickte er.

»Nein.« Will schob sie von sich weg. »Das werde ich nicht zulassen. Das …«

Emily schüttelte den Kopf. Sie legte ihre Hand an seine Wange und blickte ihm in die Augen. Sie versuchte einen tapferen Eindruck zu machen, doch er kannte sie zu gut. »Ist schon in Ordnung«, sagte sie. »Du bist jetzt in Sicherheit und ich …« Sie kämpfte die Tränen zurück. »Mir wird es auch gut gehen.«

»Das ist Wahnsinn!«, hörte sie Jophiel von seiner kleinen Insel im See aus rufen. »Luzifer, lass sie gehen! Noch ist es nicht zu spät.«

»Ich gehe mit dir, Vater«, sagte auch Damian. »Du musst das nicht tun. Ich werde mit dir gehen. Ich …«

Ein Knall ertönte.

Luzifer taumelte zurück.

Emily zuckte zusammen und presste sich automatisch die Hände auf die Ohren.

Einen Moment war es vollkommen still.

Wie in Trance wandte Emily den Kopf zur Seite und sah, wie Luzifer an sich hinabblickte und seine Brust berührte. Als sie ihren Blick schweifen ließ, erkannte sie schließlich Marita, in der Hand die Pistole. Sie zielte immer noch auf Luzifer.

Ein weiterer Knall.

Emily schrie auf vor Schreck.

»Hör auf!«, brüllte Jophiel. »Du könntest Emily oder Will treffen!«

»Ich schieße, seit ich ein kleines Mädchen bin! Klappe halten!«

Noch ein Knall.

Geröll rieselte auf sie herab. Luzifer stolperte weiter zurück.

»Raus hier!« Marita zeigte mit dem Kopf Richtung Ausgang. »Alle! Sofort raus hier! Ich hab das im Griff!«

»Marita«, stammelte Jophiel fassungslos. Sie beachtete ihn nicht.

»Seid ihr schwerhörig? Raus, solange ich noch Kugeln habe!«

»Und ich mochte dich«, stöhnte Luzifer, der sich dic Brust hielt.

Noch ein Schuss. Luzifer ging in die Knie.

»Los jetzt!«

Alle tauschten verwirrte Blicke. Dann löste sich endlich ihre Starre. Annie ließ sich langsam ins Wasser gleiten, und Jophiel sprang in den See, schwamm aber auf Marita zu. Damian rührte sich immer noch nicht, er stand reglos auf der steinernen Plattform. Emily konnte sich darum jetzt nicht kümmern. Sie packte Will und zog ihn von Luzifer weg. Sie hatten erst drei humpelnde Schritte zurückgelegt, da erschien eine Gestalt in dem Gang zum anderen Höhlenraum. Emily erstarrte. Was hatte das zu bedeuten?

Der breit gebaute Mann im Sonntagsanzug versperrte den Weg, er stand da und sah sich aufmerksam in der Höhle um. Dunkle Locken rahmten sein Gesicht, auch wenn sein Haar genauso wie der kurzgeschnittene Bart schon von Grau durchsetzt war.

Etwas lag in seiner Hand, doch Emily konnte es nicht erkennen.

»Was ist los?«, hörte sie Marita, die sich ganz offensichtlich auf Luzifer konzentrierte und von dem überraschenden Besuch nichts mitbekam. »Fort mit euch!«

»Marita!« Jophiels Stimme. »Gib mir die Pistole. Ich kümmere mich darum. Lauf! Du musst dich retten. Jetzt.«

»Verschwinde, Engel! Ich hab das im Griff.«

»Michael.« Das war Damian. Ein fassungsloses Flüstern, das dennoch durch die Höhle getragen wurde.

Emily blickte zu Damian, der immer noch seine Insel besetzte und wieder zu dem mysteriösen Mann am Ausgang. Auch Luzifer hob den Kopf.

»Hervorragend«, stöhnte er. »Noch mehr Engel.«

Engel? Emily wandte sich wieder um. Dieser Mann sollte ein Engel sein? Jophiel, ja, der war der Inbegriff eines Engels, aber der hier?

»Ist schon gut«, meinte der Fremde und deutete in Maritas Richtung. Emily konnte sich erinnern, dass Damian seinen Arbeitgeber Michael genannt hatte. Konnte dieser Mann jener gefallene Engel sein? »Du kannst aufhören, Kind. Ich übernehme das.« Er zog seinerseits eine Pistole aus seiner Anzugtasche und feuerte auf Luzifer. Alle starrten ihn an, und Luzifer fluchte, als er erneut zurückgerissen wurde.

»Das wirst du bereuen«, stöhnte er. »Das wird mich nicht töten.«

»Komm«, wandte sich indessen Jophiel an Marita und versuchte sie weiterzuziehen. »Komm endlich!«

Emilys Blick wanderte durch die Höhle. Sie wusste nicht, wohin sie sehen sollte, alles geschah gleichzeitig. Michael schoss noch einmal auf Luzifer, der mittlerweile so durchlöchert wie ein Sieb sein musste. Annie schwamm gerade auf die Plattform zu und hatte diese fast erreicht, Will versuchte Emily weiterzuziehen, Jophiel zerrte an Marita und versuchte ihr die Waffe abzunehmen, und Damian starrte den neu hinzugekommenen Engel an. Michael erwiderte den Blick.

»Hast du es ernst gemeint?«, fragte der Mann und öffnete seine Hand. Eine Kette lag darin. Das Amulett! Damians Schutzengelamulett! Woher hatte er das? Was hatte das zu bedeuten?

Emily sah zwischen ihm und Damian hin und her. Damian stand immer noch reglos da. Seine Augen glitzerten. Dann nickte er. Was war hier los?

Michael holte aus. »Wenn du Gott rufst, wird er dich hören«, meinte er und warf die Kette in hohem Bogen über den See. Damian fing sie auf.

»Bist du bereit?«, fragte Michael. Damian schloss die Hand um das Amulett. Einen Moment verharrte er, schloss die Augen und atmete tief durch. Dann hängte er sich die Kette um den Hals. Er sah auf und ihre Blicke trafen sich. Nur einen Moment lang, dann sah er schnell weg. Was war hier los? Was bedeutete das alles? Sie verstand nicht!

Ein erneuter Knall.

Emily erwartete, Luzifer wieder straucheln zu sehen, doch es war Damian, der zurückfiel. Lautlos und kerzengerade fiel er um. Emily holte Luft. Fassungslos starrte sie Damian an, beobachtete wie er nach hinten kippte und mit einem lauten Platsch in den See stürzte. Erst jetzt befreite sich ihr gellender Schrei. Nur vage nahm sie die Rufe der anderen wahr. Alles um sie herum begann sich zu drehen.

Und dann handelte ihr Körper von selbst. Noch ehe Will sie richtig zu fassen bekam, stürmte sie los. Sie lief über die Brücke zurück zur Plattform in der Mitte, vorbei an Luzifer, der sich gerade aufrichtete, und weiter über den Steg zur anderen Seite. Dort kletterte sie über das Geländer und sprang in den See.

Die Kälte traf sie vollkommen unvorbereitet. Sie hatte nicht darüber nachgedacht. Als wäre sie zwischen Hammer und Amboss geraten, wurde ihr die Luft aus den Lungen gepresst. Die Kälte war über ihr, in ihr, um sie herum.

Mit einem Keuchen tauchte sie auf. Ihre Winterkleidung sog sich voll mit Wasser, doch ihre Angst um Damian erfüllte sie mit übernatürlicher Kraft. Schluchzend kämpfte sie sich durch das Wasser zu jener Steininsel, auf der Damian eben noch gestanden hatte. Sie musste zu ihm. Er war noch da. Irgendwo. Er war noch da.

Jeder Schwimmzug fühlte sich an, als kämpfte sie sich durch zähen Schlamm. Ihre nasse Kleidung versuchte sie hinunterzuziehen, doch sie war stärker. Ihr Kopf rauschte, ihr Hals brannte. Immer wieder schluckte sie Wasser, hustete. Ihr Haar klebte in ihrem Gesicht und nahm ihr die Sicht. Aber das war alles egal. Schwimmen, nur weiterschwimmen. Erinnerungen blitzten vor ihrem geistigen Auge auf. Sie und Damian in dieser wundervollen Bucht im Wasser. Sie hörte sein Lachen, spürte seine Lippen auf den ihren. Schwimmen, schwimmen, weiter.

Von ferne hörte sie Will ihren Namen rufen. Auch das war egal. Dann hörte sie Luzifer sprechen.

»Nein!«, keuchte dieser. »Das kannst du nicht tun. Es wird dich zerstören. Nein!« Emily blickte über die Schulter. Luzifer wich in gekrümmter Haltung zurück zum Geländer der Mittelplattform. Niemand war bei ihm, und doch schien er vor etwas – oder jemandem – zurückzuweichen.

»Du verlierst sie«, sagte Luzifer. »Du verlierst alles, was du bist. Denk darüber nach. Du kannst nicht …«

Emily schwamm an der Insel vorbei und sah Damians Körper auf der Wasseroberfläche treiben.

»Damian!« Zitternd packte sie seine Jacke. »Damian!«

Mit aller Kraft drehte sie ihn herum, sodass sein Gesicht nicht mehr im Wasser lag.

In seiner Stirn klaffte ein blutiges Loch.

Emily erschrak so sehr, dass sie ihn beinahe wieder losgelassen hätte. In seiner Stirn klaffte ein Loch! Nein. Sie erstickte. Japsend versuchte sie Atem zu holen, gleichzeitig Damian festzuhalten und nicht unterzugehen.

»Nein, nein, nein, nein.« Sie bekam keine Luft. Das durfte nicht sein. Er war doch eben noch da gewesen. Wie …

»Ich hab ihn.«

Plötzlich war Marita bei ihr. Schwarze Wimperntusche lief ihr über die Wangen, aus der einst so kunstvollen Frisur tropfte das Wasser traurig hinab. »Alles klar, ich hab ihn. Es ist alles gut. Du kannst loslassen. Emily, lass los! Ich bin da.«

Marita nahm Damian in die Arme und hielt seinen Kopf über Wasser. Emily hatte auf einmal keine Kraft mehr. Ihre Zähne klapperten, und ihr Körper wurde von Schüttelfrost ergriffen. Trotzdem klammerte sie sich weiterhin an Damian fest.

»Emily!« Marita schrie ihr förmlich ins Gesicht. »Sieh

mich an! Sieh mich an, Emily! Bleib hier! Schwimm! Du musst schwimmen.«

Emily blickte in die dunklen Augen der einstigen Schulbarbie.

»Schwimm, Emily! Schwimm!«

Sie bewegte ihre Beine, ihre Hände krallten sich immer noch in Damians Jacke.

In seiner Stirn klaffte ein Loch.

»Emily?« Es war Jophiel, der da wasserspritzend neben ihr auftauchte. »Emily, lass ihn gehen! Er ist tot. Lass ihn los! Marita, lass ihn los!«

Emily hörte ihn kaum. Stattdessen vernahm sie Luzifers Stimme: »Du bist mein Sohn. Du bist alles, was mir von ihr geblieben ist. Ich tat das alles für dich! Ich wollte dich nur beschützen.«

Langsam wandte sie den Kopf und blickte zur Plattform. Im nächsten Moment schrie Luzifer auf. Von einem Augenblick zum nächsten lag das halbe Amulett an seiner Brust. Grelles Licht ging davon aus. Emily kniff die Augen zusammen, um nicht geblendet zu werden. Luzifers Schrei gellte in ihren Ohren. Er nahm die gesamte Höhle ein, verband sich mit dem Brüllen eines wilden Tiers, verzerrte sich zu einer dämonischen Stimme. Dann verklang sie.

Emily öffnete die Augen und blickte zur Plattform.

Luzifer war fort.

Da fuhr ein Zittern durch Damians Körper. Emily drehte sich zu ihm um, und Marita und Jophiel starrten ihn entgeistert an. Gelbe Lichtpunkte tanzten über ihm, brachten das Wasser zum Leuchten.

»Was geschieht hier?«, fragte Marita keuchend.

Sein Körper wurde leichter, löste sich in dem Funkeln

des Lichtes auf. Emily öffnete den Mund, doch sie brachte kein Wort heraus. *Nein, nein, nein*, dachte sie nur. *Bleib bei mir, bleib bei mir!* Sein Körper löste sich auf. Er löste sich in ihren Händen auf!

»Er wurde erschaffen«, hörte sie Jophiel wie aus weiter Ferne. »Dieser Körper wurde niemals geboren. Er wurde erschaffen, und so … vergeht er, jetzt da er tot ist.«

Emily sah auf das leuchtende Wasser hinab, sah in Damians Gesicht, bis nichts mehr davon übrig war und nur noch tanzende Funken zurückblieben.

»Bleib bei mir!«, flüsterte sie, doch ihre Hände hielten nichts mehr fest, tauchten ein in Wasser, in Kälte, in Nichts.

»Er hat Luzifer verbannt«, sagte Michael. »Er war immer noch ein Schutzengel. Das Amulett wurde ihm verliehen. Aber dazu musste er sterben.«

Emily fuhr herum, um all ihren Schmerz an diesem Engel auszulassen, da geschah etwas Unglaubliches.

Damian erschien auf der Plattform. Auf einmal war er genau dort, wo Luzifer eben noch gestanden hatte. Er war wieder da!

Piepsend schnappte sie nach Luft. Auch Will und Annie, die auf der Brücke zusammenstanden, schrien auf.

»Damian?« Emily traute ihren Augen nicht. Er war doch bei ihr gewesen, in ihren Armen, er hatte sich aufgelöst.

»Damian!« Sie schwamm auf ihn zu, so schnell sie konnte, ohne auch nur eine Sekunde den Blick von ihm zu nehmen. Er war da, er war wieder da! Wie war das möglich?

Er schien sie jedoch nicht zu sehen. Zusammengekrümmt stand er da und starrte auf den Boden. Und dann brach ein Schrei aus ihm heraus. Sein Gesicht verzerrte sich vor Schmerz, und er sank auf die Knie. Mit beiden

Händen hielt er sich den Kopf und schrie und schrie, wie von einem Dämon besessen.

Blankes Entsetzen erfasste Emily. Sie erreichte die Plattform und zog sich daran hoch. So schnell sie konnte, kletterte sie über das Geländer.

»Damian?« Sie stürzte auf ihn zu und wollte gerade die Hand nach ihm ausstrecken, da wurde sie am Arm gepackt.

»Fass ihn nicht an!« Es war Michael. »Er ist in der Transformation. Die Essenz der Hölle, des Bösen, geht in ihn über.«

»Was? Nein! Nein, das darf nicht sein! Was hat er gemacht? Wieso ist er wieder hier?«

»Der Herrscher der Unterwelt, ein Gott, ist in der Lage durch die Dimensionen zu wandeln, jede Dimension zu betreten. Die neue Macht der Hölle in ihm ermöglicht es ihm, die Schleier zu teilen.«

Emily nickte schnell, konnte kaum damit aufhören. Sie wusste all das, und trotzdem war sie verwirrt und verstand gar nichts. Angestrengt versuchte sie den Schmerz hinunterzuschlucken und ruhig zu bleiben. Denn Damian brauchte sie. Sich vor Schmerzen krümmend kniete er vor ihr, seine Schreie waren nur noch ein Winseln.

»O Gott«, stöhnte er und atmete stoßweise. »Wo bist du?! Wo bist du?«

»Er hat Schutzengelblut in sich«, hörte sie Jophiel sagen. »Die Hölle verbrennt ihn.«

»Bis nichts mehr von ihm übrig ist«, fügte Michael hinzu, was Emily entsetzt hochfahren ließ. Sie wollte ihn eben anschreien, da kam ihr Jophiel zuvor.

»Das ist Ihre Schuld«, fuhr der Ex-Engel Michael an. »Sie haben ihn getötet!«

»Wir hatten keine andere Wahl.«

»Man hat immer eine Wahl! Wir hatten die Lage unter Kontrolle. Wir hätten fliehen können!«

»Klar, und für wie lange? Luzifer musste gehen. Damian wird nun über die Unterwelt herrschen. Und er wird es besser machen als sein Vater.«

»Sofern ihm diese Prozedur noch ein letztes bisschen Verstand lässt.«

»Was redet ihr da? Man muss doch etwas tun können! Helft ihm! Ihr müsst ihm irgendwie helfen! Ihr seid doch Engel!«

»Wir können nichts tun.« Jophiel streckte seine Hand nach ihr aus, aber Emily wich zurück.

Damians Schmerzenslaute brannten sich in ihr Herz, stachen in ihren Ohren, taten in jeder Zelle ihres Körpers weh.

»Wo bist du?«, schluchzte er immer wieder. »Gott, wo bist du? Lass mich nicht allein!«

»Du bist nicht allein«, erklang plötzlich Wills Stimme neben ihr. Er humpelte zwischen sie und Jophiel und blickte auf Damian hinab. Emily starrte ihn an. Seine Miene war undurchschaubar, was beunruhigend war, bedachte man, dass sie ihn so gut kannte. »Ist es nicht so?«, fragte er in die Runde. »Der Himmel ist da, wo wir ihn fühlen. Gott ist da, wo wir an ihn glauben. Der Himmel kann ihn schützen. *Wir* können ihn schützen. Denn Gott ist in uns allen, oder nicht?«

Emily sah hoffnungsvoll zu den beiden Engeln, die jedoch nur ratlose Mienen machten, in ihren Blicken fast so etwas wie Bewunderung.

»Wir müssen daran glauben!«, beharrte Will. »Wir sind

nicht einfach nur Menschen. Wir sind das Gute, und das Gute siegt immer über das Böse.«

»Er hat recht.« Marita gesellte sich zu ihnen. Wie ein begossener Pudel stand sie da und wirkte dennoch unglaublich stolz. »Wir können alles sein, was wir wollen, Engel oder Teufel, gut oder böse. Wir können der Himmel sein.« Bei diesen Worten kniete sie sich vor Damian nieder und streckte die Hand nach ihm aus.

»Nein!« Michael und Jophiel schrien gleichzeitig auf. »Die Hölle wird dich berühren«, sagte Michael panisch. »Du wirst ihren Makel tragen und nie wieder in den Himmel gelangen können. Du bist verloren, wenn du ihn berührst!«

Marita sah von ihm zu Jophiel. Einen Augenblick lang blickte sie dem Engel in die Augen, dann zuckte sie mit den Schultern. »Der Himmel ist da, wo ich bin«, meinte sie schließlich lächelnd. »Was soll's. Mit Damian als Teufel wird es nur halb so schlimm sein. Wir werden zusammen eine Party nach der anderen schmeißen.«

Jophiel öffnete den Mund zu einer Erwiderung, doch da berührte Maritas Hand schon Damians Schulter.

»Nein!« Jophiel starrte sie entsetzt an.

Marita zuckte zusammen und riss die Augen auf. Ein Keuchen entfuhr ihr. »Verdammt!«, stieß sie hervor und atmete schnell. Dann blickte sie hoch. »Muss ich das etwa alleine machen?«, japste sie, und da fiel auch Emily neben ihr auf die Knie. Ihr war eine Ewigkeit in der Hölle bestimmt gewesen, und nur durch Damians Opfer hatte sie ihr Leben zurückgewonnen. Sie musste ihm helfen. Auch Will bückte sich nun und berührte Damian.

»Tu das nicht!«, hörte Emily da Annie rufen, aber sie

wandte sich nicht um. Von Annie hatte sie im Moment wirklich genug.

»Wir sind hier«, flüsterte sie und streckte die Hand nach Damian aus. »Wir sind hier.« Sie konzentrierte sich auf die Liebe in ihrem Inneren. Angst, Zorn, Verzweiflung – all das versuchte sie auszusperren, als sie ihre Finger auf Damians Brust legte. Eine Welle aus Eis und Feuer schwappte über sie hinweg. Sie wusste nicht, ob sie Kälte oder Hitze verspürte. Es brannte lediglich, es tat weh, und ein grauenhafter Geruch, den sie nicht einzuordnen vermochte, strömte in ihre Nase.

»Alles wird gut«, sagte sie immer wieder wie eine Beschwörungsformel, »alles wird gut, alles wird gut. Das Böse wird dich nicht bekommen. Wir lassen es nicht zu dir. Wir sind da. Wir sind da. Wir sind deine Freunde, Damian, wir lieben dich. Die Hölle kann die Liebe nicht besiegen. Wir sind da.« Aus den Augenwinkeln bemerkte sie, wie Jophiel neben ihr niederkniete.

»Du bist der Himmel«, sagte der Engel an Damian gerichtet, »halte fest daran. Sei der Himmel. Du kannst ihn dir bewahren. Wir sind hier. Wir helfen dir. Halte durch.« Er hob seine Hand. Emily sah, dass sie zitterte. Dann legte er sie auf Damians Rücken. »Wir sind hier.«

Damian keuchte und schien mit geschlossenem Mund zu schreien. Seine Augen waren fest zusammengepresst, und Emily wusste, sie spürte nur einen Bruchteil des Schmerzes, der in seinem Inneren tobte.

»Wir halten dich«, fuhr Jophiel fort, und da bemerkte Emily, dass Michael sich abwandte und davonging. Er war nicht bereit, dieses Opfer auf sich zu nehmen, und Emily war bewusst, welche Konsequenzen Jophiel nach seiner selbstlosen Tat erwarteten. Er war kein Engel mehr. Er konnte nie mehr in den Himmel zurück. Sie alle hatten die Hände nach Damian ausgestreckt und *glaubten* daran, ihn mithilfe ihrer Kraft und Liebe abschirmen zu können. Damian würde der neue Herrscher der Unterwelt werden, dagegen konnten sie nichts mehr unternehmen, aber sie konnten beeinflussen, was für ein Herrscher er sein würde. Das Böse durfte ihn nicht kriegen. Das Gute würde gewinnen. Das Gute würde über die Hölle siegen und einen Engel als Herrscher der Unterwelt bekommen.

Das verzehrende Feuer jagte durch ihren Körper, doch Emily kämpfte dagegen an. Sie beschwor das Bild der Gänseblümchenwiese herauf, Damians Lachen, seine Unbeschwertheit und Heiterkeit. Liebe. Himmel. Eine Einheit. Freundschaft. Das Gute.

Neben ihr sah Will hoch. »Annie!«, rief er. »Komm her! Hilf uns!«

»Ich …« Ein Schluchzen. »Es tut mir leid. Ich … ich kann nicht.«

Als Emily ebenfalls hochblickte, sah sie gerade noch, wie Annie hinausstürmte. Es kümmerte sie nicht. Dafür war keine Zeit. Sie durfte keinen Groll empfinden. Sie hatte Damian, den Menschen, verloren, aber sie war bereit, alles zu geben, um zu retten, was zu retten war.

Teufelsengel

Damian öffnete die Augen. Sein Atem normalisierte sich wieder. Vorsichtig ließ er die angespannte Konzentration seiner Meditation abklingen und richtete sich auf. Er befand sich in einer prachtvollen Halle mit hohen Bogenfenstern aus buntem Glas und marmornen Fliesen. Etwas erhöht und über drei Stufen erreichbar stand ein Stuhl. Nein, es war kein Stuhl, es war ein Thron. Doch Damian hatte kein einziges Mal dort Platz genommen. Natürlich könnte er diesen Ort beliebig verändern, er könnte einen Garten daraus machen, eine Wolke, ein gemütliches Haus. Aber Damian sah keinen Nutzen darin, sich hier irgendwie nett einzurichten, genauso wenig wollte er auf seines Vaters Stuhl sitzen. Lieber saß er auf dem Boden, schloss die Augen und lauschte auf die Geräusche seines Atems. Er versuchte sich zu erinnern, wie es gewesen war, als Mensch zu atmen. Dies war das Einzige, woran er in jenen Momenten des Abschaltens dachte und woran er sich festhielt. Und es half dabei, die Bilder von ihm fernzuhalten, die Geräusche und Emotionen. Wenn Luzifer verbannt wird und ein neuer Herrscher seinen Platz einnimmt, geht all das Böse des Tartaros in den neuen Teufel über. Bisher hatte Damian nie richtig verstanden, was das wirklich bedeutete. Für ihn war die Hölle stets ein Ort des Bösen und der Grausamkeiten gewesen. Doch es war gar nicht dieser Ort. Es waren die Menschen. Das hatte Damian jetzt verstanden. Ununterbrochen sah er sie vor sich: die Taten der Menschen, deren Seelen im Tartaros brannten. Er sah, was jene Menschen ihren Opfern einst angetan hatten, er sah Gräueltaten, die er sich in seinen kühnsten Fantasien nicht hätte vorstellen können. Er sah, was Unschuldigen angetan worden war, er hörte die Schreie, spürte die Angst – und gleichzeitig das Entzücken und Vergnügen der Mörder. Er spürte auch die rasende Wut, von der manche geleitet worden waren, den Wahnsinn oder auch die Erregung. Jede grausame Seele schien sich in sein Innerstes zu schleichen und nur durch Konzentration und seine Erinnerung an das Menschsein konnte er den Tartaros – das Böse in den Menschen, die Dämonen, die sie selbst erschaffen hatten – von sich fernhalten. Zumindest für ein paar gnädige Momente.

Wie hatte sein Vater all das ausgehalten? Wie hatte er es geschafft, mit diesen Bildern und Emotionen zu existieren? Hatte er einfach losgelassen? Sich geöffnet und den Schmerz von sich Besitz ergreifen lassen, sodass er ein Teil von ihm wurde? Oder hatte er dagegen angekämpft, so wie Damian es jede Sekunde tun musste, um nicht zerstört zu werden?

Der Ansturm der menschlichen Taten, der Bilder von Verstümmelung und Folter aus Jahrtausenden hatte ihn während der Transformation unvorbereitet getroffen. Er hatte nicht damit gerechnet, es war alles zu schnell gegangen. In einem Moment hatte er seinem geschwächten Vater die Kette umgelegt und in den Tartaros geschickt und im nächsten war die Welt über ihm zusammengebrochen. Die tosende Woge war zu plötzlich und heftig gekommen, als dass er sich dagegen hätte wehren können. Doch dann waren da plötzlich diese Mauern gewesen. Sie hatten ihn eingeschlossen und gegen den Tartaros abgeschirmt. Sie hatten ihm ermöglicht, eigene Barrieren zu errichten. Sie hatten ihm die nötige Zeit verschafft, um sich gegen das Kommende zu wappnen. Eine Ewigkeit des Kampfes. Nie wieder würde er ohne diese Bilder sein, aber immerhin hatten sie ihn nicht beim ersten Ansturm niedergerungen. Und das verdankte er den Menschen, genauso wie das Böse von den Menschen kam. Seine Freunde hatten ihn beschützt. Es gab auch Güte auf der Welt, was in Anbetracht der niederen Taten, die er nun sehen musste, leicht zu vergessen war. Doch er klammerte sich daran. Er klammerte sich an dieses Opfer, das seine Freunde für ihn gebracht hatten. Gerne dachte er an Will und dessen Worte über den Himmel, die jedes höhnische Lachen, jede Dämonenstimme übertönt hatten. Er dachte an Jophiel, der seine Existenz als Engel geopfert hatte, um einem höheren Zweck zu dienen und der Hölle einen Herrscher mit einem Rest Güte zu geben. Er dachte an Michael, der ihm den letzten Weg ermöglicht hatte. Niemand sonst wäre in der Lage gewesen, den Kampf gegen Luzifer auf diese Weise zu beenden – auf die einzig wirkungsvolle Weise. Niemand sonst hätte ihn getötet. Und er dachte lächelnd an Marita, die sich so unerschrocken und selbstlos für ihn eingesetzt hatte. Sie alle gaben ihm Kraft. Nur an eine durfte er nicht denken. Allein der Gedanke an sie erfüllte ihn mit Wut. Wut darüber, dass es so hatte kommen müssen, dass er aus seinem Glück gerissen worden war, dass er alles verloren hatte. Sie war ihm weggenommen worden. Er hatte sie zurücklassen müssen, und er durfte sie nie wiedersehen, er durfte noch nicht einmal nachsehen, ob es ihr gut ging. Oh, natürlich *könnte* er das. Er konnte alles tun, er war schließlich ein echter und wahrhaftiger Gott. Für ihn gab es keine Grenzen mehr, und trotzdem war er ein Gefangener. Gefangen zwischen den Bildern und Emotionen von Bestien, die sich einst Menschen nannten. Wie könnte er Emily so etwas antun? Ihn, den Teufel, an ihre Seite zu lassen. Nein, er musste sie aus seinen Gedanken aussperren, er durfte ihr Bild nicht vor sich sehen, denn es tat noch mehr weh als jene Bilder des Tartaros. Der Schmerz und die Wut hießen die dunklen Seelen willkommen, und er musste sich an die Güte klammern, an Will, Jophiel, Michael und Marita. Sie mussten ihn halten. Anders ging es nicht. Bis er eine Lösung gefunden hatte.

Damian starrte auf das Muster im Marmor des Bodens und seufzte laut auf. »Also gut«, murmelte er mit rauer Stimme, da er sie nur noch selten benutzte. »Sehen wir mal, wie es dir geht.« Mit zusammengekniffenen Augen betrachtete er das Mosaik aus Grautönen, und im nächsten Moment begann sich der Boden vor ihm zu teilen. Er musste nirgends hingehen, er musste nichts *tun*. Er war jetzt kein Mensch mehr. Ein Gedanke reichte aus.

Hitze schlug ihm aus dem Spalt entgegen, doch Damian schaltete diese Wahrnehmung einfach ab. Er entschied, die Hitze nicht zu fühlen, und so erreichte sie ihn auch nicht.

Unter sich konnte er den Spielplatz des Schreckens betrachten, und eine gewisse Genugtuung beschlich ihn beim Anblick der Qualen, die jene schrecklichen Seelen erlitten, die auch ihn folterten. *Das habt ihr verdient*, dachte er und erschrak sogleich über diesen Gedanken. Er durfte das nicht zulassen, er durfte nicht so fühlen. Konzentriert atmete er ein und aus und ließ seinen Blick schließlich wieder über das Feuermeer in der Tiefe schweifen. Die einzelnen Gerätschaften der Folter erstreckten sich weiter, als es ein Auge zu erfassen vermochte, aber Damian interessierte sich ohnehin nur für einen unter all den Gefangenen. Auf ein Rad gespannt stand sein Vater in Flammen, Arme und Beine waren seitlich weggestreckt und angenagelt. Damian winkte ihn näher. Er ließ die Beine über die Kante des Abgrunds baumeln und holte das Rad zu sich herauf. Auch dafür war ein einziger Gedanke ausreichend. Sein Vater sah ihm entgegen, als er aus den qualmenden Tiefen aufstieg und schließlich vor ihm in der Luft hängen blieb. Sein Körper war unversehrt, genauso das Rad, aber Damian wusste, das dem nicht so war. Der Schein trog.

»Nun?«, fragte er und bemühte sich um einen gleichmütigen Tonfall. Er versuchte jede Emotion abzuschalten. »Es sind jetzt zehn Wochen, Vater. Genießt du die Zeit? Du hast noch neunhundertneunundneunzig Jahre und zweihundertfünfundneunzig Tage vor dir, ehe du stirbst.«

Luzifer verzog die Lippen zu einem gezwungenen Lächeln. »Willst du mich betteln hören, Junge?«, fragte er höhnisch, doch seine Stimme war kraftlos, was die Wirkung etwas schmälerte. »Ich war zu lange Herrscher der Unterwelt, als dass mich der Tartaros noch verletzen könnte.« Er lachte auf, ein Geräusch, das sich bald zu einem Husten entwickelte. »Um mich musst du dich nicht sorgen, Junge. Wie steht es um dich? Was ist von dir noch übrig?«

Damian blinzelte verwirrt. Er hatte Schadenfreude, Hohn und Spott erwartet, aber sein Vater klang aufrichtig besorgt. »Ich komme klar«, erwiderte er rau und wich dem Blick der grünen Augen aus, die jedes Leuchten verloren hatten. Damian wusste, das Feuer brannte jetzt in ihm. Das Höllenfeuer.

»Wieso hast du mich dann gerufen?«, wollte Luzifer wissen. Er schien ehrlich an einer Antwort interessiert. »Hast du keine andere Familie, die du belästigen könntest?«

»Meine Schwestern sind im Tartaros, so wie du.«

Luzifer schnalzte missbilligend mit der Zunge. »Böser Junge. Dann unterhalte dich eben mit den Todesengeln, nur lass mich in Ruhe! Übergib mich wieder dem Feuer! Ich mag das Kitzeln.«

»Auch die Todesengel sind im Tartaros«, erwiderte Damian ruhig. Diesmal hoben sich die Augenbrauen seines Vaters.

»Ach«, sagte er. »Solch einschneidende Veränderungen in so kurzer Zeit? Was hast du vor? Die Hölle alleine zu bewohnen? Hast du auch nur einen Moment darüber nachgedacht, was es bedeutet, die Todesengel zu verbannen?«

Damian hob den Kopf und blickte Luzifer direkt in die Augen. »Es bedeutet, dass die menschlichen Seelen ihr Leben nur noch in Begleitung von Schutzengeln führen. Sie werden nicht mehr von der Hölle beeinflusst.«

»Dummer Junge.« Luzifer presste die Lippen aufeinander und schloss einen Moment lang die Augen. Als er wieder hochsah, hatte er die Stirn gerunzelt. »Du spielst mit Gesetzen, deren Größe du nicht begreifst. Was willst du erreichen? Das Böse vollkommen vernichten?«

»So ungefähr.«

»Das ist nicht möglich. Damian, denk nach, ich beschwöre dich. Schicke die Todesengel zurück, du weißt nicht, was du tust.«

»Ich reinige diese Welt von dir und deinem Einfluss.«

»Du zerstörst das Gleichgewicht!«

»Ich zerstöre, was du geschaffen hast, mehr nicht.«

»Ich und die Götter vor uns! Es hatte einen Sinn! Wo Gutes ist, muss auch immer Böses sein, verstehst du das denn nicht? Wenn du die Todesengel verbannst, wird es ein Ungleichgewicht geben. Du musst den Tartaros nähren, du …«

»Nein.« Damian bemühte sich ruhig zu bleiben. Er durfte keine Wut zulassen. »Der Tartaros wird schwächer werden, er wird jegliche Macht verlieren, wenn ihm keine neuen Seelen zugeführt werden. Der Himmel wird sich ausbreiten und alles einnehmen. Das Gute wird herrschen.«

»Glaubst du das, ja? Glaubst du wirklich, dass der Tartaros dich nicht mehr quälen würde, wenn du ihn aushungerst? Dass du ihn ausreichend schwächen könntest, um dich von ihm zu befreien?«

Damian senkte den Blick. Er wollte nicht zugeben, dass es genau das war, was er sich erhoffte, doch Luzifer erwartete ohnehin keine Antwort und fuhr sogleich fort:

»Du bist jetzt Herrscher der Unterwelt, der Tartaros ist ein Teil von dir, so wie jede andere Ebene der Hölle. Du kannst dem Tartaros nicht schaden, ohne dir selbst ins eigene Fleisch zu schneiden. Du kannst nicht einfach einen zweiten Himmel schaffen, so funktioniert das nicht.«

Damian blickte hoch. »Und wenn doch?«

»Du siehst die Aufgabe als Herrscher der Unterwelt immer noch als etwas Böses an, den Teufel als die Personifizierung des Bösen. Aber hast du nicht längst erkannt, dass das Böse von den Menschen ausgeht, von ihren Seelen? *Sie* sind es, die das Böse schaffen, *sie* begehen die Taten, *sie* erschaffen die Dämonen. Wir wachen über sie, die dunklen Seelen, halten sie im Tartaros fest, wo sie hingehören, und ja, wir verlieren uns bei dieser Aufgabe selbst.«

»Willst du dich als Opfer darstellen? Als verkannten Helden, der die Menschheit und den Himmel schützt? Wenn du so erpicht darauf warst, das Böse eingesperrt zu lassen, wieso hast du dann dafür gesorgt, dass es sich mehrt?«

Luzifer stieß die Luft aus. »Ich sagte doch bereits: Das Gute kann ohne das Böse nicht existieren. Welchen Wert hat das Gute denn noch, wenn es nichts Böses mehr gibt?«

»Das Gute wird niemals wertlos sein. Es wird bleiben, was es ist.«

»Unsinn!« Luzifer versuchte seine Arme zu bewegen, aber er war immer noch an das Rad genagelt, und so verzog er nur das Gesicht und atmete tief durch. »Du willst dieses Mädchen«, redete er schließlich weiter. »Ich verstehe dich, aber du kannst ihr keinen Himmel erschaffen. Der Himmel ist Jahwes Reich, nicht deines. Die Hölle wird immer die Hölle bleiben, auch wenn du die Todesengel verbannst. Du wirst den Einfluss des Tartaros auf dich nicht schmälern. Im Gegenteil. Du machst ihn nur wütend. Du musst ihm Seelen geben, oder er wird dich verschlingen.«

»Das ist eine Lüge.« Damian versuchte seine ausdruckslose Miene aufrechtzuerhalten, doch tief im Inneren spürte er, wie all seine Hoffnungen zerschmettert wurden. Er hatte mit seinem Vater sprechen wollen, um Antworten zu erhalten, jetzt wünschte er jedoch, er hätte den Schleier zu dieser Ebene nie geöffnet. Denn Luzifer hatte recht: Damian wollte die Hölle zu einer neuen Dimension des Himmels machen. Er wollte sie neu ordnen und ihren Schrecken vernichten. Er wollte ein Gott über das Licht sein und nicht über die Dunkelheit. Die Worte seines Vaters klangen allerdings beunruhigend glaubwürdig. Würde der Tartaros sich tatsächlich wehren? Würde er es Damian unmöglich machen, ein *guter* Teufel zu sein?

Wie naiv er war! Wie hatte er auch nur einen Moment daran glauben können? Wie hatte er es wagen können, zu hoffen? Er hatte gedacht, wenn er die Todesengel, Höllenhunde und Dämonen in den Tartaros verbannte und nur noch er übrig blieb, würden die Menschen auf dem richtigen Pfad bleiben. Die Hölle würde aufblühen, und bis Emily starb und zu ihm kam, hätte er hier einen Ort erschaffen, an dem sie beide die Ewigkeit verbringen konnten – glücklich. Doch mittlerweile sollte er eigentlich wissen, dass die Menschen vom rechten Pfad abzweigten, ob sie nun von einem Todesengel beeinflusst wurden oder nicht. Die Menschen begingen die Taten, sie erschufen die Dämonen, vergifteten ihre Seelen. Gab es denn überhaupt keine Möglichkeit? Und wieso redete er überhaupt mit Luzifer darüber? Sein Vater würde seine Macht nicht mehr zurückerlangen, es sei denn, ein Schutzengel vernichtete Damian mit seinem Amulett, aber das würde so bald nicht geschehen. Denn garantiert wollte kein Schutzengel über die Hölle herrschen. Aber Luzifer war bereits zu vergiftet, um Damian ehrliche Antworten zu geben. Wer wusste schon, was der alte Teufel ausheckte? Vielleicht war es ja doch möglich, die Hölle, den Tartaros für immer zu zerstören, das Böse auszumerzen?

»Du handelst aus den falschen Gründen«, riss ihn sein

Vater aus den Gedanken, und erst jetzt bemerkte Damian wie intensiv Luzifer ihn die ganze Zeit über beobachtet hatte.

»Was soll das heißen?«

Luzifer hob die Schultern, soweit seine Haltung dies zuließ. »Du willst einen Himmel schaffen, um einem Mädchen zu gefallen. Das funktioniert nicht. Glaube mir!«

Ein allzu vertrauter Schmerz meldete sich in seiner Brust, und Damian beeilte sich, ihn schnell auszuschalten. Seine Konzentration durfte nicht gestört werden. »Eine Wiese mit Gänseblümchen ist nicht das, was ich mir vorstelle«, erwiderte er und hoffte, sein Vater würde ihm nicht anmerken, was der Gedanke an seine Mutter und das, was Luzifer ihr angetan hatte, beinahe in ihm auslöste. »Ich rede nicht von der äußerlichen Veränderung eines Ortes, ich rede vom wahrhaftigen Himmel.«

»Für sie.« Luzifer schüttelte den Kopf. »Glaubst du denn, ich dachte einst nicht wie du? Glaubst du nicht, dass mich jene Bilder, die du jetzt siehst, einst anwiderten? Das taten sie, aber irgendwann wirst du sie unterhaltsam finden, Damian. Zuerst nur kurz, einen Augenblick lang, und es wird dich erschrecken. Aber diese Momente werden mit der Zeit länger und nicht mehr ganz so erschreckend. Und irgendwann wirst du dir wünschen, du wärst derjenige, der diese Tat vollbringt. Und danach wirst du es auch sein. Du wirst mehr wollen. Du wirst alles dafür tun, um mehr Seelen auf diesen Weg zu führen, um mehr von diesen Bildern zu erfahren, neue, interessantere. Du wirst in den Körper eines Menschen schlüpfen, du wirst in die Dimension der Sterblichen gehen und … du wirst ein Gott sein.« Er lächelte schmallippig. »Ein Teufel.«

»Niemals!« Es war kaum mehr als ein Keuchen. Damian versuchte dieses ungewohnte Schwindelgefühl niederzuringen. Die Hitze des Tartaros drang wieder bis zu ihm durch, brannte und schmerzte, und die Essenz des Bösen schlich sich in seinen Körper und floss wie Blut durch seine Adern.

Atmen, dachte Damian im verzweifelten Bemühen, die Angst zu verjagen. Atme wie ein Mensch. Erinnere dich. Atme.

Damian schloss für einen Moment die Augen. Dann blickte er hoch in das wissende Gesicht seines Vaters.

»So fängt es an«, sagte dieser. »Höre auf mich, denn ich weiß, wovon ich spreche, Junge. Vergiss das Mädchen! Hör auf, an sie zu denken, diese Welt für sie ändern zu wollen. Akzeptiere, was du bist, und öffne dich. Das wird dir, aber auch ihr, sehr viel Leid ersparen. Lass sie nach Ablauf ihres sterblichen Lebens ins Reich der Toten einziehen, halte sie nicht zurück. Du wirst ihr Schlimmeres antun, als eine Ewigkeit in der Dimension der Toten, wo sie Frieden finden kann.«

»So wie du meiner Mutter?«, fragte Damian und bereute diese Worte, kaum dass er sie ausgesprochen hatte. Schweiß stand ihm auf der Stirn. Die Hitze war kaum noch auszuhalten. Er musste sie abschalten, einfach ignorieren, doch es ging nicht.

»Ja«, erwiderte Luzifer scheinbar ruhig, aber sein Blick flackerte kurz. War es Schmerz, der darin stand? Oder lediglich die Erinnerung an solch eine menschliche Emotion?

»Es war nur ein Moment, Damian«, fuhr sein Vater schließlich fort. »Ein einziger Moment. Ich sah euch beide. Ich hörte, wie sie dir von den Schutzengeln erzählte, vom Himmel und davon, wie du dorthin gelangen könntest. Es war ein Moment, und ich verbrannte sie. Ich verbrannte ihr Sein, ihre Seele, jede Erinnerung an sie, jedes Gefühl. Ein einziger Moment.« Er fing Damians Blick ein und schien immer noch die Kraft eines Gottes zu besitzen, der mit seinen Augen zu lähmen vermochte. »Bist du dir sicher … Kannst du dir wirklich sicher sein, dass es zwischen dir und Emily niemals einen solchen Moment geben wird?«

Damian starrte seinen Vater an. Er spürte Übelkeit genauso wie damals beim Busfahren als Mensch. Etwas stimmte nicht. Es tat weh.

Mit einem Gedanken ließ er das Rad wieder hinabsenken, zurück in die Feuersbrunst. Der Spalt im Boden begann sich zu schließen.

»Du lässt deinen eigenen Vater brennen«, hörte er noch Luzifers Stimme. »Du bist bereits mehr Teufel, als du denkst!«

***

Er brauchte ein paar Tage, um sich von diesem Gespräch zu erholen und sich der Meditation zu widmen. Er war schlimmer aus dem Gleichgewicht geworfen worden, als gut für ihn war, doch jetzt, da er so langsam wieder die Fähigkeit zurückgewann, nüchtern nachzudenken, begann er an den Worten seines Vaters zu zweifeln. Luzifer war eins mit dem Tartaros geworden, er war vom Bösen verschlungen worden und handelte in dessen Sinn. Luzifer wollte verhindern, dass Damian das Böse schwächte, versuchte

Damian davon zu überzeugen, sich dem Tartaros zum Fraß vorzuwerfen. Luzifer stand auf der Seite des Bösen. Es konnte gar nicht anders sein, denn dass er aus Sorge um Damian oder gar Emily handelte, stand außer Frage. Vielleicht war es also doch möglich, durch die Verbannung der Todesengel und die gütige Leitung der Menschen das Gute zu stärken und es auch in die Hölle einziehen zu lassen. Es musste möglich sein. Und Damian musste mit jemandem sprechen, der ihn nicht anlügen würde, und der ebenfalls daran geglaubt hatte.

Diesmal musste er auf der Suche nach Jophiel nicht durch Kälte und Schnee gehen, er musste nicht die ganze Stadt absuchen. Er teilte einfach die Schleier der Dimensionen und betrat die Welt der Sterblichen, Emilys Welt, inmitten der Einkaufspassage der Stadt. Es war Freitagabend. Diese Information erhielt er, weil er sie im Moment haben wollte, in seiner Welt war sie unnütz. Dort zählten Stunden und Tage nicht.

Ein paar Passanten sahen ihn einen Moment lang verwirrt an, blinzelten und versuchten zweifelsohne zu verstehen, wie er so plötzlich aus dem Nichts hatte auftauchen können. Doch Damian winkte sie einfach weiter, und die Menschen gehorchten. Er wusste, seine grünen Augen strahlten ungewöhnlich, aber die meisten schienen die richtigen Instinkte zu besitzen. Niemand starrte ihn an, lieber machten die Leute einen Bogen um ihn und senkten den Blick, wenn er vorbeiging. Vermutlich waren sie sich dessen nicht einmal richtig bewusst. Es mochte eine Art sechster Sinn sein oder auch eine Eingebung durch ihre Schutzengel. Geht dem Teufel aus dem Weg!

Damian kümmerte sich nicht darum. Er marschierte geradewegs auf die Bar zu, in der er als Mensch Alkohol getrunken hatte. Komisch, dass Jophiel ausgerechnet dort anzutreffen war.

Die Tür schwang auf, ohne dass Damian sie berührt hatte. Er wollte sich nicht mit solchen Albernheiten aufhalten, schließlich stand ihm ein wichtiges Gespräch bevor. Er konzentrierte sich darauf, die Dämonen von ihm fernzuhalten und Antworten zu bekommen. Was die Menschen von ihm denken mochten, war ihm gleichgültig. Sie glaubten ohnehin nur das, was sie glauben wollten, und so würden sie nicht einmal bemerken, dass sich die Tür ganz von selbst geöffnet hatte. Und wenn, dann würden sie es für eine zu blühende Fantasie, einen Streich ihres Unterbewusstseins oder eine Täuschung des Auges halten.

Damian betrat die verrauchte Bar und schottete sich sofort gegen den Gestank, die drückende Luft und die schlechte Sicht ab. Er konnte alles tun. Er war ein Gott. So machte er sich auch nicht die Mühe, sich nach Jophiel umzusehen. Er *wusste*, wo er war, und beinahe hätte er nach all der Zeit mal wieder gelacht.

Jophiel musste die Veränderung der Atmosphäre gespürt haben – es war plötzlich stiller im Raum, Köpfe hoben sich und drehten sich schnell wieder weg –, daher blickte der einstige Engel von seiner Beschäftigung, dem Abwischen des Tresens, auf. Damian hätte mit allem gerechnet. Er hatte erwartet, Jophiel betrunken vorzufinden, versunken in Selbstmitleid, da seine Seele der Hölle gehörte, aber stattdessen *arbeitete* er hier. Hätte Damian nicht gewusst, um wen es sich handelte, hätte er ihn fast nicht erkannt. Die blonden Locken waren radikal abgeschnitten. Sein Haar kringelte sich zwar immer noch, doch jetzt sah es aus, als bevölkerten goldene Schnecken sein Haupt, so kurz war es. Die hochgewachsene, schlanke Gestalt steckte in schwarzen Hosen und einem weißem T-Shirt mit dem Schriftzug der Bar darauf. Die nackten Arme hoben sich kaum von dem Weiß seiner neuen Arbeitskleidung ab. Er sah ... ungewohnt aus, aber Damian kam über seine anfängliche Überraschung schnell hinweg.

Ungerührt schlenderte er auf seinen Onkel zu, überall wichen ihm die Leute aus, und da er gerne ungestört war, sandte er ihnen friedliche Impulse. Sie sollten weitermachen, womit auch immer sie beschäftigt waren und ihn gar nicht bemerken. Doch Jophiel hatte ihn sehr wohl bemerkt, und sein Gesicht war eine ausdruckslose Maske. Zumindest in dieser Hinsicht hatte er sich nicht geändert.

Damian zwang sich zu einem Lächeln und glitt auf einen Barhocker. Er zog die Schüssel Erdnüsse heran und nahm eine in die Hand, während Jophiel jede seiner Bewegungen mit misstrauischen Blicken verfolgte. Eine Hand des einstigen Engels knetete das Geschirrtuch, die andere klammerte sich an den Tresen. Damian sah ihm in die meerblauen Augen und stellte fest, dass er sich tatsächlich *freute*, Jophiel wiederzusehen. Der Ex-Engel hatte ihm gefehlt, er war fast schon ein ... Freund. Und bei Jophiels Anblick kam eine Woge der ... Stille über ihn. Verwirrt blinzelte er. Die Dimension der Menschen, Jophiels Nähe, war ... anders, ruhiger. Er war immer noch umgeben, ja, geradezu durchdrungen von der Essenz des Tartaros, aber es fiel ihm leichter, sie auszusperren, sie zu ignorieren und sich auf andere Dinge zu konzentrieren. Es war, als wäre der Tartaros weit weg, und er hörte nur noch sein Echo. Es war beinahe ... friedlich.

»Wieso bist du hier?« Jophiels Stimme riss ihn aus seiner Verzückung. Erst jetzt bemerkte er, dass er mit einem etwas zu breiten Lächeln dasaß, das für manche vielleicht sogar irre aussehen mochte.

Damian schüttelte den Kopf und erinnerte sich an den Grund seines Erscheinens. Die Ruhe in Jophiels Nähe bestärkte ihn in seinem Entschluss, noch nicht aufzugeben und Luzifers Worten kein Gewicht beizumessen.

»Es sind fast drei Monate, Damian.« Vorsicht sprach aus Jophiels Stimme und auch in seinen Augen war sie zu lesen. »Wir haben nichts von dir gehört. Und jetzt bist du plötzlich hier.«

»Ich bin noch der alte«, versuchte Damian den alarmierten Freund erst einmal zu beruhigen. »Ich bin nicht gekommen, um Ärger zu machen, ich ... verspreche es.«

Jophiels Schultern schienen sich kaum merklich zu entspannen, doch er blieb wachsam. »Weiß *sie*, dass du wieder zurück bist?«

»Ich bin hier, um mit dir zu reden ... sonst nichts.«

Ein schwaches Nicken. Dann stellte Jophiel ein Glas auf den Tresen und füllte es mit bernsteinfarbener Flüssigkeit. »Du warst einfach fort«, sagte er schließlich und betrachtete das Leuchten im Glas. »In einem Moment warst du noch da und im nächsten verschwunden.« Er sah auf, und ihre Blicke trafen sich. »Emily ist beinahe krank vor Sorge, Damian. Du bist praktisch unter unseren Händen verschwunden, und seither hat niemand mehr etwas von dir gehört. Jeden Tag kommt sie zu mir, um zu fragen, ob ich etwas über dich wüsste. So kann das nicht weitergehen. Du musst mit ihr reden. Sag ihr, dass du nicht wiederkommst oder auch nicht, aber sag ihr *irgendetwas*, sodass sie weiterleben kann. Diese Ungewissheit …« Er schüttelte den Kopf und seufzte. »Das hat sie nicht verdient. Gib ihr Antworten!«

Damian unterdrückte ein verächtliches Schnauben. »Antworten«, stieß er hervor. »Ich kann ihr keine Antworten geben, solange ich sie selber nicht habe. Ich kann ihr nicht sagen, dass ich niemals wiederkommen werde, solange ich alles dafür tue, um zu ihr zu gelangen.«

Jophiel zog die Augenbrauen zusammen. »Was soll das heißen? Was hast du vor?«

Damian erzählte ihm von seinem Plan, das Böse zu schwächen, es aus der Hölle auszumerzen, indem er den Tartaros aushungerte und mit der Verbannung der Todesengel half, die Seelen in den Himmel zu führen. Über kurz oder lang sollte auch die Hölle zu einem gütigen Ort werden, der Tartaros vergehen, die Reiche der Toten – Himmel und Hölle – sich vereinen. Damian würde vom Einfluss des Bösen befreit werden und eine Welt der Güte erschaffen. Er wollte ein Gott sein, kein Teufel, und gemeinsam mit seinem anderen Onkel, Jahwe, herrschen.

Jophiel lauschte mit leuchtenden Augen, und erst als der zweite Barmann zu ihm kam und fragte, ob alles in Ordnung sei, kam er wieder zu sich. Vielleicht war dem Kollegen aufgefallen, dass die Barhocker neben Damian leer blieben und niemand in seiner Nähe war, weshalb Jophiel auch niemanden zu bedienen hatte. Dafür drängten sich auf der anderen Seite der Bar die Durstigen. Im Augenblick konnte Damian aber keine Unterbrechungen gebrauchen und erst recht keine Ablenkung. Er war hier, um die Zukunft zu planen, und daher schickte er den zweiten Barmann mit einer kleinen Kopfbewegung wieder weg. Der

Mann gehorchte sofort, folgte dem von Damian gesandten Impuls, und Jophiel erwachte nun endgültig aus seiner Starre.

»Auf welche Weise haben sich deine Fähigkeiten erweitert?«, fragte er, ohne sich die Mühe zu machen, die Sorge in seiner Stimme zu unterdrücken.

Damian ergriff das Glas und nahm lächelnd einen Schluck. Der Inhalt schmeckte nicht besser als damals als Mensch. »Ich kann alles tun«, antwortete er dem einstigen Engel dann. »Für mich gibt es keine Grenzen.« Seine Stimme schlug in Bitterkeit um. »Alle Wege stehen mir offen, ich bin zu allem fähig, ich kann wirklich *alles* tun, nur …« Er lachte freudlos auf. »Mit Emily zusammen sein, das kann ich nicht.« Er blickte hoch in die meerblauen Augen, die immer noch engelhaft wirkten. »Mein Vater meint, ich werde sie töten. Nein, Schlimmeres. Eines Tages werde ich ihr Schlimmeres antun als den Tod.«

Jophiels Miene blieb völlig ausdrucklos. »Du bist nicht dein Vater. Und Emily ist nicht deine Mutter. Was er ihr antat, muss sich nicht wiederholen.«

Wie sehr Damian daran glauben wollte! Doch wie konnte er, wo er den Tartaros in jedem Augenblick seiner Existenz spürte? Während seiner Meditationen und auch hier in Jophiels Nähe konnte er zwar besser damit umgehen, aber das Böse war trotzdem noch in ihm. Ein Moment, hatte sein Vater gesagt, ein einziger Moment … Konnte er das riskieren? Die ganze Zeit über hatte er versucht, Emily aus seinen Gedanken auszusperren, um sich dieser Gefühlsflut nicht ergeben zu müssen. Doch erst jetzt, wo er in der verhältnismäßigen Ruhe tatsächlich nachdenken konnte, wurde ihm klar, dass seine Gedanken immer nur um sie gekreist waren. Luzifer hatte recht. Er, Damian, wollte das Böse besiegen – ihretwegen. Er konnte schließlich nicht einfach so aufgeben! Er war ein Gott! Emily war wirklich, sie war wahrhaftig. Sie könnte die Hölle zu einem neuen Himmel machen. Sie wäre *sein* Himmel. Und bis dahin ... Sie könnten zusammen sein, ein Menschenleben lang. Sie könnten ... Damian stieß die Luft aus und stellte das Glas ab.

»Was soll ich tun?«, wollte er von Jophiel wissen, den er immer noch als seinen Ausbilder zum Schutzengel ansah und nicht als seinen Onkel. Damian wollte nichts von der aufgedeckten verwandtschaftlichen Beziehung erwähnen. Was sollte das bringen? Sie beide wussten davon, das reichte. Es war unnötig, deshalb ein gefühlsduseliges Gespräch zu führen. Das Einzige, was sich durch diese Offenbarung geändert hatte, war, dass Damian ein paar Dinge klar geworden waren. Er wusste jetzt, weshalb Jophiel anfangs so ablehnend auf ihn reagiert hatte. Denn er war der Sohn des Mannes, der Jophiels Schwester ermordet hatte. Aber Damian war nun auch klar, weshalb Jophiel ihn nicht aufgegeben hatte, weshalb er zwischen Ablehnung und Hoffnung hin- und hergerissen gewesen war. Mittlerweile glaubte Damian sogar, dass Jophiel keineswegs von Jahwe in diese Dimension gezwungen worden war. Es war Jophiels Idee gewesen. Ganz bestimmt. Und Jophiel bezahlte für diese Fürsorge nun einen enormen Preis.

»Die weitaus wichtigere Frage«, meinte Jophiel nach einer Weile und schenkte mit einer erstaunlich geübten Bewegung nach, »ist doch die: Was bist du zu tun imstande?« Er schob Damian das Glas hin. »*Kannst* du mit Emily zusammen sein? Kannst du es verantworten, dass sie ihr Leben, ihr einziges Leben, ihre sterbliche Zeit, mit dir verbringt? Ohne eine Chance auf Normalität zu haben? Eine normale Beziehung mit einem normalen Mann?«

Damian runzelte die Stirn. »Sie gehört ohnehin mir«, erwiderte er verständnislos und wusste nicht, wieso sie jetzt auf einmal darüber redeten. Es ging darum, ob er das Böse vernichten und Emily ein Stück Himmel beschaffen konnte, und vor allem ging es darum, ob er eine Gefahr für sie werden konnte. Es ging darum, den Tartaros zu schwächen. Wieso redete Jophiel dann von einer … normalen Beziehung für Emily? Von einem anderen Mann! Das stand außer Frage.

Doch Jophiel schien anderer Meinung zu sein. »So darfst du nicht reden«, sagte er sanft. »Und schon gar nicht darfst du so denken. Emily gehört dir nicht. Sie …«

»Aber …«

»Sie ist kein Ding, sie ist ein Mensch, eine Seele, sie …«

Schleichend brauste der Zorn in ihm auf. »Sie gehört mir!«, entgegnete er in einem Ton, der keine Widerrede mehr duldete. »Sie hat sich selbst der Hölle übergeben. Sie … hat sich mir übergegeben. Mir!«

»Und trotzdem sollte ihr eine Wahl bleiben. Du musst sie wählen lassen, wie sie ihr menschliches Leben verbringen will. Wenn du sie liebst …«

»Natürlich liebe ich sie!«

»Dann musst du sie auch gehen lassen – sofern sie das will.«

Damian durchbohrte sein Gegenüber mit seinem Blick. »Wenn ich es schaffe, den Tartaros zu schwächen, wenn ich es schaffe, mich zu befreien, zumindest so weit, um … keine Gefahr zu sein, dann steht uns nichts im Weg.«

»Wenn sie das auch so sieht. Wenn es ihre Entscheidung ist …«

Damian seufzte laut auf und trank sein Glas leer. »Lassen wir das.« Er sah Jophiel an. »Reden wir nicht über Dinge, die vielleicht niemals eintreffen. Vorher muss ich wissen, was für Auswirkungen die Verbannung der Todesengel hat. Wird der Tartaros schwächer und lässt mich gehen oder wird er hungriger und verschlingt mich? Ist es wahr, was mein Vater sagt? Mache ich alles nur schlimmer? Kann das Gute nicht ohne das Böse existieren?«

Jophiel ließ seinen Blick durch die Bar schweifen. Dann stützte er die Hände auf den Tresen und zuckte mit den Schultern. »Darauf habe ich keine Antwort.« Damian sank auf seinem Stuhl zusammen. »Aber … ich weiß, dass du nicht dein Vater bist. Du musst nicht so werden wie er. Du kannst das Erbe deiner Mutter in dir bewahren. Du und Emily … ihr habt eine Chance. Und ich … ich glaube fest daran, dass es dir gelingt, das Gute in die Unterwelt zu bringen.«

»Aus diesem Grund hast du mir geholfen.«

»Aus diesem Grund habe ich dir geholfen«, bestätigte Jophiel. »Denn für alles andere war es zu spät. Ich hätte mir für dich ein menschliches Leben gewünscht, aber nachdem das ja … nun … vorbei war, blieb uns nichts anderes übrig, als zu versuchen, das Böse aufzuhalten. Und das wird auch zukünftig gelingen.«

»Wie kannst du dir da so sicher sein?« Damian fuhr sich mit der Hand über die Augen. Er war der Teufel, und trotzdem fühlte er sich schwächer als damals als Mensch. Natürlich, er war stark, aber im Innern fühlte er sich wie eine fragile Glasskulptur, die das kleinste Steinchen zerspringen lassen könnte. »Vielleicht hat mein Vater recht, vielleicht bin ich verloren. Ein Opfer.« Bei dem Gedanken an Luzifers Worte lachte er auf.

»Und wenn nicht?« Jophiel stützte die Ellbogen auf den Tresen und sah ihn an. In seinem Bar-T-Shirt und dem kurzen Haar bot er immer noch einen absonderlichen Anblick. »Dein Vater war allein. Er wurde für seinen Verrat von Jahwe in die Unterwelt verbannt, und der Tartaros vergiftete ihn, langsam, Stück für Stück. Er hatte niemanden, außer den dunklen Seelen und Dämonen an seiner Seite. Aber du … Damian, du weißt selbst um die Macht der Freundschaft, der Liebe. Du hast sie erfahren. Wir sind hier, und wir alle stehen auf deiner Seite. *Du* bist nicht allein, und daher wirst du auch tausend Mal stärker sein als dein Vater. Vielleicht liegt darin das Geheimnis. Reicht das, um einen gemeinsamen Weg mit Emily zu gehen?«

Damian sah Jophiel lange an. Dann nickte er langsam, teilte schließlich die Schleier und kehrte zurück in die Hölle.

Er musste nachdenken.

Auf der Suche

»Es muss hier irgendwo sein.« Emily zog den Sicherheitsgurt von ihrer Brust und lehnte sich weiter vor, um mehr erkennen zu können. Angestrengt sah sie sich in der idyllischen Kleinstadt um, ließ den Blick über die aneinandergereihten Einfamilienhäuser mit den hübschen Vorgärten wandern und betrachtete die fröhlichen Menschen im Park. Überall waren Leute unterwegs, spazierten mit ihren Kindern, Hunden oder Partnern die Straßen entlang. Ein paar aßen ihr erstes Eis für dieses Jahr, andere joggten oder fuhren Rad. In manchen Gärten waren bunte Osterdekorationen aufgestellt, und die Wintermäntel wurden durch dünnere Jäckchen ersetzt. Der Frühling hatte Einzug gehalten, doch in Emilys Herzen herrschte immer noch tiefster Winter. Für sie war damals die Zeit stehen geblieben, und sie verharrte immer noch in jenem Moment, da sie Damian berührt hatte, und er kurz darauf einfach verschwunden war.

»Da vorne.« Sie deutete in die entsprechende Richtung, wo in der Ferne der Kirchturm hinter einigen Läden emporragte. »Jophiel sagte, das Pfarrhaus ist gleich neben der Kirche.«

»Dann werden wir es wohl nicht verfehlen.« Will warf ihr einen raschen Blick zu und versuchte, sie an der Schulter in ihren Sitz zurückzudrücken. »Hör auf, so herumzuzappeln, du machst mich damit noch wahnsinnig.«

»Nicht nur dich«, seufzte Emily und lehnte sich widerwillig zurück. »Ich bin schon wahnsinnig. Ich weiß einfach nicht, was wir noch tun könnten.«

»Du hast alles getan, Emily. Wenn … Er weiß, wo du bist. Wenn er es will, dann wird er dich finden, aber bis dahin …«

»… hab ich mich zu fügen und abzuwarten, ob es dem Teufel genehm ist, mich heimzusuchen. Ich hab verstanden. Aber vielleicht war er ja bei jemand anderem. Bei Jophiel ist er nicht aufgetaucht, aber vielleicht bei Michael. Schließlich war er es, der ihn umgebracht hat. Vielleicht haben die beiden miteinander gesprochen, vielleicht …«

»Das sind ein paar Vielleichts zu viel, meinst du nicht? Warte, was Michael sagt, dann überlegen wir weiter. Jophiel meinte, Damian würde mit dir reden, wenn er so weit ist. Vertrau darauf und …«

»Ach, lass mich zufrieden mit deinem Heiligengeschwafel von Vertrauen und Glaube.« Emily wandte sich ab, verschränkte die Arme vor der Brust und starrte aus dem Seitenfenster. »Gott hatte schon recht damit, dich auszuerwählen, weißt du?«, fuhr sie schließlich fort, ohne ihn anzusehen. »Aber im Moment bin ich wirklich nicht in der Verfassung zu hören, dass alles gut wird, wenn man nur fest daran glaubt. Es ist schon drei Monate her, Will, und …« Sie hob hilflos die Schultern. »Ich will doch nur wissen, ob es ihm gut geht, ob wir ihm helfen konnten und er das alles überstanden hat.«

»Das hat er bestimmt.«

Emily fuhr zu ihm herum. »Da! Du tust es schon wieder!«

Ein Lächeln breitete sich in Wills Gesicht aus, während er zwischen der Fahrbahn und ihr hin- und herblickte. »Was soll ich denn sagen?«, beschwerte er sich. »Du und Marita, ihr beide seid schon völlig verrückt. Ich wette, es war ihre Idee, zu Michael zu fahren und ihn zu belästigen. Vorher hast du nie von ihm gesprochen. Irgendwann werden wir noch wegen Stalking angezeigt, ich sag's dir. Endlich hört ihr auf, Jophiel zu verfolgen und dann macht ihr euch über den anderen Engel her. Das kann nicht gesund sein. Von euren unheimlichen Ritualen will ich erst gar nicht reden.«

»Dann tu's auch nicht.«

Emily schüttelte den Kopf und sah erneut der sich nähernden Kirche entgegen. Im Grunde hatte Will ja recht, sie erkannte sich selbst kaum wieder. Täglich hatte sie Jophiel aufgesucht und nach Neuigkeiten gefragt, und gemeinsam mit Marita – Marita! – schließlich auch angefangen, ihn heimlich zu beobachten. Wenn das nicht bedenklich war, was dann? Doch aus irgendeinem Grund hatte Emily seit den Ereignissen in der Tropfsteinhöhle immer wieder Gespräche mit Marita geführt. Völlig unbeabsichtigt natürlich. Sie waren sich zufällig über den Weg gelaufen, mal auf der Schultoilette, mal auf dem Nachhauseweg oder in der Mädchenumkleide nach dem Sportunterricht, wenn die anderen bereits weg waren. Das Wissen, das sie teilten, konnte man nicht einfach ignorieren, und auch wenn sie sich große Mühe gaben, sich in der Öffentlichkeit nichts von ihren unerfreulichen Erfahrungen anmerken zu lassen, war ein Blick in die Augen des anderen meist schon ausreichend, um die Erinnerungen heraufzubeschwören. Sie beide lebten mit dem Wissen, ihre Seelen zum Teufel geschickt zu haben – und das im wahrsten Sinne des Wortes. Da konnte man ruhig hin und wieder miteinander reden. Außerdem hieß das ja nicht gleich, dass sie jetzt Freundinnen waren. Dazu war Marita viel zu ... Marita eben. Aber Emily würde niemals den Part vergessen, den Marita bei den vergangenen Ereignissen gespielt hatte, und aus irgendeinem Grund wollte Marita Emily bei der Suche nach Damian helfen. Die Schulbarbie meinte, sie hätte nicht ihre Seele für einen guten Teufel geopfert, damit der sich jetzt in der Hölle verschanzte und all ihre Mühen zunichtemachte und sich auffressen ließ. Er sollte zurückkommen und lernen, erleben und spüren, dass er noch Gutes in sich trug und vor allem, dass er Freunde hatte. Marita bezeichnete Emily dabei stets als »das einzige Mittel zur Rettung meiner Seele«. Denn sie war der festen Überzeugung, dass nur Emily Damian vor dem völligen Verlust seiner himmlischen Abstammung schützen konnte. Sie wollte kein Risiko eingehen, was ihre unsterbliche Seele betraf, und hatte auch keine Lust, in eine höllische Hölle zu fahren. Daher versuchte sie alles, um Damian zurückzuholen und ihn zu einem Leben unter Freunden und in Liebe zu zwingen. Sie glaubte wirklich, dass der Himmel dort war, wo man ihn spürte, und so war sie auch der Ansicht, Damian könnte einen zweiten Himmel erschaffen. Dafür brauchte er allerdings seine große Liebe und seine Freunde. Was sollte Emily dazu noch sagen? Von jenem unheilvollen Tag an, von jenem Moment an, da Damian verschwunden war, hielt sie einzig die ununterbrochene Suche nach ihm aufrecht. Sie hatte keine

Zeit, zusammenzubrechen und darüber nachzudenken, was sie verloren hatte. Nein, sie war wie eine aufgeladene Batterie, die lief und lief und lief, auch wenn Emily allmählich fürchtete, dass sie nicht mehr ewig halten würde. Seit drei Monaten hatte sie nicht mehr innegehalten, um sich dem zu stellen, was unvermeidbar war. Sie hatte Jophiel terrorisiert und war vermutlich wirklich zu seiner Stalkerin geworden. Marita hatte die Theorie, dass er ihr vielleicht nichts von einer Begegnung mit Damian erzählen würde, und so hatten sie ihm hinterherspioniert – und zwar jeden Abend. Dabei waren der Engel und Marita mehr als einmal ziemlich böse zusammengestoßen. Jophiel hatte behauptet, er wüsste nichts und ihnen geraten, damit aufzuhören, Hirngespinste zu jagen. Er wäre jetzt ein einfacher Mensch und versuchte dementsprechend seinen Lebensunterhalt zu verdienen, wobei zwei herumstreunende Teenager nicht gerade hilfreich waren. Aber Marita war nicht für schnelles Einlenken bekannt. Im Gegenteil. Mehrmals hatten sie gemeinsam zwischen den Überresten von Wills Haus, am See, in Emilys Zimmer, in der Schule und an jedem anderen erdenklichen Ort eine Teufelsbeschwörung durchgeführt. Schließlich war Damian jetzt der Teufel. Sie hatten Kerzen angezündet, sich sogar in die Finger geschnitten und Blut auf ein Kruzifix tröpfeln lassen, aber Damian hatte nicht geantwortet. Er war einfach nicht gekommen.

Das Vibrieren ihres Handys holte sie zurück in die Wirklichkeit. Emily holte es aus ihrer Jackentasche und blickte auf das Display. »Das hast du zu verantworten«, fauchte sie Will an und zeigte ihm den leuchtenden Namen. »Du hast von ihr geredet.«

Will grinste nur und zuckte mit den Schultern. Emily

blieb nichts anderes übrig, als das Gespräch anzunehmen. »Was ist?«, meldete sie sich und klopfte mit den Fingern ungeduldig auf den Sitz, da sie sich bereits der Kirche näherten. Für Telefongespräche hatte sie jetzt keine Zeit, doch Marita ließ sich von ihrem unfreundlichen Ton nicht beeindrucken.

»Hör mal«, sagte diese mit ihrem ständigen Singsang, als wäre die Welt ein Ort voller rosaroter Wölkchen und Regenbogen. Nichts schien sie jemals zu beunruhigen oder zu verletzen. »*Mir* ist es egal, wenn ihr zwei die Schule schwänzt, um eine Spritztour zu machen. Die Seravin schäumt zwar, weil sie natürlich nicht glaubt, dass ausgerechnet ihr beide gleichzeitig von einer Krankheit befallen seid, aber …«

»Offiziell«, unterbrach Emily das Geschwafel, »ist Will bei einer Nachuntersuchung im Krankenhaus und ich beim Zahnarzt.«

»Wie auch immer. Ich wollte nur klarmachen, dass ihr heute um drei zu den Proben zu erscheinen habt. Die Schule könnt ihr von mir aus sausen lassen, aber mein Hauptdarsteller wird nicht in der Weltgeschichte herumfahren, wenn die Aufführung schon in drei Wochen stattfindet.«

»Es war doch deine Idee, Michael einen Besuch abzustatten!«

»Ja, und solange ihr pünktlich zurück seid, ist das auch kein Problem, oder? Annie ist schon krank, da können wir uns den Ausfall von weiteren Charakteren nicht leisten.«

Emilys Augen weiteten sich. »Annie ist krank?«, fragte sie ungläubig, denn Annie hatte noch nie in der Schule gefehlt. Zumindest konnte Emily sich nicht daran erinnern.

Emily bezweifelte stark, dass der Grund für ihr Fernbleiben ein Virus war.

»Ja, Annie ist krank«, wiederholte Marita ungeduldig, »offiziell, so wie ihr offiziell beim Arzt seid, also …«

Emily hörte gar nicht mehr hin. Sie blickte möglichst unauffällig zu Will hinüber, doch der sah konzentriert zur Straße hinaus, als hätte er gar nichts mitbekommen. Lässig wie immer steuerte er den Wagen mit nur einer Hand und klopfte dabei mit den Fingern den Takt des Rocksongs, der im Radio lief.

»Hallooooo?«, dröhnte plötzlich Marita in ihr Ohr. »Erledigt eure Sachen bei diesem schießwütigen Engel, und dann kommt zur Schule. Ich hab auch noch die … *Alraune* besorgt. War gar nicht so einfach. Wenn Michael uns also nicht helfen kann, müsste es damit funktionieren, den Teufel herbeizurufen.«

»Das dachten wir bei den letzten tausend Versuchen auch schon.«

»Diesmal wird es klappen, du wirst sehen.«

Emily seufzte. »Du redest schon wie Will.«

»Gott bewahre.« Auch wenn Emily Marita nicht sehen konnte, war sie sicher, dass die Schulkönigin in diesem Moment die Augen auf dramatische Weise verdrehte.

»Also um drei dann«, bestätigte Emily und beendete das Gespräch. Will bugsierte den Wagen soeben in eine freie Parklücke auf der gegenüberliegenden Straßenseite der Kirche, stellte den Motor ab und wandte sich ihr zu. »Bereit?«

Emily blickte ihm prüfend in die Augen. Er trug keine Sonnenbrille mehr, auch nicht in der Schule. Der Erdrutsch lag nun schon fast ein Jahr zurück, und was waren schon ein paar Narben, wenn man bedachte, dass er beinahe gestorben wäre, um ein Schutzengel zu werden? Auch hatte er seine Seele an die Hölle verloren, wie sie alle. Luzifer hatte ihn von seinem Mal befreit, aber genau genommen wäre dies unnötig gewesen. Durch die Berührung der Hölle war er für den Himmel von nun an ohnehin uninteressant. Das war die positive Seite in all diesem Chaos.

»Annie war heute nicht in der Schule«, sagte sie schließlich, um einen unbekümmerten Tonfall bemüht. Sie brannte darauf, Michaels Haus zu erstürmen und ihn auszufragen, doch vorher musste sie wissen, wie es Will wirklich nach dieser unschönen Zeit erging. »Es heißt, sie ist krank, aber …«

»Emily.« Ungeduld sprach aus seiner Stimme, als er sich zu ihr hinüberbeugte und die Hand auf ihre Schulter legte. »Lass gut sein. Es war eine hässliche Szene, ja, aber sie wird darüber hinwegkommen.«

»Eigentlich mache ich mir eher um dich Sorgen.«

»Um mich?« Will lachte auf, und es schien tatsächlich so, als würde ihn die ganze Sache mit Annie nicht im Geringsten berühren. Emily wusste nicht, ob sie erleichtert oder besorgt deswegen sein sollte. »Mach dir um mich mal keine Sorgen, Kleine«, sagte er mit seinem typisch flegelhaften Lächeln. »Ich komm schon klar. Du weißt, für mich war es schon lange vorher vorbei.«

Emily nickte langsam und dachte etwas widerwillig an den Vortag, als die nach außen hin so perfekt erscheinende Beziehung zwischen Will und Annie in aller Öffentlichkeit im Speisesaal der Schule in die Brüche gegangen war. Sie drei, Will, Annie und Emily, hatten an einem Tisch zusammengesessen und geredet. Worüber, wusste Emily gar nicht mehr. Ganz plötzlich war Annie aufgesprungen und hatte »Verdammt, ich rede mit dir!« gebrüllt. Will hatte von seinem Essen hochgesehen, und schlagartig war der gesamte Saal mucksmäuschenstill geworden. Emily hatte versucht, Annie zuzuflüstern, sie solle sich wieder hinsetzen, doch da war der Rotschopf erst richtig explodiert. Sie hätte genug, hatte sie geschrien. Sie könnte nicht rückgängig machen, was sie getan hatte und würde sich auch nicht dafür entschuldigen. Sie hatte es getan, um sein Leben zu retten und würde jederzeit wieder so handeln. Will hatte sie beschwichtigen wollen, aber Annie war stur geblieben. Sie hatte ihm vorgeworfen, dass er sie nicht mehr ansah, dass er nicht mehr mit ihr redete, dass er mit den Gedanken immer woanders war. Er hätte ihr nicht verziehen, auch wenn er behauptete, es wäre alles in Ordnung, und sie hätte keine Kraft mehr, jedes gesprochene Wort zu überdenken und um seine Aufmerksamkeit zu buhlen. Wenn er Schluss machen wollte, dann sollte er es einfach sagen, statt sie monatelang wie Luft zu behandeln. Dann war es still gewesen, und die Tränen waren Annies Wangen wie ein Sturzbach hinabgeflossen. Willst du Schluss machen?, hatte sie irgendwann mit piepsiger Stimme gefragt und so leise, dass man es in dem gut besetzten Speisesaal eigentlich nicht hätte hören dürfen, doch in jenem Moment wäre sogar das Fallen einer Stecknadel wie Donner erklungen. Und so hatte auch jeder Wills Antwort gehört: »Ja.«

Sein »Es tut mir leid« hatte Annie nicht mehr vernommen, denn sie war sofort hinausgestürmt, und seither hatte sie niemand mehr zu Gesicht bekommen. Emily wusste noch nicht, wie sie über diese Trennung denken sollte, die ohnehin absehbar gewesen war. Zwischen Will und Annie war es nach den Vorfällen in der Tropfsteinhöhle noch eine Zeit lang lauwarm weitergegangen. Aber wenn er ehrlich war hatte Will ihr nicht verziehen, und Annie hatte sich so um sein Wohlgefallen bemüht, dass es für sie beide zermürbend geworden war. Es gab nichts zu verzeihen, hatte Will Emily letzten Abend im Mondschein Café noch erklärt, und dennoch konnte er Annie nicht mehr so sehen wie zuvor. Sie hatte das Ende herbeigeführt – natürlich aus noblen Absichten. Sie hatte Will bloß schützen wollen. Trotzdem waren sie dadurch alle in Gefahr geraten. Und dann hatte sie auch noch danebengestanden, während Damian in seinem Schmerz gefangen gewesen war. Sie hatte nichts getan. Auch diese Entscheidung war nachvollziehbar. Wer ließ sich schon freiwillig von der Hölle berühren? Durch dieses Verhalten war jedoch etwas zwischen ihr und Will zerbrochen. Er liebte sie einfach nicht mehr, hatte er gesagt und dann hinzugefügt, er wüsste nicht, ob er sie jemals wirklich geliebt hatte, oder ob seine Gefühle nur Einbildung gewesen waren, da er es so sehr gewollt hatte.

Emily hatte jedenfalls beschlossen, nicht weiter an der Sache zu rühren. Deshalb öffnete sie nun die Wagentür und kletterte aus dem Auto in die vormittägliche Sonne, die schon jetzt, Anfang April, unglaubliche Kraft besaß. Die Vögel zwitscherten, das Gras der baumumstandenen Kirchenanlage raschelte, die Blätter wisperten im Wind … Doch all das spürte Emily nicht. Da war kein Frühlingsgefühl, kein Kribbeln im Bauch. Da war nur Kälte.

Fröstelnd schlang sie die Arme um sich und blickte Will

entgegen, der um den Wagen herum auf sie zukam. Sie zwang sich zu einem Lächeln, ebenso wie er. »Also los!« Will streckte ihr die Hand hin, und Emily wollte sie ergreifen, als auf einmal ein Windstoß durch ihr Haar fuhr. Es war keine besonders kräftige Böe, eher eine angenehm warme Brise, aber sie ließ Emily erschauern. Irgendetwas war da gewesen, ein Gefühl, ein Prickeln. Doch es verschwand genauso schnell, wie es gekommen war.

»Emily?«

Kopfschüttelnd blickte sie hoch in Wills Gesicht. Dann ergriff sie seine Hand und ließ sich von ihm durch die gepflegte Gartenanlage führen. Gleich hinter der Kirche stand das Pfarrhaus, aber bis dahin mussten sie gar nicht gehen. Emily erkannte den Pastor sofort, der draußen mit einem jungen Mann zusammenstand. Ob dieser Mann wohl auch ein gefallener Engel war?

Die beiden drehten sich zu ihnen um, als hätten sie ihre Anwesenheit gespürt. Unheimlich. Das waren bestimmt keine normalen Menschen. Emily hatte es gründlich satt, der Spielball von irgendwelchen übernatürlichen Wesen zu sein. Ihr reichte es. Dieser Michael würde ihr jetzt Antworten geben, er würde ihr Rechenschaft ablegen für alles, was er verschuldet hatte. Es war seine Schuld, dass Damian tot war. Ganz allein seine Schuld. Mehrere Male hatte sie schon versucht, ihn anzurufen, aber er hatte sich immer verleugnen lassen. Anfangs hatte sie noch gedacht, Damian würde nur etwas Zeit brauchen und von allein zu ihr zurückkommen. Daher hatte sie sich zunächst lieber auf Jophiel konzentriert, weil sie in ihm noch am ehesten einen Verbündeten gesehen hatte. Wills Auswahl zum Schutzengel nahm sie ihm allerdings immer noch übel –

obwohl er streng genommen gar nichts dafür konnte. Bisher hatte sie jedenfalls darauf vertraut, Jophiel wäre der Schlüssel zu Damian, schließlich waren Damian und er verwandt, doch jetzt musste sie hier ihr Glück versuchen. Sie würde Michael ausquetschen wie eine Zitrone, sie würde …

Will drückte ihre Hand und zwar so stark, dass ihre Finger knackten. Erst jetzt bemerkte Emily, dass sie in kurzen, abgehackten Zügen atmete und auch, dass Michael sich von seinem Gesprächspartner verabschiedet hatte und auf sie zukam.

Entschlossen trat sie einen Schritt vor, um ihm entgegenzugehen, ihn anzuschreien, all ihre Wut über diese langen Monate an ihm auszulassen, doch Wills Umklammerung ließ das nicht zu.

»Beruhig dich«, flüsterte er ihr zu. »Wenn du jetzt ausflippst, bringt das niemandem etwas.«

Emily wollte erwidern, dass sie genau das brauchte: ausflippen. Sie hatte dieses Leben in einer Wasserblase satt. Sie musste endlich weiterkommen – oder zusammenbrechen. Sie konnte nicht mehr. Der mitfühlende Ausdruck in Michaels Gesicht trug auch nicht unbedingt zu freundschaftlichen Gefühlen bei. Sie hasste diesen Mensch, diesen … gefallenen Engel. Geschniegelt und gestriegelt trat er auf sie zu, im grauen Anzug, die Haare glatt zurückgekämmt, der Bart kurz und gepflegt. Oh, wie sie ihn hasste!

»Emily!« Er besaß tatsächlich die Frechheit, überrascht zu klingen. »Will. Was führt euch hierher?« Er warf einen kurzen Blick auf seine Armbanduhr und zog die Augenbrauen hoch. »Müsstet ihr nicht …«

»Ja, müssten wir.« Emily ballte die freie Hand zur Faust,

straffte ihre Glieder, im Versuch etwas größer zu wirken – neben Will eine vergeudete Mühe –, und blickte dem Pastor direkt in die grauen Augen. »Wie auch immer«, sagte sie mit solch kalter Stimme, dass sie sich selbst kaum wiedererkannte. »Ich will wissen, was mit Damian ist, wie es ihm geht, wieso er sich nicht meldet, wie ich ihn erreichen kann, was nach der Transformation passiert ist, wieso Sie ihn umgebracht haben!« Das Eis hatte sich in Feuer verwandelt, ihre Stimme war beim Sprechen immer lauter geworden.

Michael presste die Lippen zusammen und verzog den Mund. Dann sah er sich wachsam im Garten um, während Will Emily noch etwas näher zu sich zog, als könnte er die lodernden Flammen in ihrem Inneren mit seiner massigen Gestalt einfach ersticken.

Drüben bei der Steinbank saß eine alte Dame, ein junger Gärtner setzte Blumen und auf der Straße schlenderten Passanten vorbei. Anscheinend waren das zu viele potenzielle Zuhörer, denn Michael streckte die Hand nach Emily aus. »Kommt, gehen wir in mein Büro. Dort können wir …«

»Nein.« Emily wich vor der Berührung zurück. »Hier und jetzt. Es tut mir leid, wenn ich unhöflich bin, eigentlich bin ich anders erzogen, aber ein Trip in die Hölle, eine zweifache Begegnung mit Luzifer und ein Freund oder Exfreund, der jetzt als Teufel die Unterwelt regiert, hatten einen unvermeidbaren Einfluss auf meine Fähigkeit zur Höflichkeit. Also verzeihen Sie, aber: Nein. Ich muss *jetzt* wissen, was Sie wissen, sonst …« Tränen traten in ihre Augen, und sie senkte schnell den Blick.

»Ich kann dir keine Antworten geben.«

Ihr Kopf fuhr hoch. Durch einen verschwommenen Schleier starrte sie ihn an. »Sie haben ihn umgebracht«, presste sie hervor. Das Bild von Damian in ihren Armen liegend flackerte vor ihrem geistigen Auge auf. So lange hatte sie es zu verdrängen versucht, doch jetzt sah sie es deutlich vor sich, das Blut an seiner Stirn ... Dieser Mistkerl hatte ihm direkt in den Kopf geschossen, er ... Jegliches Gefühl verschwand aus ihrem Körper, und im nächsten Moment saß sie im Gras, Will und Michael knieten vor ihr. Will hielt ihre Schultern umklammert. »Emily!« Er rüttelte sie leicht, aber Emily konnte nur die einzelnen schmalen Grasähren anstarren. Das Dröhnen in ihren Ohren war unerträglich. Er hatte sich so leicht angefühlt, dort im Wasser. Als wäre er bereits Luft. Dann hatte er sich tatsächlich aufgelöst. Zweimal. Sie hatte ihn verloren, zurückbekommen und wieder verloren. Und er hatte es nicht für nötig gehalten, sich irgendwie mit ihr in Verbindung zu setzen. Er hatte sie einfach ... verlassen.

»Emily!«

»Wieso meldet er sich nicht bei mir?« Schluchzend strich sie mit den Händen über das Gras. Wie hatte sich die Wiese in ihrem Traum von Gänseblümchen angefühlt? Sie wusste es nicht mehr. Sie konnte sich nicht erinnern.

»Emily.« Michaels Stimme. Der Mörder.

Sie blickte auf, und Übelkeit stieg ihren Hals hoch. »Wieso haben Sie das getan?«, flüsterte sie und konnte in den Augen des Pastors tatsächlich Schmerz lesen.

»Es war der letzte Ausweg«, sagte er mit einer sanften Predigerstimme, die seinen Schäfchen bestimmt neuen Mut zu verschaffen vermochte. Aber nicht ihr. »Luzifer musste aufgehalten werden. Er ging zu weit.«

»Wir hätten bestimmt eine Lösung gefunden.« Kraftlos sank sie in Wills Arme und weinte. Mit einer Hand rieb er tröstend über ihren Oberarm, die andere ergriff ihre rastlos durchs Gras streifende Hand und hielt sie fest.

»Vielleicht verschieben wir diese Unterhaltung besser«, meinte er. »Emily, ich bring dich nach …«

»Nein.« Sie versuchte ihn wegzudrücken. Ohne Erfolg. Was war nur los mit ihr? Sie war doch sonst kein solcher Schwächling. Um Festigkeit in der Stimme bemüht, wandte sie sich wieder an Michael. »Sie hätten das nicht tun dürfen.«

»Es war Damians Wunsch.«

»Nein.« Fassungslos starrte sie ihn an. Damian hätte das niemals gewollt. Niemals!

»Emily.« Michael legte ihr die Hand auf die Schulter. »Luzifer wollte *dich*, er hätte dich nicht gehen lassen, ihr hättet laufen können, aber für wie lange, über die toten Körper wie vieler Unschuldiger? Er wollte dich. Und bevor Damian zuließe, dass du in die Hölle zu Luzifer gehst … Es war seine eigene Entscheidung. Es gab keinen anderen Weg.«

»Es gibt immer einen Weg. Das Gute …«

»Ja. Das Gute siegt immer. Du hast recht, denn das Gute wird von nun an die Hölle bewohnen.«

Emily schüttelte den Kopf. Sie kapierte gar nichts mehr. »Was kümmert Sie das?«, fragte sie ihn verständnislos. Sie kannte diesen Mann nicht einmal wirklich. Weshalb war er plötzlich in ihr Leben getreten? »Warum mischen Sie sich da ein?«

Michaels Lippen verzogen sich zu einem nachdenklichen Lächeln. »Sagen wir so: Auch ich habe Interesse daran, die Hölle zu einem besseren Ort zu machen, und ich wusste von Anfang an, dass solch ein Ort nur durch Damian entstehen kann.«

***

Emily lag im Bett und starrte zur Decke hoch. Britischer Rock dröhnte aus ihren Kopfhörern und war doch nicht laut genug, um ihre Gedanken zu übertönen. Es war erst früher Nachmittag, trotzdem lag sie mit Trainingshosen und T-Shirt bekleidet in ihre Decken gekuschelt, während draußen einer der schönsten Frühlingstage dieses Jahres an ihr vorbeizog. Will hatte sie nicht in die Schule gebracht und musste sich jetzt wohl mit Marita auseinandersetzen, weil Emily die Theaterprobe versäumte. Was soll's, dachte Emily, denn sie wusste, dass Will sowieso wichtiger für die Proben war, da er eine viel größere Rolle hatte. Im Moment fühlte Emily sich nicht mehr dazu in der Lage, einen Vampir zu spielen, zwischen Göttern und Teufeln herumzuhüpfen und zu predigen, dass das Gute am Ende stets obsiegte. Was für ein Schwachsinn! Damian war vermutlich längst verloren. Sie hatten ihre Seelen umsonst geopfert, denn ihre Berührung hatte nichts genutzt. Das Böse hatte ihn verschlungen, so wie es alle immerzu prophezeit hatten. Was sollte eine Berührung von ein paar dummen Menschen auch schon ausrichten? Gar nichts. Rein gar nichts. Damian war weg, er war der neue Teufel, und wahrscheinlich hatte er sie bereits vergessen.

Heiß flossen die Tränen über ihre Wangen hinab, aber Emily machte sich nicht die Mühe, sie wegzuwischen. Sie wollte nicht daran denken, wie glücklich sie gewesen war, wollte nicht an die Nähe denken, die sie mit Damian genau hier, in diesem Bett, erfahren hatte. Alles war wie verzaubert gewesen und trotzdem so real. Sie wusste noch genau, wie er ihr diese eklige Obsttorte gebracht hatte oder den Tee im Krankenhaus. Auch hatte er sich dort um Annie gekümmert – das war doch der Beweis, dass in ihm Gutes steckte. Er hatte sich solche Mühe gegeben, und sie hatte ihm nie richtig gesagt, wie viel er ihr bedeutete. Und jetzt war alles zu spät.

Ein Schluchzen drang aus ihrer Kehle, das sie jedoch ohnehin nicht hören konnte. Wieso konnte sie nicht mehr aufhören zu weinen? Die letzten Wochen und Monate war es ihr doch auch gelungen, den Tränenkanal abzuschalten. Wieso nicht jetzt, wieso mussten all diese Bilder und Gedanken sie ausgerechnet jetzt heimsuchen und ihr das Herz zerreißen? Es bestand doch noch Hoffnung. Irgendwann … Er würde zu ihr kommen, er würde …

Eine Berührung an ihrem Oberarm ließ sie hochfahren. Keuchend setzte sie sich im Bett auf, die Kopfhörer fielen aus ihren Ohren. Mit weit aufgerissenen Augen starrte sie in das besorgte Gesicht ihrer Mutter, die einen Teller mit belegten Broten in der Hand hielt.

Schnell wischte Emily die Tränen aus ihrem Gesicht, wobei das vergeudete Liebesmüh war. Ihre Mutter hatte längst alles gesehen. Sie sah immer alles. So wusste sie auch genau, dass Emily mit Damian geschlafen hatte. Da war sich Emily sicher, auch wenn ihre Mutter nie etwas dergleichen erwähnt hatte. Der Termin beim Frauenarzt, den sie für Emily gemacht hatte, damit man ihr die Pille verschrieb, war aber ein subtiler Hinweis gewesen. Konnte Damian überhaupt Kinder zeugen, nun, da er … Natürlich konnte er, der Teufel konnte Kinder zeugen, Damian und seine furchtbaren Geschwister waren ja der lebendige Beweis dafür. Gütiger Gott, was dachte sie da für Unsinn? Sie dachte über Kinder mit Damian nach, obwohl sie ihn wohl nie wiedersehen würde – und wenn, kam er vermutlich nur, um sie zu quälen oder ihr irgendetwas Schlimmes anzutun, da die Hölle ihn vergiftet hatte.

»Emily!« Ihre Mutter schien ihren Namen nicht zum ersten Mal zu rufen. Emily musste sich zusammenreißen, wenn sie nicht wollte, dass sich ihre Mutter noch mehr Sorgen machte.

»Nur ein trauriger Song«, versuchte sie sie zu beruhigen, doch das laute Scheppern und Dröhnen, das dumpf aus den Kopfhörer rauschte, klang ganz und gar nicht nach einer traurigen Ballade.

Ihre Mutter stellte den Teller auf dem Nachttisch ab und setzte sich neben ihr auf die Bettkante. Emily ließ sich zurück in die Kissen sinken und legte den Unterarm über die Augen. Jetzt kam ein Vortrag. Sie spürte es in den Zehen.

»Liebeskummer ist kein Grund, die Schule zu schwänzen«, begann ihre Mutter auch schon, worauf Emily nur ein »Ich weiß« murmelte. Das sollte lieber Annie mal jemand sagen.

»Liebeskummer ist auch kein Grund, nichts mehr zu essen«, ging es weiter, und obwohl Emily nichts sah, wusste sie, dass ihre Mutter auf die Brote wies.

»Ich hab keinen Liebeskummer«, erwiderte Emily diesmal, nahm den Arm aber nicht herunter.

Kurz herrschte Schweigen, ehe ihre Mutter fortfuhr: »Er kommt nicht zurück, nicht wahr?«

Emily atmete tief durch. Nach Damians Verschwinden

hatte sie ihren Eltern erzählt, er hätte zurück zur Uni gemusst, würde aber bald wiederkommen. Schließlich hatte sie selbst daran geglaubt. Doch mit jedem verstreichenden Tag zeigte sich die Lüge in ihren Worten von Neuem.

»Ich weiß es nicht«, flüsterte sie nach einer Pause. Diese Worte waren ein Eingeständnis, für das sie eigentlich noch nicht bereit war. Er musste doch wiederkommen.

»Ist irgendetwas vorgefallen zwischen euch beiden? Hattet ihr Streit oder …?«

Emily setzte sich mit einem Ruck auf und blickte ihrer Mutter ins Gesicht. »Nein«, sagte sie ruhig und bemühte sich, die Tränen zurückzuhalten. Zumindest so lange, bis ihre Mutter wieder weg war. »Wir hatten keinen Streit, Damian trifft keine Schuld. Er *musste* zurück, er hatte keine Wahl. Er wollte nicht weg, aber da sind Dinge im Gange … Er hatte keine Wahl. Wenn er kann, *wird* er wiederkommen. Er wird wiederkommen. Sobald es geht, Mama. Er wird …«

»Wiederkommen.« Ihre Mutter nickte langsam und nicht sehr glücklich, dann ergriff sie Emilys eisige Hand. »Das alles gefällt mir nicht, Emily. Das mit euch beiden ging zu schnell und jetzt …«

»Es ist nicht seine Schuld«, beharrte Emily, denn sie hasste den Gedanken, dass ihre Eltern heimlich über Damian redeten, den bösen Jungen, der ihr das Herz gebrochen hatte, der sie erst benutzt und dann abserviert hatte. Sie wollte nicht hören, wie ihre Eltern davon redeten, um wie viel besser Will doch war. Sie verstanden es einfach nicht. Sie konnten es ja auch nicht verstehen.

»Ihr versteht das nicht«, sprach sie ihren Gedanken laut aus, obwohl sie das gar nicht vorgehabt hatte.

»Dann erklär es mir, Schatz. Hat Damian Probleme? Wenn er Probleme hat, können wir ihm vielleicht helfen. Rede mit uns, sag uns …«

»Nein.« Sie schüttelte langsam den Kopf und wünschte, Damian hätte Probleme, bei denen ihre Eltern ihm tatsächlich helfen konnten. Sie wünschte, sie könnte sich ihrer Mutter anvertrauen. Vielleicht würde sie ihr sogar glauben? Wenn Emily alles genau erklärte, würde sie ihr vielleicht glauben, aber das war nicht das Problem. Wie sollte Emily ihrer Mutter solch eine Bürde auferlegen? Dieses Wissen? Das wäre zu viel. So etwas würde sie ihr nicht antun. Niemals.

»Mama, er ist gut«, versuchte sie sie daher zu überzeugen. »Damian ist weg, weil er etwas Gutes macht und nichts Schlimmes.« *Lieber Gott, bitte mach, dass ich meine Mutter nicht gerade anlüge. Mach etwas Gutes, Damian. Kämpfe dafür, gut zu sein! Komm zu mir zurück!*

Sie schluckte, atmete tief ein und fuhr schließlich fort. »Das ist alles, was ich dir sagen kann. Er ist besser als die meisten.« Er hat sich geopfert, für mich. Erneut.

Ihre Mutter wirkte noch immer skeptisch, ließ sie dann aber endlich in Ruhe, und Emily sank erschöpft in die Kissen zurück, wo sie weiterweinte.

***

Die nächsten Tage zogen irgendwie an ihr vorüber. Abends wusste sie nie genau, was sie tagsüber überhaupt gemacht hatte. Will holte sie wie immer morgens ab, ergatterte sein Essenspaket und redete über Basketball. Dann kamen Schule, Mittagessen, belanglose Gespräche, Theaterproben, der Heimweg, Hausaufgaben, ein paar Zeichnungen und Ausflüchte bei ihrer Mutter. Es war fast, als hätten die letzten Monate nie stattgefunden.

Einen Nachmittag hatte sie in Wills neuer Wohnung auf der anderen Seite der Stadt verbracht. Lustlos hatten sie an ihrer Pizza gekaut und Horrorstreifen angeschaut, die sie schon hundert Mal zuvor gesehen hatten. Nach ihren Erlebnissen wirkten diese alten Schinken irgendwie lächerlich und konnten sie nicht mehr begeistern. Annie ging inzwischen wieder zur Schule, hatte sich aber wieder in das unsichtbare Mäuschen zurückverwandelt, das nur selten von ihren Büchern aufblickte und mit niemandem ein Wort redete. Emily hatte nicht versucht, sich ihr anzunähern. Sie wollte ja selbst keine Gespräche führen, und mit Will ließ es sich wunderbar schweigen. Nur Marita kapierte das nicht.

Es war Samstagabend, ein weiterer sonniger Tag ging zu Ende, und draußen vor ihrem Fenster wurde die Welt in rosa Licht getaucht. Emily war gerade dabei, ohne großen Enthusiasmus Farbkleckse mit einem Pinsel auf ein neues Blatt an ihrer Staffelei zu schleudern, da klingelte es an der Tür. Sie vernahm Stimmengemurmel, während sie die Schwarz-, Grau- und Blautöne auf ihrem Meisterwerk betrachtete, die genau ihre Stimmung widerspiegelten, und dann ertönten auch schon schnelle Schritte auf der Treppe. Im nächsten Moment flog die Tür zu ihrem Zimmer auf.

»Okay, Vampirella, raus aus deiner Gruft!« Marita riss Emily den Pinsel aus der Hand, bevor diese wusste, wie ihr geschah. »Dass ich mich hier bei dir blicken lasse, ist zwar kaum zu fassen, aber jetzt bin ich da. Es ist ein wunderschöner Abend, herrlich warm, und es wird Vollmond geben.«

»Na und?« Emily lehnte sich neben der Staffelei gegen die Wand und erwiderte Maritas missbilligenden Blick ohne jegliche Emotion. Im Moment war ihr sogar egal, dass die Schulbarbie in ihr Zimmer eingebrochen war und dadurch ihr Allerheiligstes entweihte. Ihr war alles egal.

»Sieh dich an«, herrschte Marita sie an und zupfte an Emilys schlabbrigen Pullover, der viel zu weit auf nicht weniger schlabbrige Hosen hinabfiel. In Maritas Augen sah sie vermutlich aus wie eine Vogelscheuche, denn das Mädchen marschierte in seiner üblich unhöflichen Art zum Kleiderschrank, riss ihn auf und zog ein schwarzes Shirt nach dem anderen heraus und warf es auf den Boden.

»Hast du nichts Buntes?«, fragte sie fassungslos. »Irgendwas Fröhliches, Frühlingshaftes?«

Emily griff an ihr vorbei und hielt ein silberfarbenes Top hoch, was Marita jedoch nur mit einem Stirnrunzeln quittierte.

»Was willst du überhaupt hier?«, fragte Emily schließlich, denn sie wollte früh zu Bett gehen und wartete schon sehnsüchtig darauf, dass es endlich dunkel wurde und sie sich zwischen ihren Decken verstecken konnte.

Marita blickte sie voller Ungeduld an. »Na rausgehen natürlich!« Sie nahm eine von Emilys schwarzen Haarsträhnen zwischen die Finger und ließ sie wieder fallen. »Sieh dich an, du bist weiß wie ein Schneemann und dünn wie ein Skelett. Kein Wunder, dass er nicht zurückkommt, bei dem, was ihn hier erwartet.«

Jetzt reichte es aber! Emily öffnete den Mund, doch Marita ließ sie gar nicht erst zu Wort kommen: »Es wird Zeit, dass wir hier für ein bisschen Frühling sorgen. Du bist ja angezogen, als wäre draußen noch tiefster Winter.«

»Es ist Abend, es ist kalt.«

»Ist es nicht.« Marita griff wahllos nach einem Top und drückte es Emily in die Hand. »Los, anziehen, wir gehen spazieren, und ich erzähl dir dabei, was ich heute in der Bibliothek über das Ritual der …«

»Nein!« Emily konnte nur schwer einen Aufschrei unterdrücken, aber ihre Stimme klang eindeutig unfreundlich. »Das bringt doch alles nichts«, fuhr sie Marita an und wurde von Wort zu Wort lauter. »Wir haben jedes erdenkliche Ritual durchgeführt, wir haben uns in die Finger geschnitten, Haare verbrannt – was bei Gott furchtbar stank –, wir haben Kruzifixe verbrannt, Weihwasser versprüht … Es reicht. Ich will … Ich kann nicht mehr. Ich will einfach nur etwas Zeit für mich, ist das so schwer zu verstehen? Und dann mein Leben weiterleben. Lass mir etwas Zeit, Miss Perfect, okay? Irgendwann geh ich auch wieder raus und hüpfe von mir aus in einem …«, sie wies auf Maritas frühlingshafte Erscheinung, »… rosa Top mit kurzem Röckchen umher, aber jetzt will ich davon nichts wissen! Verstehst du das? Ich. Will. Nicht!«

Marita sah sie wortlos an und hob eine Augenbraue.

Eine halbe Stunde später strahlten die letzten Sonnenstrahlen dieses Tages auf Emilys Haupt und wärmten ihre Wangen und die nackten Oberarme. Nein, sie trug keinen Rock und auch kein rosa Shirt, sondern Jeans und Top, aber ihr Haar war offen – Marita hatte sie dazu gezwungen –, und ihre Füße steckten in Turnschuhen anstatt in Pantoffeln. Es war ungewohnt, keinen Pferdeschwanz zu tragen, doch schon bald empfand sie den warmen Windhauch an ihrem Hals und das Streicheln an ihren Wangen als angenehm, beinahe befreiend. Das abendliche Licht wirkte unglaublich sanft, fast so, als wäre die ganze Welt verzaubert. Emily spürte den Anflug eines schlechten Gewissens, da sie sich bisher vor dieser Schönheit verschlossen hatte. Am Wegesrand blühten längst Blumen, und ein paar Bäume in den Vorgärten der Häuser präsentierten ebenfalls ihre bunte Fracht. Es war beinahe zu schön, um wahr zu sein.

»Also« Maritas Stimme holte sie aus ihrer Verzückung, als sie gerade den Weg zum Wald einschlugen. »Ich habe die Texte der Bibel mit dem Buch aus der Bibliothek verglichen und dabei …«

»Müssen wir jetzt darüber sprechen?« Emily seufzte. »Ich will im Moment nicht daran denken.«

Marita gab ein Schnauben von sich. »Was denkst du eigentlich, weshalb ich hier mit dir herumspaziere? Denkst du etwa, ich empfinde deine Gegenwart oder meinen gesellschaftlichen Abstieg als erfrischende Abwechslung?« Sie hielt Emily an der Schulter fest und zwang sie stehen zu bleiben. »Du«, erklärte sie schließlich und blickte ihr direkt in die Augen, »bist der Schlüssel zur Rettung meiner Seele, und solange du deinem Liebsten nicht klarmachst, dass keiner von uns vorhat, im Höllenfeuer zu brennen, wirst du dir alles über diese Bücher und Rituale anhören, klar soweit?«

»Marita …«

»… würde sich gut mit meinen Schwestern verstehen.«

Beide fuhren gleichzeitig herum, und Emily hatte das Gefühl, zu Eis zu gefrieren.

Er war hier.

Er stand einfach da, in dem märchenhaften Licht des Waldes und der Abenddämmerung. Das grau-schwarze Haar war zurückgekämmt, was ungewohnt aussah, und seine Augen leuchteten selbst hier in den Schatten ungewöhnlich hell. Und doch bestand kein Zweifel: Er war es. Er war hier. Er war zurückgekommen. Er …

… wandte sich an Marita: »Ich würde gerne mit Emily sprechen. Allein.«

Da erwachte die Königin der St. Bernard plötzlich wieder zum Leben. »Das kannst du vergessen«, ertönte ihre glockenhelle Stimme. »Du glaubst nicht ernsthaft, dass ich dich mit ihr allein lasse, Mr Teufel.«

»Ihr wird nichts geschehen.«

»Pah, wer garantiert mir das?«

Damians Ausdruck blieb unverändert, starr, kalt. »Ich gebe dir mein Wort.«

Ein Auflachen von der Seite. »Dein Wort! Das Wort des Teufels?« Sie schüttelte den Kopf. »Wohl eher nicht. Beweise, dass du immer noch der alte bist.«

»Wie?«

»Denk dir was aus. Vorher wirst du nicht …«

»Marita.« Ungeduld schwang nun in seiner Stimme, aber Emily konnte sich immer noch nicht rühren. Wie aus weiter Ferne lauschte sie dem merkwürdigen Gespräch zwischen den beiden. »Bitte geh jetzt«, bat Damian seufzend, »damit ich Emily sagen kann, dass ich sie liebe und alles tun werde, um zu ihr zurückzukehren.«

»Das ist noch kein Beweis«, meinte Marita gelangweilt, doch in Emily hatte sich etwas gerührt. Es war ein grauenhafter Schmerz, brennend, stechend – hoffnungsvoll?

»Da musst du mir schon Besseres bieten, Freundchen.«

»Marita!« Seine grünen Augen loderten auf. Emily riss erschrocken die Augen auf, doch Marita hob nur ihren Finger und zeigte damit ziemlich unhöflich auf ihn.

»Aha!«, stieß sie mit deutlichem Triumph in der Stimme aus. »Da haben wir's. Der Teufel höchstpersönlich. Hör mal, wenn du glaubst, nur weil du mich anfunkelst, könntest du …«

»Ist schon gut.« Emily hörte ihre Stimme selbst kaum, so leise hatte sie gesprochen. Es war ihr beinahe unmöglich, Worte zu formen, ihr gesamter Körper zitterte. »Du kannst ruhig gehen.«

»Aber …«

»Ist schon gut«, wiederholte sie. Dieses Geplänkel sollte aufhören. Sofort. Alles sollte aufhören. Sie konnte nicht mehr. Es musste endlich ein Ende haben. »Es ist schon gut.«

Marita warf noch einen misstrauischen Blick zu Damian, führte dann einen Finger an die Augen und zeigte damit auf ihn, als wollte sie sagen: Ich sehe dich. Dann lief sie endlich zurück in Richtung Straße, wobei sie immer wieder argwöhnische Blicke über die Schulter zurückwarf.

Emily stand immer noch da wie eine Statue und starrte ins Nichts. Das war ein Traum, ein gemeiner, fieser Traum. In der Früh würde sie aufwachen und feststellen, dass sie immer noch alleine war.

»Emily …« Die Stimme klang so sanft.

Langsam hob sie den Kopf und blickte in die grünen Augen. Eine Gänsehaut breitete sich von ihrem Nacken ausgehend aus, und sie bekam Herzklopfen.

»Du siehst sehr hübsch aus.«

Ein völlig unpassendes hysterisches Kichern befreite

sich, und schnell schlug sie die Hand vor den Mund. Das war doch absurd! »Du bist gar nicht hier«, murmelte sie vor sich hin und starrte das modrige Laub des Vorjahres unter ihren Schuhen an. »Ich werde verrückt. Es kann nicht anders sein, ich …«

Eine Berührung an ihrem Oberarm.

Emily machte einen Satz zurück, als wäre sie von einer Kugel getroffen worden. Ihr Kopf fuhr hoch, und sie sah ihn aus weit aufgerissenen Augen an. »Wieso bist du zurückgekommen?«, flüsterte sie und verharrte zwischen dem Drang, auf ihn zuzugehen, um ihn zu berühren und sicherzugehen, dass er echt war, und dem Drang wegzulaufen.

Damian senkte einen Moment lang den Blick, und als er sie wieder ansah, sah er verwirrt aus. Ein verwirrter Teufel. »Ich weiß, die letzte Zeit war schwer für dich.«

Emily konnte sich nur schwer ein verächtliches Schnauben verkneifen, ließ ihn aber weiterreden. Sie wusste sowieso nicht, was sie sagen sollte.

»Für mich war es auch nicht leicht«, fuhr er da schon fort.

Ach ja? Und woher soll ich das wissen?, wollte sie ihn am liebsten anschreien. Du warst ja verschwunden, hast nicht mit mir geredet, woher soll ich also wissen, wie es dir ging?

»Hör mir zu, Emily. Ich kann dir alles erklären. Bevor du mich wegschickst, bevor du irgendetwas sagst, hör dir an, was ich zu sagen habe.«

Ein schwaches Nicken war alles, was sie zustande brachte. Umständlich zog sie die Jacke an, die um ihre Hüften geknotet war, während Damian weiterredete: »Ich habe etwas vor, Emily. Etwas Großes, Gewaltiges. Mein Vater brennt im Tartaros, tausend Jahre lang, bis er endgültig vernichtet wird. Meine Schwestern, sämtliche Todesengel, sämtliche Höllenhunde, Dämonen und andere Wesen der Unterwelt sind ebenso gefangen. Ich habe sie alle verbannt. Nur ich bin noch übrig. Ich werde die Hölle zu einem besseren Ort machen.«

Dann hatten Jophiel und Michael also recht. Genauso wie Marita.

»Ich weiß nicht, ob es mir gelingt, ich weiß nicht, ob ich alles nur noch schlimmer mache. Ich will ehrlich zu dir sein. Der Tartaros begleitet mich in jeder Sekunde meines Seins, in jedem einzelnen Augenblick werde ich vom Bösen durchdrungen, und ich weiß nicht, ob ich dagegen ankomme. Ich weiß aber, dass ich es *will*. Dass ich die Menschen auf einen Pfad der Güte führen, die Schutzengel unterstützen und die Hölle zu einem besseren Ort machen will. Ich weiß, dass ich *dich* will, Emily, und ich weiß, dass du das einzige Mittel zur Rettung meiner Seele bist.«

Emily blickte auf und starrte ihn an. Sprechen konnte sie immer noch nicht.

»Ich brauche dich – und auch andere Menschen«, sagte er leise und dennoch drängend. »Menschen, die mich halten und mir helfen. Ich schaffe das nicht alleine. Ich dachte, es wäre besser, wenn ich dich von allem ausschließe, alleine damit klarkomme, aber es geht nicht. Du und die anderen, ihr seid meine Verbindung zum Himmel, und ohne euch geht es nicht. Ich kann dir nichts versprechen, ich kann dir nur sagen, dass ich dich jetzt, hier, in diesem Augenblick, liebe und du jedes Gift des Bösen überstrahlst.

Ich will mit dir zusammen sein und mit dir gemeinsam einen Himmel erschaffen.«

Er sah sie an, erwartungsvoll, wartend, angespannt. Emily lauschte seinen Worten nach, wiederholte sie in Gedanken und verstand trotzdem nichts. Was war da eben über sie hereingebrochen? Was hatte das alles zu bedeuten? Er war hier, endlich war er hier, aber Emily fühlte sich weit, weit weg. »Okay«, brachte sie schließlich hervor. Sie sah wieder zu Boden. »Danke … dass du es mir erklärt hast.« Sie konnte sich nicht bewegen, nicht atmen, nicht fühlen. Sie ertrank, ging immer weiter unter.

»Okay?«, hörte sie Damian fragen, und Emily nickte langsam, apathisch, abwesend.

»Okay.«

Sie hörte ihn tief einatmen. »Dann … Ich … Dann lasse ich dich wohl erst mal darüber nachdenken. In Ruhe. Allein?«

Wieder nickte sie. »Okay.«

Als sie aufblickte, war er bereits verschwunden. Emily blinzelte, rührte sich aber nicht vom Fleck. War er wirklich da gewesen? Oder wurde sie verrückt? Hatte sie mit ihm gesprochen? Nach all der langen Zeit? Was hatte er gewollt? Was hatte er ihr sagen wollen? Kopfschüttelnd drehte sie sich um und schlurfte durch das raschelnde Laub zurück in Richtung Straße. Verrückt, das alles war verrückt!

Sie kam nicht weit, da wurde ihr plötzlich der Weg versperrt. Eine dunkle Gestalt stand vor ihr. Emily blickte hoch. Aus dem Nichts war er wieder aufgetaucht. Real. Wahrhaftig.

»Emily …« Er streckte die Hand nach ihr aus, sein Blick war voller Verzweiflung, und da brach auf einmal alles über ihr zusammen. Der Himmel stürzte ein und begrub sie unter sich. Jedes seiner Worte durchflutete ihren Kopf und drang in ihr Herz.

In einer hilflosen Geste schlug sie die Hand vor den Mund, konnte das Schluchzen aber nicht verhindern. Tränen schossen in ihre Augen, und auch dagegen konnte sie nichts tun. Im nächsten Moment schlang er die Arme um sie und drückte sie an seine Brust.

»Du bist wieder hier«, japste sie. Sie hatte das Gefühl zu ersticken. Ihre abgehackten Atemzüge, das Schluchzen, das verzweifelte Luftholen, verschlangen beinahe jedes Wort. »Du bist zu mir zurückgekommen.«

»Ich bin zurück«, hörte sie ihn mit heiserer, ebenso zitternder Stimme sagen. Er drückte sie noch fester an sich, und Emily klammerte sich an ihn, so fest sie konnte. Sie würde ihn auf keinen Fall loslassen. »Ich bin zurück, und ich werde nie wieder weggehen«, sagte Damian.

Emily presste die Augen zusammen und atmete tief ein. Es duftete nach Wiesen und Gänseblümchen.

Danksagung

Der zweite Band meiner Teufel-Reihe wurde in einer wenig schreibfreundlichen Phase meines Lebens geschrieben, in der ich mich neben einem Kleinkind und einem Neugeborenen auch noch um ein Lektorat und meine körperliche Angeschlagenheit kümmern musste. Dass ich trotzdem pünktlich fertig wurde und mit dem Ergebnis zufrieden war, verdanke ich einer Vielzahl an Personen. Als Erstes möchte ich meinem Mann danken, der mir so viel abgenommen und mir die nötige Ruhe verschafft hat, um völlig in meine Geschichte einzutauchen. Meinen Kindern, die mir jeden Tag aufs Neue so viel Freude schenken und mit ihrem Lächeln alle schlaflosen Nächte in Vergessenheit geraten lassen. Meiner Familie, die mir durch Zuhören und Ratschläge die nötige moralische Unterstützung geboten hat. Anna, die mir das ursprüngliche Ende des Romans brüsk um die Ohren geschleudert und verlangt hat, dass ich es neu schreibe – in diesem Moment habe ich dich gehasst, aber wir wissen ja beide, wie recht du hattest.

Ein großes Dankeschön an alle vom Verlag, die an der Entstehung dieses Buches beteiligt waren. Ich wünsche meiner Lektorin Anna alles Gute!

Besonderer Dank gebührt Peter und Regina Molden, die mir stets mit Rat und Tat zur Seite stehen.

Himmlische Träume, teuflische Liebe

Sabrina Qunaj
TEUFELSHERZ
352 Seiten
ISBN 978-3-8432-1043-0

»Tagsüber werde ich noch wahnsinnig«, murmelte er und legte seine Wange an ihren Scheitel. »Es macht mich wahnsinnig in deiner Nähe und doch so weit von dir entfernt zu sein.«

Die 17-jährige Emily wird dem Schutzengel Damian anvertraut. Doch Damian bricht die Regeln, um sie zu schützen, und fühlt sich immer mehr zu ihr hingezogen. Um Emily zu begegnen, dringt er fast jede Nacht in ihre Träume ein – und schon bald empfindet sie die Tage ohne ihn als lang und einsam. Aber ist Damian wirklich der, für den sie ihn hält? Als Emily die Wahrheit erfährt, bricht für sie eine Welt zusammen – und sie versucht alles, um seine finsteren Pläne zu verhindern …

Die packende Geschichte einer Liebe, die nur in Träumen existieren kann und von einem dunklen Geheimnis bedroht wird.

Baumhaus Taschenbuch

Vor diesem Buch ist kein Mädchen sicher!

Bree Despain
URBAT - DIE
DUNKLE GABE
Aus dem amerikanischen
Englisch von
Andreas Brunstermann
432 Seiten
ISBN 978-3-8432-1053-9

Grace Divine, die Tochter des Dorfpastors, wusste schon immer, dass etwas Furchtbares passiert sein musste in jener Nacht, in der Daniel verschwunden war. Voller Schrecken erinnert sie sich daran, wie sie ihren Bruder Jude blutverschmiert auf der Veranda gefunden hat. Als Daniel nach drei Jahren wieder auftaucht, fühlt sich Grace auf unerklärliche Weise zu ihm hingezogen, obwohl sie ihrem Bruder versprechen musste, sich von Daniel fernzuhalten. Was steckt hinter dem dunklen Geheimnis der beiden Jungen? Was schützt die Menschen, die wir lieben? Muss Grace für ihren Bruder und ihren Geliebten ein Opfer bringen, das größer ist als alles, was sie bislang kannte?

Baumhaus

E-Mails von Geisterhand

Lisa und Laura Roecker
DIE LÜGEN-
GESELLSCHAFT
Aus dem amerikanischen
Englisch von
Anja Hackländer
368 Seiten
ISBN 978-3-8339-0184-3

Efeuumrankte Mauern, alte Legenden und lateinische Inschriften prägen die Eliteschule, auf die auch die 15-jährige Kate geht. Doch Kate steht nicht mehr der Sinn danach, sich den elitären Anspüchen der Pemberley Brown Academy anzupassen. Seit ihre beste Freundin Grace ein Jahr zuvor ums Leben gekommen ist, hat sie pinke Haare und hält sich von ihren Mitschülern fern. Doch eines Tages bekommt Kate Post. Und zwar von Grace. Sie schreibt, ihr Tod sei kein Unfall gewesen. Kate zweifelt an ihrem Verstand, lässt es sich aber nicht nehmen, die Spur aufzunehmen. Dabei stößt sie auf dunkle Geheimnisse, die sie besser hätte ruhen lassen …

Betreff: Liebe und andere Katastrophen!

Siobhan Curham
LIEBER DYLAN
Aus dem Englischen
von Alan C. Lyne
240 Seiten
ISBN 978-3-8339-0185-0

Die 14-jährige Georgie wurde von ihrem tyrannischen Stiefvater dazu verdonnert, in den Sommerferien auf ihre jüngere Halbschwester aufzupassen, obwohl sie viel lieber einen Theater-Workshop besuchen würde. Georgie ist überzeugt, dass der Soapstar Dylan Curtland ihre Probleme verstehen kann. Also schreibt sie ihm eine E-Mail – und bekommt tatsächlich eine Antwort! Es entwickelt sich eine virtuelle Freundschaft, doch bald muss Georgie feststellen, dass nicht alles so ist, wie es scheint …

Ein Roman zum Lachen und Mitleiden!